DROEMER

ANDREA BONETTO

ABSCHIED AUF ITALIENISCH

EIN LIGURIEN-KRIMI

Besuchen Sie uns im Internet:
www.droemer.de

Aus Verantwortung für die Umwelt hat sich die Verlagsgruppe Droemer Knaur zu einer nachhaltigen Buchproduktion verpflichtet. Der bewusste Umgang mit unseren Ressourcen, der Schutz unseres Klimas und der Natur gehören zu unseren obersten Unternehmenszielen. Gemeinsam mit unseren Partnern und Lieferanten setzen wir uns für eine klimaneutrale Buchproduktion ein, die den Erwerb von Klimazertifikaten zur Kompensation des CO_2-Ausstoßes einschließt. Weitere Informationen finden Sie unter: www.klimaneutralerverlag.de

Originalausgabe April 2023
Droemer HC

Ein Imprint der Verlagsgruppe
Droemer Knaur GmbH & Co. KG, München

Redaktion: Regine Weisbrod
Covergestaltung: buxdesign / Lisa Höfner
Coverabbildungen: buxdesign nach einer Vorlage von stock.adobe.com
Satz: Adobe InDesign im Verlag
Druck und Bindung: CPI books GmbH, Leck
ISBN 978-3-426-28410-0

5 7 8 6 4

Für meine Kinder nah und fern

ANKUNFT

Damals mit Chiara unter dem Sternenzelt in der Wüste von Mexiko. Der Moment, als Lucy die Schulbühne betrat und ihr Abschlusszeugnis entgegennahm. Das Abendessen mit den guten Freunden in der kleinen Seitengasse nahe der Accademia in Venedig. Was machte diese Ereignisse und Orte für den Rest des Lebens so wertvoll? Das Gefühl, mit sich, mit anderen Menschen, mit der Welt im Reinen zu sein? War sein Vater mit sich im Reinen gewesen?

Das fragte sich Commissario Vito Grassi, immerhin auch schon zweiundfünfzig Jahre alt, der am nächsten Tag, einem Montag Mitte März, seinen Dienst in der Questura von La Spezia antreten würde. Er war von La Spezia kommend über die Strada Provinciale 38 in den Parco Nationale delle Cinque Terre hineingefahren und hatte oberhalb von Monterosso die Abzweigung gefunden, die ihn zu der Stelle führte, an der sein Vater ihn fünf Jahre zuvor zum Anhalten aufgefordert hatte.

Damals waren sie ausgestiegen und an den Rand der einsamen Straße hoch über dem alten Kloster getreten. Sein Vater hatte die Arme ausgebreitet, als wollte er diesen Teil der Welt umarmen. Für ihn war es ein besonderer Moment gewesen. Schau, hatte seine Geste bedeuten sollen, wie Vito Grassi nun verstand: Hier mache ich meinen Frieden mit der Welt. Nach dem Tod meiner Frau, nach den Jahren der Trauer und der Verlorenheit ohne Giulia kehre ich hierher zurück. Fühlst du, Vito, was ich fühle? Verstehst du mich jetzt?

Aber Vito hatte nichts gefühlt und nichts verstanden. Halbherzig war sein Blick Emilios Finger gefolgt, der ihm zeigen wollte, auf welcher kleinen Anhöhe er sein Haus aus eigener Kraft wieder aufbauen wollte. Er hatte die überwältigende Schönheit der Landschaft gesehen, aber er war nicht bei der Sache gewesen – und nicht bei seinem Vater. Stattdessen wurmte ihn Emilios Eigensinn, der von seinen, wie Vito fand, versponnenen Plänen nicht abzubringen gewesen war. Er fragte sich, wovon sein Vater hier leben wollte. Und er fühlte einen Stich im Herzen, weil Emilio mit keinem Wort anerkannte, dass der Tod der Mutter Vito genauso getroffen hatte wie den Vater. Er hatte für diesen Ausflug nach Ligurien unerledigte Fälle in Rom zurückgelassen und eine bevorstehende Auseinandersetzung mit seiner Frau Chiara nur aufgeschoben. Er hatte wieder weggewollt, kaum, dass er angekommen war.

Jetzt, fünf Jahre später, musste er ankommen, denn er hatte eine Entscheidung getroffen.

Grassi stieg aus dem Roadster, trat an den Rand der Straße und nahm die atemberaubende Küstenlinie in sich auf, die in der sinkenden Frühlingssonne spektakulär klar vor ihm lag. Sanft bewaldet und doch wild zerklüftet schien das Land sich ins Meer zu stürzen. Von hier aus konnte er bis nach Frankreich sehen und sogar die schneebedeckten Spitzen der Seealpen ausmachen. In Gedanken folgte er noch mal dem Finger seines Vaters, fand die Anhöhe mit dem Haus. Sein Haus, dachte er leicht beklommen. Und nachdem er sich umgesehen und davon überzeugt hatte, dass niemand ihn beobachtete, schloss er die Augen unter den grauen Haaren, die ihm locker gewellt ins Gesicht wehten, streckte das markante, glatt rasierte Kinn in den Wind und breitete die Arme aus wie damals sein Vater. Er griff nach einem Gefühl der Verbundenheit zu Emilio, aber bevor er es zu fassen bekam, war es schon wieder verflogen. Vito Grassi ließ die Arme sinken und wandte sich von dem Panorama ab. In den spiegelnden Scheiben seines Autos wurde seine schlanke Gestalt mit den langen Beinen wie bei einem Zerrspiegel in die Länge gezogen. Ihn fröstelte. Er stieg wieder ein, folgte eine weitere halbe Stunde langsam fahrend der schmalen, kurvigen Höhenstraße und bog dann nach links in das Tal von Levanto ein. Der Akku des Roadsters stand auf dreizehn Prozent.

TONI

Den Entschluss, aus Rom in die Provinz zu ziehen, hatte Vito Grassi kaum zwei Monate zuvor sehr überraschend für seine Familie und für sich getroffen. An einem grauen Tag Mitte Januar hatte er vom Tod seines Vaters erfahren. Der Kontakt zu ihm war schon seit Jahren eher sporadisch, wenn auch nicht lieblos gewesen. Die Todesnachricht hatte Grassi mit einer ungeahnten Wucht getroffen. Zweiundsiebzig war noch kein Alter, das würde er in zwanzig Jahren auch geschafft haben.

Seit seine Frau Giulia, Vitos Mutter, an Krebs gestorben war, hatte Emilio alleine gelebt. Und nachdem sich für den Geschichtslehrer an einer Scuola Secondaria die Gelegenheit ergeben hatte, sich früher pensionieren zu lassen, war er auf die Idee gekommen, ein Haus in Ligurien, der Region seiner Kindheit, zu kaufen. Das heißt: Ein Haus war es eigentlich erst gegen Ende von Emilios Leben gewesen, davor eher ein Projekt. Eine Ruine, die Emilio weitestgehend allein und mit etwas Hilfe von ein paar alten Freunden aus Jugendtagen über fünf Jahre etappenweise erst zu einem Haus und dann zu seinem Heim gemacht hatte. Vito hatte seinen Vater ein einziges Mal in Levanto besucht. Chiara hatte vorgeschlagen, Vito solle seinem Vater zu Beginn ein paar Tage zur Hand gehen. Er hatte es versucht, war jedoch während seines einwöchigen Besuchs das Gefühl nie losgeworden, im Weg zu stehen. Das Vorgehen seines Vaters war ihm ein Rätsel. Er schien einem Bauplan zu folgen, der nur in seinem Kopf existierte und bei dem das Bauen selbst das Ziel war. Lediglich Emilios Schlafzimmer war damals halbwegs bewohnbar gewesen, weshalb Vito ein Zelt auf der Wiese vor dem Haus aufschlagen musste.

Emilio Grassi hatte sich Zeit gelassen. Mit scheinbar unendlicher Geduld sammelte er Natursteine von den fast zwanzigtausend Quadratmetern Land, die das Haus umgaben, rührte seinen eigenen Mörtel an und formte so auf den Resten des verfallenen Rustico nach und nach sein Haus. Gesprochen hatte Vito ihn in dieser Zeit selten. Erst im letzten Lebensjahr seines Vaters konnten sie öfter telefonieren, weil Emilio sich endlich ein Smartphone angeschafft hatte. Dieser kleine Schritt in die Moderne war für ihn wohl oder übel notwendig geworden, weil er für die Wasserversorgung einen neuen Brunnen bohren lassen musste. Das konnte er beim besten Willen nicht mehr selbst bewerkstelligen, für diese Bauarbeiten musste er erreichbar sein.

Wie überrascht Vito gewesen war, als er plötzlich Textnachrichten von Emilio erhielt. Und noch überraschter, als Bilder des bescheidenen Hauses in Levanto folgten. Es war schön geworden: fünf Zimmer, eine große, zum Wohnzimmer hin offene Küche, ein einfaches, aber modernes Bad, eine Terrasse, von der aus man zwischen zwei Berghängen ein Stückchen Meer sehen konnte. Sogar ein separates Pizzahäuschen hatte Emilio noch hinter dem Haus gemauert. Es war seine letzte Tat gewesen.

In Gedanken sah Vito seinen Vater am Hang oberhalb des Hauses stehen und sein Werk betrachten. Er hatte es noch vollbracht. Und das konnte den chronisch sarkastischen römischen Polizisten immerhin ein wenig trösten. Insgeheim hatte er gehofft, dass Emilio und er noch Zeit miteinander würden verbringen können. Nachdem er die Bilder des Hauses gesehen hatte, hätte er sich sogar vorstellen können, mit ihm auf der Terrasse zu sitzen und im letzten Licht eines warmen Sommertages eine Flasche Wein zu leeren. Vito galt manchen als launisch, aber eigentlich neigte er zur Gefühligkeit. Ganz anders als sein Vater. Emilio hätte vermutlich nur zehn Minuten stillsitzen können.

So gründlich und beharrlich Emilio beim Bau seines Hauses gewesen war, so wenig Sinn hatte er für das Ordnen persönlicher Dinge und Papiere gehabt. Und so kam es, dass die Behörden in Levanto einige Tage lang nichts vom einzigen Familienangehörigen in Rom wussten, nachdem Emilio Ende Januar mit einem schweren Schlaganfall in das Ospedale San Nicolò eingeliefert worden und dort kurz darauf gestorben war.

Die Mail, die Vito schließlich Tage nach Emilios Einäscherung und Beisetzung über den Tod seines Vaters informierte, war mit »Toni« unterschrieben. Den wenigen Zeilen entnahm Vito, dass Toni offenbar als eine Art Gärtner für Emilio gearbeitet hatte und nach dessen Tod im Haus lebte und darauf aufpasste. Vito war sehr recht, dass sich jemand kümmerte, bis er eine Entscheidung darüber getroffen hatte, was geschehen sollte.

In der ersten Nacht nach dieser Nachricht hatte er lange wach gelegen, über verpasste Momente nachgedacht und über Gespräche mit seinem Vater, die nie stattgefunden hatten. Als er nach kurzem, unruhigem Schlaf allein in der Dämmerung erwacht war – Chiara war wegen seiner Schnarcherei auf das Sofa gezogen, wie so oft in letzter Zeit –, hatte er eine Entscheidung getroffen: Er würde Emilios Haus nicht einfach verkaufen oder vermieten.

Also beantragte er bei seiner Dienststelle die Versetzung nach La Spezia und versuchte, seiner Familie zu erklären, was sie ihm ohnehin nicht abnahm: dass der eingefleischte Römer einen Tapetenwechsel brauchte. Chiara erwiderte, dass sie ihre gut gehende Landschaftsgärtnerei natürlich nicht aufgeben würde für eine solche Schnapsidee, und die Kinder waren mit sich selbst beschäftigt. Sein Sohn Alessandro studierte Politik in Pavia, seine Tochter Lucy Kunst in Berlin. Es wurden zwar keine Wetten abgeschlossen, aber übereinstimmend war die Familie der Ansicht, dass Vito es nicht lange in der ligurischen Idylle aushalten und bald reumütig nach Rom und ins Leben zurückkehren würde.

Dann ging alles sehr schnell. Sein Kollege im Kommissariat von La Spezia schied mit Burn-out aus dem Dienst aus, und schon Mitte März packte Vito eine Tasche mit seiner üblichen Kleidung: Jeans und Jacketts, eine Kollektion groß gemusterter Hemden und schwarze Halbschuhe. Er brauchte ein ganzes Wochenende, um sich für die hundert Lieblingsplatten aus seiner umfangreichen Sammlung zu entscheiden. Am Ende machte er es wie Noah: ein Paar von jeglicher Art. Billie Holiday und Miles Davis; Kendrick Lamar und Beastie Boys; Gregory Porter und Aretha Franklin; Talking Heads und St. Vincent; Stones und Beatles. Wobei Vito es sich bei den Beatles leicht machte und einfach die ganze Vinyl-Mono-Box in den Fußraum vor dem Beifahrersitz lud. Plattenspieler und Verstärker mussten ja auch noch in den kleinen Sportwagen. Er hoffe inständig, dass die 300-Watt-Endstufe seiner Anlage die Sicherungen im Haus nicht überforderte.

Auf dem Weg von Rom nach Ligurien machte er in Grosseto eine längere Mittagspause an einem der wenigen Supercharger auf der Strecke. Zu Hause hatte er den Roadster einfach jeden Abend an die Garagensteckdose gehängt und höchstens bei Wochenendausflügen mit Chiara ans Meer auf die Reichweite geachtet. Bei zügiger Fahrt auf der Autostrada und so vollgepackt ließ der Akku schnell nach. Der Roadster war ein Elektroauto der ersten Generation, im Grunde ein schicker englischer Sportwagen, vollgestopft mit amerikanischer Technik und Laptop-Akkus, noch keiner dieser modernen rollenden Tabletcomputer, die alberne Namen mit i oder q davor trugen.

Nach einem Caffè und einem Cornetto bremste Grassi sich und rollte mit Dauertempo neunzig weiter durch die braune Maremma.

Die dreizehn Prozent Akkuladung waren nicht das einzige Problem für seinen Wagen auf der letzten kurzen Etappe. Vito hatte das gut ein Kilometer lange Privatsträßchen, das zu Emilios Haus führte, völlig vergessen. Gegen diesen schlecht asphaltierten Trampelpfad war die Via Appia Antica eine deutsche Autobahn. Das Sträßchen war kaum breit genug für ein Auto. Vito musste erschrocken in die seitlichen Büsche ausweichen, um nicht frontal mit einem rasant entgegenkommenden Mountainbiker zusammenzustoßen. Die Spurrillen waren so tief und der

Mittelstreifen so steinig, dass es einem normalen Auto den Tank aufgeschlitzt oder den Auspuff abgerissen hätte. Die Spitzkehren waren so eng und steil, dass Vito bei jedem Stoß der beinharten Federung dachte, er würde gerade seinen eigenen zerfetzten Frontspoiler überfahren. Auf den letzten steilen Metern zählte er auf dem kleinen grauen Display in der Mittelkonsole bang die Restkilometer herunter. Als er endlich durch das schmale rostige Tor den Hausplatz erreichte, schien der Roadster sofort in einen erschöpften Schlaf zu fallen. Punktlandung. Grassi atmete auf.

Am Haus wartete die nächste Überraschung: »Toni« war kein Gärtner, sondern eine Gärtnerin. Sie hatte ihren dunklen dichten Haarschopf zu einem losen Dutt zusammengesteckt und musterte Vito Kaugummi kauend und ein wenig misstrauisch aus zusammengekniffenen braunen Augen über den hohen Wangenknochen. Grassi schätzte sie auf Mitte vierzig.

»Buongiorno, ich bin Vito«, stellte er sich vor. »Freut mich, dich endlich kennenzulernen.«

»Hallo, Vito.« Sie putzte die rissige rechte Hand notdürftig an der Latzhose ab, in der ihr drahtiger Körper steckte, und streckte sie ihm hin. »Oder muss ich ›Commissario‹ zu dir sagen?«

Er lachte auf, erleichtert darüber, dass ihre Stimme freundlicher klang, als es ihre Miene ausdrückte. »Nicht nötig, Vito reicht.«

Nach dem Händedruck standen sie einander unschlüssig gegenüber. Sie schien nicht die geringste Lust zu haben, mit weiterem Small Talk das Eis zu brechen.

»Ich dachte wegen des Namens, du wärst … na ja, ein Mann.«

»Und jetzt bist du enttäuscht?« Sie biss fester auf ihren Kaugummi.

Grassi schüttelte den Kopf. »Natürlich nicht, nur überrascht. Wofür ist ›Toni‹ die Abkürzung?«

»Egal, bleib einfach bei Toni.«

Nicht viele Menschen schafften es, Grassi in Verlegenheit zu bringen. Er fragte sich, ob sie ihn nur necken wollte oder ob sie ihn bewusst bei ihrer ersten Begegnung eiskalt auflaufen ließ. »Va bene, wir können uns ja später noch besser kennenlernen. Dann werde ich mal meine Sachen reinschaffen.«

»Geh über die Terrasse, aber putz dir die Schuhe ab. Ich habe auf dem Olivenhain noch zu tun, wir sehen uns später.« Toni drehte sich um und ließ ihn stehen.

DIE ERSTE NACHT

Er schaffte es nicht, mehr als zwanzig Schallplatten auf einmal über den braunfleckigen Rasen und die grauen Steinplatten der kleinen Terrasse ins Haus zu tragen. Den zwanzig Kilo schweren Verstärker musste er auf der Hälfte der Strecke absetzen, weil seine Finger lahm wurden. Grassi stemmte schnaufend die Hände in die Hüften und blickte in der einsetzenden Dunkelheit über Haus und Grundstück. Das einstöckige Rustico stand auf dem einzigen ebenen Absatz eines dicht bewaldeten Höhenzugs. Hinter dem Haus stieg das Gelände steil an, rechter Hand war der Abhang zum Teil gerodet worden, um Platz für einen Olivenhain mit gut zwei Dutzend Bäumen zu schaffen. Mittendrin sah er Toni in einiger Entfernung an einem Baum arbeiten. Das scharfe, entschlossene Schnappen einer Schere, mit der sie gezielt Äste und Zweige abschnitt, war bis zum Haus zu hören. Sie bemerkte ihn und hob kurz die Hand. Wer war sie?, fragte er sich. Warum hatte sie nicht schon in ihren E-Mails mitgeteilt, dass sie nicht nur Gärtnerin war, sondern seit wer weiß wie lange im Haus wohnte? Er gab ein Zeichen zurück, dann hievte er den Verstärker wieder hoch für die zweite Etappe ins Haus.

Nach einer halben Stunde standen alle seine Habseligkeiten in einer Ecke des weiß getünchten Wohnzimmers. Draußen war es dunkel geworden. Grassi nahm seine Kleidertasche und ging ins Schlafzimmer. Der Schrank war noch voll mit den Sachen seines Vaters: überwiegend karierte Hemden, Jacketts, Fleecejacken in Dunkelgrün, Grau und Beige, Wollhosen, säuberlich zusammengelegt und gestapelt, eine kleine gelbe Plastikwanne, gefüllt mit handgestrickten Socken. Wer hatte ihm die gestrickt? Seine Mutter noch? Dafür sahen die Socken noch zu gut aus. Toni etwa? Allerdings wirkte sie auf Grassi nicht wie der Typ, der abends mit klappernden Nadeln vor dem Fernseher saß. Zumal es im Haus keinen Fernseher zu geben schien. Solide Schuhe standen ordentlich aufgereiht auf dem Schrankboden. Auf der oberen Ablage waren ein paar bunte Kappen mit Werbeaufschriften gestapelt, daneben lag eine Zigarrenkiste, an die Grassi sich erinnerte. Er nahm sie herunter und öffnete sie. Wie damals enthielt sie Emilios alte Manschettenknöpfe. Das Paar aus in Gold gefasstem, braunem Achat hatte sein Vater zu besonderen Anlässen getragen. Vito sah ihn vor sich, wie er mit ausgestreckten Armen vor seiner Frau stand, die ihm die Knöpfe mit geschickten Fingern anlegte, die Hemdärmel noch einmal zurechtzupfte und anschließend mit beiden Händen über die Arme des Jacketts strich. Zuletzt hatte Emilio die Knöpfe bei der Beerdigung seiner Frau getragen und Vitos Hilfe beim Anlegen abgelehnt. Lange her.

Grassi hängte seine Hemden und Jacketts über freie Bügel neben die Kleidung seines Vaters und stellte sein zweites Paar Schuhe zu den anderen auf den Schrankboden. Dann sah er sich im Schlafzimmer um. In dem ungemachten Doppelbett schlief offenbar Toni, aber sonst hatte sie sich in dem Zimmer nicht eingerichtet, sondern schien aus einem Koffer zu leben, der neben dem Bett stand. Vito fragte sich, wo er schlafen sollte. Er spürte, dass es noch nicht der richtige Zeitpunkt war, auf sein Recht als neuer Hausherr zu bestehen, und er beschloss, zunächst auf das Sofa zu ziehen.

Im Bad hing ein Schränkchen mit Glastüren an der Wand. In einem Fach standen Deo, Hautcreme und Zahnpasta. Von Toni vermutlich. Grassi legte seine Badutensilien in das leere Fach daneben.

Toni trat durch die Terrassentür ins Haus. Der Satz »Ich geh duschen« war der einzige Hinweis darauf, dass sie seine Anwesenheit wahrgenommen hatte. Sie warf ihren Kaugummi in den Mülleimer unter der Spüle.

»Warte doch mal«, sagte Grassi. »Ich finde, wir sollten uns ein bisschen unterhalten. Ich wüsste gern, woher du kommst, wie lange du schon hier wohnst, wie lange du bleiben willst?«

Toni war stehen geblieben. »Wieso? Willst du mich loswerden?«

»Das habe ich nicht gesagt.«

Toni blickte auf sein weniges Gepäck in der Wohnzimmerecke. »Hast du denn vor, hierzubleiben?«

»Erst mal schon. Und dann muss ich sehen, wie es so läuft.«

»Das geht mir genauso«, sagte sie, drehte sich um und verschwand im Flur.

In Grassis anfängliche Irritation über Tonis Reserviertheit mischte sich Ärger. So wollte er sich von einer Fremden in seinem Haus nicht abspeisen lassen. Wenn sie ihm freiwillig keine Auskunft über sich geben wollte, würde er sie sich verschaffen. Also wartete er, bis Wasser rauschte, dann ging er auf Zehenspitzen ins Schlafzimmer, kniete sich neben den Koffer und zog den Reißverschluss auf. Sein Blick fiel auf einen unordentlichen Kleiderhaufen, den er schnell und achtlos durchwühlte, bis er auf eine harte Schicht darunter stieß. Er schob die Kleidung beiseite und entdeckte einen Haufen Bücher. Sie lagen nach Dicke und Format fein säuberlich wie bei einem Tangram so angeordnet, dass sie die Form des Koffers genau ausfüllten und eine gleichmäßige Fläche bildeten. Grassi überflog die Titel: Oscar Wilde: *Das Bildnis des Dorian Grey,* Hannah Arendt: *Macht und Gewalt,* Thomas Piketty: *Eine kurze Geschichte der Gleichheit,* ein Buch über das *geheime Leben der Bäume.* Da waren auch ein paar englische Bücher, George Orwell: *Down and out in Paris and London.* Den Wälzer mit dem gruseligen Clown darauf erkannte er, weil er damit vor vielen Jahren einmal seinen Sohn nachts unter der Bettdecke erwischt hatte. Fasziniert betrachtete er Tonis kleine Wanderbibliothek. Sein Blick blieb an einem Umschlag hängen, auf dem eine Frau den Mund in großer Qual zum Schrei weit aufgerissen hatte. Grassi nahm den Band aus dem Bücherpuzzle. »Horrorism« stand darauf. Er schlug es wahllos an einer Stelle auf und las:

»Wer vom Schrecken ergriffen ist, zittert und flieht, um zu überleben, um sich vor einer Gewalt zu retten, die ihn zu töten trachtet.« Er drehte das Buch um und überflog die Rückseite. Wenn Grassi es richtig verstand, handelte es sich um ein philosophisches Buch über das Weibliche in der Gewalt der heutigen Zeit. Er runzelte die Stirn, aber bevor er den Sinn erfassen konnte, fiel etwas aus dem Buch in den Koffer. »Asino, du Esel«, beschimpfte sich Grassi leise, als ihm klar wurde, dass es sich bei der abgelaufenen Zugfahrkarte nach Corniglia um ein Lesezeichen handeln musste. Und natürlich hatte er keine Ahnung, wo im Buch es hingehörte. Also steckte er es zu der Seite, die er gerade gelesen hatte, passte das Buch wieder im Bücherpuzzle im Koffer ein, verteilte die Kleidungsstücke und klappte ihn zu.

Er achtete darauf, den umlaufenden Reißverschluss bis zur richtigen Stelle zuzuziehen. Das Wasser der Dusche rauschte noch immer. Grassi sah sich weiter um. Die Taschen einer auf dem Bett liegenden dunkelroten Daunenweste waren bis auf ein kleines Taschenmesser und ein angebrochenes Päckchen Kaugummi leer. Halb unter dem Bett lag ein kleiner schwarzer Segeltuchrucksack mit Lederriemen. Er prägte sich die Lage ein, zog ihn hervor und entnahm ihm eine große schwarze Brieftasche aus Leder, wie Kellner sie nutzen. Dreißig Euro Bargeld, eine Karte der BancoPosta und endlich die gesuchte Carta d'identità: Antonella Solinas, geboren am 25. Februar 1976 in Sassari, Augenfarbe braun. Auf dem Bild hatte sie sehr kurze Haare und diesen strengen, tadelnden Blick, sodass Grassi sich ertappt fühlte. In diesem Augenblick wurde ihm bewusst, dass das Wasserrauschen aufgehört hatte. Hastig steckte er den Ausweis zurück, schloss die Brieftasche und bekam den Dorn des zweiten Verschlusses lautlos fluchend erst wieder in den Riemen, als sich im Flur die Tür des Badezimmers öffnete. Mit drei großen Schritten war er im Wohnzimmer.

Toni tauchte Sekunden nach ihm auf, barfuß und mit feuchten, strähnigen Haaren. Sie war in Jogginghose und Sweatshirt geschlüpft.

»Ich habe Hunger«, verkündete Grassi.

»Wir haben Käse, und ein bisschen Brot müsste auch noch da sein.«

Froh, etwas zu tun zu haben, nahm er den Taleggio aus dem Kühlschrank und den Brotkorb von der Anrichte, füllte eine einfache Tonkaraffe mit Wasser und stellte alles auf den Tisch und setzte sich. Toni zog eine Schublade auf, entnahm ihr ein spitzes Messer, trat zu Grassi und schaute auf ihn herunter. Sie setzte das Messer an und schnitt sich ein dickes Stück Käse ab.

»Gibt es WLAN im Haus?«, fragte er.

»Nein.«

»Das Netz hier ist nicht berauschend. Wie kommst denn du ins Internet?«

»Gar nicht.« Sie zuckte mit den Achseln. »Oder ich geh in die Bar.«

Grassi hatte einen einzigen kleinen Balken auf seinem Handy. Er musste unbedingt wissen, wie das Spitzenspiel zwischen Parma und seiner AS Roma ausgegangen war. Auf der Fahrt hatte er über RAI den Pausenstand erfahren. Da hatte die Roma noch eins zu null zurückgelegen. Gegen den Tabellenvorletzten! Bestimmt hatte seine Mannschaft das Spiel noch drehen können. Aber die Seite von tuttosport.com brauchte ewig, um sich aufzubauen, sodass er schließlich aufgab.

»Aber Strom haben wir hoffentlich verlässlich. Ich muss nämlich mein Auto aufladen.«

»Das ist ein Elektroauto?«, fragte sie belustigt.

»Ja, und ich brauche ein langes Kabel. Gibt es so was im Haus?«

»Kabel sind im Keller. Vielleicht musst du den Wagen noch näher ans Haus fahren, damit es reicht.« Sie nahm einen Bissen Brot und goss sich ein Glas Wasser ein, das sie in einem Zug trank. »Ich gehe jetzt jedenfalls ins Bett.«

Mit den letzten Ampere rollte Grassi den Roadster so nahe ans Haus heran, wie es ging. Das längste Kabel aus der Waschküche reichte trotzdem nicht. Am Ende bastelte er im Licht seiner Handytaschenlampe eine notdürftig funktionierende Konstruktion aus mehreren mit Steckerleisten verbundenen Kabeln.

Toni hatte in seiner Abwesenheit nicht nur Tisch und Küche aufgeräumt, sie hatte auch ein sauberes weißes Leinentuch über die Sofamatratze gespannt sowie zwei bunte Wolldecken und ein Kopfkissen daraufgelegt. Als Gast bin ich zumindest schon mal akzeptiert, dachte Grassi. Er wusch sich den Staub von der Reise vom Körper, löschte das Licht und kuschelte sich halb aufrecht auf dem Sofa zusammen.

Grassi nahm sein Handy in die Hand. Das leuchtende Display ließ die neue Umgebung noch schwärzer erscheinen. Er schrieb eine kurze Nachricht in den Familienchat: »Bin gut angekommen. Tutto bene. Schlaft alle schön!« Sekunden später hatte Lucy schon mit einem Kuss-Emoji geantwortet. Auch Alessandro reagierte ungewöhnlich schnell mit einem hochgestreckten Daumen. Von Chiara kam nichts, aber sie schlief sicher längst tief und fest und ungestört von seinem Schnarchen allein in ihrem großen Bett in Rom. Er schloss die Augen und dachte daran, wie schnell sich seine Familie in alle Winde zerstreut hatte. Alles änderte sich, das war der Lauf der Welt, das Schaukeln der Dinge. Grassi sah Etappen der Reise an sich vorüberziehen und fragte sich zum hundertsten Mal, ob er die richtige Entscheidung getroffen hatte.

Grassis erste Nacht in Levanto. Wie still es war. Still und schwarz. Die nächtlichen Geräusche der Stadt hatten stets beruhigend auf ihn gewirkt. Irgendwo war in Rom immer eine Sirene zu hören. Der Verkehr rollte. Menschen blieben nachts auf der Straße vor der Osteria im Erdgeschoss stehen und unterhielten sich zum Abschied noch zwanzig Minuten lang. Junge Leute lieferten sich Rennen mit ihren aufgemotzten Rollern. In der Stadt kamen die Geräusche und gingen wieder, schwollen an und ebbten ab. Waren da und wieder weg wie das Wetter. Das unaufhörliche Grundrauschen sagte Vito, dass er zu Hause war, und ließ ihn gut schlafen. Hier hielt ihn die undurchdringliche Stille wach. Als er beinahe eingenickt war, riss er erschrocken die Augen auf, weil Schüsse durch das Tal hallten. Wilderer, dachte er. Danach steigerten das stündliche Kirchturmglockengeläut, das sanfte Rascheln in den Bäumen, die heimlichen Geräusche von Tieren im Wald seine Beklemmung nur. Ob er sich daran würde gewöhnen können?

Je länger er *nicht* schlief, desto weniger konnte er einschlafen. Und dann machte Grassi noch den Fehler, auf die Leuchtzeiger seiner Armbanduhr zu schauen, festzustellen, dass es kurz vor halb zwei war, die Nacht immer kürzer wurde und damit die Chance immer geringer, an seinem ersten Arbeitstag bei seiner neuen Chefin einen ausgeschlafenen Eindruck zu machen.

Das Sofa war viel zu weich, und die Liegefläche fiel zur Lehne ab. Auf dem Bauch zu schlafen, wie er es gern tat, war so nicht möglich. Er wälzte sich eine weitere Stunde hin und her, bis er es nicht mehr aushielt und aufstehen musste. Er schlurfte in die Küche, stand am Fenster und trank ein Glas Wasser, während er in den nachtschwarzen Wald und in den grandiosen Sternenhimmel starrte. Der Mond warf die lebendigen Schatten der sich in sanften Böen biegenden Olivenbäume auf Grasflächen und Buschwerk.

Da stand ein Mann im geöffneten Tor! Grassi hatte ihn so unvorbereitet entdeckt, dass ihm schlagartig die Haare im Nacken zu Berge standen. Doch schon Bruchteile einer Sekunde später schob er sich in einer fließenden Bewegung aus dem möglichen Sichtfeld des Mannes, sodass er ihn selbst am Fensterrahmen vorbei noch beobachten konnte. Hatte der Fremde zu ihm nach oben geschaut? Hätte er Grassi sehen können? Er glaubte es nicht. Das Tor befand sich ein paar Meter unterhalb seiner Position am Fenster. Wenn der Mann zu ihm nach oben schaute, müssten sich die Sterne in der Scheibe spiegeln.

Die Gestalt stand unbewegt. Grassi setzte die schemenhaften Eindrücke im Kopf blitzartig zu einem Phantombild zusammen:

Das Tor reichte ihm bis zur Schulter, stämmige Statur, schwere Schuhe, vielleicht Militärstiefel, Funktionsjacke mit ausgebeulten Taschen, Hose mit ausgebeulten Seitentaschen. Doch am wichtigsten und bedrohlichsten: Der Mann schien eine Art Maske mit großen Augenöffnungen im Gesicht zu tragen, und er hielt ein längliches Objekt in der Hand, das Grassi als Gewehr identifizierte. Noch immer rührte sich der Eindringling nicht. Wie lange standen sie einander jetzt schon gegenüber? Zehn Sekunden? Da hob der Mann langsam das Gewehr, drehte sich nach rechts und zielte … Vito runzelte die Stirn … zielte auf seinen Roadster! Der im nächsten Augenblick von dem schmalen Lichtstrahl einer auf dem Gewehr montierten Taschenlampe getroffen wurde. Glänzend orangefarbener Lack in tintenschwarzer Aura. Der Lichtstrahl wanderte für ein paar Sekunden über das Auto, dann verlosch er wieder, was Grassi fast so sehr erschreckte wie das Auftauchen des Mannes. Als sich seine Augen wieder an das Dunkel gewöhnt hatten, war der Fremde verschwunden.

Grassi kam in Bewegung. Stellte die Flasche ab, ertastete in seiner Kleidertasche zielsicher die Beretta unter den zusammengelegten T-Shirts, drückte die Klinke der Terrassentür herunter. Jede einzelne Handlung war ruhig und zielgerichtet, leise und schnell. Wenige Sekunden später stand er barfuß in Boxershorts, die Waffe im Anschlag, an der Hausecke und spähte in Richtung Toreinfahrt. Keine Spur des Mannes war zu sehen. Grassi bewegte sich mit kurzen, tastenden Schritten eng an der Hauswand entlang bis zum Vorplatz. Nur eine Sekunde lang streckte er den Kopf um die Ecke, das reichte ihm, um die Situation zu erfassen. Der Mann hockte jetzt direkt an der Hauswand bei der geöffneten Tür zur Waschküche und drehte Grassi den Rücken zu. Der trat einen Schritt vor, in der Rechten die Beretta, die er mit der Linken stützte.

»Keine Bewegung«, sagte er, ohne die Stimme zu erheben. »Gewehr hinlegen.«

Der Mann stieß einen kieksenden Japser aus, ließ sofort das Gewehr fallen, verlor das Gleichgewicht, und noch während er rückwärts auf den Hosenboden plumpste, rief er: »Nicht schießen!« Dann blieb er wie ein Käfer auf dem Rücken liegen.

»Zeig mir dein Gesicht«, sagte Grassi.

Der Mann rupfte an seinem Nachtsichtgerät herum, und gerade, als sein Gesicht frei war, fiel der Strahl einer Taschenlampe darauf. Grassi hatte Tonis Auftauchen schon erwartet.

»Francesco? Ma sei matto?«, stieß sie heiser aus.

Grassi trat auf den Mann zu, der jünger war, als er erwartet hatte, höchstens Ende zwanzig. Feine blonde Haare rahmten sein rundes rosiges Gesicht ein, das der kreisförmige rote Abdruck der Maske noch breiter wirken ließ. Lag es am Licht der Taschenlampe, dass die Pupillen in den eng zusammenstehenden Augen so aussahen, als würden sie zittern, ohne zu fokussieren? Stand er womöglich unter Drogen?

»Toni, Gott sei Dank!«, rief der Mann, der immer noch auf dem Rücken lag und die Hände in Ergebenheit in die Luft streckte. »Ich wollte nur nach dem Rechten sehen, und da stand dieses fremde Auto, und die Tür war offen.«

»Vito, nimm die Pistole weg!«, fuhr Toni ihn an.

»Dann sollte dein Freund nicht nachts mit einem Gewehr herumschleichen, das ist nicht ungefährlich.« Grassi sicherte die Beretta.

»Steh auf«, sagte Toni unwirsch. »Ich habe dir oft genug gesagt, dass du den Blödsinn lassen sollst. Ich kann …« Sie warf Grassi einen Blick zu. »Wir können auf uns selbst aufpassen, klar?«

»Ist klar, natürlich, verstanden«, sagte Francesco. »Jetzt ist ja auch wieder ein Mann im Haus, wenn ich das gewusst hätte …« Der junge Mann hatte sich auf die Knie gedreht und erhob sich schwerfällig.

»Geh nach Hause!«, unterbrach ihn Grassi. »Und wenn du uns das nächste Mal besuchen willst, dann bitte bei Tag und unbewaffnet.«

Francesco nickte, nahm seine Maske und sein Gewehr unter den Arm und stapfte mit gesenktem Kopf davon. Am Tor drehte er sich noch einmal um und rief: »Scusa, Toni.«

Grassi sah ihm kopfschüttelnd hinterher.

»Du hast untenrum nichts an«, sagte Toni.

»Ich weiß. Keine Zeit.« Vitos Puls kam langsam wieder runter. »Was ist los mit dem Kerl? Ist der gemeingefährlich?«

»Francesco ist nicht besonders helle, doch er tut niemandem was. Aber seit Emilios Tod denkt er, er müsse auf mich aufpassen. Lass ihn einfach in Ruhe.«

»Mir scheint, der sollte lieber auf sich selbst aufpassen.«

Toni deutete auf die offene Tür zur Waschküche, durch deren Spalt das Stromkabel zu Grassis Roadster führte. »Was ist damit? Lassen wir sie offen?«

»Tja, ich würde sie zumachen, wenn ich eine andere Möglichkeit sähe, den Wagen aufzuladen. Für heute Nacht bleibt es so. Wir werden schon nicht geklaut. Morgen denke ich mir was aus.«

Sie betraten das Haus über die Terrasse und schlossen hinter sich ab. Drinnen überlegte Grassi kurz, ob er sich bei Toni über das Schlafarrangement beschweren sollte, unterließ es jedoch. »Ich könnte nach dem Schreck ein Glas Wein vertragen. Du auch?« Er rechnete fest mit einer weiteren Abfuhr.

»Na gut«, sagte Toni überraschenderweise. »Wenn du dir endlich eine Hose anziehst.«

Grassi lachte. »Okay.« Er schlüpfte in seine Jeans, öffnete eine Flasche Rotwein und reichte Toni ein Glas. Sie saßen einander gegenüber, er auf dem Sofa, sie im Schneidersitz auf einem der hölzernen Küchenstühle.

Grassi hob sein Glas. »Wollen wir noch mal anfangen?«

Sie erwiderte die Geste. »Von mir aus.«

Sie tranken.

»Das Auftauchen von Francesco scheint dich weniger erschreckt zu haben als mich. Nachts kann es hier aber schon ein bisschen einsam und unheimlich sein, oder?«

»Wahrscheinlich kommt dir das so vor, weil du aus Rom kommst. Ich finde nicht die Einsamkeit unheimlich, sondern die Aggressivität einer großen Stadt. Betrunkene, frustrierte junge Männer, Einbrecher.«

»Einbrüche sind hier allerdings auch ein Problem«, stellte Grassi fest, der sich mit den Statistiken vertraut gemacht hatte.

»Schon, doch wenn die kommen, dann tagsüber. Und nur in die Häuser, wo es was zu holen gibt. Wir hatten schon lange keinen Ärger mehr mit denen.«

Ihm war aufgefallen, dass sie »wir« gesagt hatte. »Du meinst, als mein Vater noch lebte.«

»Ja, natürlich.« Sie trank schnell einen Schluck Wein und sah für einen Augenblick sehr traurig aus.

»Wenn das hier so eine friedliche Gegend ist, wovor hat Francesco dann Angst?«

»Hauptsächlich vor Wildschweinen. Und er behauptet, ein Wolf hätte eines seiner Hühner gerissen.«

Grassi nickte. »Mein Vater hatte doch ein Gewehr im Haus, oder? Hast du es schon mal benutzt?«

Toni legte den Kopf schief und verzog die Mundwinkel. »Ist das ein Verhör?«

»Es interessiert mich einfach. Heute Nacht habe ich Schüsse gehört. Und ich denke natürlich auch an verrückte Nachbarn.«

»Na ja, auf Francesco zu schießen, war noch nicht nötig, aber – ja, ich habe mich damit schon mal gegen Wildschweine verteidigen müssen. In den letzten Nächten habe ich sie ein paarmal in der Nähe des Hauses gehört. Ich will nur nicht, dass sie die Erde um die Olivenbäume herum aufwühlen. Wenn es sein müsste, würde ich schießen, aber nur in die Luft. Ich töte keine Tiere.«

»Und mein Vater?«

»Emilio war nicht so zimperlich. Bei ihm gab es hin und wieder Wildschwein zu essen.«

Grassi grinste gähnend. »Er hat sich hoffentlich nicht dabei erwischen lassen.«

Sie verzog das Gesicht. »Einmal schon.«

Er fühlte eine angenehme Schwere in sich. Jetzt würde er endlich schlafen können, allerdings lag ihm noch eine Frage auf der Zunge, die er unbedingt stellen musste, vor der er sich gleichzeitig scheute. Einerseits, weil sie zu persönlich war, um sie einer im Grunde wildfremden Person zu stellen. Andererseits, weil sie ans Licht bringen konnte, dass diese wildfremde Person mehr über ihn wusste als er über sie.

Toni hatte ihr Weinglas geleert. Sie sah müde aus und entfaltete langsam ihre Beine. Bevor die Gelegenheit verstreichen konnte, sagte er ein bisschen zu beiläufig: »Hat mein Vater manchmal über mich gesprochen?«

»Über dich?«

Es war eine blöde Gegenfrage, denn sie hatte ihn genau verstanden.

»Ja. Woher hast du zum Beispiel gewusst, dass ich Commissario bin?«

Toni lächelte müde. »Ich habe dich gegoogelt. Außerdem hat Emilio mal gesagt, dass du ein guter Polizist bist.«

Grassi spürte eine kleine, überraschend wohlige Welle der Wärme von hinten über seine Kopfhaut ziehen, die im nächsten Augenblick eine unangenehme Kälte hinterließ: Sein Vater, der politisch linke Lehrer, hatte ihm, Vito, eine berufliche Anerkennung gezollt. Aber nicht etwa von Angesicht zu Angesicht, o nein, sondern einem Menschen gegenüber, dem er offenbar mehr traute als ihm. Der Stich reichte aus, um die Wärme zu vertreiben und wieder den Zyniker in Grassi hervorzukitzeln: »Er hat die Worte ›gut‹ und ›Polizist‹ in einem Satz gebraucht? Das kann ich mir kaum vorstellen.«

»Kannst du glauben, oder auch nicht. Er hat sogar überlegt, dich um Hilfe zu bitten, als er Probleme mit der Polizei bekommen hat.«

Sie saßen noch eine Weile beisammen und redeten, ehe Toni sich ins Schlafzimmer zurückzog. Und Grassi lag wieder schlaflos auf dem Sofa. Die Müdigkeit war verflogen und sein Kopf voller wirrer widersprüchlicher Gefühle. Zweimal noch ging er in die Waschküche und prüfte, ob die Tür trotz des Kabels nicht doch zu schließen war. Als das partout nicht ging, lief er unter dem Sternenzelt über den Vorplatz und schloss zumindest das schmiedeeiserne Tor am Eingang zum Grundstück. Danach legte er eine Platte auf, über der er schließlich in einen unruhigen Schlaf fiel, gerade, als die Kirchturmuhr von Legnaro vier schlug.

DIE TOTE

Rhythmisches, leises Knacken durchstieß stetig die morsche Oberfläche seines Schlafes. Im Traum nahm er den Takt auf und ging ihm nach, bis sein Herzschlag dem Geräusch folgte und er langsam zu Bewusstsein kam. Vito lag unbequem auf dem Rücken, steif und eingeengt. Er drückte sich vom Sofa hoch. Der Gürtel seiner Jeans klemmte eine Hautfalte am Bauch schmerzhaft ein. Es war noch dunkel. Fahles, blaues Licht lag im Raum. Es kam von der Anzeige des Verstärkers. Die Nadel des Plattenspielers lief endlos durch die Auslaufrille. Er sah auf seine Armbanduhr. Zehn nach sechs.

Vito schlug die Decke ganz zurück, tastete mit dem Fuß im Dunkel nach dem Tretschalter der Stehlampe neben dem Sofa, ging zum Plattenspieler und legte die Nadel wieder an den Anfang der dritten Seite von *Exile On Main Street*. Die Lautstärke stellte er leise, um Toni nicht zu wecken.

Der Gitarrenriff von »Happy« setzte ein.

Glücklich schien auch sein Vater in den letzten Jahren gewesen zu sein, wenn er der nächtlichen Erzählung von Toni Glauben schenken durfte. Glücklicher jedenfalls, als Vito sich das vorgestellt hatte im fernen Rom. Ihm war es immer so vorgekommen, als hätte sein Vater in Ligurien ein selbst gewähltes Einsiedlerleben geführt. Und ein Mensch, der sich zurückzog, musste in Vitos Augen aus irgendeinem Grund traurig sein. Jetzt fragte er sich, vor wem sich Emilio eigentlich zurückgezogen hatte, wenn nicht von der Welt?

Zumindest in den letzten vier Jahren war Toni ihm offenbar so etwas wie die Tochter geworden, die Emilio nie gehabt hatte. Vito wusste noch immer nichts über sie, aber so, wie sie in der Nacht von seinem Vater erzählt hatte, war zwischen den beiden eine

Nähe gewesen, die zwischen Vater und Sohn verloren gegangen war. Toni hatte die meiste Zeit bei ihm gewohnt, ihm beim Bau geholfen und mit ihm das Stück Land gerodet, das zum Olivenhain wurde. Sie hatten gemeinsam gekocht und gegessen, gelacht und geschwiegen. Erst gestern hatte Vito erfahren, dass sein Vater zwei Jahre zuvor beinahe an einer Blutvergiftung gestorben wäre, die er sich durch eine Verletzung mit einem Spalteisen zugezogen hatte. Er hatte seinem Sohn nichts davon erzählt. Toni hatte Emilio damals schließlich gegen seinen Willen ins Krankenhaus gebracht und ihm wahrscheinlich das Leben gerettet.

Vito hatte immer gedacht, dass Emilio kein besonders guter Vater gewesen war. Nun stellte sich heraus, dass Vito der allenfalls mittelmäßige Sohn gewesen war. Die Stones sangen »I just want to see his face«.

Vito kramte in seiner noch nicht ausgeräumten Tasche nach frischer Unterwäsche und ging ins Bad. Aus dem Tal tönte das Echo von Polizeisirenen.

Als er aus der Dusche kam, war von Toni immer noch nichts zu sehen oder zu hören, darum schnappte er sich sein Jackett und die Autoschlüssel und verließ das Haus.

Der Roadster-Akku zeigte eine Restreichweite von hundertsieben Kilometern. Grassi hoffte, dass das für die Fahrt nach La Spezia reichen würde. Bergab war die Straße noch prekärer zu befahren als bergauf, und obwohl er den Roadster nur rollen ließ, schlitterte er in den engen Kurven immer wieder über den morgenfeuchten, brüchigen Asphalt in seitliche Äste, die knirschend am Lack entlangschrammten, sodass Vito mit Phantomschmerzen das Gesicht verzog. Am linken Rand des kleinen Kreisverkehrs, von dem aus der Corsa Roma zum Strand abging, schien warmes Licht aus großen Fenstern einer Bar auf den Bürgersteig. Genau, was Grassi jetzt brauchte. Lautlos glitt sein Wagen auf den Parkplatz gleich neben der *Bar Levanto*. Kaum war er ausgestiegen, bemerkte er die neugierigen Blicke zweier Männer, die an einem Tischchen vor dem Bareingang saßen, Caffè tranken und eine Morgenzigarette rauchten. Sie trugen grasgrüne Overalls mit Warnwesten darüber, die Arbeitskleidung von Straßenreinigern. Zwei hüfthohe, graue Rollcontainer standen hintereinander an der Hauswand.

»Bella macchina«, urteilten die jungen Männer unisono und nickten ihm anerkennend zu.

Grassi war zwar am Montagmorgen im Allgemeinen nicht besonders gesprächig, aber über sein Auto gab er gern und jederzeit Auskunft.

»Grazie.«

»Lotus?«, fragte der Rundliche.

»No«, sagte der Dünne mit Kennerblick. »Americano.«

»Was fährt der so in der Spitze?«, fragte sein Begleiter.

»Knapp über zweihundert. Aber es geht um die Beschleunigung.«

»Also, mir würde da das Motorengeräusch fehlen«, sagte der Dünnere. »So ein Schlitten muss doch röhren wie ein Rennwagen, sonst sehen einen die Mädchen am Strand nicht.«

»Aber die Frauen finden Klimaschutz gut.«

»Hoffentlich nicht nur die Frauen«, entgegnete Grassi. »Wisst ihr zufällig, wie die Roma gestern gegen Parma gespielt hat?«

»Parma hat zwei zu null gewonnen«, gab der Untersetzte zur Antwort.

»Madonna!«, entfuhr es Grassi. »Und Neapel?«

»Gewonnen. Mit einem mickrigen Törchen gegen Milan.«

Grassi winkte ab und zog die Tür zur Bar auf.

»Hauptsache, wir gewinnen nächste Woche gegen Cagliari.« Der Dicke meinte damit die Mannschaft von La Spezia. »Ich glaube, wir können dieses Jahr die Liga halten.« Er sah seinen Freund an: »Und Genua holen wir auch noch ein.«

»Einen Punkt habt ihr aus den letzten drei Spielen geholt«, sagte der Dünne höhnisch. »Vergiss es!«

»Und davor Milan geschlagen!«

»Schön für euch«, rief Grassi angesäuert im Gehen zurück.

»Caffè?«, fragte der Mann hinter dem Tresen, der mit den zurückgegelten schütteren strohblonden Haaren und der ovalen randlosen Brille eher an einen Buchhalter als an einen Barista erinnerte.

»Sì, caffè e un bicchiere d'acqua. Außerdem …«, Grassi warf einen Blick in die Vitrine, »… una brioche con marmelata.«

Der Barista lud mit geübten Handgriffen die Kaffeemaschine, drückte aufs Knöpfchen und legte das gewünschte Brioche auf einen Teller, während der Caffè durchlief. Nach ein paar Sekunden stand beides vor Grassi.

»Prego.« Der Barista sah ihn neugierig an. Grassi gefiel die unprätentiöse helle Bar mit der einladenden Front. Auch der Caffè schmeckte ihm. Er war stark, erdig und bitter. In Rom servierten immer mehr Bars eine moderne Geschmacksrichtung, die als »schokoladig« angepriesen wurde, die er aber einfach ein bisschen langweilig fand.

»Ich bin gerade erst hergezogen. Vito Grassi.«

Der Barista schien kurz zu überlegen. »Grassi, sagen Sie? Sind Sie zufällig mit Emilio verwandt?«

Vito nickte. »Emilio war mein Vater.«

»Mein herzliches Beileid. Emilio hat oft bei mir seinen Caffè getrunken.« Er streckte die Hand aus. »Ich bin Piero. Mir gehört die Bar.«

»Vito.«

Er fragte sich, wie groß die Wahrscheinlichkeit war, dass sein Vater schon aus der Tasse getrunken hatte, die er jetzt in der Hand hielt.

Piero riss ihn aus den Gedanken. »Er hat immer da drüben gesessen.« Er deutete auf einen Hocker an der Ecke des im sanften Morgenlicht matt glänzenden, leicht delligen Edelstahltresens. Piero hebelte den benutzten Siebträger aus der Maschine und sagte über die Schulter gewandt. »Sie sind Commissario in Rom, oder?«

Wieder dieses warme Gefühl auf der Kopfhaut. Diesmal hielt

es an. »Bis gestern, ja. Jetzt bin ich bei der Staatspolizei in La Spezia. Und ich wohne in Emilios Haus.«

»Molto bene. Ihren Vater würde es sicher freuen. Er war sehr stolz darauf.«

Grassi spülte das letzte Stück Brioche mit einem Schluck Wasser hinunter.

»Wenn Sie Polizist sind, haben Sie wahrscheinlich mit der Toten im Tunnel zu tun, oder?«

»Was für eine Tote in welchem Tunnel?«

»Auf der Ciclopedonale zwischen Levanto und Bonassola. Ich weiß sonst auch nichts. War heute Morgen überall auf Facebook. Sind Sie da nicht?«

Grassi schüttelte den Kopf.

»Die Leiche ist heute früh gefunden worden, und jetzt sind alle am Strand unten, vor allem jede Menge Carabinieri. Wird ein Commissario bei so was nicht automatisch informiert?«

»Kommt auf den Fall an. Wenn Sie Ihren Konkurrenten ermorden, kriegen Sie's mit mir zu tun. Wenn einer Ihrer Gäste nicht zahlen will, rufen Sie die Carabinieri. Und wenn Sie falsch parken, kassiert die Polizia Locale. So schaffen wir in Italien Ordnung durch Unordnung.«

»Ich habe jedenfalls immer gesagt, irgendwann passiert da ein Unglück.«

»Wie meinen Sie das?«

»Na, in dem alten Eisenbahntunnel, der zum Radweg ausgebaut wurde. In der Hochsaison geht's da doch zu wie in Mekka. Familien, Rentnergruppen, Partyvolk, alles drängt da durch zu den schönen Buchten. Weil im Ort ja immer weniger Platz ist am Wasser. Und dann noch diese Radrennfahrer, alle diese Möchtegern-Pantanis! Ich habe immer gesagt, irgendwann kracht es da. Die in Monterosso sind schlauer.«

»Schlauer als wer?«

»Als wir hier in Levanto! Theoretisch würde der Tunnel auch Monterosso, die erste der fünf Ortschaften, mit Levanto verbinden. Aber die Cinque Terre haben entschieden, ihn nicht zu öffnen, um sich wenigstens von dieser Seite die Völkerwanderung zu ersparen. Der Tunnel endet also hier in Levanto. Und das haben wir jetzt davon.«

Der Commissario trank sein Wasser aus, zahlte, bedankte sich und verließ die Bar. Der Laden und sein Besitzer schienen ein guter Ersatz für fehlende Social-Media-Kompetenz zu sein. Hierher würde er regelmäßig kommen.

Er bestieg seinen Roadster und fuhr auf dem Corso Roma in Richtung Strand, der nur wenige Hundert Meter entfernt war. Auf halber Strecke lag die Carabinieri-Station von Levanto. Das hohe, weiße Stahltor war zur Seite geschoben. Ein Grüppchen Beamte stand am Straßenrand neben ihren Einsatzfahrzeugen. Grassi bremste und hielt vor dem Eingang der Station. Ein grimmig aussehender Carabiniere bemerkte ihn und machte durch ungeduldige Schritte in seine Richtung und heftiges Winken klar, dass Grassi weiterfahren sollte.

»Guten Morgen, Kollege!«, rief Grassi.

»Weiterfahren, weiterfahren!« Entweder der Beamte hatte ihn nicht gehört, oder er ignorierte den »Kollegen«.

Also hielt Grassi dem Mann seinen Dienstausweis hin. »Ich bin bei der Polizei. Commissario Vito Grassi aus La Spezia. Was ist denn passiert?«

Der Carabiniere wirkte immer noch unwirsch, trat aber an das heruntergelassene Seitenfenster heran. »Leichenfund im Tunnel, mehr weiß ich nicht. Sie fragen am besten den Capitano Bruzzone selbst. Mischt sich denn die Polizia di Stato schon ein?«

»Nein, nein. Ich bin nur von Berufs wegen neugierig«, sagte Grassi mit einem Zwinkern, hob kurz die Hand und gab Saft. Er folgte dem Corso Roma, bis der auf die Passegiate a Mare stieß. Links konnte er die prächtigen Villen erkennen, die leichthin an der südlichen Steilküste klebten und mit ihren verschlossenen Läden aus der Ferne wirkten, als schliefen sie. Um das alte Casinò im Bauhausstil standen Baumaschinen, aber die Außenfarbe wirkte frisch, und das ganze Gebäude schien sich schon zu strecken. Im Sommer würde hier wieder pralles Leben sein. Das Meer vor ihm war so ruhig wie der blaue Himmel darüber. Kaum ein Lüftchen war zu spüren. Als Grassi den Wagen nahe dem Tunneleingang am Ende des Parkbereiches abstellte, hatte sich die Atmosphäre geändert: Ein Dutzend Fahrzeuge – Einsatzwagen der Polizei, Krankenwagen und Feuerwehr – verteilten sich vor dem Tunnel. Niemand schien in Eile. Näher als zweihundert Meter kam man nicht an den Tunnel heran, da die Zone nur für Fußgänger und Radfahrer gedacht und jetzt mit einem rot-weißen Band abgegrenzt war. Hier an der Absperrung standen Neugierige und ehrlich Betroffene, aus dem Konzept gebrachte Jogger und Radfahrer, ein paar Jugendliche, die zu spät zur Schule kommen würden.

Grassi streckte diesmal seinen Ausweis dem Carabiniere an der Absperrung schon entgegen. »Guten Morgen. Commissario Grassi, La Spezia. Wo finde ich denn den Capitano Bruzzone?«

Der Beamte wirkte noch nicht ganz ausgeschlafen, aber sein Sinn für Humor war offenbar schon wach. Er warf kaum einen Blick auf Grassis Ausweis, hob nur das Absperrband und sagte: »Immer geradeaus bis zur Leiche. Sie können ihn nicht verfehlen.«

»Wie weit ist es denn bis zum Fundort?«

»Die Leiche liegt in der zweiten Galleria. Mehr als ein paar Minuten werden Sie nicht laufen müssen. Oder Sie warten einfach, bis die Kollegen fertig sind und aus dem Tunnel kommen.«

Grassi sah auf die Uhr. Es war kurz vor halb acht. Seinen Termin bei Questore Feltrinelli hatte er zwar erst um elf, aber er wollte nicht auf dem schnellsten Weg nach La Spezia fahren, um sich vorher noch ein wenig in seinem neuen Revier umzuschauen.

»Sie haben nicht zufällig ein Fahrrad für mich?«

»Machen Sie Witze?«

Grassi zuckte mit den Schultern und lief los. Nach etwa zweihundert Metern trat er in den Tunnel ein. Der ehemalige Bahntunnel war etwa fünf Meter hoch, aber nur gut drei Meter breit.

Neben zwei Fahrradspuren quetschte sich ein gelb abgegrenzter Streifen für Fußgänger an die Tunnelwand. Hier konnten kaum zwei Menschen nebeneinanderlaufen, ohne Radfahrern in die Quere zu kommen. Die Rentnergruppen, von denen Piero gesprochen hatte, würden im Gänsemarsch gehen müssen. An der Decke hingen alle fünf Meter Lampen, trotzdem war die Beleuchtung schummrig, denn das meiste Licht wurde von den grob gehauenen, grauschwarzen Tunnelwänden und vom Asphalt geschluckt. Nichts für Menschen mit Angst vor engen Räumen, dachte Grassi. Zwei Tunnelabschnitte musste er durchqueren, bis es wieder hell wurde. Das grelle Licht, das Grassi am Ende des Tunnels sah, stammte von Scheinwerfern, die am Fundort der Leiche aufgestellt worden waren. Gut zwanzig Meter vor dem Ausgang war ein Quadrat nahe einer Nische in der Wand kriminaltechnisch untersucht, markiert und abgesperrt worden. Männer in weißen Overalls packten ihre Sachen zusammen. Sie hatten ihre Kapuzen heruntergezogen und die Schutzbrillen bereits abgenommen.

An der Decke am Tunnelausgang sah Grassi eine Kamera, die auf die breiter werdende Promenade gerichtet war. Die entsprechende Kamera am Eingang musste er übersehen haben. Hinter der Galleria führte der Weg einige Hundert Meter unter freiem Himmel direkt an der steinigen Küste entlang. Eine Treppe führte zu einem Strand hinab, der malerisch zwischen scharf geschnittenen Felsen lag. Bänke boten einen Blick aufs Meer. Neben den Bänken standen ein weißer Kastenwagen der Polizia Scientifica, der Gerichtsmedizin aus La Spezia, und ein Leichenwagen. Die Leiche lag schon in einem glänzenden schwarzen Sack auf einer Rollbahre. Ein groß gewachsener Carabiniere mit Schirmmütze bemerkte Grassi und kam ihm entgegen. Der Commissario erkannte den Capitano an den drei Sternen auf dessen Schulterklappen.

»Capitano Bruzzone, buongiorno!«

»Guten Morgen, Commissario. Mein Kollege hat Sie schon

über Funk angekündigt.« Dem Capitano der Carabinieri stand ein Grundmisstrauen ins Gesicht geschrieben. Die italienische Idee, staatliche Polizeigewalt nicht nur in eine Hand zu geben, war eine gute und demokratische Tradition zur Vermeidung von Machtkonzentration. Aber fünf Polizeiorganisationen unter der Führung verschiedener Ministerien bei sich zum Teil überschneidenden Zuständigkeiten führten zwangsläufig auch zu häufigem Kompetenzgerangel. Dazu kamen sehr unterschiedliche Mentalitäten aufgrund von Tradition und Organisation. Die Carabinieri waren eine streng militärische Einheit. Der Capitano war nach Haltung und militärischem Haarschnitt zu schließen von Kopf bis Fuß – und wahrscheinlich auch mit Leib und Seele – ein Soldat, der polizeiliche Aufgaben erfüllte. Der Commissario musste dem Capitano dagegen vorkommen wie ein Zivilist mit zu langen Haaren. Hierarchisch standen die beiden auf derselben Stufe, aber aus Sicht des Capitano der Carabinieri Bruzzone konnte der Besuch des Commissarios der Polizia di Stato schwerlich als Privatvergnügen gewertet werden.

»Ich bin inoffiziell hier, mich treibt nur berufliche Neugier. Außerdem bin ich gerade erst nach Levanto gezogen, ich strecke also sozusagen die Fühler aus«, sagte der Commissario leichthin. Er musste zu Bruzzones länglichem Gesicht und seinen kleinen Augen aufschauen.

»Nun, was kann ich Ihnen erzählen, um Ihre Neugierde zu stillen: Die Leiche ist weiblich und bereits identifiziert. Alles Weitere muss die Obduktion ergeben.«

Grassi schaute auf einen Mann im weißen Overall, der bei dem Leichensack gestanden hatte, jetzt seine Einweghandschuhe mit einem Schnalzen von den Händen rupfte, sie achtlos auf den Boden fallen ließ und sich ihnen näherte. Bruzzone stellte sie einander vor, und Grassi schüttelte Dottore Andrea Penza die Hand. Dessen Blick war gleichzeitig wach und melancholisch. Er war kleiner als Grassi, untersetzt und völlig kahl. Der Commissario schätzte ihn auf Ende fünfzig.

»Woran ist das Opfer denn gestorben, Dottore?«, fragte Grassi.

»Wenn ich das schon wüsste, Commissario, würde ich es Ihnen trotzdem nicht verraten, oder?«, sagte Penza mit einem Seitenblick auf den Capitano. Offensichtlich wollte er nicht zwischen die Fronten geraten.

Der Capitano verzog keine Miene, also fuhr Penza fort: »Die Tote hat einige äußerliche Verletzungen; welche davon tödlich waren, weiß ich noch nicht. Die Verletzungen erinnern mich an solche, die ich schon bei Unfallopfern gesehen habe. Wäre nicht der erste Zusammenstoß von Radfahrer und Fußgänger im Tunnel. Aber der erste tödliche.«

»Ja«, sagte Grassi. »Ich kann mir gut vorstellen, dass es hier auch mal eng wird.«

»Wir hatten schon einige Zusammenstöße auf der Ciclopedonale«, ergänzte Bruzzone, »besonders im Sommer, wenn die Touristen kommen.«

»War das Opfer denn Touristin?«

»Nein. Eine Frau aus der Nähe von Framura, genauer aus Montaretto.« Bruzzone räusperte sich. »Ist Ihre Neugierde damit befriedigt? Gut, dann können wir hier weitermachen.« Der Capitano gab das Zeichen, die Rollbahre mit der Toten in den Leichenwagen zu schieben. Der Fahrer warf seine Zigarette über die Brüstung auf den Strand. Penza bekreuzigte sich.

»Eine Einheimische stirbt also nachts in der Nebensaison bei einem Unfall in einem leeren Tunnel«, sagte Grassi.

»Sie haben sicher keine Zeit, sich den Kopf über einen Fall zu zerbrechen, der Sie nicht kümmern muss«, sagte Bruzzone spitz. »Und ich würde hier gern fertig werden.« Der Wink mit dem Zaunpfahl war nicht zu übersehen, also verabschiedete Grassi sich von Penza und spazierte an der Seite des Capitano zurück in den Tunnel.

»Wo in Levanto wohnen Sie, wenn ich fragen darf?«, lenkte Bruzzone das Gespräch ins Private, ohne tatsächlich interessiert zu wirken.

»Ehrlich gesagt, weiß ich die offizielle Adresse gar nicht. Das Haus liegt am östlichen Ortseingang am Ende einer Privatstraße. Man muss an einem Campingplatz vorbei.«

Bruzzone blieb stehen und sah Grassi lauernd an. »Jetzt weiß ich es: Sie sind der Sohn von Emilio Grassi?«

»Es scheint hier im Ort nicht viele Grassis zu geben«, sagte Vito. »Sie hatten mit meinem Vater zu tun?«

»Flüchtig. Ich habe ihn und seinen Freund vor einiger Zeit wegen Wilderei festgenommen. Sie schauen so überrascht, wussten Sie etwa nicht, dass Ihr Vater … eine kriminelle Vergangenheit hat?«

Grassi war stehen geblieben und starrte Bruzzone an. Er blinzelte nicht. Ein Warnzeichen für alle, die den Commissario kannten. Er spürte, wie sich die Kopfhaut hinter seinen Ohren schmerzhaft spannte.

»Lange her und kommt nicht wieder vor, Capitano.«

»Wilderer hören nicht einfach auf.«

Grassi blinzelte immer noch nicht. »Mein Vater schon«, sagte er scharf. »Er ist vor zwei Monaten gestorben«

Bruzzone machte ein betroffenes Gesicht, aber bevor er sein Beileid bekunden konnte, hatte sich Grassi mit einem »Wir sehen uns sicher« abgewandt und schritt durch den Tunnel zurück.

Zwischen den kurzen Tunnelabschnitten fuhren der Wagen der Carabinieri und der Leichenwagen an ihm vorbei. Der Kastenwagen der Polizia Scientifica bremste. Dottore Penza ließ das Fenster herunter und begann beim Anblick des Meeres etwas zu pfeifen, worin Grassi das berühmteste italienische Lied überhaupt zu erkennen glaubte. Diese vor Selbstbewusstsein strotzende Hymne, die eigentlich ein melancholisches Liebeslied war: »Azzurro, il pomeriggio è troppo azzurro e lungo per me …«

»Kann ich Sie ein Stück mitnehmen?«

»Gern. Grazie.« Grassi schob sich neben den Dottore auf den breiten Beifahrersitz. Der sah ihn von der Seite mit einem Lächeln herausfordernd an.

»Was?«

»Na, jetzt fragen Sie schon.« Penza bedeutete dem Kollegen am Steuer, langsam weiterzufahren.

Grassi gab seinem Ermittlerinstinkt wider besseres Wissen nach. »Na gut: Was wissen Sie über den Todeszeitpunkt?«

»Commissario, ermitteln Sie etwa auf eigene Faust?«, sagte Penza gespielt empört und senkte dann die Stimme. »Die Leichenstarre war schon eingetreten. Mindestens acht Stunden, vielleicht ein bisschen länger. Sie ist gestern Abend gestorben. Ich würde sagen zwischen neun und Mitternacht«

»Nicht gerade Rushhour«, sagte Grassi.

»Da ist noch etwas, Commissario: die Haltung, in der wir die Tote gefunden haben.«

»Was ist damit?«

»Andrea«, sprach Penza einen Techniker auf dem Rücksitz an. »Reichen Sie doch mal die Kamera nach vorn.«

Der Angesprochene zog eine große Canon aus der Tasche zwischen seinen Beinen und gab sie Penza. Der drückte sich durch die Aufnahmen. Die erste zeigte die tote Frau aus einigen Metern Entfernung.

»Hier, das Opfer wurde anscheinend durch einen Aufprall auf Gesicht und Bauch geschleudert. Auf den ersten Blick ist die Position der Leiche so, wie man das nach einem Unfall erwarten würde. Der Hals überstreckt, die Beine in einem unnatürlichen Winkel abgespreizt, die Hände liegen allerdings unter dem Oberkörper. Sehen Sie?«

Grassi nahm die Kamera, betrachtete das Display, nickte.

»Jetzt gehen wir näher ran.« Penza drückte zwei Bilder weiter. Für diese Aufnahme hatte sich der Fotograf wahrscheinlich auf den Boden legen müssen. Sie zeigte den Blick unter den Torso der Toten, die auf ihren Händen lag.

»Merkwürdig«, murmelte Grassi.

»Das will ich meinen. Die Hände sind gefaltet. Oder waren es zumindest. Sie haben sich etwas voneinander gelöst, doch die

Finger sind zum Teil noch verschränkt.« Penza gab die Kamera dem Kollegen zurück.

»Und was schließen Sie daraus?«

»Dass die arme Frau kurz vor dem Zusammenstoß noch gebetet hat? Keine Ahnung. Und Sie muss das ja zum Glück auch nicht interessieren. Ist das nicht schön?« Penza wirkte hyperaktiv. Dass er immer, wenn er selbst nicht sprach, die schmalen Lippen spitzte und eine Melodie zu pfeifen schien, machte ihn dem Musikliebhaber Grassi sympathisch.

Die Fahrt dauerte nur wenige Minuten. Hinter der Absperrung bildete eine kleine, von den Carabinieri an den Rand gedrängte Menschenansammlung ein Spalier, durch das der Konvoi aus offiziellen Fahrzeugen, angeführt von dem Leichenwagen, langsam hindurchfuhr. Grassi sah betroffene und traurige Gesichter, kaum Handys in der Hand von Gaffern, wie sonst bei solchen Anlässen üblich.

Grassi schaute immer wieder zu Penza hinüber. »Was pfeifen Sie da eigentlich die ganze Zeit?«

»Ich? Was meinen Sie? Ich pfeife doch gar nicht.«

Der Fahrer zog die Augenbrauen hoch und gluckste. »Und ob.«

»Konzentrieren Sie sich lieber aufs Fahren, Kollege. Ein tödlicher Unfall am Tag genügt mir.«

»Bei dem kleinen orangefarbenen Wagen da vorn können Sie mich absetzen.«

»Das ist Ihr Auto?«, sagte Penza beim Anblick des Roadsters. »Ich würde sagen, der ist definitiv nichts für Undercover-Ermittlungen.«

»Aber für Beschattungen. Er macht kein Motorengeräusch«, sagte Grassi mit einem Grinsen. »Ich besuche Sie mal in La Spezia, Dottore.«

Penza hielt ihm seine Karte hin. »Oder Sie rufen mich an, wenn die Neugier Sie wieder umbringt, Commissario.« Zum Abschied pfiff er Grassi einen kleinen Marsch.

DIE QUÄSTORIN

Um sich auf der Fahrt nach La Spezia einen ersten Eindruck seines neuen Reviers zu verschaffen, nahm Grassi nicht den schnelleren Weg über die Autostrada, sondern folgte zunächst der steil aus Levanto wegführenden Strada Provinciale 38 nach Osten und bis zur Einfahrt in den Parco Nazionale delle Cinque Terre, um dann nach wenigen Kilometern den Roadster rechts auf die noch schmalere SP 51 zu lenken. Hier war um diese Jahreszeit kaum ein Mensch unterwegs, weshalb er in einer Linksbiegung gefahrlos am Straßenrand halten konnte, ja, halten musste. Von diesem Punkt aus lag vor ihm der ganze Nationalpark ausgebreitet und unter ihm sozusagen Quattro delle Cinque Terre: Monterosso, die erste der fünf Ortschaften, die der Cinque Terre ihren Namen gaben, lag bereits hinter ihm. Vor ihm, unterhalb der Steilküste zu erahnen, kam als Nächstes Vernazza. Ein Kilometer weiter nach Osten und in der klaren Vorfrühlingsluft so scharf umrissen wie eine kunstvoll geschnitzte und bemalte Miniatur, konnte er Corniglia majestätisch auf seinem Felsen über dem aufschäumenden Meer thronen sehen. Noch etwas weiter gen Osten bildeten die uralten Weinterrassen von Manarola ein Muster in der Landschaft. Riomaggiore versteckte sich in der Bucht dahinter.

Bis vor wenigen Jahrzehnten hatten die Menschen an diesem Küstenabschnitt noch weitgehend in Isolation gelebt. Grassi nahm an, dass sie genau das gewollt hatten. Welchen anderen Grund könnte es für Menschen geben, sich den am schwersten zugänglichen Küstenstreifen für die Besiedlung auszusuchen und ihre Häuser an senkrecht ins Meer stürzenden Felsen zu bauen? Und zu allem Überfluss war jegliche Art von Landwirtschaft nur zu betreiben – und das auf äußerst bescheidenem Niveau –, wenn man zuvor mit Millionen von Natursteinen künstliche Terrassen anlegte, auf denen dann genau eine Reihe Reben oder Olivenbäume Platz hatte. Grassi schüttelte den Kopf. Im Grunde war diese Schönheit das Ergebnis reinen Wahnsinns.

Das mit der Isolation hatte sich gründlich geändert, seit die UNESCO den gesamten Küstenabschnitt zum Weltkulturerbe erklärt hatte. Das Absurde war natürlich hier wie überall, dass der Weltkulturerbe-Status die einzigartige Kulturlandschaft schützen sollte – und gleichzeitig noch mehr Menschen aus aller Welt anlockte, die sie bedrohten. Der Tourismus war ein gutes Geschäft und im Zweifel leichter verdientes Geld als die Arbeit in steilen Olivenhain- und Weinbergterrassen. Grassi bewunderte diejenigen, die unverdrossen die zum Teil jahrhundertealten Trockenmauern ausbesserten und die Terrassen pflegten.

Er riss sich los und stieg wieder ein. Bei der Weiterfahrt musste er sich geradezu zwingen, die Straße vor sich im Blick zu behalten, zumal sie an einigen Stellen von Erdrutschen zerstört und nur notdürftig repariert worden war. Einmal wäre er hinter einer Kurve beinahe ungebremst in eine Gruppe Bauarbeiter hineingefahren, die Schlaglöcher ausbesserten. Er war eben selbst noch ein Tourist.

Nach der Italien-Postkartenidylle der Cinque Terre war Grassi geradezu erleichtert, als er aus dem langen Tunnel von Riomaggiore kommend sich in weiten Bögen dem Hafen von La Spezia näherte und der Verkehr zunahm. Er hatte noch ein wenig Zeit bis zu seinem Termin bei der Quästorin und fuhr deshalb hinter dem Militärhafen am Kreisverkehr geradeaus zum Porto Mirabello und bis zum Ende der Mole. Er wollte einen Blick auf die Stadt vom Wasser aus werfen, denn so, fand er, waren Städte, die am Wasser lagen, am besten zu begreifen.

Das Wasser hatte die ersten Bewohner gebracht, über das Wasser waren sie gekommen, über das Wasser würden sie wieder aufbrechen. La Spezia verdankte seine Existenz und seinen Charakter der besonderen Form des Golfes einerseits und des wilden

Hinterlands, das zum Apennin anstieg, andererseits. Dazwischen lag nur ein schmaler bewohnbarer, aber beschützter Küstenstreifen.

Grassi erinnerte sich an einen Ausflug als Kind, bei dem ihm die Stadt viel größer erschienen war. Nach und nach hatte La Spezia in Talausgängen, in Hangeinschnitten und auf sanfteren Höhenzügen Auswege aus der Enge gesucht und gefunden – sich langsam natürlich und organisch ausbreitend, nicht wie ein Geschwür. Das machte La Spezia ein bisschen unordentlich und zersiedelt. Auf ihrem Höhepunkt hatte die Stadt Anfang der Siebziger über hundertzwanzigtausend Einwohner gehabt. Die Zahl war in den Jahrzehnten danach mit dem Niedergang der Stahlindustrie und der Werften wieder auf unter hunderttausend gesunken. Grassi ließ den Blick über die weite Bucht gleiten. Wenn man sich die schnittigen Jachten, die hässlichen Kreuzfahrtschiffe und den mächtigen Marinestützpunkt wegdachte, sah man die geheimnisvolle, abgelegene Bucht noch gut vor sich, die sie noch vor nicht allzu langer Zeit gewesen war.

Schon den alten Römern war es zu anstrengend gewesen, diese raue Region enger an ihr Straßennetz anzubinden. Bis ins Mittelalter war die sumpfige Küste daher ein Paradies für nordafrikanische, arabische und normannische Piraten geblieben. Danach kamen die Genueser und mit ihnen Jahrhunderte, in denen der Krieg und das Militär die Geschicke La Spezias bestimmten. Die Stadt hatte sich stets entschlossen verteidigt: gegen die Malaria genauso wie gegen Napoleon. In beiden Fällen vergeblich. Dann siedelten sich am östlichen Rand der Bucht in Lerici die Schöngeister des neunzehnten Jahrhunderts an – Lord Byron, Goethe und viele andere, was der Bucht den Namen Golfo dei Poeti, Golf der Poeten, einbrachte. Auch die Poeten zogen weiter, und zwar verlief die Geschichte der Stadt daraufhin weniger poetisch, doch wurde sie dem freien Geist dieser Dichter gerecht: Die Arbeiterstadt La Spezia war dem Kommunismus zugewandt und nach Mussolinis Marsch auf Rom entsetzt von der Ausbreitung des Faschismus in Italien. Hier konnte der Diktator am schwersten Fuß fassen. Auch die Deutschen bekamen den linken Eigensinn der Region La Spezia zu spüren und sahen sich erbitterten Partisanenkämpfen ausgesetzt. Die Alliierten hatten heftige Bombenangriffe gegen den strategisch wichtigen Kriegshafen geflogen, konnten aber von Glück sagen, dass nach Kriegsende noch genug Infrastruktur übrig war, um Zehntausende von Vertriebenen und Holocaustüberlebenden von hier aus nach Amerika oder Palästina einzuschiffen.

Während in anderen Regionen Norditaliens die Lega Wahlerfolge feierte, hatte La Spezia seit einigen Jahren einen parteilosen Bürgermeister und galt als ausgesprochen tolerant. Grassi wusste aus der Verbrechensstatistik, dass die Hasskriminalität hier deutlich niedriger war als im Rest des Landes.

Diese Stadt hatte zu viel erlebt, um im landläufigen Sinne schön zu sein, dachte Grassi. Er beschloss, La Spezia zu mögen, und stieg wieder in sein Auto. Es wurde Zeit, sich seiner neuen Chefin vorzustellen.

Die Questura war ein modernes, trutzturmartiges Gebäude mit spiegelnder Glasfassade, das zwischen den kleinbürgerlichen Mietshäusern aus den Sechzigerjahren deplatziert wirkte. Grassi wurde von einem ernsten jungen Beamten in Uniform in Empfang genommen und bis zum Fahrstuhl geführt, wo dieser zum Abschied salutierte. Grassi wollte sich erst der Quästorin vorstellen und dann sein neues Büro beziehen.

Nachdem die Fahrstuhltüren sich geschlossen hatten, spürte Grassi eine ungewohnte Nervosität in sich aufsteigen, und er nahm bewusst eine entspannte Körperhaltung ein: Füße hüftbreit, Brust raus, Bauch rein, Hüfte etwas vor und Schultern fallen lassen. So schloss er für einen Moment die Augen und nahm drei tiefe Atemzüge.

Jeden bisherigen Schritt in seiner Karriere hatte er in einer ihm bekannten Umgebung gemacht. In Straßen, in denen er von Kindesbeinen an zu Hause gewesen war, mit Menschen, die er zum Teil noch von der Schule kannte. Im römischen Teich hatte Grassi alle kleinen und großen, alle gefräßigen und harmlosen Fische gekannt. Grassi war nicht aus Ehrgeiz in den Rang eines Commissario Capo aufgestiegen, sondern weil er schlicht ein guter Polizist war, der mit eigenwilligem Instinkt Fälle löste, an denen andere gescheitert waren. Zudem war er immer bereit gewesen, anzunehmen, dass er von anderen noch etwas lernen konnte. Freunde, Konkurrenten und Feinde im Revier hatten sich so im Laufe der Jahre entweder mit ihm weiterentwickelt oder waren irgendwann zurückgeblieben und aus seinem Umfeld verschwunden. Dieses Gefühl des Unbekannten, sich ganz neu beweisen zu müssen, kannte er nicht. Und während sich die Fahrstuhltüren lautlos gleitend öffneten, musste Grassi sich eingestehen, dass er verunsichert war.

Er lief den Gang im sechsten Stock hinunter und erreichte das Vorzimmer des größten und schillerndsten Fisches in diesem noch unbekannten Teich: Quästorin Lilia Feltrinelli. Grassi hatte über sie Erkundigungen eingezogen, weil er gern wusste, mit wem er es als Chef zu tun hatte. Feltrinelli stammte aus Mailand und war offenbar eine talentierte Skifahrerin und noch bessere Chemikerin gewesen, bevor sie vor dreißig Jahren der Polizei beitrat. In Berlusconis korruptem Mailand der Neunzigerjahre war es ein Vorteil, jung und gut aussehend zu sein, wenn man als Frau eine bescheidene Karriere machen wollte. Aber Feltrinelli war nicht bescheiden und zudem schlau, mutig und unbestechlich. Diese unverzeihlichen weiblichen Charakterschwächen hätten sie beinahe die Karriere gekostet. Sie verließ Italien und war bei Europol in Den Haag maßgeblich an der Aufklärung einiger spektakulärer Mordfälle beteiligt. Mit diesen Meriten im Gepäck hatte sie nach ihrer Rückkehr die etwas rückständige Polizia Scientifica erst organisatorisch umgekrempelt und danach technisch ins einundzwanzigste Jahrhundert geführt. Schließlich hatte sie sich vor sechs Jahren gegen alle männlichen Konkurrenten, die noch immer dumm genug gewesen waren, sie zu unterschätzen, im Kampf um den Posten der Quästorin von La Spezia durchgesetzt. Unter Feltrinellis Ägide war die Kriminalitätsrate der Provinz im Gegensatz zum Rest Italiens deutlich gesunken und die Aufklärungsquote gestiegen. Die Frau hatte offenbar vor allem aus einem Grund Karriere gemacht: Weil sie wusste, was sie wollte und wie sie es bekam.

Um kurz nach elf wurde Grassi vorgelassen, klopfte zweimal an die Tür von Lilia Feltrinelli und betrat einen großen, hell getäfelten Raum mit Fenstern nach Südosten. Die Quästorin saß am entfernten Ende des Raumes und wirkte – eingerahmt von drei aufgepflanzten Standarten, an denen die drapierten Flaggen Italiens, der Provinz La Spezia und der Staatspolizei hingen – wie die Ministerpräsidentin eines kleinen, aber aufstrebenden europäischen Landes. Sie erhob sich aus ihrem schwarzen ledernen Bürosessel, eine elegante Erscheinung in zweireihigem weißem Kostüm mit großen Karos. Sie hatte einen dunklen Teint, trug die blonden Haare mittellang gescheitelt und auffallend viel Goldschmuck, ohne damit protzig zu wirken. Dabei strahlten die hellen Augen unter den dunklen Wimpern ihn prüfend, aber freundlich an. Ihr über die Schulter schaute etwas verdrießlich der Staatspräsident, als wüsste er, dass sein Bild nur an der Wand hing, weil irgendeine Bürorichtlinie das so vorschrieb.

Feltrinelli machte einen Schritt neben ihren Schreibtisch und streckte die Hand aus. »Buongiorno, Commissario Grassi. Es freut mich, Sie kennenzulernen. Willkommen in meinem Team.« Sie betonte das »meinem«. Grassi spürte schmerzhaft drei goldene Ringe unter ihrem festen Händedruck.

»Die Freude ist ganz meinerseits, Questore.« Ihr Blick war nicht unangenehm, aber man musste ihm standhalten.

»Bitte, nehmen Sie Platz. Wann sind Sie angekommen?«

»Ich bin seit gestern hier.« Er setzte sich auf den gepolsterten Stuhl gegenüber ihrem aufgeräumten großen Schreibtisch.

Feltrinelli schaute auf ihren Computerbildschirm, während sie im Zehnfingersystem die Tastatur bediente. »Sie hatten das Glück des Tüchtigen, Commissario. Glück, weil der letzte Commissario das Pech hatte, dauerhaft zu erkranken. Aber Sie haben auch sehr gute Beurteilungen aus Rom bekommen, sonst hätte ich Sie nicht für die Position in Betracht gezogen. Hier haben sich einige jüngere Kolleginnen und Kollegen durchaus Hoffnung auf den Posten gemacht.«

Er hatte sich vorgenommen, bescheiden aufzutreten, aber hier konnte er sich eine entsprechende Replik nicht verkneifen. »Ich bin dankbar, aber, wenn ich das sagen darf: Ich glaube, Sie haben eine gute Entscheidung getroffen.«

Die Quästorin lächelte feinsinnig. »Sie waren zuletzt eingesetzt …«

»… bei der Drogen- und Bandenkriminalität. Davor zehn Jahre im Morddezernat.«

»Und Sie sind immer in Rom gewesen. Warum der Wunsch nach Versetzung?«

»Aus privaten Gründen.«

Feltrinelli schien ihn mit ihrem Blick durchbohren zu wollen. »Ihre Versetzung hat also nichts mit den Drohungen zu tun, die Fifi Caldarrosta im Gerichtssaal gegen Sie ausgestoßen hat?«

Die Frage erwischte Grassi auf dem falschen Fuß, und er ärgerte sich darüber, dass sie ihn so überraschen konnte. Der Prozess gegen Fifi hatte landesweit Schlagzeilen gemacht, und er hätte sich denken können, dass Feltrinelli darauf zu sprechen kam.

Es stimmte, dass Fifi ihm im letzten Jahr einige schlaflose Nächte bereitet hatte. Nicht, weil Grassi Angst vor ihm hatte, sondern weil bei der minutiös geplanten Festnahme des Familienoberhaupts des weit verzweigten Caldarrosta-Clans etwas gründlich schiefgelaufen war. Nach wochenlanger Observierung waren Grassi und sein Team sicher gewesen, Fifi allein in der kleinen Mietwohnung im zweiten Stock eines unscheinbaren Wohnblocks im römischen Vorort Tufello anzutreffen. Der Commissario hatte nicht damit gerechnet, dass Fifi sich in dieser Nacht das Bett mit seinem Nachbarn und Liebhaber teilen würde. Die Airsoft-Pistole, die der junge Mann bei der Erstürmung der Wohnung aus dem Nachttisch zog und auf Grassi richtete, war nur ein Spielzeug, sah aber zu echt aus, um es in der Hektik der Situation darauf ankommen zu lassen. Fifis Freund starb später im Krankenhaus an der Kugel, die der Commissario abgefeuert hatte. Nach der Untersuchung des tragischen Zwischenfalls wurde Grassi von allen Vorwürfen entlastet. Aber als er während des Prozesses in den Zeugenstand trat, war der Angeklagte Fifi ausgerastet und hatte ihm einen qualvollen Tod versprochen. Grassi war zwar hart im Nehmen, und er hatte solche wüsten Drohungen auch nicht zum ersten Mal gehört. Ein schlechtes Gewissen hatte er trotzdem, und er verzog das Gesicht in schmerzvoller Erinnerung.

»Sie tragen keine Schuld an dem Tod des jungen Mannes.«

»Ich habe ihn erschossen.«

»Die Baretta war selbst für Experten erst auf den zweiten Blick als Airsoft-Modell zu identifizieren.«

»Mag sein. Jedenfalls hat die Sache nichts mit meiner Entscheidung zu tun, mich versetzen zu lassen. Ich habe von meinem verstorbenen Vater ein Haus in Levanto geerbt und beschlossen, darin zu wohnen.« Er strich sich die strähnigen grauen Haare aus dem Gesicht. »Und für den Fall, dass Sie das noch nicht überprüft haben sollten: Wenn Sie im Strafregister nachschauen, dann finden Sie dort einen Eintrag unter Grassi, Emilio, wegen des Tatbestands der Wilderei. Capitano Bruzzone war es heute Morgen ein Bedürfnis, mir dies aufs Brot zu schmieren.«

»Sie sind dem Capitano also schon vorgestellt worden? Es ist immer gut, sein Gegenüber bei den Carabinieri zu kennen.«

Grassi verzog die Mundwinkel.

Die Quästorin sah ihn erst fragend an, dann hob sie das Kinn. »Wenn Sie Bruzzone heute Morgen begegnet sind, dann waren Sie in dem Tunnel, in dem die tote Frau gefunden wurde.« Es war eine Feststellung, keine Frage.

»Ja, war ich. Und ich glaube, der Capitano fühlte sich durch meinen Antrittsbesuch an seinem Tatort auf die glänzenden Uniformschuhe getreten.«

Feltrinelli verschränkte die Arme und legte mahnend den Kopf schief. »Ich pflege ein gutes Verhältnis zum hiesigen Colonnello, und auch Ihnen sollte an einer professionellen Zusammenarbeit gelegen sein.«

»Naturalmente. Aber Bruzzones Bemerkung über meinen Vater war schlichtweg überflüssig.«

»Ich verstehe.« Sie musterte ihn ein paar Sekunden schweigend. »Nun, nichts Schlechtes über die Toten. Wilderei ist im Übrigen weit verbreitet in der Gegend. Darum kümmert sich der Corpo Forestale, doch mit der Wilderei geht leider sehr oft illegaler Waffenbesitz einher. Und mit illegalen Waffen werden Verbrechen begangen. Die fallen dann unter Umständen wieder in Ihr Aufgabengebiet, Commissario. Hängt eben alles zusammen.«

Grassi nickte und hoffte, dass sein Vater keine illegalen Waffen besessen hatte. Er nahm sich vor, das zu überprüfen.

»Aber wo Sie schon mal am Fundort der Leiche in Levanto waren, wie schätzen Sie den Fall ein?«

Die Frage überraschte Grassi. Eben hatte sie ihm noch durch die Blume gesagt, er solle sich nicht in die Angelegenheiten der Carabinieri einmischen, jetzt wollte sie seine Meinung zu einem Fall, mit dem er nicht befasst war? War das ein Test? »Ich weiß nicht recht. Vielleicht hätte ich nicht von einem Tatort sprechen sollen«, meinte er vorsichtig. »Dottore Penza, den ich heute Morgen ebenfalls kennenlernen durfte, sprach von Hinweisen, die eher für einen Unfall mit Todesfolge als für ein Gewaltverbrechen sprechen.«

»Sie sind hier nicht auf einer Pressekonferenz und können ganz normal reden.« Lilia Feltrinelli runzelte die fein gezogenen Augenbrauen. »Wie sehen Sie die Sache?«

Grassi rutschte an die Stuhlkante. »Nun, es ist nicht mein Fall, und ich habe keinen Grund, die Erkenntnisse der Kollegen anzuzweifeln …«

Die Quästorin verdrehte die Augen. »Jetzt entspannen Sie sich mal bitte. Sie sollen ja den Fall nicht übernehmen. Wir lernen uns kennen und unterhalten uns. Mich interessiert, wie Sie denken und arbeiten. Mein Kollege in Rom sagte mir, Sie seien einer, der sich nicht mit einfachen Antworten zufriedengibt.«

Grassi versuchte, sich etwas locker zu machen, war aber immer noch auf der Hut. »Oh, ich habe gar nichts gegen einfache Antworten, Signora. Bei der Verbrechensaufklärung sind das oft die besten. Wenn im Auto eines vorbestraften Dealers ein Kilo Kokain gefunden wird, muss man sich nicht fragen, ob vielleicht die Werkstatt beim Reifenwechsel oder die Großmutter beim Kirchgang ihm die Drogen untergeschoben haben könnte.«

»Klingt logisch.«

Grassi schüttelte den Kopf. »Als Ermittler sollte man jedoch immer über den Tellerrand der eigenen Logik hinausdenken können. Pensare fuori dagli schemi. Verbrechen sind unlogisch, doch Verbrecher glauben, dass sie logisch handeln. Es kommt darauf an, die Zweifel zu spüren und zuzulassen, wenn die Antworten *zu* einfach sind. Und das eine vom anderen zu unterscheiden.«

Die Quästorin nickte. »Und im Falle der Toten im Tunnel?«

»Finde ich die Unfalltheorie grundsätzlich plausibel. Der Tunnel ist eng und für manchen Radfahrer wohl eine Art Rennstrecke. Bei viel Verkehr und wenn es unglücklich läuft, kann so etwas passieren. Und, wie gesagt: Die festgestellten Verletzungen scheinen für diese Theorie zu sprechen.«

»Aber?«

»Aber … ich halte so einen tragischen Unfall an einem Samstagvormittag im August für wahrscheinlicher als in einer Sonntagnacht im März. Auch die Lage der Toten wirft Fragen auf. Bruzzone hat die Sache sicher bestens im Griff und wird die richtigen Antworten finden.«

»Nun gut, Commissario, sollte sich die Großmutter doch noch als Drogenbaronin entpuppen, werden Sie es erfahren.« Die

Quästorin stieß ihren Stuhl vom Schreibtisch ab und legte die Fingerspitzen aneinander. »Noch ein paar Regeln für unsere Zusammenarbeit, Commissario. Erstens: Ich bin ein Teamplayer und erwarte dasselbe von meinen Leuten. Heldenhafte Alleingänge mag ich nicht. Zweitens: Ich mische mich selten in Ihre Fälle ein, es sei denn, Sie brauchen meine Unterstützung. Dafür erwarte ich Loyalität und eine offene Kommunikation. Drittens: Ich liebe Akten und Datenbanken. Gehen Sie also davon aus, dass ich grundsätzlich über alles Bescheid weiß. Je besser die Historie eines Falles dokumentiert ist, desto größer die Aufklärungschancen. Deshalb halte ich die Datenpflege für essenziell. Wie ich gehört habe, fremdeln Sie eher mit der Digitalisierung der Polizeiarbeit.«

Grassi fühlte sich ertappt. »Ich …«

»Verstehen Sie mich nicht falsch: Ich schätze Ihre bisherige Arbeit, sonst säßen Sie nicht hier. Nicht jeder muss ein Modernisierer sein. Darum stelle ich Ihnen eine junge Kollegin zur Seite, mit der Sie sich perfekt ergänzen werden, denke ich.« Die Quästorin erhob sich.

»Eine junge Kollegin?«

»Si. Sie heißt Marta Ricci, ist zweiunddreißig Jahre alt und hat nur sechs Jahre vom Agente zum Ispettore gebraucht. Sie werden sie interessant finden.«

RICCI

Marta Ricci stand an ihrem Schreibtisch, das Telefon am Ohr, und drehte ihm den Rücken zu, als Grassi die Tür zu ihrem Büro im fünften Stock öffnete. Erstaunt sah er ihren schlohweißen Hinterkopf. Hatte Feltrinelli nicht gesagt, Ricci sei eine »junge Kollegin«? Als sie ihn bemerkte, hob sie einen Zeigefinger, ohne sich umzudrehen, und rief: »Momento!« Grassi trat den Rückzug an.

Neben der Tür zum Nachbarbüro standen auf einem kleinen Schild sein Rang und Name. Der Raum war geräumig und sauber, sogar die Fenster sahen aus wie frisch geputzt. Schreibtisch, Bürostuhl, Telefon, Computer und ein kleiner runder Besprechungstisch mit drei Stühlen. Dazu ein Rollcontainer. Alles in Standardgrau. Ein nichtssagendes Beamtenzimmer. Grassi war es recht. Es war nicht seine Art, Familienfotos aufzustellen oder Sinnsprüche an die Wand zu pinnen. Länger als nötig wollte er sich ohnehin nicht sitzend betätigen. Dies war eine Basisstation für seine Ermittlungsarbeit. Nicht weniger, aber auch nicht mehr. Immerhin hatte er ein Büro mit Aussicht, wie er bei einem Blick aus dem Fenster erfreut feststellte: Am Ende der Straßenflucht, die vor ihm lag, war glitzernd die Wasseroberfläche des Hafens von La Spezia zu erahnen.

»Benvenuto, Commissario!« Marta Ricci war, ohne anzuklopfen, eingetreten. Er fuhr herum und schaute in leuchtend grüne Augen unter einem schwarzen Haarschopf. Ihre große, aber feingliedrige Hand packte kräftig zu.

»Schön, dass Sie da sind.«

Grassi wusste nicht, was er erwidern sollte. Er hatte seine Überraschung über die Erscheinung in der ersten Sekunde so schlecht verbergen können, dass er Riccis Hand wie eine heiße

Kartoffel sofort wieder losgelassen hatte. Ihr entging das wohl nicht, jedoch schien sie nicht verunsichert, eher amüsiert.

»Buongiorno, Ispettore Ricci.« Er versuchte, offiziell zu klingen. »Ich hoffe, Ihr Büro gefällt Ihnen.«

Als sie den Blick von ihm abwandte und er sie von der Seite sah, verstand Grassi, woher seine Verwirrung rührte: Über ihrer hellen Stirn hing ein dichter, schwarzer Pony. Ab der Mitte des Kopfes hatte Ricci ihr Haar streng getrennt und zu einem straffen, weiß gefärbten Pferdeschwanz nach hinten gebunden. Aus dem runden, frischen Gesicht leuchteten ihn zwei Farben an: das grelle Rot ihrer geschminkten Lippen und das leuchtende Grün ihrer großen Augen. Unter dem linken war eine einsame schwarze Träne tätowiert. Sie trug schwarze Boots mit dicken Kreppsohlen, graue Jeans, ein weißes T-Shirt mit dem schwarzen Abdruck eines Fußes und der Aufschrift »Hand« und eine blaue Collegejacke mit roten Ärmeln und Knöpfen. Marta Ricci mochte zweiunddreißig sein, sie strahlte aber so aufreizend viel Jugendlichkeit und Selbstsicherheit aus, dass Grassi sie spontan eher auf Anfang zwanzig geschätzt hätte. Am meisten irritierten ihn diese grünen Augen, er fühlte sich von ihnen regelrecht provoziert. Und wenn Commissario Grassi sich provoziert fühlte, neigte er dazu, ausfällig zu werden – was ihm danach häufig leidtat.

Sie sah ihn erwartungsfroh an. »Ich habe ein paar von Ihren Fällen in Rom recherchiert. Ich schätze, jetzt, wo Sie endlich da sind, hat die Langeweile ein Ende.«

Er räusperte sich. »Langweilig ist Ihnen«, sagte er gedehnt. »Wenn Sie es unterhaltsam haben wollen, sollten Sie vielleicht ins Showbusiness gehen.«

Ricci machte einen kleinen Schritt rückwärts. »So war es nicht gemeint. Ich wollte nur einen netten Spruch zur Begrüßung machen.«

»Nette Sprüche gehören ins Poesiealbum, aber so gut, dass ich Ihnen da reinschreiben würde, kennen wir uns noch nicht …«

Und schon tat es ihm leid. Zwei Sekunden herrschte eisiges

Schweigen zwischen ihnen. Dann schürzte Ricci enttäuscht die Lippen, nickte schweigend und sagte mit unbewegter Miene: »Telefon und Computer sind eingerichtet und sollten funktionieren. Sie müssen ein Passwort vergeben, um sich anzumelden. Ich kann Ihnen dabei helfen, oder Sie wenden sich an das Helpdesk. Wenn wir zusammenarbeiten, sollten wir Mobilfunknummern austauschen.« Das klang so, als wäre die Zusammenarbeit noch keineswegs ausgemacht.

»Danke. Mich an einem Computer anzumelden, schaffe ich gerade noch«, sagte er. Hatte sie jetzt auch noch eine Anspielung auf sein Alter gemacht, oder war das auch nur ein lockerer Spruch gewesen?

»Wenn im Augenblick sonst nichts anliegt …?«

»Danke, Ispettore. Kommen Sie doch in einer Viertelstunde wieder und bringen mich auf den Stand aktueller Fälle und Ermittlungen.«

Nachdem Ricci die Tür etwas zu laut hinter sich zugezogen hatte, verzog der Commissario das Gesicht und rieb sich die Augen. Du Idiot, dachte er. Grassi hatte sich in Rom oft vorwerfen lassen müssen, dass er seine Leute frustriere und Menschen, die guten Willens waren, unnötig auf die Zehen trat. Ihm mangele es an Führungswillen und Verständnis für die Probleme der Kolleginnen und Kollegen, hieß es in einer internen Beurteilung. »Es geht nicht um fehlendes Verständnis«, hatte er bei einem Krisengespräch nach wiederholten Beschwerden seinem Vorgesetzten erklärt, »aber ich habe keine Zeit, denn ich muss Verbrechen aufklären. Genau wie die armen, unverstandenen Mitarbeiter. Ich bin Polizist. Wenn Sie einen Coach brauchen, schule ich gern um.« Sein Glück war, dass der Questore in Rom im Grunde ähnlich dachte, auch wenn er anders handeln musste. Also war Grassi zu weiteren Führungsseminaren verdonnert worden, von denen er die meisten geschwänzt hatte.

Für seinen Neustart hatte er sich fest vorgenommen, sich von seiner besten Seite zu zeigen. Welche auch immer das sein mochte. Aber kaum angekommen, schien er schon wieder in alte Muster zu verfallen. Oder hatte er unterbewusst Angst vor der Jugend? Seine Tochter Lucy spottete oft genug, dass Vitos zur Schau gestellte Lässigkeit eines in die Jahre gekommenen Britpop-Bandleaders – die Hemden mit den großen Kragen, die langen grauen Haare, das Auto, die Musik –, dass all das nur notdürftig seine »Boomerhaftigkeit« kaschieren würde. Das war ihre Formulierung, aber ihm war trotz seines fortgeschrittenen Alters klar, dass Boomer ein Ausdruck der Jungen für »alter, hoffnungsloser Spießer« war. Ricci war nur sieben Jahre älter als Lucy. Sie hätte eine Tochter sein können.

Reiß dich zusammen, sagte er sich. Was hatte ihm sein früherer Chef beizubringen versucht? Man muss Mitarbeiter mitnehmen, wertschätzen, motivieren. Das machte eine gute Führungskraft aus. Vielleicht war er einfach nur keine.

Als Ricci pünktlich nach einer Viertelstunde wieder in seinem Büro eintrat, kam Grassi ihr entgegen, bot ihr einen Platz an seinem Tisch an, setzte sich betont entspannt hin und schaute ihr furchtlos in die provozierenden Augen. »Allora, fangen wir an zu arbeiten?«

Ricci wich seinem Blick nicht aus. »Gern, Commissario. Sofern Sie mit mir arbeiten möchten. Wenn nicht, wäre ich froh, wenn Sie das gleich sagen würden, statt mir etwas vorzuheucheln. Ich lasse mich jedenfalls von Ihnen nicht noch mal wie ein Schulmädchen abkanzeln.«

Grassi seufzte. »Manchmal bin ich einfach unfreundlich. Ich habe schon vieles versucht, aber dagegen bin ich anscheinend machtlos.«

»Ecco, und was passiert, wenn ich auch unfreundlich werde?«

Grassi sah sie von unten an. Es war ihm noch nie leichtgefallen, Fehler zuzugeben. Aber er respektierte, wenn sich jemand nicht alles von ihm gefallen ließ. »Ich schätze, dann sind wir quitt.«

Ricci überlegte kurz und nickte dann. »Das ist okay für mich«, sagte sie, zog sich einen Stuhl heran und klappte einen Laptop auf. »Tun wir so, als sei nichts passiert.« Dann gab sie Grassi einen Überblick: Fälle von häuslicher Gewalt, Drogendelikte, vermehrt auch Schlepperaktivitäten, obwohl die Zahl der illegalen Einwanderer nicht signifikant gestiegen war. Zudem war Korruption ein ständiges Problem. Immerhin gab es aktuell keine Mordfälle. »Außerdem liegt uns seit Freitagabend ein Amtshilfebegehren der deutschen Polizei aus München vor.« Ricci las aus der Akte: »Rudolf Weber, neunundvierzig Jahre alt, wohnhaft in München, wird gesucht wegen Bilanzfälschung und Untreue.«

Ricci hatte die beiden Delikte auf Deutsch vorgelesen.

»Was heißt das?«

»Falsificazione di bilancio e truffa.«

»Ein Wirtschaftskrimineller also. Und warum fragen die uns?«

»Der Mann ist Mieter eines Hauses in Levanto, deshalb bitten uns die Kollegen, zu überprüfen, ob er sich zurzeit hier aufhält.«

»In Levanto? So ein Zufall. Wurde da schon was unternommen?«

»Noch nicht. Das Haus hat einen Festnetzanschluss. Die Kollegin Falcone hat angerufen, aber es ist niemand drangegangen. Beim Haus selbst waren wir noch nicht.«

»Ich wohne in Levanto und könnte mal vorbeigehen.«

»Falls Weber da wäre, müssten wir ihn gleich festnehmen. Dafür brauchen wir einen Haftbefehl, und der kann noch ein paar Tage dauern. Lassen Sie uns dann zusammen hinfahren, okay?« Sie strahlte wieder diese fröhliche Energie aus. Die Missstimmung schien vergessen.

»Gut, sagen Sie gleich Bescheid, wenn wir was vom Richter bekommen haben. Sonst noch was?«

»Falls Sie es noch nicht gesehen haben«, sagte Ricci, »das hier haben die Carabinieri von Levanto vor zwei Stunden auf ihrer Facebookseite veröffentlicht. Ist zwar kein Fall für die Polizia di Stato, aber trotzdem interessant.« Sie reichte ihm eine Meldung.

++ Frau erliegt im Tunnel zwischen Bonassola und Levanto schweren Verletzungen nach mutmaßlichem Verkehrsunfall ++ Unfallverursacher flüchtig ++ Ermittlungen dauern an ++
Am Montag, dem 15. März, wurde in den frühen Morgenstunden im Tunnel der Ciclopedonale zwischen Levanto und Bonassola eine Frau tot aufgefunden. Bei dem Opfer handelt es sich um die 42-jährige Luisa A. aus Montaretto. Bekleidet war sie mit einer dunkelblauen, hüftlangen Kapuzenjacke der Marke »Diamond«, dunkelblauen Jeans der Marke »Miss B« und schwarzen Turnschuhen der Marke »Nike«. Der Unfallverursacher war vermutlich mit dem Fahrrad unterwegs. Die Carabinieri von Levanto bitten um Hinweise aus der Bevölkerung. Jede Information wird vertraulich behandelt.

Ricci war wieder in ihrem Büro verschwunden, und Grassi schlug sich mit der Systemanmeldung herum. »Mich an einem Computer anzumelden, schaffe ich gerade noch«, hatte er gesagt. Aber er brauchte drei Anläufe, um ein Passwort zu finden, das alle Erfordernisse nach Sonderzeichen, Ziffern und Groß-/Kleinschreibung erfüllte. Und kaum hatte er es gefunden, war es ihm schon fast wieder entfallen. Also kritzelte er es schnell auf einen Zettel, den er im obersten Schubfach seines Rollcontainers verstaute, und kam sich ein bisschen doof vor. Immerhin war er jetzt drin.

Grassi öffnete die Seite des zentralen Polizeiregisters, gab sein Kennwort ein und schrieb »Antonella Solinas« in das Suchfeld. Die Maschine brauchte zwei Sekunden. Grassi hielt den Atem an.

Er erkannte Toni sofort an den Augen. Sie war deutlich jünger, das Gesicht schmaler, die Haare kürzer, aber dieser Blick war unverkennbar. Doch da lag noch etwas anderes in ihrem starren Ausdruck: Wut, Angst und große Erschöpfung. Die dunklen Flecken auf ihrem Tanktop konnten Schweiß sein oder Blut, denn sie hatte erkennbar eine Verletzung unter dem linken Auge.

Das erkennungsdienstliche Foto war am 20. Juli 2001 aufgenommen worden. Ort der Festnahme: die Piazza Alimonda in Genua.

In Grassis Kopf tauchten die Bilder dieses für ganz Italien und besonders für Ligurien traumatischen Tages auf. Tränengas in den Straßen, ausgebrannte Autos und besonders das Gesicht eines jungen Studenten, der an diesem Tag von der Kugel eines Carabiniere auf der Piazza Alimonda unter nie ganz geklärten Umständen tödlich getroffen worden war. Toni hatte offenbar zu den vielen Tausend Demonstranten gegen den G8-Gipfel im Juli 2001 gehört. Sie war auf dem Platz festgenommen worden, auf dem an diesem Tag Carlo Giuliani erschossen worden war. Die Antonella »Toni« Solinas zur Last gelegten Tatvorwürfe lauteten auf schweren Landfriedensbruch, Widerstand gegen die Staatsgewalt, Vandalismus, tätlicher Angriff und sogar Mitgliedschaft in einer extremistischen Vereinigung. Anscheinend war es sechs Wochen nach der Festnahme zu einem Anklageverfahren in Abwesenheit gekommen, ein Prozess hatte nie stattgefunden. Mit anderen Worten: Toni war seit September 2001 untergetaucht. Über zwanzig Jahre nach den Ereignissen waren die Vorwürfe juristisch längst verjährt. Und doch hatte Grassi das Gefühl, dass Toni noch immer auf der Flucht war.

Er erinnerte sich an hitzige politische Diskussionen mit seinem Vater, die sich an seinem Berufswunsch entzündet hatten. Vom ersten Moment an hatte Emilio keinen Hehl daraus gemacht, dass er Vitos Idee, die Polizeischule zu besuchen, rundheraus ablehnte. »Wenn du Polizist bist, wirst du mir irgendwann einmal auf einer Demo den Knüppel über den Schädel ziehen.«

»Nein, Vater, das werde ich nicht.«

Aber Emilio hatte nur über Vitos Naivität gelacht und so getan, als wäre es schon eine ausgemachte Sache, dass sein Sohn ein dumpfer Staatsbüttel werden würde. Dabei war es dem jungen Vito vor allem um Sicherheit gegangen, Sicherheit für alle. Als Kind hatte ihn die bleierne Zeit nach der Entführung und Ermordung Aldo Moros durch die Brigate Rosse geängstigt. Als junger Polizeischüler sah er fassungslos die Bilder der Ermordung von

Staatsanwalt Giovanni Falcone durch die Mafia im Fernsehen. Die Kraterlandschaft und verkohlten Leichen, die eine einzige Bombe hinterlassen hatte. Fünfhundert Kilo Sprengstoff, um einen einzigen Menschen zu töten! Vito schien es so, als würde der Staat von allen Seiten angegriffen. Und er hatte beschlossen, dass es für ihn nur eine richtige Seite geben konnte: die eines demokratischen Rechtsstaates. Er wurde nicht Polizist, um sich gegen jemanden zu stellen, schon gar nicht gegen seinen Vater. Sondern, so naiv das auch klingen mochte, um das Richtige zu tun und das Richtige zu verteidigen.

Die korrupte Regierung Berlusconi und seinen reaktionären Innenminister Scajola lehnte Vito seinerzeit genauso ab wie Emilio. Als es in Genua zur Katastrophe kam, war Vito gleich klar, dass der Staat zu weit gegangen war. Mit Abwägung kam er allerdings bei seinem Vater nicht weit. Für Emilio war Berlusconi ein Mörder und Innenminister Scajola ein Folterknecht. Bei jeder Solidaritätsdemonstration war er mit auf der Straße. Die Gerichtsverfahren gegen beteiligte Polizisten hatten sich so lange hingezogen, bis die Anklagen zum Teil verjährt waren. Emilios Verbitterung hatte eine letzte Steigerung erfahren, als der Europäische Gerichtshof für Menschenrechte zehn Jahre nach den tragischen Ereignissen entschied, dass die tödlichen Schüsse auf Carlo Giuliani nicht menschenrechtswidrig gewesen waren. Vito und Emilio hatten die Geschichte danach nie wieder erwähnt. Sie hatten überhaupt nicht mehr über Politik gesprochen.

Kein Wunder, dass Toni und Emilio sich so gut verstanden hatten. Und auch kein Wunder, dass sie Emilios Polizistensohn gegenüber argwöhnisch war.

Die Tochter, die Emilio nie gehabt hatte, war eine Revolutionärin. Wie er. Eine Revolutionärin, die sich immer noch versteckte. Sein leiblicher Sohn dagegen war nur der Verteidiger eines korrupten Machtapparats. Grassi spürte das bekannte Ziehen hinter den Ohren, das bohrende Kopfschmerzen ankündigte. Er schloss die digitale Akte von Antonella Solinas und konnte ein gewisses

Schuldgefühl angesichts seiner Schnüffelei nicht ganz abschütteln. Was hatte ihn geritten, berufliche Privilegien derart auszunutzen und in Tonis Privatsphäre einzudringen?

Das Brummen des Handys riss ihn aus der Grübelei.

»Pronto?«

Kaum hatte sich Penza gemeldet, hörte Grassi auch schon ein lautes Scheppern im Hintergrund und Penzas aufgebrachte Stimme vom Telefon abgewandt: »In die Radiologie sollen Sie sie schieben, nicht zurück in die Kühlkammer. Und wenn Sie das Durcheinander aufgehoben haben, müssen Sie das alles wieder tipptopp desinfizieren, verstanden? Wir sind hier nicht im Ecocentro! Caro dio, maledetto.«

»Alles klar bei Ihnen, Dottore?«

»Nein. Sie glauben ja nicht, mit wie viel Inkompetenz ich mich hier rumschlagen muss: Medizinstudenten im ersten Lehrjahr, Praktikanten, die kein Blut sehen können, und meine einzige wirklich fähige Assistentin hat ihre Kinder heute nicht untergebracht und konnte deshalb nicht kommen. Unter solchen Bedingungen kann man nicht arbeiten, es sei denn, man macht alles selbst. Wissen Sie, ich sage immer, wir müssen die Toten wie Lebende behandeln, sonst finden wir auch nicht die letzten Spuren ihres Lebens, die entscheidend sind für die Wahrheitsfindung und für den Seelenfrieden der Zurückgebliebenen. Amen.«

»Amen. Was kann ich für Sie tun?«

»Fragen Sie lieber, was ich für Sie tun kann.«

»Na gut, was können Sie für mich tun?«

»Ich kann Sie großzügig an meinen Gedanken teilhaben lassen, Commissario, und davon mache ich mir gerade einige.«

»Haben Sie denn die Obduktion der Leiche aus dem Tunnel schon abgeschlossen, Dottore?«

»Piano, piano, amico. Wir müssen erst noch ein paar Tests durchführen, aber bis morgen Mittag sind wir sicher so weit. Bruzzone glaubt aber anscheinend trotzdem, dass der Fall praktisch schon abgeschlossen ist. Er macht ordentlich Druck.«

»Oder bekommt selbst Druck und gibt ihn an Sie weiter?«

»Gut möglich. Dem Bürgermeister von Levanto schmecken die Schlagzeilen und die Tunnelschließung gar nicht.«

Grassi ließ sich in seinem Stuhl zurücksinken. Politiker hatten immer und überall ihre eigene Agenda, ob in der Hauptstadt oder in der Provinz.

»Was ist der Bürgermeister für ein Typ?«

»Mastino? Ich kenne ihn nicht gut. Parteilos, scheint ganz anständig zu sein, was man so hört. Fährt Fahrrad statt Dienstlimousine, das kommt heutzutage gut an.« Penza lachte auf und pfiff die ersten Töne von »Raindrops Keep Falling On My Head«. Grassi sah Paul Newman und Katharine Ross auf einem alten Drahtesel durch einen Obstgarten schlingern und musste grinsen. Penzas Hirn knüpfte wirklich die erstaunlichsten Verbindungen.

»Also, Dottore, dann teilen Sie doch mal Ihre Gedanken zu dem Fall.«

»Ich überschreite damit zwar ganz klar meine Befugnisse, aber ich gehe davon aus, dass Sie schweigen werden wie ein cinghiale morto. Allora: Die arme Frau – Gott hab sie selig – ist an einer Hirnquetschung gestorben, ausgelöst durch einen schweren Schlag auf den Hinterkopf.«

»Ein Schlag. Womit ist sie geschlagen worden?«

»Der Schädel ist nicht eingedrückt. Wenn der Schlag mit einem Gegenstand geführt worden wäre, müsste das ein sehr flacher Gegenstand gewesen sein.«

»Was zum Beispiel?«

»Woher soll ich das wissen? Eine Zaunlatte? Ein Bildband der vollständigen Werke von Picasso? Ein Laptop? Ich sage aber gar nicht, dass sie mit etwas geschlagen wurde. Ich sage nur: Ihr Hinterkopf hat einen schweren Schlag erhalten, das ist etwas anderes. Die Kopfhaut weist Abdrücke des Asphalts auf, und wir haben kleinere Steine und Schmutzpartikel in den Haaren gefunden.«

»Der Schlag war also eher ein Sturz, und das würde für die Unfalltheorie sprechen«, stellte Grassi fest.

»Ja. Neben den Kopfverletzungen hat die Tote weitere äußere Verletzungen. Zum einen Abschürfungen am linken Brustkorb, blaue Flecken im Bereich des Schlüsselbeins und vermutlich auch Rippenfrakturen. Etwas ist mit großer Wucht auf den Körper geprallt. Die Jacke der Toten hat Beschädigungen und Risse, die durchaus von einem harten, schmalen Reifen stammen könnten.«

»Tja, mir ist zwar immer noch schleierhaft, warum das Opfer in einem leeren Tunnel nicht ausweichen konnte, aber auch das passt ja anscheinend.«

»Ja ja, das passt zusammen …«

»Sie klingen allerdings selbst nicht so überzeugt von Ihrer Version.«

Penza schien am anderen Ende der Leitung zu überlegen. »Vielleicht ging alles zu schnell für eine natürliche Abwehrreaktion. Ich finde es trotzdem ein bisschen seltsam, dass es keine Verletzungen an den Armen oder an den Händen gibt.«

»An den gefalteten Händen.«

»Ach das. Ich weiß nicht. Die Lage ist vielleicht doch nur ein Zufall. Zusammenstöße sind chaotische Ereignisse.«

Grassi erinnerte sich an einen tragischen Fall in Rom vor Jahren. Junge Leute hatten sich nach einer Party auf der Straße herumgeschubst, ein Wort hatte das andere gegeben, einer der Jungen stieß ein Mädchen vor die Brust, das fiel und starb. Der Junge war wegen Mordes angeklagt worden.

»Und wie beurteilt Bruzzone die bisherige Faktenlage?«

»Bruzzone? Das kann ich nur ahnen. Ich habe eben in der Carabinieri-Station in Levanto angerufen, und der Beamte am Telefon hat mir gesagt, dass Bruzzone gerade einen Verdächtigen im Krankenhaus verhört. Offenbar ein betrunkener Radfahrer, der heute Nacht im Tunnel einen Unfall hatte. Klingt für mich so, als müsse der Capitano nur noch das Schleifchen um den Fall binden. Ich habe das Gefühl, dass er nicht einmal den endgültigen Obduktionsbericht abwarten wird. Und ich würde doch ganz gern meine Arbeit gewürdigt wissen. Eine Obduktion ist nun einmal erst abgeschlossen, wenn die Leiche wieder zugenäht ist. Verzeihen Sie meine Grobheit.«

»Warum so enttäuscht, Dottore?« Der Commissario verspürte den Impuls, seinen Kollegen zu verteidigen. »Versetzen Sie sich in Bruzzones Lage. Während Sie obduzieren, dreht Bruzzone nicht Däumchen, sondern zählt eins und eins zusammen: Ein Betrunkener fährt nachts im Tunnel eine Frau um. Als ihm klar wird, dass jede Hilfe zu spät kommt, fährt er verwirrt weiter, weil er die eigenen Verletzungen noch gar nicht richtig spürt. Am Tunnelausgang wird ihm klar, dass er bereits Fahrerflucht begangen hat, bekommt es mit der Angst zu tun und schweigt zunächst. Aber je weiter der Alkoholpegel sinkt, desto größer werden Reue und Schmerzen. Schließlich gesteht er. Anders ausgedrückt: Wenn es kracht wie bei einem Unfall, wenn es aussieht wie ein Unfall und jemand gesteht, einen Unfall verursacht zu haben, dann war es wahrscheinlich ein Unfall. Und ein gelöster Fall ist ein guter Fall.«

»Sie hätten Psychologe werden sollen, Commissario. Ich bin nur der Mann mit der Knochensäge. So, und jetzt muss ich mich wieder um meine Leichen kümmern. Hier riecht es so komisch, wahrscheinlich hat einer wieder den Kühlschrank offen gelassen.«

»Vielleicht sollten Sie versuchen, ein bisschen mehr Verständnis für die Nöte Ihrer Mitarbeiter aufzubringen. Ein Coaching kann da Wunder wirken. Oder Sie pfeifen Ihren Leuten irgendwas Beruhigendes vor. Wie wäre es mit ›I Did It My Way‹?«

»Sie mich auch, Commissario.« Penza lachte auf. »Ach, noch etwas: Mir ist zu Ohren gekommen, dass der Capitano seinem Chef, dem Colonnello, vom überraschenden Auftauchen eines Commissario der Polizia di Stato am Fundort berichtet hat. Das hat wohl für Unmut gesorgt.«

»Dabei wollte ich nur Guten Tag sagen.«

»Und ungefragt Ihre Meinung zum Besten geben.«

Eben noch hatte Grassi die Arbeit des Kollegen verteidigt, aber dass der Capitano offenbar nichts Besseres zu tun hatte, als ihn bei der ersten Gelegenheit an höchster Stelle anzuschwärzen, war ein bisschen viel.

Gleich nachdem er das Gespräch mit Penza beendet hatte, wählte Grassi die Nummer der Carabinieri-Station in Levanto und ließ sich zum Capitano durchstellen. Während er auf die Verbindung wartete, stand er am Fenster und schaute auf den Verkehr auf der Viale Italia unter sich. Im Park gegenüber ließ ein Mann mit Hut gerade seinen Hund ein Häufchen auf dem Gehweg machen, tätschelte ihm dafür lobend den Kopf und ließ den Dreck anschließend links liegen.

»Commissario«, meldete sich ein Agente Pastorino, »der Capitano ist jetzt frei, ich stelle Sie durch.«

»Bruzzone, hier ist Grassi«, sagte er mit kühler Stimme. »Wir haben uns ja gerade erst kennengelernt, aber ich wollte von Anfang an etwas klarstellen: Wenn Ihnen irgendetwas an mir oder meiner Arbeit nicht passt, dann sagen Sie mir das bitte in Zukunft direkt.«

»Commissario Grassi«, begrüßte ihn Bruzzone ebenso kühl nach einem Moment des Schweigens. »Ich wollte Sie gerade anrufen, aber bei Ihnen war ständig besetzt. Der Colonnello begrüßt die gegenseitige Unterstützung der Polizeieinheiten, und er bat mich, Sie über die Entwicklungen in dem Fall auf dem Laufenden zu halten.«

In Grassis Ohren klang das ungefähr so glaubhaft, als hätte Bruzzone gesagt, er freue sich auf einen gemeinsamen Strandtag.

»Es ist doch ermutigend, wenn die Fähigkeit, über den eigenen Tellerrand zu schauen, von den Kollegen wertgeschätzt wird, finden Sie nicht?«

»Sicher«, sagte Bruzzone, »man muss natürlich aufpassen, dass man nicht plötzlich das Gleichgewicht verliert und vom Teller auf den Boden fällt.«

Ein Fahrradfahrer rollte haarscharf an dem dampfenden Hundehaufen vorbei. Grassi beschloss, das unerfreuliche Scharmützel zu beenden. »Die letzte Meldung zu dem Fall kenne ich bereits. Was wollen Sie mir sonst berichten?«

»Inzwischen ist einiges passiert: Kurz nach Veröffentlichung dieser Meldung hat sich eine Stationsschwester aus dem örtlichen Krankenhaus gemeldet. Heute Morgen ist ein Mann in der Notaufnahme aufgetaucht, der über starke Kopfschmerzen, Schwindel und Übelkeit klagte. Er gab an, er wäre im Bad gestürzt. Er wurde stationär aufgenommen, bei ihm wurde eine Gehirnerschütterung diagnostiziert. Der Schwester sind großflächige Schürfwunden aufgefallen, die man sich ihrer Meinung nach nicht in einem gekachelten Bad zuziehen könne. Außerdem hatte der Mann noch eins Komma zwei Promille Restalkohol im Blut. Die Schwester hat sich erst nichts gedacht, aber als sie auf der Gemeindeseite die Meldung über den tödlichen Unfall im Tunnel gelesen hat, ist ihr das alles verdächtig vorgekommen, und sie hat den Vorfall den Carabinieri gemeldet. Ich komme gerade aus dem Krankenhaus.«

»War der Mann überhaupt vernehmungsfähig?«

»Allerdings.« Jetzt klang Bruzzones Stimme plötzlich aufgeräumt, geradezu erfüllt mit Stolz. »Und er hat nicht mal versucht, seine Beteiligung am Unfall zu leugnen. Im Gegenteil. Es sprudelte nur so aus ihm heraus, obwohl er durch die Gehirnerschütterung und den Restalkohol immer noch sehr verwirrt gewirkt hat: Demnach hat er gestern nach einer längeren Rennradtour in einer Bar in Bonassola haltgemacht und so viel Aperol Spritz und Bier getrunken, bis man ihn rausgeworfen hat. Trotzdem hat er sich wieder auf sein Rennrad gesetzt. Er weiß nicht mehr, wann er in den Tunnel gefahren ist. Irgendwann nach zehn wahrscheinlich. An den Sturz selbst und an das, was danach passiert ist, kann er sich praktisch nicht mehr erinnern. Trotzdem ist er sich ziemlich sicher, dass er die Frau bis zum Moment des Zusammenstoßes gar nicht gesehen hat. Er sei auf der Radspur gewesen, schnell und in Rennhaltung und wahrscheinlich mehr als ein bisschen schlingernd, und dann habe es plötzlich gekracht. So kann das gehen. Ein dummer Fehler, und man wird seines Lebens nicht mehr froh.«

Nach dem letzten Satz empfand Grassi die aufgesetzte Fröhlichkeit in der Stimme des Capitano als umso unangenehmer.

»Scheint so, als hätten Sie Ihren Täter. Da bleibt mir wohl nur, Ihnen zur schnellen Lösung des Falles zu gratulieren.«

»Danke. Erfahrung und Vertrauen in der Bevölkerung zahlen sich am Ende aus. Eine weitere Meldung geht heute noch an die Öffentlichkeit. Die Staatsanwaltschaft bereitet schon die Anklage wegen fahrlässiger Tötung vor.«

»Und der Bürgermeister wird erfreut sein, dass der Tunnel nun wieder geöffnet werden kann.« Eine Joggerin mit Kopfhörern näherte sich dem Hundehaufen. »Wie erklären Sie sich, dass das Opfer die Hände gefaltet hatte?«

Die Frage warf Bruzzone offenbar etwas aus der Bahn. »Die Hände gefaltet? Ich weiß nicht, was das …«

Die Joggerin trat voll in den Haufen, warf angeekelt und fluchend die Hände in die Luft und begann hektisch, ihre bunten Schuhe im Gras von der braunen Pampe zu reinigen. Grassi grinste. »Ist wahrscheinlich unwichtig. Vergessen Sie's einfach. Abwischen und weitermachen, Bruzzone. Schönen Tag noch.« Er legte auf.

Der Rest des Nachmittags verging mit einer Führung Marta Riccis durch das Haus. Er lernte ein Dutzend Kolleginnen und Kollegen kennen und wusste jetzt schon, dass er bei nächstbester Gelegenheit noch mal würde fragen müssen, wie sie hießen. Sein schlechtes Namensgedächtnis hatte ihn bereits oft in peinliche Situationen gebracht. Leider erfuhr er erst ganz zum Schluss der Führung, dass er Anspruch auf einen Parkplatz in der Tiefgarage hatte und dass es dort sogar Ladestationen gab. Er überlegte kurz, ob er den Roadster, der auf einem öffentlichen Parkplatz an der Straße stand, zum Aufladen in die Tiefgarage fahren sollte, entschied dann aber, dass der Strom für die Rückfahrt noch reichen müsste.

Doch er irrte sich. Vielleicht lag es daran, dass er in der einsetzenden Dunkelheit die Scheinwerfer einschalten musste. Vielleicht daran, dass er an dem kühlen Abend die Heizung aufdrehte, vielleicht auch an der lauten Musik. Oder er hatte schon auf der strammen Fahrt durch das kurvige Hinterland der Cinque Terre den Akku zu sehr beansprucht. Als er jedenfalls bei Carrodano von der Autobahn abfuhr und auf das kleine Display in der Mittelkonsole schaute, stellte er erschrocken fest, dass die Restreichweite auf unter zehn Kilometer geschmolzen war. Weil er nach dem Tunnel praktisch nur noch bergab rollen konnte, schaffte er es tatsächlich noch auf der letzten Rille bis Levanto und auf den Parkplatz der Tankstelle. Dann ging nichts mehr. Basta!

ZUSAMMEN

Außerhalb des diffusen Lichtkegels, den die Lampe von Grassis Handy auf den Weg vor ihm warf, war alles pechschwarz. Er trottete missmutig vor sich hin. Eine Ladestation hatte die Tankstelle nicht, aber der freundliche Tankwart hatte ihm großzügig seine Außensteckdose überlassen, nachdem er ihm fast dreihundert Euro für ein zehn Meter langes Ladekabel in einer angestaubten Verpackung abgeknöpft hatte. Eine Akkuladung war im Preis inbegriffen. Immerhin hatte er Grassi geholfen, den Wagen neben das Tankhäuschen zu schieben.

Grassi hörte das Knirschen seiner Schritte, blieb stehen und lauschte auf die Geräusche des Waldes. War da was? Er hatte sich bis vor Kurzem keine Gedanken um die vielbeschworene Wildschweinplage in Italien gemacht. Angeblich hatte schon jeder vierte Italiener eine brenzlige Begegnung mit den Biestern gehabt. Nicht nur machten sie Gärten, Olivenhaine und Felder unsicher, sie verursachten auch immer mehr tödliche Unfälle im Straßenverkehr. Über sechzig Prozent der Menschen lebten nach aktuellen Umfragen angeblich in ständiger Angst vor Wildschweinen. Politiker machten sich das zunutze und verlangten nicht nur die ganzjährige Bejagung, sondern auch die Ausgabe von Waffen an die Bevölkerung. Dafür hatte Grassi lange jedes Verständnis gefehlt. Aber dann war er letztes Jahr in einer kalten Dezembernacht auf dem Heimweg in einer Gasse nahe seiner Wohnung plötzlich einer Rotte Wildschweinen gegenübergestanden, die einen Abfallhaufen am Straßenrand auseinandernahmen. Ihm war beinahe das Herz stehen geblieben, als das größte Tier auf ihn aufmerksam wurde und einige schnelle Schritte auf ihn zumachte. Ob aus Neugier oder Angriffslust wusste Grassi nicht, und es war ihm auch egal. Er hatte auf der Stelle kehrtgemacht und war davongerannt, erleichtert, dass die Schweine ihm nicht folgten. Was würde er tun, wenn er jetzt einem begegnete? Er tastete nach seiner Dienstwaffe unter dem Jackett, nahm die Beretta zu seinem eigenen Erstaunen tatsächlich in die Hand und beschleunigte seine Schritte.

Zehn Minuten später hörte die Straße plötzlich auf, und er stand vor dichtem Gestrüpp. Erst nach ein paar orientierungslosen Sekunden begriff Grassi, dass er dem bisschen Handylicht folgend stur geradeaus gelaufen war, statt die Spitzkehre zu nehmen, an der er den Roadster jedes Mal rangieren musste, und das möglichst, ohne rückwärts über den steilen Abhang zu rutschen. Von hier aus war es nicht mehr weit bis zum Haus. Als er die erleuchteten Fenster sah, schob er die Beretta etwas peinlich berührt zurück in das Holster.

Toni saß auf der Terrasse vor einem Glas Wein und las im Licht einer Akkulampe. Es kam Grassi so vor, als würde sie das Buch demonstrativ so halten, dass er die schreiende Frau auf dem Umschlag sehen konnte. Grassi versuchte, die Stimmung von ihrem Gesicht abzulesen. Warmes Licht fiel aus dem Wohnzimmerfenster auf ihren Rücken. Sie hatte sich seine Schlafdecke um den Körper geschlungen. »Bist du etwa zu Fuß gekommen?«

Grassi erzählte ihr von seinem Malheur. »Wenigstens habe ich jetzt ein Kabel gekauft, das bis ins Haus reicht.«

»Es wird kalt«, sagte sie, »ich wollte gerade reingehen und was kochen.«

»Gute Idee.« Grassi ging voraus. Dass Toni offensichtlich guter Stimmung war, ließ in ihm die Hoffnung steigen, dass seine Spionagetätigkeit trotz des verrutschten Lesezeichens nicht aufgefallen war. Er hängte sein Jackett an einen Bügel in den Schrank zu der Kleidung seines Vaters. Das Holster mit der Beretta schob er wieder unter die T-Shirts und Unterhosen in seiner Tasche.

»Wie war dein Tag?«, rief Toni aus der Küche.

Grassi fragte sich, ob da Ironie in ihrer Stimme mitschwang.

Fehlte nur noch ein »Schatz« am Ende des Satzes. Er blieb am offenen Durchgang vom Wohnzimmer zur Küche stehen.

»Na ja, ich habe mich in einen Fall eingemischt, der mich nichts angeht, meine neue Partnerin unnötig verärgert und bin mit dem Auto liegen geblieben.«

Toni schnaufte amüsiert. »Klingt nach einem gelungenen ersten Arbeitstag.«

»Und wie war dein Tag?«

»Die Olivenbäume machen viel Arbeit. Für einen guten Ertrag brauchen sie noch ein paar Jahre intensive Pflege.«

»Dabei kann man doch sicher viel falsch machen. Woher weißt du, wie man Olivenbäume richtig behandelt?«

»Emilio hat es mir gezeigt. Er wusste alles über Oliven.«

»Tatsächlich.«

»Ligurien ist das nördlichste Anbaugebiet für Oliven in Europa. Für den Boden braucht es spezielle Sorten. Hier, probier mal.« Toni hatte etwas Olivenöl aus einem Stahldekanter in ein Schnapsglas gefüllt, das sie Grassi hinhielt.

»Ich fürchte, ich bin kein Feinschmecker.«

»Sag einfach, wie du's findest.«

Grassi nahm einen Schluck und ließ das Öl über die Zunge rollen. Es war bitterer, als er es gewohnt war, und er war auf Anhieb nicht begeistert. Aber dann mischte sich etwas zu der Bitterkeit, das nach frischem Heu schmeckte und angenehm pfeffrig war. Nach dem Schlucken spürte er noch lange ein angenehmes Brennen in der Kehle wie bei einem guten Whisky. »Ist gut.«

»Letztes Jahr hatten wir eine erste kleine Ernte. Emilio wollte nur was für den Eigenbedarf und hat noch ein paar Liter an die Nachbarn verschenkt. Ich habe ihm gesagt, wir könnten das Öl gut verkaufen, wenn wir es richtig machen.«

»Wir? Wolltet ihr gemeinsam ins Olivenölgeschäft einsteigen?«

Tonis Miene verdüsterte sich. »Warum nicht? Wir haben gemeinsam den Wald gerodet, die Bäume ausgesucht, den Hain angelegt. Ich kümmere mich seit vier Jahren um die Bäume. Emilio hat mir vertraut.« Sie hatte jetzt wieder diesen strengen, misstrauischen Blick wie auf dem Polizeifoto. »Er hat auch nie in meinen Sachen herumgeschnüffelt.«

Grassi stöhnte leise und sah auf den Boden.

»Ich weiß, wo meine Lesezeichen sind. Lernt man nicht auf der Polizeischule, dass so was herausfallen kann, wenn man Bücher durchsucht? Was dachtest du, was du findest? Ausgehöhlte Bücher mit Drogen oder Waffen?«

»Madonna, ich wollte nur wissen, wer du bist. Du wohnst in meinem Haus und wolltest mir nicht mal deinen vollständigen Namen sagen.«

»Du findest, das rechtfertigt es?«

Nur, wenn man sich nicht erwischen lässt, dachte Grassi. »Nein, tut es nicht.«

»Wenn du willst, dass ich gehe, bin ich sofort weg. Du brauchst es nur zu sagen. Ich habe in drei Minuten meine Sachen gepackt.«

Grassi hob die Hände. »Nein, nein! Du kannst bleiben, solange du willst.« Er war so wütend auf sich, dass er auf die Terrasse trat, weil er frische Luft brauchte. Die Hände in die Hüfte gestemmt, blieb er am Rand der Steinplatten stehen und schaute ins Tal. Nein, er wollte tatsächlich nicht, dass Toni wegging, wie ihm zu seiner eigenen Überraschung klar wurde. Sie war die einzige Verbindung zu seinem Vater. Außerdem hatte er das unbestimmte Gefühl, dass er sie noch brauchen würde. Und er mochte sie. Nach ein paar Minuten atmete Vito einmal tief durch, öffnete die Terrassentür und brachte ein »Tut mir leid« über die Lippen.

Toni hantierte in der Küche, hielt inne und drehte sich um. Dann sagte sie: »Komm her. Mach was.«

»Ich bin nicht gut in der Küche.«

»Und ich bin nicht deine Köchin. Gläser aufmachen wirst du ja wohl können.«

Grassi trat an die Anrichte, und Toni knallte ihm nacheinander zwei Gläser vor die Nase. Eines mit Sardellen und eines mit Kapern. »Wir brauchen zehn Sardellen und eine Handvoll Kapern.«

Grassi kramte in verschiedenen Schubladen, bis er ein Sieb gefunden hatte. Er goss die Gläser ab, zählte genau zehn Sardellenfilets auf die Arbeitsplatte und legte ein paar Kapern daneben. »Und jetzt?«

»Nimmst du dir aus der Schale da drüben eine Zitrone und reibst die Schale ab.«

Toni hackte einige Knoblauchzehen klein und warf sie in eine Pfanne, in die sie großzügig Olivenöl gegeben hatte. »Wenn du mit dem Reiben der Zitrone fertig bist, kannst du sie noch auspressen. Sardellen und Kapern kannst du schon in die Pfanne tun. Einfach rein damit!«

»Ich frage mich nur, warum mein Vater mir nie etwas von dir erzählt hat.«

»Es gab nichts zu erzählen, er hat im Gegensatz zu dir keine Fragen gestellt.«

»Ist wohl eine Berufskrankheit.«

»Jeden zu verhören?« Sie sah ihn scharf von der Seite an.

Er versuchte einen Scherz. »Nicht jeden, aber Leute, die in meinem Bett schlafen.«

»Träum weiter.«

»Wie lange dauert es noch mit dem Essen?«

»Die Spaghetti müssten gleich al dente sein.«

Grassi packte tiefe Teller und Besteck auf ein Tablett, das neben dem Kühlschrank gelehnt hatte, und trug alles zum langen Esstisch. Er deckte, setzte sich und beobachtete Toni, die gerade die fertige Soße über die abgetropften Spaghetti goss, etwas von dem gepressten Zitronensaft und der Schale sowie ein paar Kräuter darübergab und den ganzen Schwung dann an den Tisch brachte.

»Dein Vater hat gern gekocht.«

»Ich weiß. Als ich klein war, hat er Mamma gar nicht in die Küche gelassen.«

»Du kochst nicht?«

Grassi schüttelte den Kopf. »Nein. Keine Geduld, kein Talent. Außerdem kocht meine Frau viel besser. Oder wir gehen essen.«

Um nicht ganz so unbedarft zu erscheinen, ergänzte er mit einem gewissen Stolz: »Aber Risotto kochen kann ich.«

»Na also. Dann kochst du morgen.«

Grassi nickte. Da hatte er sich was eingebrockt.

»Buon appetito!«

»Grazie.« Grassi nahm die erste Gabel. »Ich bin nicht so ein Fan von Sardellen, aber das hier schmeckt gut.«

Sie sah ihn zufrieden an.

Amüsiert und leicht irritiert beobachtete Grassi, wie Toni die Nudeln in sich reinschaufelte und zwischendurch große Schlucke Rotwein trank.

»Könntest du mich morgen früh mit der Ape zur Tankstelle fahren?«

»Könnte ich. Auf der Ladefläche ist genug Platz.«

»Sehr witzig.«

»Aber morgen früh muss ich nicht in den Ort, und zu Fuß brauchst du bergab auch nur eine Viertelstunde.«

Toni aß so schnell, als müsse sie ihr Essen vor Fressfeinden schützen, leerte ihren Teller in wenigen Minuten, füllte ihr Weinglas nach und lehnte sich zurück. »Und was liest du so? Ich habe bei deinen Sachen keine Bücher gefunden.«

Grassi verzog das Gesicht. Mit dieser Retourkutsche hätte er rechnen müssen.

»Eigentlich nur Zeitung. Ich habe keine Zeit für Bücher.« Die ehrlichere Antwort wäre gewesen: keine Lust und keine Geduld. Chiara hatte ihn immer schon zum Lesen bringen wollen, es aber nach einer weiteren Niederlage zu Weihnachten vor ein paar Jahren aufgegeben: Chiara hatte ihm gespannt dabei zugesehen, wie er das Papier von seinem Geschenk geschält hatte. »Das ist ein sehr gelobter Thriller«, hatte sie gesagt. »Und genau dein Thema.«

Mit »seinem Thema« hatte sie das organisierte Verbrechen gemeint, das ihn bei der Arbeit beschäftigte. In *Die Tage der Toten* ging es speziell um den Aufstieg eines mexikanischen Drogenbosses. Grassi gab sich Mühe und fand sogar, dass Winslow gut schreiben konnte. Die detaillierte Kenntnis über die Abläufe und Machtkämpfe im Inneren eines Kartells waren glaubhaft dargestellt, aber die Figur des Drogenbosses ging ihm gegen den Strich. In Grassis Augen wies der beinahe Gary-Cooper-hafte Tugenden auf. Er war stark und schweigsam und sich selbst treu. Dabei waren alle Typen dieser Art, mit denen der Commissario je zu tun gehabt hatte, narzisstische Pedanten, durch und durch paranoid und geradezu langweilig in ihrer stumpfen Brutalität. Und obwohl der Roman sich um Realismus bemühte, kam Grassi alles ein wenig zu schillernd vor. Als Winslows »Held« seine beiden kleinen Kinder über ein Brückengeländer in den Tod warf, nur um der Konkurrenz zu beweisen, wozu er fähig war, hatte Grassi den Roman entnervt zugeschlagen.

»Diese Bücher in deinem Koffer«, begann er zögerlich, »über Terror und über das Böse und über Obdachlosigkeit, und dann noch das mit dem grausamen Clown auf dem Umschlag … Das ist alles so gewalttätig … ich meine, nicht gerade für gemütliche Lesestunden, oder?«

»Gemütlich? Das sind einfach Bücher, die mir wichtig sind. In denen Gedanken stehen, die mir im Leben helfen. Bücher, die über die Welt was zu sagen haben. Und die Welt ist nicht gemütlich. Diese Bücher begleiten mich.«

Sein Handy brummte. Es war die erste Nachricht von Chiara, seit er in Levanto war. Sie schrieb im Familienchat: »Come stai, caro? Wie ist das Haus? Und wer soll bloß für dich kochen, wenn ich nicht da bin?« Zwinker-Smiley.

Grassi tippte: »Tutto bene. Ich komme zurecht!« Herzchen-Smiley.

Chiara antwortete prompt: »Triffst du interessante Leute?«

Grassi betrachtete Toni auf der anderen Seite des Tisches, die gedankenverloren mit den Fingern ein Insekt aus ihrem Rotweinglas fischte, es auf den Boden schnippte und dann ihren Finger ableckte.

»Interessante Leute? In Levanto? Du machst Witze.«

POST MORTEM

»Buongiorno, Piero!«

Der Barista winkte lächelnd, als Grassi am Dienstagmorgen um kurz vor halb acht die Bar betrat und erfreut feststellte, dass Emilios Stuhl am Treseneck frei war.

»Das Gleiche wie gestern?«

»Sì, grazie.«

»Jetzt verstehe ich, was Sie gestern gesagt haben, Commissario. Ich meine das mit Ihrer Zuständigkeit.« Piero sprach wieder über die Schulter, während er die Maschine bediente. »Weil es ein Unfall war, müssen Sie sich nicht kümmern.« Er stellte Caffè und Brioche vor Grassi auf den Bartresen und sah ihn mit trauriger Miene an.

»Was ist los?«

Piero zuckte mit den Achseln. »Ich habe Luisa gekannt so wie viele hier im Ort. Schrecklich für die Familie.«

»Mi dispiace.«

»Was soll man machen?«

Grassi nickte seufzend.

Und Piero wandte sich ab, um einen neuen Gast zu bedienen, der ihn mit den Worten »Hast du das von Luisa gehört?« begrüßte. Im Hintergrund kündigte ein Moderator von Radio Jeans gerade einen Song von Paolo Conte an. Aus einer Tür neben der Toilette trat ein junger Mann, der sich die Schürze zuband. Als sein Chef ihn sah, tippte er mit einem strengen Blick auf seine Armbanduhr. Ein Geschäftsmann in dunklem Anzug zog schwungvoll die Tür auf, nahm sein Handy vom Ohr und rief Piero eine Bestellung zu, die dieser mit einem »Subito!« quittierte. Der Herr setzte sich an einen kleinen Tisch gegenüber dem Tresen vor eine verspiegelte Wand, die über und über mit Fotos beklebt war.

Grassi stand auf und bezahlte.

Punkt neun war Grassi in La Spezia. Ricci war schon da und legte ihm von den deutschen Kollegen übermittelte Erkenntnisse über den flüchtigen Betrüger Rudolf Weber vor. Offenbar steckte der mit einer Kette von einst gut gehenden Bekleidungsgeschäften namens »2Queens« schon seit Jahren in wirtschaftlichen Schwierigkeiten. Immer dann, wenn Weber seine Rechnungen nicht mehr bezahlen konnte, hatte er kurzfristig Lieferanten und Produzenten gewechselt und auf diese Weise nicht nur seine Probleme durch Qualitätseinbußen verschlimmert, sondern auch noch große Schulden und noch größeren Ärger bei einigen Geschäftspartnern in Ost- und Südeuropa angehäuft. Trotzdem hatte er im vorigen Dezember einen langfristigen Mietvertrag für eine Villa in Levanto abgeschlossen.

Die Unterlagen enthielten Bilder des Gesuchten, Kennzeichen und Typ des zuletzt auf ihn gemeldeten Fahrzeugs, Auszüge aus dem deutschen Handelsregister und Mitschriften von Befragungen, die die Deutschen mit dem Hausvermieter und mit Mitarbeitern in München geführt hatten.

»Der Richter prüft die Unterlagen, danach sollten wir den Durchsuchungsbefehl bekommen«, sagte Ricci. »Aber ich glaube sowieso nicht, dass Weber irgendwo an der ligurischen Küste gemütlich in einer Strandbar sitzt.«

»Was glauben Sie denn?«

»Dass ihm etwas zugestoßen ist. Jedenfalls schuldet der Mann ein paar Leuten Geld, denen man kein Geld schulden will.«

Sie gingen noch die Dienst- und Urlaubspläne des Teams durch und bereiteten den Beweisantrag bei der Staatsanwaltschaft gegen einen Drogenhändler vor. Der Rest des Tages war mit Pflichtveranstaltungen belegt. In dem Erste-Hilfe-Kurs, den alle Staatsbediensteten routinemäßig auffrischen mussten (und den Grassi in Rom gern vergessen hatte), war er zunächst ziemlich gelangweilt und dann ziemlich blamiert, als er bei einer jungen Polizeianwärterin die stabile Seitenlage demonstrieren sollte und sie einfach nicht richtig hinbekam.

Zurück in seinem Büro wollte er den ereignislosen Tag gerade beenden, als eine neue Mail vor ihm aufploppte:

Re Tote im Tunnel.
Ciao,
Abschlussbericht anbei. Hole Sie um halb sieben zum Essen ab.
Portovenere mit Ihrem Schlitten!
Penza

Grassi hatte gerade noch Zeit, den angehängten Bericht zu überfliegen. Luisa Amoretti hatte anscheinend wirklich Pech gehabt. Todesursache war der vermutete harte Schlag auf den Hinterkopf. Durch ihn waren Hirnbereiche geschädigt worden, die für Atmung und Herzschlag verantwortlich waren. Sie war sofort tot gewesen. Bei den schweren Verletzungen im Bereich des Thorax gab es Auffälligkeiten, nach denen Grassi Penza beim Essen fragen würde. Die Untersuchung hatte keine sonstigen Hinweise auf einen gewaltsamen Tod zutage gefördert. Keine Stichverletzungen, keine stumpfen Traumata, die von einem schweren Gegenstand herrühren könnten, keine Schussverletzungen. Da die Verstorbene in guter körperlicher Verfassung gewesen war, schloss der Dottore am Ende der Form halber ebenfalls einen natürlichen Tod aus. Der Unfall blieb die einzig belastbare Todesursache, zumal der Verursacher ihn bestätigt hatte, wenn auch nicht in allen Details aufgrund von Erinnerungslücken. Bene, dachte Grassi. Fall abgeschlossen.

Ricci und Grassi unterhielten sich im Gang vor ihren Büros, als Penza pünktlich auf die Minute um halb sieben aus dem Fahrstuhl im fünften Stock stieg.

»Sie können gar nicht ermessen, wie lebensbejahend es ist, aus dem finsteren Folterkeller des Todes hier hinauf ins Licht zu kommen, wo das pralle Leben tobt!«, rief er ihnen zu.

»Der Dottore jammert gern poetisch«, sagte Ricci zu Grassi. »Dabei hat er den Beruf der Leichenfledderei freiwillig gewählt.«

»La scienza habe ich gewählt, Ispettore. Meine Wissenschaft muss immer dann Antworten liefern, wenn diese heillose Verwirrung von Leidenschaften und Gefühlen, die Sie Leben nennen, zu Mord und Totschlag geführt hat. Nun, Tote haben keinen Hunger, ich schon. Also, wie ist es, Commissario?«

Commissario Grassi drehte sich zu Ricci um. »Sie können uns gern begleiten. Wenn ich den Dottore richtig verstanden habe, ist es dienstlich, also kein Vergnügen.«

»Kein Vergnügen? Sie laden mich zum Fischessen in Portovenere ein, also wenn das kein Vergnügen ist.«

Ricci schüttelte den Kopf. »Geht leider nicht, Commissario, ich muss heute für meinen Vater kochen. Wir sehen uns morgen.«

Als sie sich Grassis Roadster auf seinem Ladeplatz in der Tiefgarage näherten, sagte Penza verschwörerisch: »Besorgen Sie sich ein anderes Auto, sonst denkt jeder in La Spezia, Sie lassen sich schmieren.«

»Wer sich gut schmieren lassen will, muss auch was hermachen. Darum dachte ich ja auch, Sie würden mich einladen.«

»Wenn Sie gehört haben, was ich Ihnen zu erzählen habe, werden Sie die Rechnung mit Freude begleichen.«

»Vedremo! Dann steigen Sie mal ein.«

Penzas Knie knackten, als er auf den Beifahrersitz kletterte.

Sie bogen am Ende der Viale Italia nach rechts ab und folgten auf der SP 530 der Küstenlinie des Golfes, wobei die sich zunehmend windende Uferstraße im sanften Abendlicht spektakuläre Ausblicke auf den Hafen von La Spezia und den Golfo dei Poeti bot. Der Roadster war in seinem Element, und Grassi genoss es, den Wagen sportlich in die Kurven zu werfen und turbinenartig wieder heraus zu beschleunigen.

»Sie haben bestimmt bald viele neue Freunde bei der Verkehrspolizei, wenn Sie immer so fahren, Grassi. Hier gilt Tempo fünfzig!«

An der Piazza Darsena kurz vor dem Ende der Landzunge fand Grassi einen Parkplatz.

»Um diese Jahreszeit geht es noch«, sagte Penza, »im Sommer können Sie hier nicht mal Ihr Skateboard parken, so viele Touristen treten einander auf die Füße.« Entlang der Piazza und des kleinen Hafens reihten sich Restaurants aneinander, die Penza alle ignorierte, um irgendwann nach rechts über eine schmale Treppe durch einen Torbogen zwischen die Häuser abzubiegen. In der Gasse dahinter war es dunkel und still. Nach wenigen Metern blieb Penza im Licht der geöffneten Tür einer kleinen Trattoria stehen und rief in das Haus: »Lass mich durch, Manuela, ich bin Arzt!«

Ins Licht trat eine dunkelhaarige Frau mit breitem Gesicht, sie schmunzelte und begrüßte den Dottore mit Wangenküssen.

»Darf ich vorstellen, Manuela: Das ist der neue Commissario von La Spezia, Vito Grassi. Er kommt aus Rom, also sind ihm gute Luft und gutes Essen quasi unbekannt. Können wir was für ihn tun?«

»Für die Luft kann ich nichts, aber was zu essen habe ich. Freut mich, Sie kennenzulernen, Commissario. Setzt euch.« Sie wies auf einen Zweiertisch nahe am Eingang.

Sie unterhielten sich zunächst über Grassis erste Eindrücke und sein Gespräch mit Lilia Feltrinelli. Und während sie so saßen und plauderten, den frischen Bosco der Cooperativa Cinque Terre tranken und sich auf die gedämpften Scampi mit Linsen freuten, spürte Grassi, dass er sich in diesem Moment erstmals seit seiner Ankunft entspannte. Bei jedem anderen Gespräch – ob mit Toni, Ricci, Bruzzone oder Feltrinelli – war er auf der Hut gewesen, aber in Penzas Gegenwart fühlte er sich rundum wohl. Noch jedenfalls. Als Manuela die Antipasti brachte, konnte er dem hibbeligen Dottore ansehen, dass der es kaum erwarten konnte, von Grassi zu dem Bericht befragt zu werden. Der Commissario tat ihm den Gefallen.

»Dottore, Sie erwähnten in Ihrem Abschlussbericht Auffälligkeiten bei den Verletzungen am Torso der Toten. Was hat es damit auf sich?«

»Nun, Sie werden sicher wissen, dass die Gerichtsmedizin ihre wesentlichen Erkenntnisse aus den natürlichen Prozessen ableitet, die mit dem Eintritt des Todes im Körper einsetzen. Zuerst erschlaffen alle Muskeln, und der Körper wird weich. Die pure Entspannung. Der Tod ist eine Wellnessübung.« Penza kaute vergnügt. »Mit dieser Entspannung nimmt übrigens auch der Tonus des Schließmuskels ab. Auf das letzte Mahl folgt sozusagen immer auch das letzte große Geschäft.«

Grassi hatte gerade den ersten Bissen genießen wollen, ließ die Gabel jedoch wieder sinken und sah den Dottore angeekelt an.

»Mögen Sie Krebse, Commissario? Bei Krebsen zum Beispiel werden deshalb die Gedärme noch bei lebendigem Leib mit einer speziellen Zange …«

»Penza!«

»Jedenfalls unterscheiden wir zwischen ante mortem und post mortem. Verletzungen, die zum Tod führen, sind logischerweise vor dem eigentlichen Tod aufgetreten. Also ante mortem. Wird ein Körper nach dem Eintritt des Todes noch bewegt, kann das post mortem zu äußeren Verletzungen führen.«

Grassi trank einen Schluck. Der Wein schmeckte hervorragend. Trocken und doch fruchtig und auch ein wenig wild nach Gräsern. »Das verstehe ich alles. Aber der Bericht erwähnt äußere Verletzungen am Torso, eine … wie hieß das? Konfusion?«

Nicht nur hatte Penza offenbar nichts dagegen, beim Essen über seine unappetitliche Arbeit zu sprechen, es schien ihm sogar regelrecht Genugtuung zu verschaffen. Grassi war inzwischen nicht mehr ganz so entspannt.

»Kontusionen! Gutes Thema. Da muss ich leider noch mal etwas ausholen, falls Sie erlauben. Wenn das Herz aufhört zu schlagen, dauert es nur wenige Minuten, bis – wie wir sagen – die Blässe eintritt. Bei einem kaukasischen Menschen verliert die Haut also diesen rosafarbenen Ton. Das liegt daran, dass das Blut aus den kleinen Venen und Kapillaren in die Haut abfließt. Dort sammelt es sich dann an, vor allem, wenn ein Körper nach dem Tod mehrere Stunden lang in einer Stellung liegt. Wie bei der armen Signora Amoretti.« Penza bekreuzigte sich rasch. »An den Liegestellen haben wir also typische Verfärbungen, postmortale Flecken, gefunden. Der Farbe dieser Scampi hier gar nicht mal so unähnlich.«

Grassi hatte den Bericht nur kurz streifen, eine offene Frage klären und dann sein Essen genießen wollen. Jetzt ließ er resigniert das Besteck sinken und beschloss, überhaupt nichts mehr zu essen, bevor sich nicht die Chance ergab, das Thema zu wechseln. Er leerte sein Glas und füllte es gleich wieder. »Verstehe. Was ist jetzt mit diesen … Kontusionen?«

»Schönes Wort, oder? Klingt dramatisch, doch was es bezeichnet, kennt jeder. Hatten Sie schon mal ein blaues Auge?«

Ja, dachte Grassi und nickte. Dem Dottore würde er auch gleich eines verpassen.

»Da haben Sie's! Ein blaues Auge ist eine Kontusion. Ein Bluterguss, eine Gewebeschädigung durch stumpfe Traumata. Postmortale Flecken unterscheiden sich deutlich von der Art Hämatom, die ein lebendiger Mensch zum Beispiel durch eine Prellung oder Quetschung erleidet. Die entstehen durch die Verletzung gesunder Blutgefäße, aus denen Blut in das Körpergewebe fließt. Je nachdem, wie weich oder hart dieses Gewebe ist, wird der Fleck groß oder klein. Manuela! Bringst du uns bitte noch ein bisschen Brot?«, rief er schamlos durch die inzwischen gut gefüllte Trattoria. »Was nun die Torsoverletzungen der Toten im Tunnel angeht: Ein unaufmerksamer Radfahrer prallt mit – sagen wir – zwanzig Kilometern pro Stunde frontal auf einen Menschen, der Mensch fällt auf den Kopf und ist tot. Die Verletzungen am Torso durch den Aufprall sind …«

»… ante mortem«, sagte Grassi wie ein gelehriger Schüler mit genervtem Augenaufschlag.

Manuela brachte das Brot. »Ich hoffe, Sie genießen das Essen, Commissario. Und die Gesellschaft.« Sie tauschten ein gequältes Lächeln, das Penza nicht bemerkte.

»Das wäre logisch«, sagte der Dottore, legte die Gabel ab und zerriss eine dicke Scheibe frisches Weißbrot. »Die Signora, Gott hab sie selig, hatte zwei gebrochene Rippen linksseitig und die erwähnten Kontusionen, nur …« Er schluckte ein Stück Brot hinunter, lehnte sich im Stuhl zurück und sah Grassi an. »Nur die Hämatome passen nicht zu den Verletzungen.«

»Soll heißen?«

»Dass sie mehr blaue Flecken haben müsste, selbst wenn unmittelbar nach dem Aufprall der Tod durch den Sturz eintrat.«

»Rippen sind hart, wenig Fleisch, weniger Flecken, oder nicht?«

»Signora Amoretti war normal gut genährt und hatte durchaus Fleisch auf den Rippen. Sie weist am Torso auch Hämatome auf …«

»Madonna, kommen Sie vor den Secondi noch zum Punkt?«

»… aber aus der Art der Gefäßverletzung, der Einblutung und der Beschaffenheit der Venen konnten wir schließen, dass mit an Sicherheit grenzender Wahrscheinlichkeit der Prozess der Blässe schon begonnen hatte. Vielleicht nur wenige Sekunden zuvor.«

Grassi hatte mittlerweile jeden Gedanken an Essen verdrängt. »Vor was?«

»Vor der Kontusion.«

Der Commissario erstarrte für eine Sekunde, dann zog er hörbar die Luft ein, als er die Pointe von Penzas langem Vortrag begriff. »Post mortem«, sagte er ausatmend. »Der Radfahrer hatte einen Unfall mit einer Leiche?«

Dottore Penza legte den Kopf schief, verzog den Mund und breitete ein wenig die Hände aus. »Man sollte eben immer erst das Ergebnis der Obduktion abwarten.«

»Bruzzone wird nicht erfreut sein.«

»Und Sie? Freuen Sie sich?«

»Worüber soll ich mich freuen?«

»Darüber, dass Sie schon am zweiten Tag Ihrer Amtszeit einen Mord übernehmen werden.« Er hob sein Glas. »Cin cin, Commissario!«

Die Vorspeise war kalt geworden, und Grassi hatte noch mehr Hunger als zuvor. Trotzdem bestellte er den Steinbutt mit Cardoncelli-Pilzen bei der enttäuscht dreinblickenden Manuela wieder ab und legte seine Serviette auf den Tisch. »Entschuldigen Sie mich bitte für einen Moment.« Er stand auf, trat vor die Tür und wählte die mobile Nummer von Lilia Feltrinelli. Sie meldete sich nach dem ersten Klingeln.

»Commissario?«

»Guten Abend, Questore. Entschuldigen Sie bitte die Störung. Haben Sie den Amoretti-Bericht von Dottore Penza gelesen?«

»Nein, ich dachte, nachdem Bruzzone den Unfallverursacher gefunden hat, sei der Fall so gut wie geklärt?«

»Es scheint so, als wären die Kollegen der Carabinieri etwas voreilig gewesen.« Grassi erklärte der Quästorin in seinen Worten die wichtigsten Erkenntnisse der Obduktion und schloss: »Anders ausgedrückt: Sie war schon vor dem Unfall tot. Der Fall steht wieder ganz am Anfang.«

»Cazzo!« Grassis Chefin konnte also auch fluchen. »So was passiert, wenn sich zu viele einmischen.«

Grassi hatte das seltsame Gefühl, dass seine Chefin ihn in den Vorwurf miteinbezog.

»Ich rufe sofort den Colonnello an. Die Polizia di Stato muss den Fall jetzt übernehmen. Also Sie, Commissario.«

»Sì, Signora! Dann warte ich Ihr Gespräch mit dem Colonnello noch ab, bevor ich den Bürgermeister anrufe.«

»Was wollen Sie von Mastino?«

»Ihm sagen, dass der Tunnel zwischen Levanto und Bonassola ab sofort wieder geschlossen ist.«

Grassi hörte ein Seufzen am anderen Ende der Leitung.

»Porca miseria.«

Toni saß auf seinem Schlafsofa unter einer Decke, die Beine angezogen und ein Buch in der Hand. »Na, endlich!«, rief sie, als er von der dunklen Terrasse in das warm erleuchtete Wohnzimmer trat. »Du hast gesagt, dass du kochst, aber nicht, dass ich bis Mitternacht darauf warten muss.«

»Du übertreibst.« Grassi stellte die Tüte mit den Einkäufen auf den Tisch, packte aus und hielt ihr jede einzelne Zutat – den Carnaroli-Reis, die Salsiccia, die Pilze – demonstrativ entgegen mit einer Miene, die sagen sollte: Siehst du, ich habe daran gedacht.

»Beeil dich, ich habe Hunger«, sagte Toni und widmete sich wieder ihrem Buch.

Grassi hatte gerade Zwiebeln geschnitten und wischte sich mit dem Handrücken die Tränen aus den Augen, als auf dem Tisch sein Handy brummte. Er öffnete den Familienchat und sah, dass seine Tochter Lucy etwas geschickt hatte. Ein Bild wurde sichtbar, noch verschwommen und abstrakt in Weiß und Rot wie der Ausschnitt eines Gemäldes von Gerhard Richter. Er tippte auf das Bild, um den Download zu starten, aber wenig überraschend tat sich nichts. Und noch bevor er etwas erkennen konnte, tauchte Chiaras Reaktion im Chat auf, und Grassi stockte der Atem. Er las: »Oh, Gott! Das sieht furchtbar aus! Was ist passiert?« Was meinte Chiara? Das verdammte Bild war immer noch nicht zu erkennen! Lucy schrieb etwas, dann tauchte das Wort »Fahrradunfall« auf seinem Handy auf. Grassis Magen krampfte sich zusammen. Seine süße Tochter war verletzt und allein in Berlin! Er tippte hektisch auf das immer noch verschwommene Bild, und plötzlich war es da: Lucy hatte sich die Jeans heruntergezogen und ein Foto ihrer Hüfte gemacht, die handtellergroß aufgeschürft und blutunterlaufen war. Es sah tatsächlich furchtbar aus. Grassi begann zu tippen: »Du Arme, warst du beim …« Chiara war schneller. Chiara war immer schneller beim Schreiben im Chat und nahm ihm die Frage von den Fingern: »Warst du beim Arzt?« Grassi löschte den letzten Teil seiner begonnenen Nachricht und schickte nur etwas hilflos »Du Arme« hinterher, um überhaupt etwas Tröstliches beizusteuern. Er konnte an dem Hinweis neben Lucys kleinem Bild in der Kopfzeile erkennen, dass sie gerade eine Nachricht aufsprach. Ungeduldig starrte er auf das Display.

»Was ist denn los?«, fragte Toni besorgt. Sie war aufgestanden und hinter ihn getreten.

»Was?« Grassi drehte verwirrt den Kopf. »Ach, meine Tochter hatte in Berlin einen Unfall, und ich sitze hier am Ende der Welt und am Ende der Scheißnachrichtenkette.«

Er ließ frustriert das Handy sinken und riss es wieder vors Gesicht, als es brummte. Lucys Sprachnachricht. Mit weinerlich schwacher Stimme beschrieb seine Tochter stockend den schlimmen Moment, als sie mit dem Vorderrad in die Straßenbahnschiene geraten und gestürzt war, dass ihr erst niemand und dann ganz viele geholfen hatten, dass sie das kaputte Fahrrad stehen gelassen hatte und nach Hause gelaufen war, weil es erst gar nicht so wehgetan hatte, sie aber dann kaum die Treppe zu ihrem Zimmer hochgekommen war. »Und jetzt tut es so weh! Ich kann mich gar nicht bewegen!«, schluchzte sie. »Wie soll ich denn zum Arzt? Ich weiß nicht mal, wo einer ist!«

Grassi hatte die Nachricht kaum abgehört, als Chiara reagierte: »Schau hier!« Es folgte ein Link. »Das ist eine Notfallambulanz in der Nähe deines Wohnheims. Fahr mit dem Taxi. Ein Mitbewohner soll dir die Treppe runterhelfen. Nicht alleine versuchen!« Chiara, dachte Grassi. Die leicht erregbare und trotzdem stets klare, kompetente, fürsorgliche Chiara. Sie hatte wie immer schon eine Lösung gefunden, bevor Grassi die schlechte Nachricht auch nur halb verdaut hatte. »Aber Taxi ist so teuer«, schrieb Lucy noch schwach und bekam ein »non importa« von ihrer Mutter zur Antwort. Es gingen ein paar Herzchen hin und her, dann war plötzlich Stille im Chat.

Grassi stand bewegungslos. Vor seinem inneren Auge lief ein kurzer, aber umso schrecklicherer Was-alles-hätte-passieren-können-Katastrophenfilm ab. Er fühlte sich wie ein stummer, hilfloser Zuschauer. Genau vor solchen Situationen hatte er Angst gehabt, als seine beiden Kinder im Jahr zuvor schnell hintereinander ausgezogen waren. Er konnte verstehen, dass sie auf eigenen Beinen stehen wollten, aber was, wenn sie mal umfielen und niemand da war, um ihnen aufzuhelfen? Chiara hatte stolz gelächelt, als sich Lucy am Flughafen hinter der Sicherheitskontrolle noch einmal umgedreht und gewinkt hatte. Grassi hatte einen dicken Kloß im Hals. Und Alessandro hatte er sogar allein zum Bahnhof gebracht, weil sein Sohn kein »verdammtes Abschiedskomitee« gewollt hatte. Chiara war es recht gewesen, weil sie sowieso mit einem neuen Auftrag der Stadt vollauf beschäftigt war.

Wie in einem kitschigen Liebesfilm hatte Grassi dem Zug so lange hinterhergewinkt, bis er außer Sicht war. Er hatte das Gefühl gehabt, dass alle um ihn herum zu neuen Ufern aufbrachen und ihn zurückließen. Vielleicht hatte er auch deshalb den Entschluss gefasst, nach Ligurien zu ziehen.

Das Klappern einer Pfanne auf dem fauchenden Gasherd riss ihn aus seinen Gedanken. Toni hatte die Zwiebeln schon ins Olivenöl gegeben.

Grassi trat zu ihr. »Du hättest nicht …«

»Tutto bene.« Toni lächelte nachsichtig. »Wir kochen zusammen.«

»Dann schneide ich mal die Salsiccia.«

IM WALD

Wenn Vito Grassi träumte, schlief er gut. Und er träumte gern, auch wenn seine Träume nicht selten ziemlich wild waren. In guten Traumnächten konnte er den Schlaf unterbrechen, das letzte Bild des Traums festhalten und sogar wieder anschließen, wenn er erneut einschlief. In den ersten zwei Nächten hier hatte er schlecht geschlafen und nicht geträumt, doch in dieser Nacht rannte er absurd schnell durch einen klaustrophobisch engen Schacht, der kaum breit und hoch genug war für seine Statur, aber er streifte die Wand nicht einmal. Fühlte sich stark und athletisch, bewegte sich mühelos durch den gewundenen Tunnel wie in einem Computerspiel. Rannte er vor etwas davon? Lief er auf etwas zu? In seinem Traum wusste er es nicht, aber als er sich vom Sofa erhob, nahm er das gute Gefühl aus dem Traum mit aufs Klo und wollte gerade weiterrennen, nachdem er wieder unter die Decke geschlüpft war, als er Stimmen hörte. Erst leise, dann drängender.

Jetzt riss Vitos Verbindung zu dem Traum, und er öffnete die Augen. Die Stimmen kamen von draußen. Toni unterhielt sich mit jemandem. Es klang gehetzt und ängstlich, als würden zwei Menschen sich anschreien und gleichzeitig die Luft anhalten. Das war doch wieder dieser Verrückte, dachte Vito. Dass ausgerechnet er den Kerl zum Nachbarn haben musste! Hoffentlich kam der jetzt nicht jede Nacht vorbei, sonst würde er ein ernstes Wort mit ihm reden müssen. Er stand stöhnend auf, machte das Licht an und riss die Terrassentür auf.

»Madonna, kann man hier vielleicht mal eine Nacht ungestört sein?« Grassi zuckte zusammen. Weniger wegen des grotesken Anblicks von Francesco, der sich zu ihm umdrehte und ihn durch die insektenhaft runden Linsen seines Nachtsichtgeräts anstarrte. Der junge Mann sah nicht nur selbst aus wie ein Gespenst, er wirkte auch so, als hätte er gerade eines gesehen. Tonis Gesichtsausdruck war ebenfalls schreckverzerrt. Sie hielt ein Gewehr in der Hand. Wahrscheinlich hatte sie es Francesco abgenommen.

»Nimm das Ding runter, verdammt!« Er wollte Francesco ins Gesicht greifen, aber der kam ihm folgsam zuvor. »Was macht ihr hier draußen? Was ist los?«

»Dahinten …«, begann Francesco, doch Toni schnitt ihm das Wort ab.

»Wildschweine, ein ganzes Rudel. So nah waren sie noch nie. Ich glaube, sie sind bei den Olivenbäumen.«

Francesco nickte heftig. »Ich hab sie gesehen.«

Vito wurde es allmählich zu viel. »Ganz zufällig, als du wieder auf fremden Grundstücken nach dem Rechten gesehen hast, was?«, fuhr er den jungen Mann an. Er blickte aufgebracht von einem zum anderen und wurde das Gefühl nicht los, dass es hier nicht nur um Schwarzwild ging. »Die ganze Versammlung hier wegen ein paar Wildschweinen? Seriamente? Und was willst du jetzt machen, Toni, mitten in der Nacht?«

Man konnte ihr ansehen, dass sie fieberhaft überlegte. »Wir müssen sie doch vertreiben! Die wühlen den Boden um die Bäume auf und machen alles kaputt.«

Vito deutete auf die Waffe in Tonis Hand. »Wessen Gewehr ist das?«

Francesco streckte die Hand danach aus, aber Grassi nahm es Toni zuerst ab. Er öffnete den Verschluss. Das Gewehr war nicht geladen. Er roch an der Kammer und stellte fest, dass mit dieser Waffe vor nicht allzu langer Zeit geschossen worden war. »Hast du dafür eine Berechtigung?«

»Ja, ich darf das haben. Und es ist auch nicht geladen.«

Vito gab ihm das Gewehr zurück. »Geh nach Hause!«

»Aber ich kann euch zeigen, wo …«

»Du hast ihn gehört, Francesco«, zischte jetzt Toni. Die Sache wurde immer mysteriöser.

Die Merkwürdigkeit der ganzen Situation weckte den Ermittlerinstinkt in Grassi. »Toni hat recht, du hast hier nichts zu suchen, und ich will dich hier nicht haben. Nicht mit ungeladenem und schon gar nicht mit geladenem Gewehr.« Er sah Toni an. »Weißt du, wo ich ihn finden kann?«

Toni nickte stumm.

»Aber ich hab doch gar nichts getan.«

»Schon gut, Francesco«, sagte sie, jetzt wieder mit sanfterer Stimme. »Vai via!«

Nachdem der junge Mann in der Dunkelheit verschwunden war, lief Grassi zurück ins Haus, schlüpfte in Hose, Schuhe und Jackett und trat mit der Beretta in der einen und einer Taschenlampe in der anderen Hand wieder auf die Terrasse. »Willst du nicht Emilios Gewehr holen?«

Toni sah verwirrt aus. »Doch. Klar.«

Während Grassi auf ihre Rückkehr wartete, lauschte er in die Dunkelheit hinein. In der nächtlichen Stille vernahm er tatsächlich auf der Talseite des Hauses entfernte Geräusche, deren Herkunft er sich nicht erklären konnte.

Das weiße Licht des Mondes schien so hell und klar, dass sie die kleinsten Ästchen der Olivenbäume wie auf einem gestochen scharfen Negativ vor sich sahen. Sie liefen über das feuchte Gras am Rande des Hains. Toni ging mit der Taschenlampe voraus, Vito folgte ihr. Die Schuhe an seinen nackten Füßen fühlten sich schon nach wenigen Schritten klebrig und durchweicht an. Er ging sonst nie ohne Socken. Ihn fröstelte. Mehr als ein Mal rutschte er aus und landete auf den Knien, die er sich genauso schmutzig machte wie seine Hände, wenn er sich wieder hochrappelte. Mehrfach blieben sie stehen, um zu beobachten und zu lauschen. Bei den Bäumen waren keine Tiere.

»Hier ist nichts«, sagte Vito, der wieder aufs Sofa unter seine Decke wollte. »Gehen wir zurück.«

»Sie sind da drüben am Waldrand, sobald wir umdrehen, kommen sie zurück.«

Toni führte sie unter den Olivenbäumen durch bis zum entfernten Ende des Hains. Dort blieb sie jedoch nicht stehen, sondern packte das Gewehr fester und stapfte weiter in den mannshoch mit harten Büschen und Sträuchern bewachsenen, leicht abfallenden Hang hinein.

Grassi fluchte. »Toni, warte!«, zischte er und schrammte sich den ungeschützten Knöchel an einer Wurzel blutig, als er hinter ihr herstolperte. Hier war die Macchia mit Erikasträuchern, wilden Olivenbäumen, Salbei und Ginster so dicht bewachsen, dass man leicht die Orientierung verlor. Er hatte den Eindruck, dass sie sich bereits dem Rand seines Grundstücks näherten. Wo wollte sie hin? Er drohte sie aus den Augen zu verlieren, wurde für einen Moment panisch, atmete auf, als er ihren Hinterkopf zwischen zwei Sträuchern ausmachen konnte. Schwer atmend holte er sie ein.

»Verdammt, Toni, wir hatten gesagt, wir gehen nur bis zu den Bäumen!«

Toni reagierte nicht, sondern ließ den Strahl ihrer Taschenlampe über das Gestrüpp und den Boden gleiten, bis der Lichtkegel an einer Stelle verharrte. »Was ist das, Vito?«

»Was ist was?«

»Das Ding da vorn.«

»Gib mir die Taschenlampe.« Vito kniff die Augen zusammen. In einigen Metern Entfernung ragte etwas aus dem Boden, was man auf den ersten Blick für einen Ast hätte halten können. Aber nur auf den ersten Blick. Nach genauerem Hinsehen lief es Vito kalt den Rücken runter. Er wusste nun, dass das Ding, das sie da sahen, eine menschliche Hand war.

»Bleib hier!«, befahl er und näherte sich dem grässlich gekrümmten menschlichen Überrest. Die Leiche lag in einer kleinen Senke, an deren Rand ein wild verwachsener Olivenbaum stand und den Blick auf den Körper verstellte. Die erdverkrustete und zum Teil verstümmelte weiße Hand war deshalb das Einzige, was man hatte sehen können. Der Rest des auf dem Rücken liegenden Körpers war zum Teil begraben unter welkem Laub, morschen Ästen, Zweigen und Erde. Weder ein Gesicht noch die genaue Lage des Körpers war unter all dem Zeug zu erkennen. Aber als Grassi an den Rand der kleinen Senke trat und den Strahl der Taschenlampe direkt darauf richtete, blitzten bleiche Hautfetzen zwischen dem Dreck hervor. Der Boden rund um die Leiche war durchwühlt, unzählige Klauenabdrücke in der feuchten Erde ließen vermuten, dass Wildschweine die Szenerie so zugerichtet hatten. Die Leiche musste schon eine Weile dort liegen.

Grassi kam ein furchtbarer Verdacht.

Toni war ein paar zögerliche Schritte näher gekommen. »Ist das eine Leiche?«

»Ja«, sagte Vito schwer atmend. »Ich muss sofort die Kollegen rufen.« Er richtete die Taschenlampe auf seine Begleiterin. »Kaum zu glauben, dass du mich rein zufällig hergeführt hast.«

»O nein, Vito! Halt mich da raus. Du hast die Leiche gefunden. Ich will nichts mit der Polizei zu tun haben.«

Er musterte stumm das vom kalten Licht der Taschenlampe beschienene Gesicht und nickte. Natürlich hatte sie nichts mit dem Tod dieses Menschen zu tun. Aber mit ihren letzten Worten hatte Toni ihm gerade bestätigt, was er vermutet hatte: Sie hatte ihn tatsächlich wissentlich hierhergeführt.

Ein Blick auf die Uhr. Halb zwei. An Schlaf war nicht mehr zu denken.

»Die Leiche muss hier schon seit Tagen liegen. Gleich neben unserem Grundstück. Wie kann es sein, dass wir nichts bemerkt haben?«

»Schau, wie dicht die Macchia ist, Vito. Wie ein Dschungel! Und wenn die hier schon seit Tagen liegt, wie du sagst, bist du noch gar nicht vor Ort gewesen, als es passiert ist.«

»Aber hätte uns nicht was auffallen müssen? Vögel, die über der Leiche kreisen, zum Beispiel?«

»Die Wildschweine waren seit Tagen in der Nähe, das habe ich doch gesagt. Und die Natur ist voller Tierkadaver, über denen Vögel kreisen. In Rom liegen Menschen wochenlang tot in ihrer Wohnung, ohne dass jemand etwas merkt.«

Sie log für Francesco, da war sich Grassi sicher. Den verrückten Francesco, den Grassi eben selbst nach Hause geschickt hatte. Molto intelligente, Commissario.

Grassi seufzte und zückte sein Handy. »Dann an die Arbeit. Ich rufe Verstärkung und bleibe bei der Leiche, bis sie eintrifft. Du könntest bitte im Haus warten und den Kollegen zeigen, wo sie mich finden?«

Toni schien zu überlegen, ob sie noch etwas sagen sollte, drehte sich dann aber um und wurde vom Unterholz verschluckt.

Die Verbindung war schlecht, und er brauchte mehrere Anläufe, bevor Marta Ricci sich verschlafen meldete. »Ja, was ist los?«

»Wissen Sie, wo ich wohne?«

»Come dice? Ich habe Ihre Adresse, wenn Sie das meinen.«

»Gut. Dann ziehen Sie sich an und kommen so schnell wie möglich her. Jetzt ist endgültig Schluss mit der Langeweile.«

Lange Minuten wartete Grassi allein unter bleichem Mondlicht in der stummen Macchia mit der Beretta in der Hand. Er glaubte nicht, dass die Wildschweine zurückkamen, und hoffte trotzdem, dass sich die Kollegen beeilten. Ganz in der Nähe rief ein Kauz. Ein kleines Tier lief raschelnd an ihm vorbei. Es hätte friedlich sein können, wenn da nicht der verwesende Körper eines Menschen neben ihm gelegen hätte. Nach etwa zehn Minuten sah er den Widerschein von Blaulicht im Tal und hörte Motoren heulen, als sich mehrere Wagen die Straße zum Haus hochquälten. Noch mal einige Minuten später näherten sich Stimmen, Schritte und unruhig zuckende Lampenstrahlen. Grassi schob die Beretta in die Jacketttasche.

Toni hatte Bruzzone und vier weitere uniformierte Beamte der örtlichen Carabinieri im Schlepptau.

Statt einer Begrüßung sagte der Capitano: »Madonna, Commissario. Seit Sie in Levanto sind, stapeln sich hier die Leichen. Sind wir hier noch auf Ihrem Grundstück?«

»Sie haben Nerven«, raunte Grassi.

»Leiche liegt wochenlang auf Grundstück von Commissario der Staatspolizei«, verkündete Bruzzone im Stile eines Zeitungsjungen. »Das wäre doch mal eine Schlagzeile.« Er legte eine grimmige Freude an den Tag, aber niemand sonst lachte.

Eine Stunde später war das Haus zur Basisstation einer umfangreichen nächtlichen Polizeiaktion geworden. Beamte der Carabinieri von Levanto, Ermittler der Staatspolizei aus La Spezia und Mitarbeiter der Spurensicherung und der Gerichtsmedizin gingen ein und aus, schleppten Ausrüstung über die Terrasse und den Olivenhain bis zum Fundort der Leiche und stapften mit dreckigen Stiefeln durchs Haus, um in der Küche etwas zu trinken oder die Toilette zu benutzen. Man zeigte eine professionelle Miene, aber der Schrecken war allen, die am Fundort gewesen waren, ins Gesicht geschrieben.

Grassi saß am Küchentisch, als Ricci von hinten an ihn herantrat. »Schön haben Sie es hier«, sagte sie und nahm ihm gegenüber Platz. »Und unter besseren Umständen auch sicher sehr ruhig.«

Er starrte sie an und brauchte ein paar Sekunden, um zu merken, was an ihr nicht stimmte. Die Augen seiner Partnerin waren nicht mehr provozierend grün, sondern sanft kastanienbraun!

Ricci zuckte mit den Achseln: »Keine Zeit für die Kontaktlinsen.«

Toni stand etwas abseits mit fest verschränkten Armen und weit aufgerissenen Augen wie ein Reh im Fernlicht. Vor ihr, sich adlerartig zu ihr herabbeugend und mit Stift und Block bewaffnet, hatte sich Capitano Bruzzone aufgebaut und schien eine Frage nach der anderen abzufeuern. »Halt mich da raus!«, hatte Toni gebeten, und Grassi tat tatsächlich, was er konnte, ohne sich selbst einer Falschaussage schuldig zu machen. Dass sie trotzdem würde Fragen beantworten müssen, war klar. Dabei hatte er sich längst einen Reim auf die Ereignisse der Nacht gemacht: Francesco war wieder durch »sein Revier« gestrolcht, hatte dabei die schaurige Entdeckung gemacht und war dann sofort zu seiner Freundin Toni gerannt. Vielleicht hatte er ihr die Stelle sogar gezeigt? Jedenfalls hatte Grassi zugelassen, dass es so aussah, als hätte er die Leiche entdeckt. Vielleicht stellte sich Toni aus Mitleid vor Francesco. Aber warum ließ er selbst sich auf das Spiel ein, statt Tonis Täuschung bloßzustellen? Weil sie die Entdeckung der Leiche geschickt eingefädelt hatte, wie Grassi zugeben musste. Weil er keine Beweise für seine Vermutung hatte. Und da war noch etwas: Grassi mochte diese misstrauische, fast verschlossene Frau, die vor langer Zeit schlechte Erfahrungen mit der Staatsgewalt gemacht hatte. Die getrieben und trotzdem frei wirkte. Die etwas von den Schätzen der Natur verstand und Bücher über die grausame Natur des Menschen las. Grassi spürte, dass es nicht viel brauchte, um Toni in die Flucht zu schlagen, und er hatte Angst, dass genau das passieren könnte, wenn er sie der Lüge bezichtigte.

Grassi hatte die Quästorin ebenfalls telefonisch über den Leichenfund informiert. Aufgrund des ungewohnten Verkehrsaufkommens hatte Feltrinelli ihr Auto weiter unten an der Straße stehen lassen müssen und war den Rest des steilen Weges zu Fuß gekommen. So erhitzt vom Aufstieg, ungeschminkt, ohne Schmuck und die blonden Haare zu einem praktischen kurzen Pferdeschwanz gebunden, hätte Grassi sie fast nicht wiedererkannt. Doch auch in Windjacke, Jeans und Turnschuhen war sie souverän. In der Hand hielt sie eine lange, schwarz glänzende Stabtaschenlampe.

»Bereuen Sie die Versetzung schon?«, fragte sie zur Begrüßung mit einem freudlosen Lächeln.

»In Rom hatte ich jedenfalls nie eine Leiche im Garten.«

»Na, dann. Führen Sie mich hin.«

Er winkte Ricci dazu, und sie begannen den kurzen Marsch. Zwischen Grassis Haus und dem Fundort war innerhalb kürzester Zeit ein regelrechter Trampelpfad durch den Olivenhain entstanden, an dem sie sich leicht orientieren konnten. In dem dichten Gestrüpp mussten sie die Gesichter vor zurückschnellenden Ästen und Zweigen schützen.

Ricci war in Gedanken versunken und murmelte plötzlich leise, aber für Grassi, der vor ihr lief, deutlich hörbar: »Ich habe einen Verdacht.«

Er blieb stehen und drehte sich zu ihr um. »Dann haben wir wohl denselben.«

»Was für einen Verdacht?« Die Quästorin blickte vom einen zum anderen.

»Warten wir ab, was die Spurensicherung bisher ergeben hat, bevor wir weiter spekulieren, okay?«

Grassis Chefin runzelte missbilligend die Stirn, dann setzte sich die Gruppe wieder in Bewegung.

»Tja, Commissario, nachdem die Staatspolizei nun den Fall der Toten im Tunnel gestern Abend offiziell übernommen hat, haben Sie jetzt wohl gleich zwei Morde aufzuklären.«

Sie bückten sich unter rot-weißem Absperrband, das der Erkennungsdienst in einem Abstand von circa zehn Metern rund um den Fundort an Sträuchern befestigt hatte. An der Senke blieben sie stehen. Die Kriminaltechniker hatten Äste, Zweige und Blätter beseitigt und die Leiche vorsichtig freigelegt. Der Anblick des verrenkten, halb nackten und verstümmelten Körpers mit den zerfetzten Kleidungsresten erinnerte Grassi an Bilder von Explosionsopfern. Aus den Augenwinkeln beobachtete er, wie die Quästorin angeekelt das Gesicht verzog.

Gleichzeitig erlebte Grassi eine Veränderung, wie er sie schon oft in seinem Polizistenleben erfahren hatte: Die professionelle Ernüchterung, die sich einstellte, wenn ein toter Mensch zum Ermittlungsgegenstand wurde, wirkte beruhigend auf ihn. Die gelben Hütchen mit den Tatortnummern, das grelle Licht der Scheinwerfer, das saubere Weiß des Baldachins zum Schutz gegen die Witterung, die konzentrierte und stille Geschäftigkeit der Ermittler – für den Commissario nahm all das dem Tod zumindest einen Teil seines Schreckens. Er war nicht mehr nackt und lähmend, sondern klinisch und handhabbar. In solchen Momenten war Grassi dankbar, dass seine Arbeit sich dem Wesen nach nicht auf den Tod konzentrierte. Der war nur der Anlass für seine eigentliche Aufgabe, die Ermittlung unter den Lebenden.

Penza kam ihnen entgegen. Diesmal strahlte er nicht diese etwas hektisch wirkende Energie aus, sondern machte einen matten Eindruck. Obwohl es kaum mehr als fünf Grad sein konnten, schwitzte er sichtlich unter seinem weißen Overall, als er die Quästorin mit einem Nicken begrüßte.

»Wie geht es voran? Was haben Sie bisher herausgefunden?«, fragte sie.

»Der Zustand der Leiche macht die Untersuchungen schwierig. Die Verwesung ist weit fortgeschritten, und die Wildschweine … Wie soll ich sagen: Das sind halt Allesfresser.« Er bekreuzigte sich rasch. »Wir werden hier noch eine ganze Weile zu tun haben, aber einiges wissen wir schon: Der Tote ist männlich, um die fünfzig, circa einen Meter achtzig groß.«

»Wie lange liegt die Leiche Ihrer Einschätzung nach schon hier?«

»Im Moment unmöglich zu sagen. Eine Woche?«

»Todesursache?«

»Was wir bisher sicher sagen können: Er wurde von zwei Kugeln getroffen. Ein Schulterdurchschuss von vorn, der nicht tödlich war. Ein Schuss in die Brust von hinten. Die Kugel steckt noch in der Lunge. Größeres Kaliber. Eintrittswunde, aber keine Austrittswunde.«

Grassi fiel auf, dass Dottore Penza nur Spurenelemente seines üblichen Humors an den Tag legte. Auch war zwischen seinen Redebeiträgen nicht das übliche Pfeifen zu hören. Dass ihm zu der grausigen nächtlichen Pflicht keine passende Melodie einfiel, konnte man ihm nicht verdenken.

»Der zweite Schuss war der tödliche?«

»Ja. Aber ich schätze, dass auch dieser Schuss ihn nicht sofort umgebracht hat. Und zwischen den Schüssen muss ein relativ großer zeitlicher Abstand liegen, denn die Schulterwunde hat eine ganze Zeit lang geblutet.«

»Dann würden Sie sagen, dass der Fundort der Leiche nicht identisch mit dem Tatort ist?«, hakte Ricci nach.

»Vielleicht konnte das Opfer nach der zweiten Schussverletzung noch bis hierherkriechen, bevor es starb?«, überlegte Penza laut. »In dem Fall hätte er eine Blutspur hinterlassen. Diese allerdings nach einer Woche zu finden, ist praktisch aussichtslos. Zumal es vor ein paar Tagen geregnet hat. Die andere Preisfrage: Woher kamen die Schüsse? Keine Ahnung. Das heißt auch, dass wir einen Sechser im Lotto brauchen, um Patronenhülsen zu finden. Oder Schatzsucher mit Metalldetektor und viel Geduld.«

»Könnte es vielleicht ein Jagdunfall sein?«, versuchte Ricci eine Erklärung. »Letztes Jahr hatten wir zwei davon. Einer davon endete sogar tödlich.«

»Ich erinnere mich«, sagte die Quästorin. »Ein tragischer Fall. Allerdings haben damals die beteiligten Jäger sofort reagiert, Notarzt und Polizei gerufen und Erste Hilfe geleistet – statt einen toten Menschen einfach achtlos liegen zu lassen.« Sie richtete sich abrupt an den Commissario. »Sie haben die Leiche doch gefunden. Ist Ihnen zuvor etwas Verdächtiges aufgefallen? Haben Sie Schüsse gehört?«

Penza reagierte sofort. »Die Schüsse, denen dieser Mann zum Opfer gefallen ist, kann Grassi niemals gehört haben. Ich sagte doch, der Mord ist sicher eine Woche her.«

»Ehrlich gesagt, habe ich seit meiner Ankunft jede Nacht Schüsse im Tal gehört«, erklärte Grassi.

Penza führte die drei zu einer auf dem Boden ausgebreiteten Plane, auf der die Beweismittel separat in klaren Plastiktüten verpackt und mit den jeweiligen Tatortnummern versehen sorgfältig aufgereiht lagen. »Wir haben den Tatort von außen nach innen abgesucht, aber die verdammten Wildschweine haben die Spuren so weit verteilt, dass wir den Kreis ständig erweitern müssen.«

Auf der Plane lagen eine zerrissene Barbour-Jacke, Fetzen von weiteren Kleidungsstücken, eine Brille, ein Feuerzeug und Reste einer Zigarettenpackung, Kleingeld, ein Schlüsselbund, ein Halbschuh, eine schmutzige Gesichtsmaske und ein scheckkartengroßes ledernes Portemonnaie.

Grassi zeigte auf das letzte Beweisstück: »Ist da noch was drin?«

»Keine Ahnung. Wie fast alles, haben die Schweine auch versucht, den Geldbeutel zu fressen, aber das ist eines dieser neuen Spezialportemonnaies mit Kartenschiebefach aus Aluminium. War ihnen wohl doch zu schwer verdaulich. Ist alles genau so, wie wir es gefunden haben.«

Grassi ging in die Hocke und nahm die Plastiktüte mit dem Portemonnaie in die Hand. An der einen Seite des Kartenfachs aus Aluminium war ein kleiner Hebel, mit dem man die Karten herausschieben konnte. Das Fach war stark verschmutzt und an mehreren Stellen deformiert. Es sah aus, als hätten starke Zähne daraufgebissen. Grassi versuchte, durch die Folie der Tüte den Hebel des Schiebefachs zu bewegen, aber er klemmte. Er stand auf und trat mit der Tüte in der Hand näher an einen Scheinwerfer. Ricci, Feltrinelli und der Beamte standen im Halbkreis vor ihm. Methodisch, mit kurzen, kräftigen Impulsen des Daumens bearbeitete Grassi den Schieber. Nach und nach löste sich im Inneren etwas, und der Rand einer ersten Karte schob sich stückweise heraus. Grassi bearbeitete das Portemonnaie so lange, bis sich nichts mehr bewegen ließ. Er betrachtete den sichtbar gewordenen Teil einer Karte und hielt ihn dann für die anderen ins Licht. Zu sehen war ein Kreis mit dem Menschenbild von Leonardo da Vinci. Darauf eine Chipkarte. Darunter war ein Teil eines Namens zu lesen: Rudolf W.

WELLEN

In dieser Nacht machte niemand mehr ein Auge zu. Nur von Toni, die sich im Schlafzimmer verbarrikadiert hatte und von allem anderen nichts mehr wissen wollte, war nichts mehr zu hören.

Grassi hatte zusammen mit Ricci und Feltrinelli ad hoc eine Einsatzbesprechung am Küchentisch anberaumt, zu der auch Capitano Bruzzone hinzugezogen wurde. Gleich zu Beginn machte die Quästorin klar, dass die Polizia di Stato die Federführung bei den Mordermittlungen habe, von den örtlichen Carabinieri erwarte sie sich uneingeschränkte Unterstützung. Hierbei warf sie Bruzzone einen Blick zu, den jeder andere Befehlsempfänger mit einem strammen »Sì, Signora« quittiert hätte. Der Capitano aber war frech genug, den Vorschlag zu machen, den ersten Fall bei den Carabinieri zu belassen, um die »frischen Strukturen« bei der Staatspolizei nicht »überzustrapazieren«. Grassi biss sich auf die Lippen. Doch die Quästorin ließ sich nicht aus der Ruhe bringen. »Wir werden Ihren Vorschlag gegebenenfalls später noch einmal prüfen. In der Zwischenzeit muss es darum gehen, nach den bedauernswerten Pannen im Tunnelfall der Bevölkerung das Vertrauen in die Ermittlungsorgane zurückzugeben.«

Das saß. Bruzzone hielt den Mund.

Die Quästorin werde nun umgehend die deutschen Behörden über den Fund des toten Rudolf Weber informieren. Danach müsse man das weitere Vorgehen mit ihnen abstimmen. Die Polizia di Stato stehe weiterhin bereit, das Haus des Toten in Levanto zu durchsuchen. Man käme nun nicht umhin, die beiden Fälle parallel zu bearbeiten und das bisherige Team aufzuteilen. Sie könne jedenfalls keine zusätzlichen Beamten versprechen, denn die Personaldecke sei knapp. Umso wichtiger sei die Unterstützung durch die Carabinieri in Levanto. Grassi und Bruzzone verabredeten sich für den Vormittag in der dortigen Carabinieri-Station.

Bevor sie auseinandergingen, zeigte Ricci ihnen auf ihrem Handy erste Berichte im Netz über den Einsatz inklusive dramatischer Bilder von Grassis mit Blaulicht geflutetem Haus mit unübersichtlich vielen Polizei- und Einsatzfahrzeugen auf Zufahrt und Hausplatz.

Der Commissario war hundemüde und hatte sich eigentlich noch eine Stunde auf das Sofa legen wollen, doch seine innere Unruhe war zu groß. Überall im Haus waren die Spuren der nächtlichen Aktivitäten zu sehen. Der Boden war schmutzig, zahlreiche Gläser und Tassen standen auf Anrichte und Küchentisch wie nach einer Party. Einweghandschuhe lagen achtlos herum, auf der Terrasse hatten Kollegen ihre Schutzanzüge heruntergerissen und einfach liegen lassen. Grassi beschloss, das Chaos nicht Toni zu überlassen, die mit tiefem Schlaf gesegnet schien, und machte sich ans Aufräumen.

Etwa eine Stunde später war das Haus wieder halbwegs bewohnbar. Grassi wartete darauf, dass der Kaffeekocher auf dem Gas zu blubbern begann. Als es so weit war, nahm er die Kanne mit einem gefalteten Handtuch vom Herd, goss die duftende Flüssigkeit in eine weiße Henkeltasse und trat auf die Terrasse. Die Sonne war inzwischen aufgegangen, die Luft war klar, und die bewaldeten Hänge und Höhenzüge des Tals sahen aus wie frisch gewaschen. Es war so still und friedlich, dass er meinte, das Meer rauschen zu hören. Er atmete tief durch. Was für ein Einstand für ihn. Aber vor allem: Was für ein Schock für Levanto! Zwei Tote innerhalb weniger Tage. Auf den ersten Blick ohne jeden Zusammenhang. Und doch wuchs in ihm längst ein leiser Zweifel daran, dass die Unmittelbarkeit der Ereignisse reiner Zufall war. Er dachte an die nächtlichen Schüsse, die ihn in den ersten Tagen mehrfach aufgeschreckt hatten. Er dachte an seinen

Nachbarn Francesco, der nachts im Mad-Max-Aufzug mit einem ungeladenen Gewehr die Gegend unsicher machte, weil er als Ein-Mann-Bürgerwehr für Sicherheit sorgen wollte. Er dachte an einen Deutschen, der in Ligurien vielleicht das Paradies gesucht und den Tod gefunden hatte. Levanto sehen und sterben.

Gerade als er den letzten Schluck Caffè ausgetrunken hatte, fuhr ein Polizeifahrzeug durch das Tor, und zwei Carabinieri stiegen aus. Die Ablösung für die Bewachung des Tatorts. Die beiden grüßten den Commissario im Vorbeigehen und verschwanden hinter dem Olivenhain. Wenig später kamen zwei müde und durchfroren aussehende Polizisten über den Olivenhain gestapft. Grassi bot ihnen noch einen Caffè an, aber sie lehnten dankend ab, wollten nur nach Hause, setzten sich ins Auto und verschwanden.

Die dreistöckige Carabinieri-Station lag mitten im Ort an der Corsa Roma und war erstaunlich gut gesichert. Ein zweieinhalb Meter hoher Zaun aus dicht stehenden dicken weißen Eisenstangen zog sich um das ganze Gelände. Grassi trat an das vergitterte Tor, drückte die Klingel und hielt seinen Polizeiausweis hoch. Erst hörte er das Sirren der fokussierenden Kamera am Laternenpfahl hinter sich. Dann summte das Schloss, und Grassi drückte das Tor auf. Dahinter musste er durch eine Art vergitterte Schleuse bis zu einer weiteren gesicherten Tür gehen, die sich ebenfalls automatisch öffnete. Er betrat den Empfang und begrüßte den bebrillten Kollegen hinter der Panzerglasscheibe des Tresens. »Guten Morgen. Ich bin Commissario Grassi aus La Spezia.«

»Buongiorno, Commissario. Ich bin Agente Pastorino. Der Capitano erwartet Sie schon. Was haben Sie denn mit Ihren Schuhen gemacht?«

Grassi sah an sich herunter. Seine schwarzen Halbschuhe waren dreckverkrustet bis zur Schnürung und sahen wirklich übel aus. Leider war ihm erst am Morgen, nachdem er sich frisch gemacht hatte, eingefallen, dass sein zweites Paar Schuhe im Schlafzimmerschrank stand. Weil er Toni nicht hatte wecken wollen, war er angeekelt mit seinen frischen Socken wieder in die durchweichten Schuhe getreten und hatte sie mit spitzen Fingern gebunden.

»Ach, das ist von dem unfreiwilligen Waldspaziergang heute Nacht.« Er überlegte kurz, ob er diesen Beamten bei dem Einsatz gesehen hatte. »Sie wissen, wovon ich spreche?«

Pastorino nickte ernst. Offenbar fand er Grassis Bemerkung nicht sonderlich komisch. »Ich bin nicht mehr so oft im Außeneinsatz.« Der Carabiniere deutete auf eine Tür. »Da durch, bitte, und die Treppe rauf.«

Auf dem Weg zu Bruzzones Büro trat der Commissario in eine Toilette und reinigte seine Schuhe notdürftig mit Toilettenpapier. Die Ledersohlen waren hin. Er wusch sich die Hände und sah sich im Spiegel an. *Dann bringe ich das mal hinter mich.*

Im ersten Stock lief der Commissario einen Flur entlang, bis er durch eine offene Tür Bruzzone am Schreibtisch sitzen sah.

»Kommen Sie rein. Sie sehen aus, als könnten Sie einen Caffè vertragen?«

»Danke, ich hatte schon einen.«

»Ganz wie Sie meinen.« Bruzzone gab sich beflissen, aber der Commissario glaubte, die Kränkung in seinen kleinen Augen ablesen zu können. »Setzen Sie sich doch. Die hohen Damen und Herren haben also entschieden, den Fall Amoretti an Sie zu übertragen, dann soll es so sein.« Der Capitano lehnte sich in seinem Stuhl zurück und verschränkte die Arme. »Selbstverständlich unterstützen wir gern und nach Kräften unsere Kollegen von der Polizia di Stato. Ich würde mich freuen, wenn Sie das Hilfsangebot annehmen würden …« Er lächelte fein. »Allerdings waren Sie in Rom wohl eher als Einzelkämpfer bekannt, oder?«

Grassi ignorierte die Spitze. »Allora. Ist der Tunnel wieder abgesperrt?«

»Ja. Meine Männer haben ihn von der zweiten Galleria bis zum Spiaggia di Cani gesichert. So haben wir für die Leute immerhin den Strandzugang an der ersten Galleria gewährleistet. Das war dem Bürgermeister sehr wichtig.«

»Strand? Wichtig? Im März?«

Der Capitano zuckte mit den Schultern und legte mit großer Geste einen Stapel Papiere auf den Tisch: »Ich rekapituliere: Bei dem Opfer im Tunnel handelt es sich um Luisa Amoretti, fünfzig Jahre alt, hier geboren. Sie hat zusammen mit ihrem Mann Alberto ein Agriturismo in der Nähe von Montaretto betrieben. Es gibt noch einen siebzehnjährigen Sohn, Zeno.« Er deutete auf die Akten. »Das hier sind alle bisherigen Ermittlungsergebnisse zu dem Fall. Ich dachte, Sie als Polizist alter Schule mögen es vielleicht lieber analog.«

Grassi war aufgestanden und hatte sich mit fest verschränkten Armen an die Fensterbank gelehnt. Stronzo, dachte er. »Was soll das, Bruzzone. Sie haben Mist gebaut, deshalb muss ich den Fall übernehmen. Sie können jetzt einfach so weitermachen und mich bei jeder Gelegenheit provozieren, aber damit sind schon andere nicht gut bei mir gefahren. Oder wir können gemeinsam versuchen auszumisten. Was bevorzugen Sie?«

Bruzzone nahm seine Uniformmütze ab und ließ sie durch die Finger gleiten. Es arbeitete in ihm, aber schließlich gab er sich sichtbaren einen Ruck. »Dann will ich auch ganz offen sein. Ich mag Sie nicht besonders, Grassi. Ihre Schnüffeleien schon am ersten Tag, Ihre langen Haare, Ihr römisches Gehabe, Ihr albernes Auto, wie Sie mit Penza dicketun … Ich glaube nicht, dass Sie sich hier lange halten werden.« Er schob die Unterlippe vor. »Aber bis dahin bin ich bereit, unsere Differenzen hintanzustellen und meine Pflicht zu erfüllen.«

»Gut, dann wäre das ja vorläufig geklärt.«

Grassi schob einen Bürostuhl auf Bruzzones Seite des Schreibtisches, und der drehte den Monitor so, dass der Commissario darauf schauen konnte.

Auf dem Bildschirm war eine detaillierte Karte des Parco Nazionale delle Cinque Terre mit angrenzendem Küstenstreifen zu sehen, auf der das Tunnelsystem der ehemaligen Bahnstrecke gut zu erkennen war. »Hier haben wir die Leiche gefunden.« Bruzzone legte den Finger auf die Karte. »Im zweiten Tunnelabschnitt kurz hinter dem Spiaggia.«

Grassi deutete auf den längeren offenen Abschnitt nördlich des Fundorts. »Kommt man hierhin über irgendeinen anderen Weg als durch den Tunnel?«

»Nur, wenn man über Privatgelände geht und gut über Zäune und Felsen klettern kann.«

»Ich habe gesehen, dass es am Tunnel Kameras gibt.«

»Ja, am Eingang jedes Abschnitts. Im Prinzip jedenfalls. Bei der Überprüfung der Aufnahmen haben wir leider feststellen müssen, dass nur die Kameras an den Tunneleingängen in Bonassola und Levanto einigermaßen brauchbare Bilder liefern. Letztere ist zudem ziemlich verschmutzt.« Bruzzone zuckte mit den Achseln. »Kot.«

»Was?«

»Möwenscheiße.«

»Wer ist für die Wartung der Kameras zuständig?«

»Ein externer Dienstleister. Der kommt aber nur auf Anforderung, und wir können nicht ständig alle Kameras checken. Sie sind ja auch nicht für eine lückenlose Überwachung vorgesehen, sondern dienen der Sicherheit.«

Grassi hatte in seiner Polizeikarriere immer wieder frustriert feststellen müssen, dass Kameraaufnahmen in den allerwenigsten Fällen zur Verbrechensaufklärung beitragen konnten. In Zeiten, in denen bewegte Bilder von jedem Hafenarbeiterstreik in Südgeorgien innerhalb von Sekunden in HD-Qualität um die Welt gingen, waren die Aufnahmen von Überwachungskameras an öffentlichen Plätzen ein Witz. Grottig schlecht in der Qualität, auch bei besten Lichtverhältnissen verpixelt bis zur Unkenntlichkeit und rechtlich umstritten. Bei einem nächtlichen Museumsraub in Rom Monate vor seinem Versetzungsantrag, bei dem Grassi die Ermittlungen leitete, hatten die Diebe an alles gedacht: Baupläne, Dienstpläne, Alarmanlagen. Nur die vielen Kameras auf dem Platz vor dem Museum schienen sie überhaupt nicht zu interessieren. Und als Grassi die Aufnahmen seinerzeit prüfte, begriff er auch, warum. Die Gestalten, die auf dem ruckelnden Filmchen zu sehen waren, hätten Astronauten oder Hobbits oder die Hollywood-Stars aus *Ocean's Eleven* sein können. Oft genug hatte er sich im Clinch mit Datenschützern befunden, aber beim Thema CCTV gab er ihnen unumwunden recht. So, wie es war, sollte man die Kameras auf öffentlichen Straßen und Plätzen einfach abmontieren.

»Haben Sie Live-View der Levanto-Kamera?«

Bruzzone war schnell an der Tastatur. »Bitte sehr.«

Das Livebild zeigte leicht getrübt den Tunneleingang in Levanto in Schwarz-Weiß. Man sah allerdings nur einen Ausschnitt des Fahrrad- und Fußgängerweges. Die Kameraperspektive war nach links verschoben, ein Haus war zu sehen, der Hang dahinter, kein Strand und kein Meer.

»Hier müsste man den Blickwinkel mal wieder einstellen«, murmelte Bruzzone.

»Das scheint mir auch so. Hat denn Ihre Überprüfung der Aufnahmen irgendetwas Interessantes zutage gefördert?«

»Im fraglichen Zeitraum sieht man Luisa Amoretti um 21:55 Uhr den Tunnel von Levanto aus betreten.«

»Andere Bewegungen im Tunnel um die Zeit?«

»Um 22:05 fährt der Radfahrer von Bonassola aus in den Tunnel, der sie … der über sie gestürzt ist. Soweit wir das nachvollziehen können, waren in diesem Zeitfenster nur diese beiden Personen im Tunnel.«

»Und vor diesem Zeitraum?«

»Von Levanto einige Personen bis ungefähr halb neun, offenbar vor allem hier vom Strand herkommend.« Bruzzone deutete auf den schnurgeraden Abschnitt nach dem zweiten kurzen Tunnelstück. »Aber niemand mehr zwischen halb zehn und halb elf. Erst um kurz vor halb elf taucht der Radfahrer in Levanto wieder auf.«

»Betrunken und mit Erinnerungslücken.«

»Leider ja.«

»Liegt der Mann noch im Krankenhaus?«

»Ja, einer meiner Männer sitzt vor der Tür.«

»Den können Sie abziehen, der hat sicher Sinnvolleres zu tun, meinen Sie nicht?«

Bruzzone schob das Kinn vor und machte sich wortlos eine Notiz.

»Sie haben mit ihren Angehörigen gesprochen? Mit …«, Grassi suchte die Namen in den Unterlagen vor sich, »… Alberto Amoretti und seinem Sohn Zeno?«

»Nicht persönlich. Zwei Kollegen haben den Ehemann aufgesucht, der Sohn war nicht zu Hause.«

»Sie haben als leitender Ermittler dem Ehemann die Nachricht vom Tod seiner Frau nicht persönlich überbracht?«, fragte Grassi ungläubig.

Bruzzone wirkte erstmals kleinlaut. »Na ja, es war ja nur ein Unfall … dachte ich … und …« Er ließ die Hände sinken. »Ich bin nicht so gut darin. Zufrieden?«

»Die Fotos aus dem Tunnel sind alle hier drin?« Grassi klopfte auf den Stapel.

»Selbstverständlich.«

»Gibt es außer dem Radfahrer weitere Zeugen?«

»Eine amerikanische Touristin hat die Leiche gefunden. Eine Mrs Johnson. Sie und ihr Mann wohnen in einer Ferienwohnung hier im Ort. Ich habe sie gebeten, dort zu bleiben und sich zur Verfügung zu halten.«

»Haben Sie Mrs Johnson vernommen?«

»Die Kollegen. Das Protokoll ihrer Aussage ist in den Unterlagen. Sie hat an diesem Morgen niemanden in der Nähe der Leiche gesehen.«

»Tutto qui? Mehr haben Sie nicht?«

»Was erwarten Sie?«

Der Commissario sah den Capitano ungläubig an. »Haben Sie persönlich überhaupt irgendetwas gemacht?«, entfuhr es ihm.

»Piano, piano, ich habe immerhin den Radfahrer überführt.«

Grassi schnaubte. »Überführt ist gut. Non importa, ich werde mit den Zeugen sowieso noch einmal reden.«

»Wenn ich mir noch einen Rat erlauben darf: Sie sollten auch mit dem Bürgermeister sprechen, Commissario. Levanto ist das Tor zu den Cinque Terre, und die Menschen kommen aus der ganzen Welt, um die einmalige Natur und Kultur zu erleben. Die Schlagzeilen haben Bürgermeister Mastino deshalb sehr beunruhigt. Er wird eine Erklärung für die neuerliche Aufregung verlangen.«

Grassi konnte es nicht leiden, bei seiner Arbeit von Lokalpolitikern beobachtet zu werden. Ihm ging es um Aufklärung, jenen meist um Marketing. Sollte sich die Quästorin um die Diplomatie bemühen, er war ohnehin nicht gut darin.

»Das haben Sie schön gesagt. Möchten Sie ihm die neuerliche Aufregung erklären? Ich glaube, Sie kennen ihn etwas besser als ich. Grazie.«

Auf der Straße blickte er auf sein stumm geschaltetes Handy und stellte fest, dass Ricci zweimal versucht hatte, ihn zu erreichen. Er drückte auf Rückruf.

»Ich bin es. Wie haben die deutschen Kollegen reagiert?«

»Die sind schockiert und unterstützen uns mit allen Mitteln. Die Ermittlungen leiten wir. Die Münchner checken in der Zwischenzeit vor allem Webers Geschäftspartner und Gläubiger. Er hatte offenbar auch italienische Lieferanten. Außerdem wollen sie medizinische Daten und – wenn aufzutreiben – Genmaterial des Toten schicken. Ich habe inzwischen den Durchsuchungsbefehl für Webers Haus.«

»Sehr gut. Da sehen wir uns heute Nachmittag um. Ich brauche in Levanto Kolleginnen und Kollegen, die vor Ort Erkundigungen über Rudolf Weber einholen: Wer hat ihn wann gesehen, mit ihm gesprochen? Worüber? Wo ist er einkaufen gegangen, und wo hat er seinen Caffè getrunken? Und jemand soll Weber im Netz recherchieren. Als Modeunternehmer hat er sicher Spuren hinterlassen.«

»Falcone spricht Deutsch. Das kann sie übernehmen.«

Grassi versuchte sich zu erinnern, welche Kollegin ihm am Tag zuvor als Falcone vorgestellt worden war. »Falcone, ja, bitte helfen Sie mir.«

»Groß. Blond. Kurze Haare. Hatte noch einen Blumenstrauß von ihrem Geburtstag auf dem Schreibtisch stehen.«

»Richtig. Agente Falcone spricht Deutsch? Molto bene. Dann ist sie unsere Kontaktfrau zu den Deutschen. Die sollen uns alles liefern, was sie über Weber haben. Hatte er Familie? Angestellte? Besondere Hobbys? Schreiben Sie mit?«

»Muss ich nicht, kann ich mir merken.«

»Gute Kellner schreiben Bestellungen immer auf.« Das hätte er sich sparen können.

»Ich bin keine Wasserträgerin, falls Sie das meinen.«

»Mi dispiace, so war es nicht gemeint.«

»Wie wollen Sie beim Tunnelmord weiter verfahren?«

»Heute Vormittag befrage ich die amerikanische Touristin, die Luisa Amoretti gefunden hat. Danach schaue ich mich am Tatort um. Außerdem müssen wir beide mit den Angehörigen sprechen.«

»Ehemann und Sohn. Alberto und Zeno Amoretti.«

»Richtig. Aber eins nach dem anderen.« Er sah auf die Uhr. »Können wir uns um dreizehn Uhr an der Agip in Levanto treffen? Und bringen Sie Penza und sein Team mit. Wir nehmen uns Webers Haus vor.«

Das Ferienapartment der Johnsons lag in Strandnähe an der Corso Italia. Grassi fuhr das kurze Stück bis zum Parkplatz am

Meer und spazierte die Promenade entlang. Die Szenerie hatte sich dramatisch geändert. Es war windig, und am Horizont türmten sich bedrohlich aussehende, ambossförmige Wolkengebilde. Gestern war das Meer noch spiegelglatt gewesen, doch jetzt schlugen beeindruckende meterhohe Brecher an den Strand, und das schien sich schnell herumgesprochen zu haben. Einzelne Surfer waren schon jetzt, um kurz vor neun, auf ihren Brettern und brachten sich paddelnd zwischen den Molen für die guten Wellen in Stellung. Nur ein paar Minuten lang gönnte der Commissario sich die Beobachtung dieses schwerelos aussehenden Spiels mit den Elementen. Doch schon in dieser kurzen Zeit hatte sich der Parkplatz mit weiteren Autos gefüllt, die allesamt Bretter auf dem Dach hatten und aus denen junge Menschen stiegen, um sich unter zeltartigen Tüchern in Neoprenanzüge zu zwängen.

Das Apartmentgebäude lag dem alten Casino schräg gegenüber. Grassi suchte die Klingel mit der entsprechenden Apartmentnummer, und als sich eine Stimme durch die Gegensprechanlage mit breitem »Pronto?« meldete, sagte Grassi mit korrektem Schulenglisch: »This is Commissario Grassi. Sorry to disturb you. I have a few questions for Mrs Jennifer Johnson.«

An einer Tür im zweiten Stock stand ein großer Mann und erwartete ihn mit verkrampftem Lächeln. Es sah eher so aus, als würde er die Zähne fletschen. Mr Johnsons muskulöser Körper steckte in einem T-Shirt, auf dem *Boston Cancer Run 2018 Finisher* zu lesen war. Er trug kurze Cargohosen und die Art absurder moderner bunt-zerklüfteter Turnschuhe, bei denen die Sohlen doppelt so breit aussahen wie der restliche Schuh. Grassi trug nie Turnschuhe oder Sneaker.

Mr Johnson streckte eine dicke sommersprossige Hand aus.

»How do you do, Mr Johnson, ich hoffe, Sie genießen Ihren Urlaub! Ich bin Commissario Grassi.«

»Buongiorno«, sagte Mr Johnson, und aus seinem Mund klang das wie *banccharno.* Kaum hatte der Mann die Tür hinter ihnen geschlossen, da quoll es auch schon aus ihm heraus: »OfcoursewecooperatecommissariobutwecantgetdraggedintoanythingthathasreallynothingtodowithusandmywifeisveryupsetespeciallyafterthewholebusinesswithAmandaKnoxwhichwasashameandwithallduerespectdidnthelpwhenitcomestotrustingitalianauthorities …«

Grassi musste sich konzentrieren. Sein Englisch war nicht schlecht, aber der Mann sprach viel zu schnell: »Wir kooperieren natürlich, Commissario, aber wir können uns in nichts reinziehen lassen, mit dem wir nun wirklich gar nichts zu tun haben. Meine Frau ist sehr erregt, vor allem nach dieser Amanda-Knox-Geschichte, die bei allem Respekt nicht gerade das Vertrauen in die italienische Justiz gestärkt hat …«

Erstaunlich, wie leicht manche Menschen die Grenzen des guten Benehmens überschritten, dachte Grassi. Aber er war nicht in der Stimmung, sich von einem Amerikaner über Rechtsstaatlichkeit belehren zu lassen. »Langsam, langsam, Mr Johnson. Jetzt haben Sie gesagt, was Sie sagen wollten, aber ich bin ehrlich gesagt nicht hier, um mit Ihnen zu sprechen. Sondern mit Ihrer Frau. So please.«

»Ich habe gute Anwälte«, sagte Mr Johnson, wenn Grassi ihn richtig verstanden hatte. Der Commissario musste sich nach dieser Provokation sehr anstrengen, nicht ausfallend zu werden.

»Ihre Frau hat einen Leichnam entdeckt und dankenswerterweise die örtliche Polizei informiert. Ich möchte sie als Zeugin um eine Aussage bitten. Sie wird nicht verhört und auch nicht verdächtigt …«

Grassis Englisch war entweder so schlecht oder sein Akzent so stark, dass Mr Johnson offenbar nur das letzte Wort »suspicion« verstanden hatte und sofort dazwischenfuchtelte.

»Sie verdächtigen meine Frau …?!«

»… *nicht!* Sie wird *nicht* verdächtigt. *Not* under suspicion, you understand? Only …« Grassi suchte nach der Vokabel. Nicht *widow,* das war was anderes … »Witness, only witness. Jetzt halten

Sie Ihren …« – Mrs Johnson kam in diesem Moment ins Zimmer – »… now hold your horses, please!« Sagte man das so? Egal. Mr Johnson schien verstanden zu haben.

»Mrs Johnson, ich bin Commissario Grassi, ich hoffe, Sie verstehen mein Englisch, es ist nicht besonders gut.« Sie gaben sich die Hand.

»Besser als mein Italienisch«, erwiderte Jennifer Johnson freundlich und wirkte gleich viel sympathischer als ihr Mann, dem sie einen vorwurfsvollen Blick zuwarf. Sie war eine gut trainierte Mittvierzigerin, trug lila Laufkleidung von Kopf bis Fuß und hatte die blonden Haare zu einem Pferdeschwanz gebunden. In der Hand hielt sie eine Kamera mit Teleobjektiv. »Wollen wir uns auf den Balkon setzen? Wir wollen ja bald wieder abreisen, und ich würde gern jede Minute mit diesem Blick auskosten. Haben Sie die Brandung gesehen? Ich fotografiere die Surfer. Sehen sie nicht fantastisch aus?« Eine nette Frau, dachte Grassi, auch wenn sie die Angewohnheit vieler Amerikaner hatte, auch noch in den banalsten Satz eine Spur zu viel Emotion hineinzulegen. Sie sah ihren Mann an. »Und warum gehst du nicht solange unten in der Bar an der Ecke einen Kaffee trinken, Matt? Ich rufe dich an, wenn wir hier fertig sind, okay?«

Matt Johnson blieb einen Moment unschlüssig stehen, dann sagte er »Alright, darling« und verschwand.

Mrs Johnson hatte nicht übertrieben. Der Blick vom Balkon aus über den Strand und die Bucht war spektakulär. Die schräg von Osten durch das Tal einfallenden Sonnenstrahlen ließen die Gischt der sich brechenden Wellen wie riesige zarte Vorhänge gegen den Horizont des Meeres erstrahlen.

Sie brachte ihm ein Glas Wasser.

»Ich kenne die Aussage, die Sie bei der Polizei gemacht haben«, begann Grassi. »Trotzdem möchte ich Sie bitten, sich noch einmal so an diesen Morgen zu erinnern, als wäre ich der erste Mensch, dem Sie davon erzählen, okay?«

Jennifer Johnson nickte. »Ich versuche es.«

»Gut. Dann fangen Sie bitte an. Ich möchte das gerne aufnehmen.« Er legte sein Handy auf das Tischchen zwischen sie.

Jennifer Johnson erzählte, dass sie jeden Morgen sehr früh joggen gehe, weil die Luft dann am besten sei. Sie hatte am Montagmorgen vorgehabt, zunächst die Promenade nach Süden zu den Villen zu wählen, dann kehrtzumachen und durch die Tunnel bis zum Hundestrand zu laufen, bevor sie wieder umdrehte und noch einen Schlenker durch Levanto machte. »Zu Hause in Boston laufe ich viel länger, aber wenn man die Gegend nicht so gut kennt …«

»Wann sind Sie losgelaufen?«

»Viertel vor sechs war ich aus dem Haus.«

»Und wie viel Zeit ist von da vergangen, bis Sie die Leiche entdeckt haben?«

»Ich habe erst noch ein paar Minuten Stretching gemacht. Zu den Villen und zurück zum Tunnel werden so zwei Kilometer sein, und von da aus noch mal ein paar Hundert Meter. Ich würde sagen, ungefähr um Viertel nach sechs war ich an der Stelle. Ich habe den Körper ja schon von Weitem gesehen und dachte erst, das sei ein Obdachloser, der sich schlafen gelegt hat. Man rechnet ja nicht damit …«, sie stockte bei der Erinnerung, »… also einen toten Menschen zu finden.«

»Haben Sie die Leiche angefasst?«

Ms Johnson nickte nervös und rieb sich mit beiden Händen über die Oberschenkel. Sie nickte schuldbewusst. »Ich wollte nur helfen. I'm sorry.«

»Das war nicht sehr klug. Und Sie hätten es in Ihrer ersten Vernehmung sagen sollen. Wenn Sie Ihre Aussage korrigieren wollen – jetzt ist die Gelegenheit.«

»Sie lag auf dem Rücken, ganz friedlich mit gefalteten Händen. Also bin ich näher ran und habe ›Hallo‹ oder so was gerufen. Ein- oder zweimal.« Mrs Johnson wich Grassis Blick aus und schaute auf die Tischplatte. »Und als sie nicht reagiert hat, habe ich sie auf den Bauch gedreht, damit sie besser atmen kann.« Sie hob hilflos die Hände. »Es war ein Impuls. Ich hatte das Gefühl, irgendetwas tun zu müssen. Ich weiß, das war dumm von mir.«

Grassi verzog das Gesicht beim Versuch, seinen Ärger zu unterdrücken, aber es gelang ihm nicht ganz, und ihm rutschte ein »Allerdings, Madonna!« heraus. Immerhin hatte er durch diese Dummheit eine wichtige Erkenntnis gewonnen: Die Hände der toten Luisa Amoretti waren – anders als Penza zunächst vermutet hatte – erst nach dem Zusammenprall mit dem Radfahrer von jemandem gefaltet worden.

»Haben Sie auf der Strecke jemanden beobachtet? Haben Sie zum Beispiel jemanden in Levanto aus dem Tunnel kommen sehen? Oder ist Ihnen im Tunnel jemand entgegengekommen. Oder weggelaufen?«

»Nein, nein, im Tunnel war niemand. Das habe ich auch so ausgesagt.«

»Ist Ihnen irgendetwas anderes aufgefallen oder seltsam vorgekommen? Das können Kleinigkeiten sein. Ein Auto im Parkverbot? Stimmen aus einem Fenster? Oder ein verlorenes Kleidungsstück?«

»Hm. Lassen Sie mich überlegen.« Sie schaute für einige Sekunden konzentriert auf das Meer und befühlte mit dem Zeigefinger das Grübchen an ihrem Kinn. »Eine Sache vielleicht, die ich bisher nicht erwähnt habe, weil sie mir unwichtig erschienen ist. Ich weiß nicht, ob …«

»Alles kann wichtig sein. Machen Sie nicht denselben Fehler zweimal.«

»Nein, nein. Ich will ja helfen! Also, kurz bevor ich in den Tunnel gelaufen bin, lag da ein Backpack an der Mauer am Straßenrand.«

»Sie meinen einen Rucksack. Okay. Und?«

»Wenn man so viel reist wie wir, wird man ein bisschen sensibilisiert für herrenlose Gepäckstücke, wenn Sie wissen, was ich meine. Man fragt sich sofort: Wem gehört der wohl? Dieser Gedanke ist mir beim Joggen auch durch den Kopf geschossen.«

»Aber Sie haben ja schon gesagt, dass Sie niemanden gesehen haben, richtig?«

»Genau.«

»Jemand hatte also einen Rucksack liegen lassen. Das erscheint mir an sich noch nichts Ungewöhnliches. Das kann passieren.« Grassi legte den Kopf schief.

»Das war kein Rucksack, den man irgendwo einfach liegen lässt, sondern so ein Backpacker-Rucksack. Groß und schwer. So ein Ding, mit dem man um die Welt reisen kann.«

Grassi zog die Augenbrauen hoch. Er verstand immer noch nicht, worauf sie hinauswollte. »Und was genau kam Ihnen daran merkwürdig vor?«

»An dem Rucksack selbst kam mir nichts merkwürdig vor, sondern dass er kurz danach weg war.«

Der Commissario beugte sich vor. »Wie, weg?«

Mrs Johnson sammelte sich und senkte die Stimme. »Also, beim Reinlaufen in den Tunnel ist mir dieser Rucksack aufgefallen. Er lag am Mäuerchen auf der Meerseite kurz vor dem Tunneleingang. Kurz darauf habe ich im Tunnel die Tote entdeckt und bin zurückgerannt. Ich bin also höchstens ein paar Minuten später wieder an der Stelle vorbeigekommen, wo zuvor der Rucksack gelegen hatte. Aber er war nicht mehr da.«

»Nun, Mrs Johnson, Sie hatten in diesen wenigen Minuten eine ziemlich schreckliche Entdeckung gemacht. Ist es möglich, dass Sie den Rucksack auf dem Rückweg vor Aufregung einfach übersehen haben?«

Sie schüttelte energisch ihren blonden Pferdeschwanz. »Nein, Commissario, ich achte auf Details. Und ich bin nicht besonders schreckhaft. Ich habe zwei Touren mit der Army in Afghanistan hinter mir. Die Frau im Tunnel war nicht die erste Tote, die ich in meinem Leben gesehen habe. Glauben Sie mir, dieser Rucksack war erst da, und dann war er weg. Ob das irgendetwas zu bedeuten hat, müssen Sie sagen.«

Ja, dachte Grassi wenige Minuten später, nachdem er sich von Mrs Johnson verabschiedet hatte. Der rätselhafte Rucksack hatte etwas zu bedeuten. Sogar etwas sehr Wesentliches. Er bedeutete, dass noch jemand ganz in der Nähe der Leiche und des Tatorts gewesen war. Jemand, der sich früh am Morgen lieber vor einer herannahenden Joggerin versteckte, als sich blicken zu lassen. Vielleicht ein weiterer Zeuge, der sich bisher nicht gemeldet hatte, weil er nicht in einen Mordfall verwickelt werden wollte. Vielleicht aber auch der Mörder, der Luisa nach seiner Tat die Hände gefaltet hatte.

IM TUNNEL

Bruzzone war nicht zu erreichen, aber der freundliche Agente Pastorino erklärte sich bereit, die Videoaufnahmen von Sonntag und Montagmorgen noch mal nach einer Person mit großem Rucksack zu durchsuchen. »Wenn Sie etwas finden, rufen Sie mich bitte gleich unter dieser Nummer an.«

Nachdem er aufgelegt hatte, schaute er sich auf dem Parkplatz um. Er hatte sich merklich gefüllt. Kleine Grüppchen standen zusammen, jung und schön und langhaarig. Sie begrüßten Neuankömmlinge mit geheimen Handzeichen wie Mitglieder ihres Surfer-Stammes, lachten, redeten und rauchten süß duftendes Zeug, schauten voller Vorfreude aufs Meer. Grassi beneidete sie. Um die Leichtigkeit ihres Seins. Um die Zugehörigkeit. Um ihre Jugend und das Knistern der Zukunft.

Er riss sich von dem Anblick los und spazierte auf der Strandpromenade nach Westen in Richtung Tunneleingang. Kurz blieb er an der Stelle stehen, wo der Rucksack gelegen haben musste. Er registrierte Häuserfenster, von denen aus man etwas hätte beobachten können. Ein rosafarbenes Haus gegenüber sah tot und verschlossen aus. Eine Villa auf dem Felsen über dem Tunneleingang war anscheinend ebenfalls noch unbewohnt. Direkt am Eingang zur ersten Galleria war am Wegesrand eine kleine Gedenkstätte für Luisa Amoretti entstanden mit Blumen, brennenden Grabkerzen und Stofftieren. Eine Mutter und ihr Kind hockten davor. Auch Grassi blieb eine Minute stehen, las einige der Abschiedsgrüße und betrachtete von Kindern gemalte Bilder mit Blumen und Sonnenuntergängen. Die Ortsgemeinschaft nahm Anteil.

Er schritt zügig durch den ersten Tunnelabschnitt und trat wieder ins Licht. Vor dem zweiten Abschnitt lag die Fahrradstraße für circa fünfzehn Meter wieder unter freiem Himmel. Grassi näherte sich der Absperrung aus rotem Plastikband, vor der breitbeinig zwei gelangweilt wirkende Carabinieri standen. Sie nickten dem Commissario zu und hoben das Band. Mit den Händen in den Taschen seiner Jeans betrat Grassi den nächsten Tunnelabschnitt und spazierte bis zu der Nische, neben der die Tote gelegen hatte.

Er wusste jetzt, dass der Tatort dreimal manipuliert worden war. Das erste Mal von dem Radfahrer aus Unzurechnungsfähigkeit, das zweite Mal vorsätzlich durch den Täter selbst, das dritte Mal fahrlässig durch die Joggerin. Nur der Gründlichkeit von Penza und seinem Team war es zu verdanken, dass die durch diese Manipulationen halbwegs überzeugende Unfalltheorie erst ins Wanken und dann zum Einsturz gebracht worden war. Dies änderte jedoch nichts an der Todesursache selbst: der tödlichen Kopfverletzung.

Commissario Grassi ließ den Ort auf sich wirken. Was war hier passiert?

War Luisa brutal und mit Vorsatz angegriffen und zu Boden geworfen worden? Oder war sie gestürzt infolge einer handgreiflichen Auseinandersetzung? Vielleicht spontan entstanden zwischen Luisa und einem Fremden? Dagegen sprach, dass auf den Aufnahmen der Überwachungskameras im fraglichen Zeitraum keine andere Person auftauchte. Nein, Grassi glaubte nicht an eine zufällige Begegnung. Er stellte es sich so vor: Luisa wartet. Sie hat eine Verabredung mit jemandem, den oder die man nicht in einer Bar oder im eigenen Wohnzimmer treffen will oder kann. Warum hier? Will sie keine Zeugen? Hatte sie diesen einsamen Ort vorgeschlagen? War sie herbestellt worden? Hatte sie Angst vor der Person, die sie treffen würde? Hatte sie es kaum erwarten können? Oder hatte sie keine Wahl gehabt?

Er stand nachdenklich im dämmrigen Licht des Tunnels. Ein geplantes Treffen also. Aber das hier war kein logischer Treffpunkt. Man verabredete sich doch nicht an irgendeiner willkürlichen Stelle im Tunnel … Kaum zwanzig Meter entfernt öffnete sich die Galleria zur Promenade, auf die er langsam zuging. Eine kleine Freifläche links mit Bänken und Blick aufs Meer. Still, unbeobachtet, an der frischen Luft. Grassi war sich plötzlich sicher: Das hier war der eigentliche Treffpunkt gewesen. Hier hatte Luisa, ohne es zu ahnen, auf den Tod gewartet. Er stellte sich vor, wie sie auf der Bank saß, unruhig aufstand, umherlief, sich wieder setzte. Sie ist ganz allein. Sie schaut auf das Meer. Dann hört sie Schritte. Woher kommen sie? Hinter der Bank steht eine Laterne, von der Luisa in der Dunkelheit sicher geblendet wird. Sie kann bis zum letzten Moment nicht erkennen, wer sich nähert. Dann steht ihr Mörder vor ihr. Reden sie erst, oder greift er gleich an? Beginnt das Treffen harmonisch, bevor es tödlich endet? Wenn es hier geschah, warum lag die Leiche dann im Tunnel?

Grassi schließt die Augen. Er sieht Luisa tot auf dem Rücken neben der Bank liegen. Der Täter könnte sie einfach liegen lassen, aber das tut er nicht. Er hebt sie auf. Grassi weiß aus dem Obduktionsbericht, dass Luisa zweiundsiebzig Kilo gewogen hat. Der Mörder kann ihr totes Gewicht kaum halten, aber er trägt sie trotzdem. Trägt sie fast zwanzig Meter weit, bevor er sich umsieht, das herannahende Licht des Radfahrers auf der schnurgeraden Promenade bemerkt und die Tote ablegt. Dem Mörder bleibt kaum Zeit zur Flucht, aber er muss verschwinden. Der kürzeste und einfachste Weg aus dem Tunnel wäre, zurück zu den Bänken zu laufen und dann die Treppe zum Strand hinunterzurennen. Aber der Mörder muss damit rechnen, dass der Radfahrer sofort die Polizei rufen würde. Dann säße er in der Falle. Die rationalere Reaktion wäre, vor dem herannahenden Licht in Richtung Levanto davonzurennen. Bis zum Tunnelende ist das ein Zweihundertmetersprint. Kaum zu schaffen, wenn der Radfahrer ihn sieht und einzuholen versucht. Der Mörder könnte zwischen den beiden Tunnelabschnitten über den Zaun klettern und versuchen, den Strand zu erreichen. Er kann nicht damit rechnen, dass der Fahrradfahrer betrunken über die Leiche stürzt. Er bleibt also versteckt, harrt vielleicht bis zum Morgen aus. Kehrt er noch einmal zurück, um der Toten die Hände zu falten? Warum? Und wie kommt er aus dem Tunnel, ohne dass die Kameras ihn erfassen?

Grassi lehnte sich an das Promenadengeländer und zog das Handy aus der Tasche, um Pastorino anzurufen. Die Bewegung ließ das Display aufleuchten, das voller Nachrichten war. Er stöhnte. Im Familienchat war der Teufel los, sicher wegen Lucys Unfall. Er musste wissen, wie es ihr ging, wollte mitreden und Anteil nehmen und fühlte sich gleichzeitig entmutigt und überfordert, als er durch ein Dutzend Sprachnachrichten scrollte, die zwischen seiner Tochter und Chiara hin- und hergegangen waren und die er alle hätte abhören müssen, um auf dem neuesten Stand zu sein. Aber sein Kopf war mit wichtigen Ermittlungen beschäftigt, während sein Herz bei der Familie sein sollte. Wie schon so oft in der Vergangenheit. Grassi war gestresst. Hinter seinen Ohren begann das schmerzhafte Ziehen. Da fiel sein Blick auf einen kurzen, offensichtlich aus dem Zusammenhang gerissenen Beitrag von Lucy zwischen allen anderen Nachrichten. Er lautete: »Nein, nur eine Salbe gegen die Prellung und Schmerzmittel.« Grassi atmete auf. Nur eine Prellung also. Das war das Wichtigste, dachte er zu seiner eigenen Beruhigung und Entlastung. Er tippte: »Ich denke an dich und melde mich heute Abend.« Dann atmete er einmal tief durch und wählte Pastorinos Nummer. »Hallo, Pastorino, Grassi hier.«

»Ich suche noch, aber eine Person mit Rucksack ist auf den Aufnahmen von Sonntag noch nicht aufgetaucht.«

»Moment, Pastorino, dazu kommen wir gleich. Können Sie mir sagen, ob der Platz mit den Bänken hinter der zweiten Galleria kriminaltechnisch untersucht worden ist?«

»Ich weiß es nicht, da müsste ich den Capitano fragen.«

»Bitte tun Sie das.« Grassi rieb sich die Augen. Er hatte wenig Hoffnung, dass bei den Bänken noch Spuren gefunden werden konnten. Hier hatten die Einsatzfahrzeuge geparkt, hier hatten sich über Stunden Menschen bewegt. »Und wenn dies bisher nicht geschehen ist, muss es sofort nachgeholt werden. Ich glaube, dass der Mord dort geschehen ist und die Leiche danach in den Tunnel geschafft wurde.«

»Verstanden.«

»Und jetzt zu den Aufnahmen: Sie sagen, am Sonntag ist kein Rucksackträger zu sehen? Dann gehen Sie weiter zurück, Pastorino, durchsuchen Sie die Aufnahmen von Samstag.«

»Das wird ziemlich viel Zeit in Anspruch nehmen. Und ich habe hier noch ganz schön viel anderes zu tun. Die Tat war doch in der Nacht auf Montag?«

»Möglicherweise hat der Täter den Tunnel früher betreten und auf sein Opfer gewartet. Suchen Sie weiter, ich melde mich wieder.«

Commissario Grassi war während des Telefongesprächs durch den Tunnel zurück in Richtung Levanto gelaufen. Bei der Absperrung blieb er neben dem jüngeren der beiden Carabinieri am Geländer stehen.

»Wie tief ist das, was schätzen Sie?«

»So fünf Meter, würde ich sagen. Warum?«

Auf dem Kiesstrand standen und saßen einige junge Leute, unterhielten sich mit Getränken in der Hand. Er deutete auf die Gruppe und fragte den Beamten: »Wie sind die da runtergekommen?«

»Vermutlich von der Mole aus um den Felsen herumgelaufen. Bei der Brandung heute haben sie sich aber sicher nasse Füße geholt.«

Grassi erinnerte sich daran, dass das Meer am Montagmorgen spiegelglatt gewesen war. Er beugte sich über die Balustrade. »Aber man könnte auch hier runterklettern, oder?«

Der Carabiniere sah ihn stirnrunzelnd an und beugte sich dann über das Geländer. »Ist eigentlich verboten, doch ein paar Freunde von mir machen das regelmäßig. Hier in der Mitte bricht man sich wahrscheinlich den Hals, aber am Rand gibt es ein paar Stufen und Kanten zum Festhalten.«

Grassi begutachtete die kletterfähigen Stellen. »Und Sie sagen, an einem Tag ohne Wellengang käme ich dann problemlos um den Felsen herum?«

»Locker.«

»Allora«, sagte Grassi und schwang ein Bein über das Geländer.

Der Carabiniere beobachtete ihn skeptisch. »Nichts für ungut, Commissario, aber Sie sind nicht mehr der Jüngste. Wollen Sie das wirklich riskieren?«

Grassi sagte nur: »Method investigating.«

»Cosa?«

»Hab ich von Al Pacino gelernt.«

»Wenn Sie meinen.«

Grassi hielt sich eine Minute am Geländer fest und suchte mit den Augen sichere Tritte und Stellen, an denen er sich festhalten konnte. Dann machte er sich vorsichtig an den kurzen, steilen Abstieg. Unten am Strand hatten ihn die jungen Leute bemerkt und beobachteten jeden seiner wackeligen Schritte mit Spannung. Die letzten zwei Meter waren die schwierigsten, weil der glatte Felsen keinen Halt für seine ebenso glatten Sohlen bot. Als Grassi klar wurde, dass er jeden Moment unkontrolliert abrutschen konnte, fasste er sich ein Herz und sprang in die Tiefe, landete schmerzhaft auf hartem Kies, schaffte es aber doch, sich einigermaßen sportlich abzurollen. Die Zuschauer applaudierten. Sogar die beiden Carabinieri oben an der Balustrade riefen »Bravissimo!«.

Grassi stand auf, klopfte sich das Jackett ab und deutete eine ironische Verbeugung an.

Er hielt sich am Rand des kleinen Strandes und tastete sich am Felsen entlang nach Osten. Die Wellen kamen bis auf Zentimeter an seine Füße heran. An einer Felsnase konnte er nicht mehr ausweichen, als das Meer nach ihm leckte und ihn bis zu den Knöcheln umspülte. »Madonna!« Er schüttelte die durchnässten Füße. Das Salz würde das Leder ruinieren, aber um die Schuhe war es ohnehin geschehen. Er machte, dass er um den Felsen herumkam. Jetzt erreichte er das Becken zwischen den Molen, hier war er vor weiteren feuchten Überraschungen sicher.

Zwei Hunde sprangen ausgelassen am Strand umeinander herum. Sie entdeckten den Neuankömmling und rannten auf den Commissario zu, als würden sie sich begeistert auf ihn stürzen wollen. Grassi ging in die Knie und breitete die Arme aus, aber kurz vor ihm drehten die Hunde ab und rasten am Wasser entlang in die entgegengesetzte Richtung. Ihre Besitzerinnen standen daneben und lächelten Grassi an. Der lächelte kurz zurück und konzentrierte sich gleich darauf wieder, als sich der Blick vor ihm auf Levanto öffnete. Links von ihm lag jetzt wieder hinter einem erhöhten Mäuerchen der Eingang zur ersten Galleria. Vor ihm war ein kleiner Hafen, in dem zwei Dutzend Boote abgedeckt auf dem Trockenen lagen. Grassi duckte sich unter einem Tau durch, das als Hafenbegrenzung diente, und ging auf ein älteres Ehepaar zu, das lautstark diskutierend und gestikulierend an einem der Boote stand.

Der Mann mit grauer Halbglatze entdeckte den etwas ramponierten Commissario und schien geradezu erleichtert, seinen Furor auf jemanden richten zu können: »He, Sie befinden sich hier auf Privatbesitz! Das ist doch das Letzte!« Der Mann kam mit wütender Miene und großen Schritten auf ihn zu. »Ich werde dich Penner anzeigen!«, schrie der Mann und sah dabei mit dem Bootshaken in der Hand durchaus bedrohlich aus. »Das ist Einbruch und Vandalismus!«

Grassi hob beschwichtigend beide Hände, bevor er in die Innentasche seines Jacketts griff und den Dienstausweis zückte. »Piano, piano, ich bin von der Polizei.«

Der Hinweis beruhigte den Mann keineswegs. Er blieb wenige Meter vor Grassi stehen, schüttelte den Haken und brüllte: »Wenn Sie schon Ihre Bürger nicht schützen, dann kann ich ja wenigstens gleich bei Ihnen Anzeige erstatten!«

Er sprach Italienisch mit starkem Akzent. Grassi glaubte jedenfalls nicht, dass sein Gegenüber italienischer Bürger war.

»Wen wollen Sie denn anzeigen?«

»Sind Sie schwer von Begriff? Den Penner, der in meinem Boot übernachtet hat.« Er deutete mit ausladender Geste hinter sich auf ein glänzend braunes Holzboot mit Außenbordmotor, das halb mit einer blau-weiß gestreiften Plane abgedeckt war. Neben dem Boot stand seine höhensonnengebräunte blonde, füllige Frau mit äußerst unglücklichem Gesichtsausdruck.

»Zerreißt mir die Plane, müllt alles voll! Aber der absolute Gipfel ist, dass der Kerl auch noch …«, er rang nach Fassung, »… dass dieses Ferkel auch noch in mein schönes Boot gepinkelt hat!«

Grassi schaltete sofort. »Signora, bitte treten Sie von dem Boot zurück!«, rief er ihr zu.

»Was fällt Ihnen ein? Das ist unser Boot«, sagte der Mann, aber der Ton des Commissario schüchterte ihn nun doch ein.

»Es ist Ihr Boot, aber ab sofort auch ein Ort polizeilicher Ermittlungen. Haben Sie irgendetwas angefasst?«

»Nur die Plane«, erwiderte der Mann konsterniert.

»Ich wollte gerade damit anfangen, den Müll einsammeln«, stammelte die Frau.

»Und Sie sind?«

»Althaus, Ernst. Und das ist meine Frau Erika. Wir sind gestern Abend aus der Schweiz gekommen und besitzen hier ein Ferienhaus. Ist das mit den polizeilichen Ermittlungen nicht etwas übertrieben? Das kann man ja alles sauber machen. Und ich glaube nicht, dass etwas gestohlen wurde«, sagte Herr Althaus plötzlich kleinlaut.

Grassi hörte nicht zu. Er bedeutete dem Paar mit erhobener Hand zu warten und ging auf den Schienen, auf denen die Boote zu Wasser gelassen werden konnten, auf die Mauer zu, die den Hafen vom Radweg trennte. Er überlegte fieberhaft. Wenn er Jennifer Johnson richtig verstanden hatte, dann war auf der anderen Seite der Mauer die Stelle, an der der Rucksack gelegen hatte. Der Commissario war überzeugt davon, dass er mit seiner Vermutung richtiglag: Der Mörder von Luisa Amoretti hatte auf sein Opfer an demselben Ort gewartet, an dem er sich nach der Tat auch versteckt gehalten hatte. Grassi hatte Witterung aufgenommen. Er nahm sein Handy in die Hand. Der pfeifende Dottore musste sein Team losschicken.

DER BÜRGERMEISTER

Als der Commissario eine gute Stunde später auf dem Corso Roma aus dem Roadster stieg, stürmte ein Grüppchen Reporter auf ihn zu, von denen einer gleich loslegte: »Commissario, zwei Morde in zwei Tagen, muss die Bevölkerung Angst vor weiteren Taten haben?«

Grassi zog die Schultern hoch, während er machte, dass er zu der Schleuse kam. »Sie rechnen falsch«, raunzte er, »die Taten lagen Wochen auseinander.«

Eine Reporterin rempelte sich unangenehm nah in sein Gesichtsfeld. »Können Sie was zum Stand der Ermittlungen sagen?«

»Ich könnte schon«, erwiderte Grassi trotzig, »aber ich werde einen Teufel tun.« Er winkte in die Sicherheitskamera am Tor der Carabinieri-Station.

Die Reporterin ließ nicht locker. »Der Tunnel ist wieder gesperrt, und offenbar gibt es seit heute Morgen weitere Ermittlungen am Hafen: Haben Sie schon eine heiße Spur?«

»Jetzt mach schon auf, stupido!«, schnauzte Grassi sinnfrei die Kamera an. Endlich ertönte der Summer. Grassi schlug den Reportern die Tür vor der Nase zu und eilte durch die Schleuse.

»Scusi, Pastorino, ich habe nicht Sie gemeint.«

Der Agente runzelte die Brauen und sagte nur: »Gut, dass Sie gekommen sind. Sie müssen gleich in den Besprechungsraum im ersten Stock. Es sind schon alle da.«

»Wer ist da?«

»Der Bürgermeister, Capitano Bruzzone, Ihre Kollegin Ricci, und die Quästorin Feltrinelli ist aus La Spezia zugeschaltet. Die warten auf Sie. Moment noch!« Er hielt den loseilenden Grassi zurück. »Schauen Sie sich das hier erst an, vielleicht brauchen Sie es.« Er zeigte auf den Computerbildschirm vor sich.

Grassi kam um den Tresen herum und beugte sich über Pastorino. »Sie haben was gefunden, stimmt's?«

»Samstagnachmittag, wie Sie vermutet haben.« Der Agente ließ die Aufnahmen laufen. Am oberen Bildrand stand: Galleria Valle Santa 2 EST 13–3–21 17:43. Sie stammten von der schlecht eingestellten Kamera am Tunneleingang in Levanto. Die Mitte des Schwarz-Weiß-Bildes trübte ein pilzartiger Fleck, der dem Commissario am Morgen nicht aufgefallen war.

»Kondenswasser oder …«, begann Pastorino.

»… Möwenscheiße, ich weiß.«

Grassi schaute geduldig auf den Bildschirm. Unten rechts flitzte ein Radfahrer vorbei. Dann wieder lange nichts.

»Passiert da noch was?«

»Achten Sie unten auf die Ecke.«

Jetzt kam Bewegung in die Sache.

Der Samstag war ein fast frühlingshaft warmer Tag gewesen, und viele Menschen hatten das gute Wetter genutzt, um am späten Nachmittag noch mal ans Meer zu fahren. Grüppchen junger Leute mit Taschen und Sixpacks gingen in Richtung Strand. Man sah meist nur Köpfe und Oberkörper, und auch das lediglich für ein paar Sekunden. Dann eine Gruppe, die offenbar aus vier Erwachsenen mit ebenso vielen Kindern bestand, wenn Grassi richtig gezählt hatte. Und gleich hinter einer Frau, so als würde er zu dieser Gruppe gehören, wischte eine Gestalt mit riesigem Rucksack und Kapuzenjacke durch das Bild. Pastorino hielt den Film an. 17:44:12. Er zeigte stumm mit dem Finger auf die Person, als hätte Grassi sie übersehen können. Der Rucksackträger spazierte mit der Familie in dem Augenblick durchs Bild, als die Frau, in deren Schatten er lief, sich halb umdrehte, sodass zumindest der Oberkörper des Rucksackträgers im Ganzen zu sehen war. Dann verschwand er um 17:44:15 schon wieder aus dem Blickfeld. Pastorino zeigte die kurze Szene noch einmal. Der Mann war deutlich größer als die Frau, vielleicht einen Meter achtzig. Aber aus der Perspektive und mit der gebeugten Körperhaltung war das schwer zu sagen. Das Gesicht war unter der Kapuze nicht zu erkennen.

»Er sondiert den Treffpunkt«, murmelte Grassi.

»Wie bitte?«

»Nichts, Pastorino. Danke, sehr gute Arbeit.«

»Die Kameras an der Galleria Valle Santa 1 und an der Galleria Francesca funktionieren leider nicht. Aber die in Bonassola. Und da taucht er nicht auf.«

»Er verlässt also den Tunnel nicht auf der anderen Seite, geht aber auch nicht denselben Weg zurück, den er gekommen ist?«

»Ganz genau. Merkwürdig, oder?«

»Merkwürdig, ja.« Grassi rieb sich das Kinn.

»Jetzt sollten Sie aber wirklich in die Besprechung.«

Grassi ließ sich nicht hetzen und ging sich erst noch die Hände waschen, bevor er an der Tür des Besprechungsraumes klopfte und eintrat. Sein erster Blick fiel auf einen großen Bildschirm am Kopfende des Tisches, von dem ihm seine Chefin erwartungsvoll entgegenblickte. Im Hintergrund irritierenderweise das künstliche Panorama von Rom, wie er sofort erkannte. Rechts saß Ricci, neben ihr ein freier Stuhl, der wohl für den Commissario vorgesehen war. Bruzzone tuschelte linker Hand vertraut mit einem honorig aussehenden Herrn mit dunklem Dreiteiler und weißem, offenem Hemd, der Ricci fasziniert anstarrte. Er mochte Anfang sechzig sein, war korpulent, aber nicht dick und hatte dichtes weißes Haar, durch das er sich mit der linken Hand fuhr, während er aufsprang, als er Grassis Anwesenheit bemerkte.

»Commissario, darf ich Ihnen Bürgermeister Marco Bartolomeo Mastino vorstellen«, ließ sich die Stimme der Quästorin vernehmen, und schon hatte Mastino Grassis große Hand gepackt und schüttelte sie etwas zu heftig.

»Sie hat ja wirklich der Himmel geschickt, lieber Commissario Grassi! Dass ein so erfahrener Mann wie Sie im richtigen Augenblick diese äußerst heiklen Fälle übernommen hat, beruhigt mich außerordentlich. Ich zolle Ihnen meinen höchsten Respekt. Und die Menschen bauen auf Sie!«

»Vielen Dank für die Blumen, Herr Bürgermeister. Wir stehen allerdings erst am Anfang der Ermittlungen.« Er nahm auf dem freien Stuhl neben Ricci Platz und nickte ihr freundlich zu.

»Ermittlungen, bei denen es wohl ganz frische Entwicklungen gibt. Genau darum treffen wir uns heute«, sagte die Quästorin. »Um den Bürgermeister ins Bild zu setzen und die Kommunikation abzustimmen. Bitte, Marco.« Sie nickte dem Bürgermeister zu.

»Danke, Lilia.« Während er zu überlegen schien, wie er anfangen sollte, sah er die am Tisch Sitzenden nacheinander an. »Gestern hatten wir es noch mit *einem* tragischen Unfall in unserer Stadt zu tun, heute sind daraus *zwei* Morde geworden. Absolut unglaublich und noch nie da gewesen!« Grassi fand, dass Mastino wirklich betroffen aussah. »Die Ereignisse überschlagen sich also, seit heute Morgen klingelt mein Telefon ununterbrochen, und ich werde mit Fragen von Kollegen aus anderen Gemeinden, der Presse und natürlich den Bürgern Levantos konfrontiert, die ich nicht beantworten kann.«

»Ich nehme an, das sind zum Teil Fragen, die die Polizei zu diesem Zeitpunkt auch nicht beantworten kann«, sagte Grassi.

»Das ist mir völlig klar, Commissario«, sagte Mastino zu ihm gewandt. »Trotzdem wäre ich dankbar, wenn ich Ihnen diese Fragen stellen könnte, damit wir gemeinsam darüber sprechen. Auch wenn sie laufende Ermittlungen betreffen. Was meinen Sie, Commissario? Und was hier im Raum besprochen wird, bleibt selbstverständlich hier im Raum.«

Alle schauten jetzt auf Grassi. Auch die Quästorin schien nur auf seine Antwort zu warten. An seiner alten römischen Wirkungsstätte hatte der Commissario sich über Jahre den Ruf erworben, mit Politikern höchstens über das Wetter zu reden. Und auch das nur, wenn es sich nicht vermeiden ließ. Dabei hatte er gar nichts gegen Politik und Politiker. Die machten ihren Job, und er erledigte seinen. Grassi interpretierte das für sich so: Die einen machten Stimmung, die anderen lieferten nüchterne Fakten. Das biss sich allzu oft. Er hatte sich über Mastino informiert, den parteilosen Überraschungssieger der letzten Wahl. Auch er ein Händeschüttler, wohl aber einer mit ein paar Prinzipien. Überraschend war sein Wahlsieg für Beobachter vor allem deswegen gewesen, weil er *nicht* gegen Ausländer, Schwule und Lesben und »die da« in Rom und Brüssel gewettert hatte, sondern mit dem Plan angetreten war, die Wirtschaft der strukturarmen Region durch die Förderung des nachhaltigen Tourismus zu stärken. Nicht unbedingt originell, aber trotzdem richtig.

»Schießen Sie los!«, sagte Grassi.

Mastino atmete aus. »Gut. Danke.«

»Dann fangen wir mit dem chronologisch ersten Mord an«, sagte Feltrinelli. »Ispettore Ricci, wir können Dottore Penza dazuholen, der uns erste Erkenntnisse aus der laufenden Obduktion liefern kann, richtig?«

»Penza hält sich schon bereit, einen Moment, ich hole ihn.«

Ricci klapperte auf der vor ihr liegenden Tastatur herum, bis sich der große Bildschirm teilte und der Dottore ins Bild kam. Das heißt, die Anwesenden sahen einen aufgestützten Arm in weißem Kittel mit einer teuren Schweizer Uhr am Handgelenk. Der Besitzer des Arms schien sich mit jemandem außerhalb des Sichtfeldes zu unterhalten.

»Dottore Penza?«, sagte Ricci. »Dottore Penza?«

»Bellissimo Rolex«, murmelte der Bürgermeister.

Nachdem Ricci vergeblich versucht hatte, sich bei Penza bemerkbar zu machen, nahm Grassi sein Handy und wählte Penzas Nummer. »Dottore, hier ist Grassi. Sie sind auf Sendung.«

Jetzt tat sich was am Bildschirm. Penza ließ sich auf seinen Stuhl fallen, riss die Augen auf und begann zu sprechen.

»Sie müssen Ihr Mikro einschalten«, sagte Ricci, zeigte auf ihr Ohr und formte mit den Lippen lautlos die Worte: »Ihr Mikro!«

Der Bürgermeister schmunzelte. Die Quästorin wirkte genervt, Bruzzone sah gelangweilt aus, und Grassi wählte erneut Penzas Nummer. »Wir hören Sie nicht, Dottore, Ihr Mikro …«

Auf dem Bildschirm kam jetzt noch jemand ins Bild, offenbar ein Assistent, der helfen wollte.

»Wo denn?«, hörte Grassi. »Aber ich hab doch … Wie soll man … Sagen Sie das doch gleich.« Und dann ein verdruckstes »Danke« hinterhergeschoben.

»Buongiorno«, sagte Penza dann an alle. Er wirkte zugleich aufgekratzt und gestresst. »Hallo zusammen! Hallo, Commissario. Sie halten uns ja ganz schön auf Trab. Jetzt auch noch der Hafen, wir können uns doch nicht vierteilen.« Er atmete tief ein. »Aber wir leben in einer schnellen Zeit. Eine Leiche zum Frühstück und zum zweiten Kaffee bitte schon erste Erkenntnisse. Also ohne lange Vorrede: Das Opfer hat zwei Schussverletzungen erlitten. Einen Schulterdurchschuss aus nächster Distanz und einen Schuss aus großer Entfernung in den Rücken, der die Lunge durchbohrte und die Aorta verletzte. Das Geschoss Kaliber 6,5 wird typischerweise bei der Hochwildjagd eingesetzt. Das Opfer war nicht gleich tot. Ich bin kein Sportschütze, aber für einen Schuss aus dreißig oder vierzig Metern Entfernung braucht man ein freies Schussfeld. Im Unterholz, wo die Leiche lag, gibt es das nicht. Deshalb glaube ich, dass der Tatort woanders liegt und der Mann aus eigener Kraft bis zu der Stelle kriechen konnte, an der Commissario Grassi ihn gefunden hat.«

»Zeitpunkt des Todes?«, fragte Grassi.

»Da fragen wir die Larven und Insekten …«

Der Bürgermeister räusperte sich.

»… sowie die Mikroorganismen im Körper und im Boden. Auch die Geruchsentwicklung und die Fraßspuren an den Gliedmaßen sind aussagekräftig. Endlich kommen mir die Lektüre der Romane von Kathy Reichs und die Studienreise zu der Bodyfarm in Tennessee zugute …« Man sah Penza auf dem Bildschirm die Lippen spitzen und ein flottes Totenlied pfeifen. Als großer Hank-Williams-Fan erkannte Grassi die Melodie – »Six more miles to the Graveyard« – und musste unwillkürlich mitsummen. Aber ein Blick in die irritierten Gesichter im Raum zeigte ihm, dass nicht alle die Qualitäten von Penza als Stimmungskanone zu schätzen wussten. »Vielleicht können wir in den nächsten Tagen genauere Angaben machen«, fuhr der Dottore fort, »vorläufig gehe ich davon aus, dass der Tod vor circa zehn Tagen eingetreten ist. Ich lehne mich mal aus dem Fenster und sage, der Mord ist am oder um den sechsten März verübt worden.«

Ricci hatte sich während Penzas Bericht Notizen gemacht, legte nun den Stift hin und räusperte sich. »Im Abgleich mit den Daten, die wir von den deutschen Kollegen erhalten haben, konnten wir den Toten eindeutig als Rudolf Weber identifizieren. Deutscher Staatsbürger, wohnhaft in München. Das Haus in Levanto hat er im Dezember letzten Jahres dauerhaft gemietet. Wie oft und über welchen Zeitraum er sich seither in Levanto aufgehalten hat, ermitteln wir gerade.«

»Ist jemand diesem Weber schon mal begegnet?«, fragte Grassi in die Runde.

Bruzzone schüttelte den Kopf, und Mastino sagte: »Nein, nie. Aber ich hatte gehört, dass die Villa in Sopramare einen neuen Bewohner hatte.«

»Danke, Dottore«, sagte Feltrinelli. »Mehr gibt es im Moment noch nicht zu sagen. Eine Ortsbegehung findet heute Nachmittag statt.«

Penza war schon wieder mit anderen Dingen beschäftigt, hatte aber vergessen, sich aus dem Call zu nehmen, sodass man ihn noch undeutlich im Hintergrund seines Labors herumfuhrwerken sah und hörte.

»Dann zum Fall Amoretti. Marco, möchtest du mit deinen Fragen anfangen?«

Mastino richtete sich im Stuhl auf. »Meine erste Frage: Warum hat die Polizei zuerst gedacht, Luisa Amoretti wäre bei einem Verkehrsunfall ums Leben gekommen, und aufgrund welcher Kenntnisse hat sie ihre Meinung dazu geändert?«

Grassi sah Bruzzone direkt an. Die Frage war eine Steilvorlage, aber er hatte mit dem Capitano einen Waffenstillstand vereinbart und würde sich für den Moment daran halten. »Capitano, möchten Sie antworten?«

»Nein, bitte übernehmen Sie das, Commissario.«

Grassi bot eine kurze Zusammenfassung der Ereignisse. Er erwähnte das Geständnis des Radfahrers, das die Unfalltheorie anfangs erhärtete. Dass er selbst von Anfang an Zweifel an der Theorie gehabt hatte, ließ Grassi unerwähnt. Und er erklärte das Ergebnis der Obduktion, wonach Luisa Amoretti nicht an den Folgen des Zusammenpralls mit dem Radfahrer gestorben sein konnte.

Mastino nickte verständig. »Was ist denn nun eigentlich die Todesursache?«

»Ein Schädel-Hirn-Trauma, verursacht durch einen schweren Schlag oder Sturz auf den Hinterkopf.«

Der Bürgermeister fuhr sich mit der Hand durch die Haare. »Könnte die Frau – sagen wir – einfach umgefallen sein? Ohne Fremdbeteiligung?« Er blickte fragend in die Runde.

Penza schüttelte den Kopf. »Luisa Amoretti hatte keinen Alkohol und keine Drogen im Blut. Wir haben keinerlei Anzeichen eines Schlaganfalls oder von schweren Durchblutungsstörungen feststellen können, nichts, was einen plötzlichen Zusammenbruch erklären könnte. Und wäre sie über etwas gestolpert, dann mit hoher Wahrscheinlichkeit nach vorn und nicht auf den Hinterkopf.«

»Gibt es denn schon Erkenntnisse über Tathergang und Täter?«

An dieser Stelle ergriff die Quästorin das Wort: »Die Kollegen ermitteln unter Hochdruck, aber natürlich werden seit heute früh durch den zweiten Mordfall Ressourcen gebunden, weshalb …«

»Wenn Sie erlauben«, unterbrach Grassi. »Ich habe heute Morgen eine Zeugin befragt, die sich an ein Detail erinnerte, das uns weiterhelfen könnte.« Er stapelte bewusst tief.

Überraschung in den Gesichtern. »Die Amerikanerin?«, platzte Bruzzone heraus. »Die haben wir schon befragt, und sie hat nichts gesehen.« Er warf gewichtige Blicke in die Runde.

Grassi hob nur kurz die Augenbrauen.

Der Bürgermeister sah stumm zwischen Grassi und Bruzzone hin und her.

Die Quästorin lehnte sich im Stuhl zurück und verschränkte die Arme. »Interessant. Betrifft das die neuesten Ermittlungen am Hafen?«

»Richtig«, rief Mastino dazwischen. »Jetzt ist nicht nur der Tunnel gesperrt, sondern auch noch Teile des Hafens und der Promenade. Wollen Sie mir das erklären, Commissario?«

»Gern. Die Zeugin hat – wie mein Kollege Bruzzone bereits sagte – an jenem Morgen keinen Menschen in der Nähe des Tatorts gesehen. Aber einen Rucksack.«

»Einen Rucksack?«, wiederholte Mastino ratlos. »Sie haben also einen Rucksack gefunden. Was war drin?«

»Keine Ahnung, was da drin war, der Rucksack ist verschwunden, aber …«

Bruzzone schnaubte laut, und Mastino warf die Hände in die Luft. »Das gibt es doch nicht! Sie legen den halben Ort lahm wegen eines verschwundenen Rucksacks?«

Grassi spürte, wie ihn eine große Müdigkeit überkam. Er hatte in den letzten Nächten einfach zu wenig geschlafen. Das war in gewisser Weise ein Glück für die Anwesenden, denn er hatte gerade nicht die Kraft, sich über die Ignoranz von Mastino und Bruzzone aufzuregen.

Stattdessen erhob er sich langsam von seinem Stuhl, und Schweigen senkte sich über den Raum. »Ja, wegen eines verschwundenen Rucksacks, Herr Bürgermeister. Wegen eines Rucksacks, der uns zum Mörder führen kann. Einem Mörder, der in der Tatnacht geduldig auf Luisa Amoretti gewartet hat. Und ich glaube sogar zu wissen, wo er gewartet und was er dabei gegessen hat. Im Gegensatz zu mir. Ich habe noch nichts gegessen und nach dem Mittagessen noch zwei Morde aufzuklären. Wenn Sie mich also entschuldigen wollen.« Er schob seinen Stuhl ordentlich an den Tisch zurück und zog die Tür hinter sich zu.

SPEKULATIONEN

Grassi stand an der Sicherheitsschleuse der Carabinieri-Station und betrachtete durch die Scheibe die große Gruppe von Reportern und Neugierigen, die sich draußen versammelt hatten. Aus den Augenwinkeln sah er, dass der Bürgermeister neben ihn getreten war. Der Commissario drehte sich zu Mastino um. Sie musterten einander, dann legte der Bürgermeister eine Hand auf Grassis Arm. »Ich wollte Ihre Ermittlungen nicht ins Lächerliche ziehen. Machen Sie weiter, und ich hoffe für uns alle, dass Sie bald zu Ergebnissen kommen.«

Grassi nickte.

Mastino deutete auf die Reporter. »An denen da kommen wir nicht vorbei. Folgen Sie mir bitte. Es wäre gut, wenn wir trotz der Sache eben Einigkeit demonstrieren könnten. Das Reden dürfen Sie mir überlassen.« Er straffte sich, schob das Kinn vor, strich sich einmal übers Haar und ging durch die Schleuse den wartenden Journalisten entgegen. Die Menge trat einen Schritt zurück und verstummte, als Mastino erst beschwichtigend die Hände hob und dann Grassi mit einem Zupfer an dessen Jacke noch etwas näher an sich heranzog.

»Ich werde nur ein kurzes Statement abgeben und keine Fragen beantworten, ich bitte dafür um Verständnis. Bei dem Toten, der heute Nacht gefunden wurde, handelt es sich um einen deutschen Staatsbürger. Die genaueren Umstände seines Ablebens werden noch untersucht. Im Moment gibt es keinerlei Hinweise darauf, dass dieser neue Fall in irgendeinem Zusammenhang steht mit der Toten im Tunnel. Ich möchte deshalb die hier Anwesenden ausdrücklich darum bitten, sich bei Spekulationen zurückzuhalten. Polizia di Stato und Carabinieri arbeiten in beiden Fällen Hand in Hand, wobei die Federführung bei der Staatspolizei liegt« – er schaute ostentativ auf den neben ihm stehenden Grassi – »unter der Leitung von Commissario Vito Grassi. Seinem Team liegen erste vielversprechende Spuren vor, denen nun intensiv nachgegangen wird. Als Bürgermeister dieser Gemeinde stehe ich genauso unter Schock wie alle anderen Mitbürgerinnen und Mitbürger, aber nach dem Gespräch eben, zu dem auch die verehrte Quästorin Lilia Feltrinelli zugeschaltet war, bin ich fest davon überzeugt, dass Commissario Grassi die besten Frauen und Männer in seinem Team hat, um diese beiden schrecklichen Morde zeitnah aufzuklären. Vielen Dank für Ihre Aufmerksamkeit.«

»Stimmt es, dass der tote Deutsche auf Ihrem Grundstück gefunden wurde, Commissario?«

»Kein Kommentar.«

»Stimmt es, dass der tote Deutsche Kontakte zum Caldarrosta-Clan hatte?«

»Wie kommen Sie auf den idiotischen Gedanken?«, fauchte Grassi einen smarten jungen Mann an und schob das iPhone weg, das der ihm so nahe vor das Gesicht gehalten hatte, dass er das Nikotin an dessen Fingern riechen konnte.

»Was sind das für vielversprechende Spuren, von denen der Herr Bürgermeister gesprochen hat?«

Mastino stellte sich vor den Commissario. »Heute, wie gesagt, leider keine Fragen. Ich bitte um Ihr Verständnis. Aber wir halten die Medien selbstverständlich auf dem Laufenden.«

Grassi musste zugeben, dass Mastino einen souveränen Auftritt hingelegt hatte. Ernst, aber ohne Übertreibung. Er hatte einerseits ganz auf Teamwork gesetzt und doch die Verantwortung klar dem neuen Commissario zugeschoben. Gleichzeitig hatte er nicht vergessen, sich selbst noch wirkungsvoll in Szene zu setzen. Ein echter Profi eben.

Sie mussten noch gut zehn Minuten im Inneren der Station warten, ehe sich die Pressemeute verzogen hatte, dann zog Ricci den Commissario mit sich an der Schule gegenüber der Polizeistation vorbei und rechts in die Via Varego hinein. Wenig später saßen sie an einem Ecktisch in der La Picea. Ricci stellte ihm Riccardo, den Inhaber, vor. »Bring ihm bitte die Campione-Pizza und mir eine Pizza Bianca Bagu. Aber kein Hanfteig für den Commissario, sonst schläft er noch ein, okay?« Dazu bestellte sie eine große Cola für Grassi und für sich selbst ein Wasser.

Die Pizza mit Burrata-Käse, gelben Tomaten, Chili und Sardellen war herb und scharf und köstlich und konnte Grassis Lebensgeister wieder etwas wecken. Der Teig war dünn und knusprig in der Mitte und am Rand luftig und brüchig.

Grassi deutete auf seinen Teller. »Eccellente.«

»Ja, die legen hier Wert auf regionale und saisonale Zutaten. Und ob du es glaubst oder nicht: Riccardo ist wirklich Campione del mondo.«

»In was?«

»Na, Pizzabacken.«

Die Pizzeria war nur spärlich besucht, die Stimmung gedämpft, auch Riccardo hatte bedrückt gewirkt und bei der Begrüßung »che storia terribile« gemurmelt.

»Was haben Sie da auf Ihrer Pizza?«

»Scamorza, Langhirano-Speck und scharfe Salami. Nehme ich eigentlich immer.« Ricci beugte sich vor und sagte leise: »Also, Commissario, sagen Sie mir jetzt, was es mit dem Rucksack auf sich hat.«

»Es geht gar nicht um den Rucksack«, murmelte Grassi. Und dann erzählte er von Mrs Johnsons Beobachtung von Montagmorgen, seiner Spurensuche am Tunnel und Pastorinos Auswertung der Videobilder. »Was wir also wissen, ist, dass sich jemand in der Nacht, in der Luisa Amoretti zu Tode kam, in unmittelbarer Nähe des Tatorts versteckt gehalten hat.« Er trank die Hälfte seiner Cola in einem Zug.

»Sie sind wirklich von der Galleria auf den Strand gehüpft, nur um zu beweisen, dass es geht?« Sie nickte anerkennend. »Hätte ich Ihnen gar nicht zugetraut.«

Grassi nahm seine Serviette, wischte sich den Mund ab, legte sie wieder auf den Schoß und sah Ricci tadelnd an. »Ispettore, könnten Sie bitte aufhören, auf mein Alter anzuspielen? Ich frage Sie ja auch nicht jeden Tag, wie es in der Schule war.«

Sie musste lachen, verschluckte sich und hielt sich die Hand vor den Mund. Als sie sich wieder im Griff hatte, sagte sie: »Ein Backpacker, der im Tunnel verschwindet, nicht mehr rauskommt und am Morgen nach der Tat verschwinden wollte, ohne gesehen zu werden. Das macht ihn oder sie mindestens zu einem wichtigen Zeugen. Oder gar zum Tatverdächtigen?« Ricci strich sich den schwarzen Pony aus der Stirn. »Was ich nicht verstehe: Wenn dieser Typ etwas mit Luisas Tod zu tun hat, warum ist er dann nach der Tat nicht einfach abgehauen?«

Grassi zuckte mit den Schultern. »Er war noch nicht fertig und wurde durch das Auftauchen des Radfahrers unterbrochen. Er versteckt sich so lange, bis die Luft rein ist, und geht zur Leiche zurück, um ihr die Hände zu falten. Nichts von alldem ist Zufall: Der Täter hat gewusst, dass Luisa kommen würde. Und Luisa Amoretti fährt spätabends extra nach Levanto und geht durch den Tunnel bis zu den Bänken, weil sie dort jemanden treffen will.«

»Sie fühlt sich sicher, sonst hätte sie einen Ort gewählt, an dem mehr Menschen sind. Und sie will nicht gesehen werden. Als Frau fällt mir vor allem ein Grund ein, warum ich so vorgehen würde. Um Klatsch und Tratsch aus dem Weg zu gehen. Sie hat eine Affäre.«

»Mit dem Backpacker? Schwer vorstellbar.«

»Eine Beziehungstat.«

»Sie kennt ihren Mörder?«

»Oder rechnet mit jemand anderem und läuft in eine Falle. Auch dann wäre die Beziehung zu diesem anderen der Schlüssel.«

In einer Ecke des Restaurants hing ein stumm geschalteter Fernseher, über den Bilder der Ad-hoc-Pressekonferenz vor der

Carabinieri-Station liefen. Der Commissario musste ein Gähnen so stark unterdrücken, dass ihm Tränen in die Augen traten.

»Was ist los?« Ihre grünen Augen funkelten Grassi amüsiert an. »Machen Sie mir jetzt schlapp?«

»Haben Sie gehört, was dieser Reporter über eine angebliche Beziehung von Rudolf Weber zum Caldarrosta-Clan gesagt hat?«

Ricci hatte ihren Teller geleert und legte das Besteck darauf. »Reine Spekulation. Die Deutschen haben nur bestätigt, dass Weber auch italienische Lieferanten hatte. Und jeder weiß, dass das organisierte Verbrechen in Italien knietief in der Modeindustrie steckt. Dieser Reporter hat einfach eins und eins zusammengezählt.«

»Oder eher eine Wurzel gezogen.«

»Schon irre, diese Gleichzeitigkeit, aber wenn wir methodisch vorgehen und einen nach dem anderen angehen …«

»Ich habe das Gefühl, die Fälle gehören zusammen.«

Ricci ließ ihre Serviette sinken und drückte den Rücken durch. »Was haben Sie gerade gesagt?«

»Dass die Fälle möglicherweise zusammengehören.«

»Ich bin ja nicht taub, aber wie meinen Sie das? Wir haben es doch wohl nicht mit einem Serienmörder zu tun?«

Grassi winkte ab. »Serienmörder sind eine amerikanische Fantasie. Die gibt es im echten Leben so oft wie Blauwale im Gardasee. Die Typen, die als Kind von Oma fürs Nasebohren geschlagen und vom Nachbarshund gebissen worden sind und seither denken, dass sie als Werwölfe bei Vollmond Rentnerinnen pfählen müssen – das ist natürlich Blödsinn. Ich glaube vielmehr: Wir sind in einem kleinen ligurischen Küstenstädtchen. Wenn hier innerhalb weniger Tage zwei Menschen gewaltsam ums Leben kommen, kann das kaum Zufall sein.«

Ricci wirkte höchst skeptisch. »Ehrlich gesagt, Commissario, halte ich das für genauso spekulativ wie die Theorie, dass Rudolf Weber von der italienischen Mafia erschossen worden ist.«

Grassi ließ Messer und Gabel auf den Teller sinken und rieb

sich die Augen. »Seit ich hier bin, habe ich nicht mehr richtig geschlafen. Da fällt das Denken schwer.«

»Okay, nehmen wir an, dass Sie trotz Übermüdung recht haben und die beiden Fälle im Zusammenhang stehen. Das macht die Sache doch einfacher. Dann müssen wir herausfinden, wo die Verbindung ist. Und wir setzen alle Kräfte darauf an. Ein Team, eine Ermittlung.«

Grassi nickte und wollte sich zu gern von Riccis Elan zumindest etwas anstecken lassen.

Riccardo kam mit Caffè und der Rechnung an den Tisch. Als er wieder gegangen und Grassi seine Geldbörse in die Hosentasche geschoben hatte, sagte er: »Wir müssen mehr über Luisa Amoretti wissen, Familie, Bekannte, beste Freundinnen, finanzielle Verhältnisse und so weiter. Und wir brauchen ihr Handy.«

»Das wurde bei der Leiche gefunden, aber die Carabinieri haben es Alberto Amoretti wieder ausgehändigt, als man noch an die Unfalltheorie geglaubt hat.«

»Auch ohne Handy kommen wir an die Verbindungsdaten, jedoch nicht an Chatverläufe und Messenger-Dienste.« Commissario Grassi stand auf. »Gehen wir zu Webers Haus. Die Kollegen warten sicher schon.«

FAMILIENBILD

Um Webers Haus zu erreichen, mussten sie am östlichen Ortsausgang eine Privatstraße nehmen und steil hinauffahren. Je höher sie kamen, desto mehr wich die Buschlandschaft dem dichten Wald. Dann öffnete sich eine Lichtung, und sie hielten vor einem zweistöckigen Gebäude mit einer weiß überbauten Terrasse. An der linken Seite des stilistisch kühlen modernen Hauses war ein Swimmingpool zu sehen. Grassi war kaum ausgestiegen und hatte sich dem Haus ein paar Schritte genähert, als er die zersplitterten Scheiben der Terrassentür bemerkte. Während Penza und seine Leute in ihre Overalls schlüpften und sich mit Ricci besprachen, spazierte Grassi um das Haus herum an der vermoosten Abdeckplane des Pools vorbei und über die struppige Wiese vor dem Haupteingang. Von hier hatte man einen traumhaften Blick auf das darunterliegende Levanto und die Küste. Die Wolkentürme vom Morgen hatten sich nahezu aufgelöst, und die Luft war so klar, dass er sogar das Boot von Herrn Althaus zu erkennen glaubte. Grassi wandte sich von der Küste ab und winkte den Kollegen zu, die sich schon an einem Auto im Carport zu schaffen machten, und lief weiter, bis er meinte, ungefähr in die Richtung seines Rustico zu blicken. Das Haus selbst war nicht zu erkennen, aber falls seine Orientierung ihn nicht trog, musste es irgendwo auf der gedachten Linie zwischen seinem jetzigen Standort und Legnaro an der östlichen Talseite liegen. Er beendete seinen Rundgang und betrat Webers Villa durch die zerstörte Terrassentür.

Die Wanduhr tickte. Ein Luftzug ging durch die zerbrochene Scheibe in der breiten Fensterfront. Auf dem Boden, an Wänden und Decke gleich hinter dem großen Loch im Glas saßen und krabbelten Hunderte von dicken braunen Wanzen. Obwohl Grassi wie auf Eierschalen ging, konnte er nicht verhindern, auf einige dieser Biester zu treten, und sofort breitete sich im Raum ein dumpfer, modriger Gestank aus. Ricci drehte sich zu ihm um und verzog das Gesicht: »Ich hasse diese ekeligen Dinger.«

Die Küche war picobello aufgeräumt. Er strich mit der flachen Hand über die Arbeitsplatte aus rötlichem Granit, und nicht ein Krümelchen blieb daran hängen. Die Spülmaschine war leer, das Besteck in der obersten Schublade säuberlich sortiert, ein Handtuch am Haken steif wie Pergament. Grassi lehnte sich an die Kochinsel und ließ den Blick über den offenen Wohn- und Essbereich wandern.

Um den langen Esstisch standen acht mit leicht angeschmuddeltem weißem Leder bezogene Stahlstühle, die absurd hohe Lehnen hatten. Die Kunstdrucke an den Wänden sollten wohl streetartinspiriert wirken: Shakespeare vor Graffitiwand mit dem Spruch »To Beat or not to Beat«. Die späten haarigen Beatles vor einer anderen Graffitiwand mit dem Spruch »The Wrong And Grinding Road«. Eine Frau, die an Audrey Hepburn erinnerte, mit einem Silberrückengorilla an einer Hundeleine vor dem Wandspruch »Wild Man from Borneo«. Viel Pink, viel Neon, pseudowild. Grassi hätte nie behauptet, etwas von Kunst zu verstehen, aber er meinte, diese Art Bilder schon in Dekoabteilungen von Baumärkten gesehen zu haben.

Vermutlich waren es Einbrecher gewesen, die irgendwann in den letzten Tagen das leere Haus entdeckt hatten und über die Terrasse eingedrungen waren. Sie hatten es weniger auf schlechte Kunst und hässliche Möbel abgesehen als auf leicht und gefahrlos zu transportierende Dinge wie Geld und Wertgegenstände. Sie waren bei ihrer Suche gründlich vorgegangen. Es gab bis auf das eingeschlagene Fenster keine Spuren von Vandalismus, doch jede Schublade war geöffnet und durchwühlt worden, jede Schranktür stand offen, Möbelstücke waren verschoben, Bilder hingen schief. In all dem Durcheinander wirkte das ordentlich gemachte Bett im Schlafzimmer geradezu fremdartig. In der Garderobe hingen leere

Kleiderbügel, ein paar wenige Kleidungsstücke lagen auf dem Boden darunter. Das ganze Haus sah so aus, als hätte sein neuer Mieter keine Zeit oder keine Lust gehabt, sich wohnlich einzurichten. Die Kleidungsstücke im Schrank waren die einzigen persönlichen Dinge. Der Commissario fühlte sich an eine Szene in dem Film *Heat* erinnert, in der der Gejagte Robert De Niro seinem Jäger Al Pacino seine Lebensphilosophie erklärt: »Du darfst dich niemals an etwas hängen, das du nicht innerhalb von dreißig Sekunden problemlos wieder vergessen kannst, wenn du merkst, dass dir der Boden unter den Füßen zu heiß wird.« War Rudolf Weber der Boden in Deutschland zu heiß geworden? War das hier sein Versteck gewesen? Dann hatte es ihn nicht sehr lange vor seinen Verfolgern geschützt. Grassi trat vor die Tür und ging zum Carport.

Staub lag auf der Windschutzscheibe eines dunkelroten Volvo-Kombis. Die Fahrertür stand offen. Grassi beugte sich ins Auto. Der Schlüssel steckte, und die Zündung war eingeschaltet, aber die Batterie war tot. Er hörte ein Pfeifen hinter sich und drehte sich um.

»Die Autotür steht schon einige Tage offen«, sagte Penza. Seit der virtuellen Besprechung vor dem Mittagessen hatte sich die Laune des Dottore sichtlich verbessert. »Darauf deuten Staub, Nässe, Blätter, aber auch Vogelkot im Wageninneren. Wo waren Sie essen, Grassi?«

»Bei Riccardo im La Picea.«

»Gut, aber Pizza am Mittag? Sie müssen ein Römer sein!«

»Das war meine Idee«, sagte Ricci, die hinzugetreten war. »Jedenfalls hat es die Lebensgeister des Commissario wieder geweckt.«

Eine Mitarbeiterin der Polizia Scientifica kniete auf dem Rasen des Vorgartens neben dem Carport. Mit einer großen Pinzette pickte sie etwas aus dem Gras und ließ es in einen durchsichtigen Beutel fallen, nachdem sie ein gelbes Nummernhütchen an der Fundstelle platziert hatte.

»Was haben Sie da?«, fragte Ricci und trat zu der Beamtin im weißen Overall, die dem Namensschild nach »F. Canepa« hieß. »Eine Patronenhülse, vermutlich Kaliber 6,5.«

»Haben Sie auch das dazugehörige Projektil gefunden?«

Canepa schüttelte den Kopf. »Noch nicht, aber wir sind hier noch nicht fertig. Wenn diese Hülse allerdings die einzige bleibt, die wir finden, dann könnte sie zu der Kugel gehören, die die Schulter des Mordopfers durchschlagen hat.«

»Sie meinen, der erste Schuss hat das Opfer hier getroffen«, überlegte Ricci laut. »In dem Fall müsste es auch Blutspuren geben, oder?«

»Nach über einer Woche in Wind und Wetter?«, mischte sich der Dottore ein. »Da müssten wir schon sehr viel Glück haben. Aber, wer weiß?« Das nachdenkliche Schweigen der Anwesenden wurde von Penzas unwillkürlichem Pfeifen untermalt. Die sich stakkatohaft wiederholenden vier Töne waren unverkennbar »Oh Fortuna« aus der *Carmina Burana*. Der Mann hat nicht nur ein breites Spektrum, sondern auch ein Gespür für den Moment, dachte Grassi.

Der Commissario lief über den Rasen zurück zum Carport, und die anderen folgten ihm. »Weber kommt also nach einer langen Fahrt nach Hause und stellt seinen Wagen im Carport ab. Es ist schon dunkel, er sieht nicht, dass jemand auf ihn wartet. Als er aussteigt, bedroht ihn dieser Jemand mit dem Gewehr. Vielleicht kommt es erst zu einem Wortwechsel, vielleicht schießt der Mörder auch ohne Vorwarnung. Jedenfalls hat Weber nicht einmal Zeit, die Wagentür zuzumachen.« Er deutete auf das gelbe Beweishütchen mit der Nummer sechs, das die Stelle markierte, an der die Patronenhülse gelegen hatte. »Das sind gut zehn Meter. Vermutlich sollte ihn dieser Schuss schon töten, aber der Schütze hat verzogen, oder Weber hat noch eine Bewegung gemacht und konnte verletzt fliehen.« Grassi stand unter dem Dach des Carports an der offenen Tür des Volvo. »Wenn das Opfer hier gestanden hat, als es getroffen wurde, finden Sie vielleicht noch Blutspuren. Und auch das Projektil müsste hier irgendwo liegen.«

Penza nickte. »Dann treten Sie mal bitte beiseite, Commissario, nicht dass Sie uns noch den Tatort verunreinigen.«

Grassi gehorchte. »Sie könnten anhand der Hülse feststellen, aus welcher Waffe sie abgefeuert wurde, oder?«

»An sich kein Problem«, sagte die Beamtin. »Ein Patronenlager hinterlässt charakteristische Riefen auf den Hülsen. Auch der Bolzenabdruck ist spezifisch. Aber dafür müssen wir die Tatwaffe haben. Oder zumindest eine vergleichbare Patronenhülse.«

Der Commissario dachte laut. »Also wie müssen wir uns das vorstellen? Der Mörder wartet am Haus auf sein Opfer? Woher weiß er, wann Weber eintreffen wird? Jedenfalls verfehlt er mit dem ersten Schuss sein Ziel, und Weber kann wegrennen.«

»Der Mörder läuft ihm nach«, führte Ricci die Gedanken des Commissario weiter. »Er ist ein Jäger auf der Pirsch. Alles, was er braucht, um seine Tat zu vollenden, ist ein freies Schussfeld.«

»Eine überstürzte Flucht würde die Kleidung des Opfers erklären«, sagte Penza. »Es käme ja sonst keiner auf die Idee, in Halbschuhen durch das Unterholz zu laufen. Gewisse Anwesende ausgenommen.«

»Mit guten Schuhen geht alles, Dottore. Wir wissen jedenfalls, wo Webers Flucht endete. Der direkteste Weg zur Fundstelle der Leiche führt von hier nach Osten durch Wald und Macchia.« Grassi zeigte in die genannte Richtung. »Sehen wir uns den möglichen Fluchtweg einmal an, Ispettore. Und wenn wir zurückkommen, Dottore, haben Sie bestimmt die Kugel gefunden.«

Penza schaute versonnen auf das überwucherte zerklüftete Tal im Osten. »Darf ich Ihr Auto haben, wenn Sie in einer Woche noch nicht von Ihrer Expedition zurück sind?«

Ricci und Grassi ließen das Haus hinter sich und liefen eine sanft abfallende Wiese hinab, bis sie vom dichten Wald verschluckt wurden. Mehr als ein paar Meter weit konnte man durch Äste und Gestrüpp nicht sehen, und jeder Schritt in dem steinigen, rutschigen Untergrund erforderte Konzentration. Das erste Stück kamen sie gut voran, doch dann wurde das Gelände steiler, und sie mussten Halt suchen, um nicht auszurutschen.

»Das war eine ziemlich mühsame Flucht«, sagte Ricci.

Grassi stützte sich schwer atmend an den Stamm eines Baumes. »Und für den Verfolger nicht weniger anstrengend. Das war jedenfalls kein Profi.«

»Wie meinen Sie das?«

»Die Andeutung des Reporters vorhin, dass Weber ein Opfer der Mafia geworden sein könnte? Ein wartender Auftragskiller hätte den ersten Schuss nicht versaut und dann sein Opfer fliehen lassen. Ein Wunder jedenfalls, dass Weber mit seiner Verletzung überhaupt so weit gekommen ist.«

»Pures Adrenalin und Todesangst.«

Sie kletterten weiter. Grassi hörte seine Partnerin aufschreien und drehte sich um. »Was ist los?«

Ricci war stehen geblieben, hatte das Gesicht schmerzhaft verzogen und rieb sich die Wange. »Passen Sie doch mit den Ästen auf! Das hätte ins Auge gehen können.«

»Scusi!«

»Geht schon.«

Urplötzlich traten sie aus dem Dickicht und stießen auf einen schmalen, steinigen Pfad. Grassi blieb schwer atmend stehen und stützte die Hände auf die Knie. »Wohin jetzt?«

Ricci deutete auf einen rot-weiß markierten Stein. »Das ist ein offizieller Wanderweg.«

Grassi richtete sich auf. Am Ende dieses Tages würde er diese Schuhe wirklich wegschmeißen können. Und sich irgendetwas mit Profilsohle kaufen. Zum ersten Mal seit seiner Kindheit.

Er versuchte, sich zu orientieren. Bisher waren sie in direkter Linie quer durch den Wald bergab gelaufen. Der Wanderweg stieg nun zunächst rechter Hand wieder leicht an, schien aber im Prinzip hinunter ins Tal zu führen. »Wenn Ihnen ein Killer auf den Fersen wäre und Sie hätten es durch das Unterholz lebend bis hierher geschafft – in welche Richtung würden Sie weiter flüchten?«

Ricci überblickte nachdenklich das Gelände. Mit der roten Strieme unterhalb der tätowierten Träne im Gesicht sah sie aus, als weinte sie Blut. Ihr sonst straff gebundener Pferdeschwanz hatte sich gelöst, sodass schneeweiße und pechschwarze Haare auf ihrem Kopf wild durcheinanderhingen. »Tja, ich würde möglichst schnell einen möglichst großen Abstand zu meinem Verfolger gewinnen wollen. Seine rechte Schulter ist verletzt, sein Arm hängt schwer nach unten. Ich denke, seine Körperhaltung zieht ihn eher nach rechts.« Sie streckte den Arm aus. »Also da lang.«

»Okay.« Grassi nickte. »Nur noch kurz verschnaufen.«

»Nix da, Commissario. Weber konnte sich auch nicht ausruhen.« Sie schob sich an ihm vorbei. Er richtete sich auf und folgte im Schlepptau.

Der Wanderweg machte ein paar verwirrende Haken, schlug aber in seiner generellen Richtung den Bogen östlich und talwärts, wie Grassi es erwartet hatte. Sie erreichten ein halb verfallenes Rustico. Hier schien der Weg zunächst zu enden, dann entdeckten sie dank einer verwitterten rot-weißen Markierung, dass der Wanderweg hinter dem Rustico scharf nach rechts abbog. Bei einem panischen Wettlauf mit dem Tod wäre der Hinweis leicht zu übersehen. Im dem Fall wäre der Flüchtende, ohne zu überlegen, vermutlich geradeaus durch die Büsche gerannt.

Grassi gab Ricci ein Zeichen, ihm zu folgen, und verließ den Pfad. Die Lücken in dem mannshohen Bewuchs leiteten sie natürlicherweise etwas nach rechts, das Gelände stieg wieder an, dann blieb Grassi unvermittelt stehen.

»Was ist? Haben Sie etwas entdeckt?«

»Die Dachspitze meines Hauses.«

Ricci strich sich die Haare aus dem Gesicht und kniff die Augen zusammen. »Dann ist der Olivenhain gleich dahinten.«

»Wir nähern uns von der Talseite genau wie Weber und sein Mörder.« Langsam und sich immer wieder umschauend gingen

Ricci und Grassi weiter, bis er erneut innehielt. »Hier könnte es sein.«

Der Boden vor ihnen wurde sandiger, Wacholder und Erika standen weiter auseinander.

»Okay«, sagte Ricci. »Sie bleiben hier und rufen ›Stopp‹, wenn Sie den Blickkontakt zu mir verlieren.« Die junge Kommissarin ging weiter und drehte sich alle paar Meter zu Grassi um. Als sie ungefähr zwanzig Meter weit gekommen war, verschwand sie aus Grassis Blickfeld, und er bat sie, stehen zu bleiben.

»Hier wird die Macchia wieder dichter«, rief sie. »Da drüben im Gebüsch kann ich das Absperrband sehen.«

»Dann sind wir auf der richtigen Spur. Von hier, wo ich stehe, könnte der Mörder geschossen haben.«

»Und etwa an der Stelle, an der ich bin, wurde Weber das zweite Mal getroffen. Er konnte noch ins Gebüsch kriechen, wo er dann gestorben ist.«

»Sie haben recht. Es ist auf dem ganzen Fluchtweg das einzige freie Schussfeld.«

Wie zur Bestätigung blinzelte Grassi etwas in der Sonne Glänzendes an. Er rief nach Ricci und zeigte auf die Patronenhülse, als sie zu ihm trat.

»Das Ende einer Menschenjagd.«

Grassi hatte Penza trotz des schlechten Netzes erreicht und von dem Fund der Patronenhülse berichtet. Ricci sollte an Ort und Stelle auf einen Kollegen der Spurensicherung warten und später mit dem Team nach La Spezia zurückfahren, um zusammen mit Falcone noch mehr über Webers persönlichen Hintergrund herauszufinden.

Der Commissario hatte keine Lust, den beschwerlichen Weg, den sie gekommen waren, zu Webers Haus zurückzugehen. Also schlug er einen kleinen Bogen um den Fundort der Leiche und ging durch den Olivenhain, wo er auf einen rauchenden Beamten der Carabinieri stieß. Er sagte ihm, wo er Ricci finden würde. Die

Olivenbäume waren sämtlich geschnitten, Äste und Zweige lagen zu sauberen Haufen aufgetürmt darunter. Toni war nirgendwo zu sehen. Grassi spazierte zwanzig Minuten nachdenklich die Zufahrtsstraße nach Levanto hinunter und rief sich nahe der Tankstelle ein Taxi, auf das er weitere zehn Minuten warten musste.

Der Agriturismo der Amorettis war von der Straße aus nicht zu sehen. Grassi fuhr zweimal an der Adresse vorbei, ehe er den Wagen am Straßenrand abstellte und sich zu Fuß auf die Suche machte. Er fand die Einfahrt der schmalen, nicht asphaltierten Fahrspur, die links von der Straße steil den Hang hinaufführte. Ein liebevoll bemaltes Holzschild wies auf den »Agriturismo Oliveto di Montaretto« hin. Grassi spazierte den Weg hinauf bis zu einem pflaumenroten Haus mit grünen Fensterläden. Es gab einen kleinen gepflegten steinernen Vorplatz mit geschwungenen eisernen Stühlen um zwei Tische. Hinter einem Maschendrahtzaun schaute ihm neugierig eine kleine Menagerie von Tieren entgegen. Grassi zählte zwei Ziegen, zwei Schafe und einen Esel. Von einem weiteren niedrigen Zaun separiert standen sogar zwei Hängebauchschweine im Schlamm. Dazwischen liefen Hühner und Gänse umher. Im Schatten eines Unterstands neben dem Tiergehege stand eine Vespa. Es wirkte alles sehr gepflegt. Im Gegensatz zu dem Mann, der jetzt mit einem Eimer in der Hand durch den breiten, von großen roten Blumentöpfen eingerahmten Hauseingang trat und abrupt stehen blieb, als er Grassi bemerkte. Der hob die Hand zum Gruß und näherte sich.

Alberto Amoretti war ein großer, gut trainierter, attraktiver Mittvierziger, der unter normalen Umständen gewiss Respekt einflößte. Aber dies waren keine normalen Umstände. Er hatte gerade seine Frau verloren, und verloren wirkte auch der ganze Mann. Amorettis blauer Arbeitskittel hing schief über seinen schlaffen Schultern. Das dunkle Haar stand struppig vom Kopf ab. Er stand etwas höher als Grassi und erweckte trotzdem den Eindruck, ihn lauernd von unten anzustieren.

»Signor Amoretti, mein Name ist Vito Grassi. Ich bin der Commissario, der den Tod Ihrer Frau untersucht. Mein herzliches Beileid.«

Amoretti sparte sich eine Begrüßung: »Als die Carabinieri bei mir waren, haben sie von einem Unfall gesprochen. Aber im Fernsehen hat der Bürgermeister gesagt, es wäre Mord?« Die Stimme des Mannes war kräftiger als seine Erscheinung.

Es war äußerst unglücklich, dass die Presse vor den Hinterbliebenen von der neuen Faktenlage erfahren hatte. Trotzdem kam Grassi die Bemerkung des Mannes in dieser Situation seltsam vor. Er hatte in seinem Polizistenleben schon oft die Rolle des Hiob übernehmen müssen. Und damit das Überbringen schlechter Nachrichten ihm nicht zu nahe ging, hatte der Commissario sich antrainiert, diesen Aspekt seiner Arbeit kühl als Teil der Beweisaufnahme zu betrachten. Es gelang ihm nicht immer.

Erste Reaktionen verrieten viel. Der Commissario hatte Schock erwartet. Ein Unfall ist tragisch. Ein Mord für den Normalbürger unvorstellbar. Doch Amoretti wirkte nicht schockiert, sondern vielmehr empört. Als Reaktion auf die anfängliche Ermittlungspanne war das jedoch vielleicht verständlich, dachte Grassi.

Der Commissario nickte bedauernd, ohne den Blick abzuwenden. »Mi dispiace, Signore. Es war kein Unfall. Ihre Frau ist einem Verbrechen zum Opfer gefallen. Deshalb hat auch die Polizia di Stato die Ermittlungen übernommen. Ich würde Ihnen gern ein paar Fragen stellen. Fühlen Sie sich dazu in der Lage?«

Amoretti stellte den Eimer ab. »Der Bürgermeister hat auch davon gesprochen, dass es schon einen Verdächtigen gibt?«

So leicht war es, falsch verstanden zu werden, dachte Grassi, selbst wenn man sich noch so vorsichtig ausdrückte. »Leider nein, aber wir haben erste Hinweise, denen wir nachgehen.«

Amoretti nickte, ging zu einem der Stühle auf dem Vorplatz, schleifte ihn scheppernd vom Tisch weg und ließ sich schwer darauf fallen. Er bot dem Commissario keinen Platz an, aber Grassi setzte sich trotzdem, stützte die Ellbogen auf die Oberschenkel und sah Amoretti einige Sekunden lang an, einen Mann, dessen Leben von einem Moment zum anderen ohne Halt und Sinn geworden war.

»Wie geht es Ihnen?«

»Ich wache morgens alleine auf und denke im ersten Moment, dass Luisa vielleicht schon in der Küche ist. Und dann fällt mir ein, dass sie nie wieder kommt.« Das Misstrauen in seinen Zügen war niederschmetternder Gewissheit gewichen.

»Ist jemand da, um Ihnen zu helfen? Was ist mit Ihrem Sohn? Zeno?«

Amoretti zögerte, ehe er antwortete. »Der wohnt nicht mehr hier. Ist letzten Herbst ausgezogen.«

»Aber er weiß, was mit seiner Mutter passiert ist?«

»Sì, ich habe ihn angerufen.«

»Wie verkraftet er es?«

In die Traurigkeit seiner Miene mischte sich Besorgnis, als Amoretti die Augen aufriss und die Lippen zusammenpresste. Sein Schulterzucken sollte beiläufig sein, aber es wirkte verkrampft. »Schwer zu sagen. Es ist gerade nicht leicht, mit ihm zu reden, wie Sie sich vorstellen können.«

»Aber er kommt zu Ihnen, um Ihnen beizustehen?«

»Ja. Ja, er kommt. Zeno wollte …« Amoretti suchte auf dem Boden nach der Antwort. »Er wollte mit dem Zug kommen, glaube ich.«

»Wo hält er sich gerade auf?«

»Ich weiß es nicht. Er wohnt bei Freunden, mal hier, mal da. Er nennt es Couch-Surfing.«

Das Gespräch war holprig. Amoretti machte den Eindruck, als würde er jede seiner Antworten kurz durchdenken, bevor er sprach.

»Im Moment haben Sie keine Gäste, nehme ich an.«

»Nein, erst zu Ostern.« Amoretti atmete tief ein und wieder aus. »Ich weiß gar nicht, wie ich das schaffen soll.«

»Wie lange haben Sie den Agriturismo schon?«

»Seit zehn Jahren ungefähr. Es war Luisas Idee. Sie wollte einen Ort für Familien, damit Zeno mit Kindern aus anderen Kulturen zusammen sein kann. Ich habe mich um das Haus und die Mietfahrräder gekümmert, Luisa um die Buchungen und Gäste, Zeno war für die Tiere verantwortlich.«

Grassi nickte. »Ein richtiges Familienunternehmen also.«

»Das war es, ja.«

»Und wie läuft das Geschäft?«

»Am Anfang war's nicht leicht, doch Luisa konnte immer gut mit Menschen umgehen und hat versucht, mit allen Gästen in Kontakt zu bleiben. Manche kamen jedes Jahr und haben uns weiterempfohlen. Letztes Jahr war sie sogar auf der Tourismusmesse in Berlin. Sie kannte sich aus mit Betriebswirtschaft, das hatte sie ja auch studiert. Luisa hat den Laden ins Laufen gebracht. Und jetzt?« Er wischte sich über die Augen.

»Wo hat sie studiert?«

»In Genua. So wie ich. Wir haben uns dort an der Università kennengelernt. Als Zeno dann unterwegs war, haben wir gleich geheiratet.«

»Sie müssen noch sehr jung gewesen sein.«

Amorettis Blick war nach innen gerichtet. »Jung und dumm und verliebt.«

So fing es immer an, dachte Grassi. So hatte es auch mit Chiara und ihm angefangen. Und dann wurde, wenn alles gut ging, aus jung, dumm und verliebt irgendwann gereift, klug und zufrieden. Eine ganze Zeit lang hatte Grassi sich so gefühlt. Und noch hatte er die Hoffnung nicht aufgegeben, mit Chiara zusammen sogar alt, weise und gelassen zu werden.

»Und würden Sie sagen, dass Sie eine glückliche Familie waren?«

Amoretti zog das Kinn zurück und verschränkte die Arme. »Ja, allerdings. Was ist mit Ihnen? Haben Sie eine glückliche Familie?«

Grassi ging nicht darauf ein. »Ich hätte noch ein paar Fragen zu dem Tag, an dem Ihre Frau gestorben ist.«

»Ich habe den Carabinieri schon alles erzählt.«

»Ich ermittle jetzt unter anderen Vorzeichen, und deshalb müssen Sie mir leider alles noch einmal schildern. Erzählen Sie mir von dem Abend. Hat Luisa Ihnen gesagt, wohin sie wollte?«

Wieder schüttelte Amoretti den Kopf. »Sie war wütend, weil ich so spät aus der Bar gekommen bin und was getrunken hatte.« Er sank noch weiter in sich zusammen. »Wir haben uns gestritten. Das letzte Mal, als wir uns gesehen haben, haben wir uns gestritten! Das war nicht immer so.« Den letzten Satz hatte er für Grassi kaum hörbar zu sich selbst gesprochen.

»Um wie viel Uhr ist Ihre Frau gegangen, Signor Amoretti?«

»Ich habe nicht auf die Zeit geachtet. Irgendwann zwischen neun und halb zehn vielleicht.«

»Kam es öfter zu Streit zwischen Ihnen?«

»Sind Sie so was wie ein Eheberater? Wenn ja, dann kommen Sie zu spät. Warum wollen Sie das alles wissen?«

»Wenn Sie sich gestritten haben, war sie vielleicht danach bei einer Freundin, um sich auszusprechen. Das könnte wichtig sein, wenn es darum geht, herauszufinden, ob nach Ihnen noch jemand Ihre Frau lebend gesehen hat.«

»Ich weiß es nicht, Commissario! Sie hat die Tür zugeschlagen, ist in ihr Auto gestiegen und nie mehr zurückgekommen.« In Amorettis Gesicht war jetzt ein anderer Ausdruck getreten. Aggressive Hilflosigkeit. Der Mann musste in den letzten Tagen tausendmal diese Szene vor seinem inneren Auge gesehen haben, ohne auch nur den Hauch von Trost darin finden zu können.

»Kennen Sie die Freundinnen Ihrer Frau? Können Sie mir Namen geben, damit ich mit ihnen Kontakt aufnehmen kann?«

»Carmella, Maria. Und Claudia. Jessi war auch immer dabei, wenn sie nicht fliegen musste. Sie haben sich samstags in der Pasticceria Bianchi in Levanto getroffen. Maria hilft dort manchmal in der Hochsaison.«

»Gut. Bitte schreiben Sie mir die vollständigen Namen auf. Und die Telefonnummern, wenn Sie sie kennen.« Er reichte Amoretti sein Notizbuch mit Stift.

»Nummern müsste ich erst suchen«, sagte Amoretti, als er die Sachen zurückgab.

Grassi warf einen Blick auf die schlecht leserliche Schrift. »Schon gut, die finde ich heraus. Ihre Frau ist nach dem Streit nach Levanto gefahren. Ihr Auto stand auf dem Parkplatz am Strand. Von dort aus ist sie in den Tunnel gegangen. Können Sie sich vorstellen, was sie um diese Uhrzeit im Tunnel wollte?«

»Das kann ich nicht.«

»Hat Luisa Feinde gehabt? Alte Bekannte mit offenen Rechnungen? Konkurrenten? Bösartige Nachbarn?«

»Nein, das kann ich mir nicht vorstellen. Jeder mochte sie.«

»Kennen Sie den Tunnel zwischen Levanto und Bonassola?«

Amoretti sah ihn ein paar Sekunden lang schweigend an. Misstrauen lag in seiner Miene. Dann schüttelte er ungläubig den Kopf. »Ob ich den Tunnel kenne? Natürlich kenne ich den Tunnel, aber ...«

»Sie müssen das verstehen, Signore. Solange wir keine konkreten Anhaltspunkte haben, ermitteln wir in alle Richtungen. Auch im privaten Umfeld.«

Sein Gegenüber atmete einmal tief durch. »Ich war das letzte Mal im Tunnel, als noch Züge durchfuhren. Als Kind. Für eine Mutprobe.«

»Eine Mutprobe?«

»Ja. Wir haben gewartet, bis man das Licht eines Zuges im Tunnel gesehen hat, dann musste man, so schnell man konnte, hineinlaufen und sich in der ersten Nische ducken, bis der Zug an einem vorbeigefahren war. Eigentlich hatte man genug Zeit, aber im Tunnel einem Zug entgegenzulaufen, das brauchte schon Mut. Wenn man's geschafft hatte, war man in der Bande.«

»Hat Ihr Sohn Zeno mit seiner Mutter an ihrem Todestag gesprochen?«

Amoretti zuckte mit den Achseln. »Das weiß ich nicht.«

»Aber haben Sie ihn denn nicht gefragt, wann er zuletzt mit seiner Mutter gesprochen hat? Wollen Sie das nicht wissen?«

»Doch schon«, sagte Amoretti ausweichend, »ich war wohl zu sehr mit mir selbst beschäftigt. Ich werde ihn fragen.«

Der Commissario musterte den trauernden Witwer. Obwohl Amoretti verständlicherweise am Boden zerstört war, kam es Grassi nicht so vor, als wäre er besonders interessiert an der Frage, was eigentlich passiert war. Er hatte kaum Antworten für Grassi, aber noch viel weniger Fragen an ihn. Fast so, als spielte das alles keine Rolle mehr. Als handelte es sich bei dem Tod seiner geliebten Frau nicht um einen schrecklichen Schicksalsschlag, sondern um das schreckliche Ende einer schicksalhaften Entwicklung.

»Was haben Sie gemacht, nachdem Ihre Frau weggefahren ist?«

Amoretti sah ihn erstaunt an. »Ich? Nichts. Ich bin ins Bett gegangen, nachdem ich noch ein bisschen ferngesehen habe.«

Grassi nickte. »Was lief denn?«

Jetzt wirkte er aus dem Konzept gebracht. »Also das war diese Nazi-Komödie mit Roberto Benigni. Aber ich war nicht in der Stimmung und habe ihn nicht mal zu Ende geguckt.«

Grassi stand auf. »Also gut, Signor Amoretti. Haben Sie vielleicht noch einen Schluck Wasser für mich, bevor ich gehe? Mein Mund ist so trocken.«

»Die Küche ist links, wenn Sie reinkommen. Gläser sind im Schrank.«

Grassi betrat das Haus. Ein weiß gestrichener Flur, eine Tür zur Linken führte in ein kleines, helles Esszimmer. Auf dem Tisch stand eine Bierflasche. Hinter dem Esszimmer war durch einen offenen Bogen die Küche zu sehen. An der rechten Flurwand führte eine grau geflieste Treppe ins obere Stockwerk. An einer roten Kordel hing ein hölzernes Schild, auf dem kunstvoll kalligrafiert »Camera« stand. Grassi folgte dem kurzen Flur, an dessen Ende zwei weitere Zimmer abgingen. Das rechte war anscheinend das private Wohnzimmer der Gastgeber. Durch die offene Tür zur Linken trat er in eine Art Büro. Ein schlichter weißer Schreibtisch mit Computer stand vor dem Fenster, an der Wand gegenüber ein Regal mit beschrifteten Ordnern – »Imposta«, »Conti«, »Registrazione« –, zwei Regalreihen mit Büchern und gerahmten Bildern. Er nahm eines der Bilder in die Hand. Vater und Sohn mit der Mutter zwischen sich, eng umschlungen. Der Sohn scheint die Kamera auf Armlänge wegzuhalten. Im Hintergrund eine Art Rummelplatz, ein Riesenrad ist zu erkennen. Die drei lachen fröhlich. Die Münder und Augen eine Spur zu weit aufgerissen. Eher gemeinsam aufgekratzt als zusammen glücklich, dachte Grassi. Mutter und Sohn mit den gleichen wilden dunklen Haaren und einer gewissen Wildheit in den großen Augen. Alberto Amoretti sah auf dem Foto äußerlich so aus wie jetzt. Die Aufnahme konnte noch nicht alt sein.

»Ein Bild aus glücklicheren Tagen«, hörte er hinter sich Amoretti sagen und drehte sich um. Der Witwer hielt ihm ein Glas mit Wasser hin.

»Was ist passiert?«

»Bald danach haben es mein Sohn und meine Frau nicht mehr unter einem Dach ausgehalten, und er ist ausgezogen.«

»So plötzlich? Gab es einen konkreten Anlass?«

»Luisa hat öfter geschimpft, weil Zeno immer weniger mitgeholfen hat. Irgendwann ist es dann wohl eskaliert, aber ich war nicht dabei. Es hatte immer öfter Streit gegeben. Die beiden sind einfach nicht mehr miteinander klargekommen. Ich habe Luisa immer gesagt: Kinder lehnen sich gegen ihre Eltern auf. Ist doch normal, oder?«

»Ich denke, ja.« Grassi deutete auf ein weiteres Bild. Es zeigte die viel jüngere Luisa mit einem Kelchglas in der Hand auf einer Party oder einem Empfang. Lange lockige Haare, weißes Tanktop unter schwarzer Kostümjacke. Eine schöne, lebenslustige Frau. Ein Badge baumelt ihr am Hals. Sie ist in der Bewegung und hat einen Ausdruck der Überraschung im Gesicht, als habe ihr der Fotograf gerade etwas zugerufen, damit sie sich kurz umdreht. »Wo ist das aufgenommen?«

»Mailänder Modewoche irgendwann Anfang der Nullerjahre. So um diese Zeit haben wir uns kennengelernt.«

»Was hat sie auf der Mailänder Modewoche gemacht?«

»Sie hat da gejobbt für eine Agentur. Organisation von Empfängen, Catering, Gästebetreuung, solche Dinge.«

Grassi deutete auf den Computer. »War Ihre Frau auf Facebook aktiv? Oder in einem anderen sozialen Netzwerk?«

Der Ausdruck in Alberto Amorettis Gesicht sagte ihm, dass er den Falschen fragte. »Ja, schon. Luisa hat viel im Internet gemacht. Ihr ist immer was eingefallen, was sie da posten konnte, Bilder von den Tieren und der Landschaft und so. Auch von der Familie. Ich kenne mich da nicht so gut aus. Vielleicht kann mein Sohn Ihnen eher helfen.«

»Ich möchte Sie bitten, mir das Handy Ihrer Frau auszuhändigen. Die Carabinieri haben es Ihnen zurückgegeben, aber die Daten darauf könnten wichtig sein für unsere Ermittlungen.«

»Wo das ist, weiß ich nicht. Hier ist gerade so ein Durcheinander. Aber wenn Sie wiederkommen, um mit Zeno zu sprechen, habe ich es bestimmt gefunden.«

Die traurige Lethargie dieses Mannes empfand Grassi als geradezu aufreizend. »Also gut. Dann beenden wir das hier vorläufig.« Der Commissario leerte sein Glas, stellte es auf den Schreibtisch, fand ein Stück Papier und einen Stift und hielt Amoretti beides hin. »Schreiben Sie mir bitte die Handynummer Ihres Sohnes auf.«

Amoretti tat, wie ihm geheißen, und gab den Zettel zurück. Er blieb im Büro seiner Frau stehen, als Grassi ihm im Vorbeigehen kurz die Hand auf die Schulter legte.

OHRFEIGEN

Grassi saß in seinem Wagen am Rand der Tankstelle. Hier hatte er guten Empfang, war ungestört und wollte sich endlich um Lucy kümmern. Neben dem App-Symbol prangte die kleine rote Zahl siebenundzwanzig. Siebenundzwanzig neue Nachrichten! Er öffnete den Chat geradezu ängstlich und fragte sich, was er alles verpasst hatte. Es waren weiterhin hauptsächlich Sprachnachrichten hin- und hergegangen. Nur Alessandro, der sich sporadisch am Chat beteiligte, hatte geschrieben. Seine Antwort auf Lucys erste Sprachnachricht lautete: »Partypause, sorellina«, gefolgt von einem Heul-Emoji und einem blauen Herz. Obwohl Alessandro der Jüngere war, nannte er Lucy seine »kleine Schwester«, weil er sie um einen Kopf überragte. Der launige kleine Beitrag seines stets zu Scherzen aufgelegten maulfaulen, sensiblen Sohnes ermutigte Grassi, Lucys ersten langen Bericht abzuhören. Sie klang sehr viel gefasster als kurz nach dem Unfall. Ein sehr netter Student aus dem Wohnheim habe sie aus dem dritten Stock bis auf die Straße getragen. »Ich glaube, das hat ihm sogar Spaß gemacht«, sagte Lucy und klang halb empört und halb geschmeichelt. Dass die Taxifahrt »unverschämt teuer« gewesen sei, nahm Lucy gleich zum Anlass, bald »bitte noch mal über finanzielle Unterstützung« sprechen zu wollen, zumal sie ja jetzt wegen des Unfalls für die nächste Zeit nicht mehr kellnern könne.

Grassi atmete erleichtert auf. Wenn seine Tochter das profane Thema Geld anschnitt, musste es ihr deutlich besser gehen. Dann erzählte sie ausführlich, wie sie fast eine Stunde in der Ambulanz hatte warten müssen, wie ein junger indischer Arzt, mit dem sie sich auf Englisch unterhalten konnte, sie untersucht und zum Röntgen geschickt hatte, wo sie noch mal eine Stunde warten musste. So ging es weiter und weiter. Zwischendurch entschuldigte sich Lucy dafür, dass die Nachricht so lang wurde, sie wisse gar nicht, was sie da alles rede, weil sie kaum geschlafen habe. Das Wichtigste hatte sie sich für den Schluss aufgespart: Lucy hatte Glück gehabt. Es war nichts gebrochen, nur geprellt, hatte der indische Arzt festgestellt. »Das kann aber genauso wehtun, hat er gesagt.«

Grassi überlegte kurz, ob er die restlichen vierundzwanzig Nachrichten noch lesen und abhören sollte, und entschied dann, es sich leichter zu machen. Er wählte Chiaras Nummer.

»Pronto?« Ihre Stimme klang sanft und weich. Ich habe sie geweckt, dachte Grassi.

»Hast du schon geschlafen?«

»Ciao, Vito. Nein, mir sind nur bei den Nachrichten die Augen zugefallen. Wie läuft es denn bei dir?«

»Gut. Viel zu tun. Wenn du nicht eingeschlafen wärst, hättest du es vielleicht in den Nachrichten gesehen: Ich habe schon zwei Mordfälle aufzuklären.«

»Madonna! Du Armer.« Er hörte sie gähnen. »Na, du wirst die Mörder schon schnappen. Die haben ja keine Ahnung, mit wem sie sich anlegen.«

Grassi lächelte in sich hinein. Chiara war schon immer gut darin gewesen, ihm Mut für seine Arbeit zu machen, ohne wirklich daran interessiert zu sein. Sie wollte einfach nichts mehr von Mord und Totschlag und der Schlechtigkeit der Welt hören. Leider hatte Grassi seit vielen Jahren kaum etwas anderes von seinen Tagen zu berichten. Und obwohl er wusste, dass ihr Desinteresse an seiner Arbeit nicht gleichzusetzen war mit geringem Interesse an ihm, verletzte es ihn.

»Ich wollte gar nicht über die Fälle reden, sondern wissen, wie es Lucy geht.«

»Hast du den Familienchat nicht verfolgt?«

»Ist mir lieber, es von dir zu hören.«

Chiara lachte auf. »Hattest wohl wieder keine Lust, die Nachrichten abzuhören, oder?«

»Du kennst mich doch. Nur das Aufsprechen von Monologen finde ich noch anstrengender als das Abhören.«

Sie schnaubte. »Na, jedenfalls ist es wohl nicht so schlimm, wie es am Anfang aussah.« Chiara erzählte, und Grassi lehnte sich im Sitz zurück und schloss die Augen, während er ihrer Stimme lauschte. »Ich habe ihr gesagt, sie soll noch mal beim Arzt anrufen, wenn es am Freitag nicht merklich besser ist. Ich verstehe einfach nicht, dass man ihr nicht gleich Antibiotika gegeben hat, um einer Entzündung vorzubeugen. Aber in Deutschland muss das Bein wohl erst abfallen, bevor man so was verschreibt. Wenn Lucy am Freitag nicht da anruft, tu ich es!« Grassi kannte seine Frau gut genug, um zu wissen, dass die Empörung ihre Art war, mit der Hilflosigkeit umzugehen. Sie kämpfte wie eine Löwenmutter um ihre Löwenjungen. »Fürs Erste sitzt sie jetzt zu Hause fest.«

»Ganz allein in Berlin«, sagte Grassi traurig.

»Krieg dich ein, Vito. Sie ist da seit über einem halben Jahr und hat längst Freunde. Außerdem erwähnt sie in ihren Nachrichten auffallend oft den jungen Cavaliere, der sie nach dem Unfall die Treppe runtergetragen hat. Der kauft für sie ein, besorgt Sachen in der Apotheke …« Chiara kicherte. »Wer weiß, wofür's gut war?«

»Du meinst, der will was von Lucy?« Grassis Stimme klang alarmiert.

»Ach, Vito«, sagte Chiara nur, und er meinte, ihr typisches Kopfschütteln über ihn sogar durchs Telefon hören zu können. »Sei nicht immer so misstrauisch. Und unterschätze deine Tochter nicht.«

»Das tu ich gar nicht. Aber es könnte doch sein, dass dieser Typ Lucys Lage ausnutzt und …«

»Das ist keiner Ihrer Fälle, Commissario, hier gibt es nichts zu ermitteln«, unterbrach ihn Chiara brüsk. »Und jetzt erzähl: Wie ist das Haus? Und hast du den Freund von Emilio kennengelernt, der dir geschrieben hat? Diesen Toni?«

»Ja, hab ich. Und stell dir vor: Toni ist eine Frau, und sie wohnt im Haus.«

»Eine Frau? War sie Emilios Freundin?«

»Glaub ich nicht, dafür ist sie zu jung. Ich schätze sogar etwas jünger als ich.« Und als Chiara darauf nichts sagte, schob Grassi hinterher: »Aber kein Grund, eifersüchtig zu werden.«

»Du weißt, dass ich nie eifersüchtig werde.«

Stimmt, dachte Grassi. Vielleicht war das Teil des Problems zwischen ihnen. Schließlich war Eifersucht auch ein Ausdruck von Leidenschaft.

Als er lange nach Sonnenuntergang den Roadster vor dem Haus ausrollen ließ, waren die Fenster dunkel. Die Terrassentür war geschlossen, aber nicht abgeschlossen. Grassi machte Licht und öffnete sachte die Tür zum Schafzimmer. Das Bett war gemacht, Tonis Koffer verschwunden. Grassi blieb konsterniert in der Tür stehen. Sie konnte doch nicht einfach gegangen sein? Seine Nackenmuskeln spannten sich an und lösten den bekannten Schmerz hinter den Ohren aus. Hatte er etwas gesagt, das sie glauben ließ, sie wäre nicht mehr willkommen? Zuzutrauen war es ihm, dachte er. Oder war Toni nach dem nächtlichen Polizeieinsatz und dem Verhör durch Bruzzone Hals über Kopf geflohen, weil sie Angst vor den Behörden hatte? Glaubte Toni womöglich, dass man sie nach mehr als zwanzig Jahren immer noch suchte?

Grassi lief um das dunkle Haus herum zu dem kleinen Unterstand neben der Einfahrt. Da stand die Ape. Also war sie mit ihrem Rollkoffer voller Bücher die ganze Straße hinuntergerumpelt. Wo war sie hin, und warum hatte sie nichts gesagt?

Weil sie ihm nichts schuldig war, sagte er sich. Weil sie tat, was sie für richtig hielt. Weil er Polizist war und sie Polizisten nicht über den Weg traute.

Grassi ging zurück ins Haus und stand unschlüssig in der Küche herum. Alles kam ihm sehr leer und still vor. Zu still. Er trat zu seiner Anlage in der Wohnzimmerecke, stellte den Verstärker an und hockte sich vor seine Platten. Er machte nie Musik, um sich aufzuheitern oder in eine andere Stimmung zu versetzen. Seine Auswahl musste die gegenwärtige Laune unterstreichen oder gar verstärken. Wenn er fröhlich war, brauchte er fröhliche Musik. Wenn er nachdenklich war, brauchte er Musik, die ihm beim Denken half. Und wenn er verwirrt war, so wie jetzt, brauchte er Musik, die ihm noch nach hundertmaligem Hören ein Rätsel blieb. Vorsichtig zog er Lyle Lovetts »Joshua Judges Ruth« zwischen den anderen Platten hervor und legte die Nadel an den Anfang des dritten Songs auf der ersten Seite. Er blieb so lange vor dem Plattenspieler auf dem Boden sitzen, bis Lyle mit seiner zugleich schmeichelnden wie auch brüchigen Stimme die Zeilen sang, die Grassi im Kopf hatte und die ihm immer ein wenig die Luft nahmen: »She said something about going home / she said something about needing to spend some time alone / and she wondered out loud, what it was, she had to find / but she already made up her mind.« Sie hatte sich schon entschieden.

Er rappelte sich aus dem Schneidersitz hoch und ging an den Kühlschrank. Der Inhalt war mager. Er musste dringend einkaufen gehen. Er fand eine Zucchini, die er langsam der Länge nach in dünne Scheiben teilte, eine halbe Zitrone, von der er zwei dicke Scheiben abschnitt, und zwei Knoblauchzehen, die er nur schälte. Grassi wusste nicht genau, was er tat, er folgte seiner Intuition, die beim Thema Kochen allerdings nicht besonders stark ausgebildet war. Zucchini, Zitrone und Knoblauch warf er in eine große Pfanne, schüttete großzügig von Tonis Olivenöl darüber und gab noch eine Prise Salz dazu. Die Gasflamme drehte er so klein wie möglich. Auf der Anrichte lag in einer zerknitterten Tüte der alte harte Rest eines Pane pugliese. Grassi drehte es in den Händen, dann schnitt er das Brot kurzerhand in grobe Würfel und warf diese ebenfalls in die Pfanne. Vielleicht wurde aus dem Ganzen etwas Essbares.

Mit einem Glas Rotwein in der Hand lauschte er der Musik und dem beginnenden Brutzeln des Öls in der Pfanne. Und er ließ die Bilder dieses langen Tages vor seinem inneren Auge vorbeiziehen, beginnend mit dem Horror der aus der Erde ragenden Hand. Er dachte an die von einem Kind gemalte weinende Sonne, die an der Gedenkstelle vor dem Tunneleingang gelegen hatte. Und an die verdutzten Gesichter, als er sich aus dem Konferenzsaal in der Carabinieri-Station verabschiedet hatte. Die Wanzeninvasion in Webers Wohnzimmer, Riccis schmerzverzerrte, vorwurfsvolle Miene, nachdem sie den Ast ins Gesicht bekommen hatte, und zuletzt Alberto Amorettis traurige Gestalt im Hauseingang. Plötzlich wurde Grassis Aufmerksamkeit auf etwas gelenkt, das am Rande des Lichtkreises der Lampe auf dem Tisch lag. Ein Buch und darauf eine Karte. Neugierig trat Grassi heran und nahm sie in die Hand. Auf der Postkarte war die Illustration eines Buches mit rotem Umschlag und dem Titel: Read more you idiot. Schmunzelnd drehte er sie um. Toni hatte eine feine, präzise Handschrift, zu der die kleinen, lustigen Kreise auf den i nicht zu passen schienen. Ihre Nachricht war knapp: »Scusa, aber mir ist das alles zu viel. Arrivederci, Toni – PS: Das Buch hat deinem Vater gehört.«

Arrivederci? Was sollte das heißen? Auf Nimmerwiedersehen? Ich seh dich im Herbst bei der Olivenernte? Oder machte Toni Urlaub? Grassi drehte die Karte in der Hand. Die Nachricht machte ihn überraschend traurig. Und dann dachte er, dass Toni geahnt haben musste, was er fühlen würde, sonst hätte sie sich nicht entschuldigt für ihren Abschied. Er setzte sich an den Tisch, nahm ratlos das Buch in die Hand und begann darin zu blättern. Auf der ersten Seite stand das handgeschriebene Kürzel G.G., zwei identische, runde, geschwungene Buchstaben, beinahe wie kalligrafiert. Und Grassi wurde bewusst, dass das Buch nicht seinem Vater gehört hatte, sondern seiner Mutter. Emilio musste es nach ihrem Tod behalten haben.

Das Buch war von Luigi Pirandello und enthielt *Novellen für ein Jahr*. Grassi hatte natürlich schon von dem Autor gehört. Wahrscheinlich hatte er ihn sogar in der Schule lesen müssen, aber erinnern konnte er sich daran nicht. Der Umschlag zeigte den Ausschnitt eines Gemäldes von Edward Hopper, auf dem sich ein Paar nichts mehr zu sagen hatte. Man sah dem Buch an, dass sein Besitzer es nicht nur einmal gelesen hatte. Grassi ließ den Buchblock einmal langsam am Daumen entlanggleiten. Da waren Eselsohren und Markierungen, in der Mitte hatten sich mehrere Seiten aus der Klebebindung gelöst. Er stoppte irgendwo und las eine beliebige Stelle:

»Aber vielleicht war die Schlechtigkeit da draußen, draußen in der Welt, in die jeder, der ein bestimmtes Alter erreichte und die einfache, unbeschwerte Liebe seiner Familie aufgegeben hatte, eintreten musste, als Mann mit langen Hosen, als Frau im langen Kleid.«

Grassi zog die Augenbrauen hoch. Von der Schlechtigkeit der Welt konnte er ein Lied singen. Dieser Pirandello hatte ihn, den Nichtleser, zumindest neugierig gemacht. Er blätterte weiter vor und las eine andere kurze Stelle von einem Mann namens Simone, der sich selbst Befehle gab und sogar beschimpfte und ohrfeigte, wenn er seine Pflichten vernachlässigte. Das ist komisch, dachte er. Dann fiel ihm siedend heiß das Essen auf dem Herd ein, er ließ das Buch auf den Tisch fallen und sprang auf. Er kam gerade noch rechtzeitig. Nicht nur war nichts angebrannt, Zucchini, Zitrone, Knoblauchzehen und Brot waren gleichmäßig goldbraun geworden. Grassi schwenkte die Mischung noch eine Minute, legte dann die Zucchinischeiben nebeneinander auf einen Teller und drapierte den Rest darum herum. Das sah schon mal gut aus, dachte er. Hoffentlich schmeckte es auch so.

Es schmeckte so gut, dass Grassi beschloss, dieses Restegericht auch einmal für Toni zuzubereiten. Er stellte sich vor, was die angesichts seiner unverhofften Kochkünste für Augen machen würde. Falls sie je zurückkam, ging ihm durch den Kopf.

Er biss gerade auf das letzte Stück knuspriges Brot, als er auch die Novelle *Feuer ans Stroh* beendete. Es war eine einfache Geschichte über einen Menschen, den Gier und Geiz erst zum Idioten machte und moralisch zugrunde richtete und der dann durch eine Katastrophe daran erinnert wurde, dass es nur wenig brauchte, um zufrieden zu sein. Grassi schlug das Buch zu.

Von seinen Eltern war Mutter Giulia die Vielleserin gewesen, obwohl sie kaum Bücher besessen hatte. Denn Giulia war der Meinung gewesen, dass man die schlechten Bücher nicht behalten und die guten weitergeben solle, damit sie wieder gelesen werden konnten. Er fragte sich, warum sie dieses behalten hatte. Fand sie es nicht gut genug, um es zu verschenken? Nicht schlecht genug, um es auszusortieren?

Emilio war in Vitos Erinnerung ein Sachbuchmensch gewesen. Er hatte sich mit Politik, Philosophie und Geschichte auseinandergesetzt und besonders gern beim Essen darüber gesprochen. Als Kind hatte Vito seinem scheinbar allwissenden Vater mit Spannung gelauscht, hatte erfahren, dass der Genueser Hochstapler Colombo Amerika nicht etwa entdeckt hatte, sondern auf einer Irrfahrt quasi darübergestolpert war, ohne es zu begreifen. Und dass diese Heldentat nur von Gier getrieben gewesen war. So endeten Emilios Geschichtslektionen meistens: mit der Schlechtigkeit des Menschen, insbesondere der Mächtigen. Vito hatte von frühester Jugend an gehört, dass die Politik schon immer der Wirtschaft diente und nicht den Menschen. Dass die Welt in einem besseren Zustand wäre, wenn die Menschen nicht nach Gottes Zehn Geboten, sondern nach Kants kategorischem Imperativ leben und sich im Montaigne'schen Sinne nicht so wichtig nehmen würden. Je älter Vito wurde, desto öfter hatte er den Theorien seines Vaters widersprochen. Schon aus Prinzip. Wurde dieser tolle kategorische Imperativ nicht seit Jahrhunderten in Europa gelehrt? Und was hatte das gebracht? Hatten die ausbeuterischsten Kapitalisten und grausamsten Drittweltdiktatoren in ihren westlichen Eliteuniversitäten nur nicht richtig aufgepasst?

Giulia hatte ihren beiden Männern stets so lange geduldig zugehört, bis die Diskussion in Streit umzukippen drohte. Dann hatte sie fest nach Emilios Hand gegriffen, ihm in die Augen gesehen und gesagt: »Alle Zeiten haben auch gute Seiten. Und jetzt reden wir über etwas anderes.« Die Erinnerung wärmte Grassi. Wie viele Kinder litten unter schweigsamen Vätern? Das konnte er von sich nun wirklich nicht behaupten. Grassi fragte sich, was sich in den letzten Jahren geändert hatte, als er und sein Vater kaum mehr miteinander gesprochen hatten. Wer von ihnen hatte mit dem Schweigen begonnen? Sein Vater, hatte er immer gedacht, nach Giulias Tod. Aber bedeutete Schweigen tatsächlich, dass man nicht mehr mit dem anderen reden wollte? Konnte es nicht auch bedeuten, dass der Schweigende sich gar nicht zurückzog, sondern bereit war zuzuhören und womöglich nur darauf wartete, dass der andere zu reden begann? Der Gedanke an den mittelmäßigen Sohn – da war er wieder. Und das Gefühl, seinen Vater missverstanden zu haben.

Er erhob sich langsam vom Tisch, trat ins Schlafzimmer, öffnete den Kleiderschrank und betrachtete Emilios Sachen. Er probierte jedes Jackett seines Vaters an. Ein dunkelblaues aus Leinen gefiel ihm gut, und er beschloss, es zu behalten. Und dann entdeckte er ein geschmeidiges schokoladebraunes Hemd mit breitem Kragen, das dem Stil nach schon lange im Besitz seines Vaters gewesen sein musste, dem Zustand nach aber nur selten getragen worden war. Es wäre ihm zuvor nie in den Sinn gekommen, dass er und sein Vater den gleichen Geschmack gehabt haben könnten. Grassi mochte braune Hemden, die allerdings aus mysteriösen Gründen nur selten in Geschäften zu finden waren. Er nahm es vom Bügel und strich voller Freude über den glatten, kühlen Stoff. Ein echtes »Vintage«-Stück, würde seine modeaffine Tochter sagen. Er breitete es auf dem Bett aus und öffnete die Knöpfe seines Hemdes. Dann schlüpfte er in das seines Vaters und sah an sich herunter. Die Ärmellänge stimmte. Nichts spannte. Er trat ins Bad und betrachtete sich im Spiegel. Hatte das Hemd seinem Vater gepasst? Er stellte ihn sich immer mit einem Bauch vor. Aber vielleicht stimmte das gar nicht. Grassi sah sich und sah das Hemd, und ihm wurde klar, dass er nicht wusste, ob sein Vater zuletzt im Leben dick oder dünn gewesen war. Ob er sich rasiert hatte oder nicht. Welche Frisur er gehabt hatte.

Und Grassi musste sich auf das Waschbecken stützen und brach in Tränen aus. Nach einer Minute beruhigte er sich langsam, riss die Augen auf, wischte sich mit beiden Händen übers Gesicht und blies die Backen auf. Er sah an sich herunter. All seine Tränen waren in das Waschbecken getropft. Das schöne Hemd war trocken geblieben.

Von seinem Handy kam ein dezentes Ping. Grassi öffnete die Nachricht im Familienchat. Sie war von seiner Tochter Lucy.

»Von wegen ligurische Idylle. WTF!? Good luck, daddy.«

Dahinter ein Link und dieses Emoji, das an Edvard Munchs Schrei erinnerte, gefolgt von einem Herzchen-Smiley. Anders als seine Frau hatte Lucy sogar von Berlin aus die Nachrichten aus der Heimat verfolgt.

Er schrieb: »Mamma sagt, es geht dir schon besser?«

Ein »wird schon« mit Tränen-Smiley kam zurück.

Grassi hatte keinen Fernseher, kein WLAN und ein ausgesprochen schlechtes Netz im Haus. Es dauerte Minuten, bis sich auf seinem Handybildschirm die Schlagzeilen des *Il Giornale* aufgebaut hatten. Die Nachricht von der »mysteriösen Mordserie in Levanto« war zwar nicht ganz oben, kam aber gleich nach Berichten über einen weiteren EU-Krisengipfel, einen Amoklauf im Mittleren Westen der USA und die Kürzung der Kardinalsgehälter durch den Papst um zehn Prozent. Grassi stellte mit Erleichterung fest, dass sein Name in dem Artikel nicht erwähnt wurde, ärgerte sich allerdings über Dramatisierungen und Fehler. Rudolf Weber wurde darin zu einem »bekannten Modeschöpfer«, und natürlich trauten sich die Menschen in der Region »nicht mehr auf die Straße«. Aus den von Bürgermeister Mastino vage formulierten »vielversprechenden Spuren« war die viel zu konkrete »laufende Fahndung nach dem Tunnelmörder« geworden.

Grassi ließ das Handy sinken. Was für eine Fahndung? Sie hatten noch viel zu wenige Details über den Gesuchten, um eine

Fahndung auch nur in Erwägung zu ziehen. Es war in Ermittlungen immer ein schwieriges Abwägen, was man mit Hoffnung auf die Unterstützung der Bevölkerung öffentlich machte und was nicht. Je weniger spezifisch die Details, desto mehr wertlose Hinweise bekam man. Je detaillierter die Beschreibung, desto größer die Gefahr, dass ein Gesuchter sich durch einfache äußerliche Veränderung tarnen konnte. Grassis Grundsatz gegenüber Presse und Öffentlichkeit war immer gewesen: Freiwillig gebe ich nur raus, was den Ermittlungen nützt. Weder wollte er eine Schwemme von wertlosen Hinweisen bei jeder Sichtung eines Menschen mit Rucksack, noch wollte er den tatsächlichen Backpacker aufschrecken. Er ahnte jedoch, dass seine Chefin wohlmöglich andere Vorstellungen von Transparenz hatte und der Druck auf ihn steigen könnte.

Grassi schloss den Artikel und wartete ungeduldig, bis sich die Sportmeldungen öffneten. Nach der völlig überflüssigen, aber – wovon er zerknirscht ausgehen musste – verdienten letzten Niederlage gegen den Tabellenvorletzten war die Roma in der Tabelle hinter Neapel gerutscht mit inzwischen zwölf Punkten Abstand zu Tabellenführer Inter. Nächste Woche spielte seine Roma im Spitzenspiel gegen Neapel, da mussten sie einfach gewinnen, damit wenigstens die Europa League nicht in Gefahr geriet. Aber am schlimmsten war, dass der verhasste römische Konkurrenzklub Lazio bis auf drei Punkte an die Roma herangekommen war. Er fluchte laut.

Nach dem Abwasch und einer langen Dusche machte er es sich zum Schlafen auf dem Sofa halbwegs bequem. Erst als er schon fast eingeschlafen war, fiel ihm ein, dass das Schlafzimmer frei war. Aus Gründen, die ihm selbst nicht klar waren, verbrachte er die Nacht trotzdem im Wohnzimmer.

POTEMKINSCHE DÖRFER

Ah, die Fußballexperten«, begrüßte der Commissario die beiden Straßenreiniger, die zur gewohnten Uhrzeit bei Caffè und Zigaretten vor der Bar Levanto saßen. »Wenn wir uns hier öfter treffen, könnten wir uns auch mit Namen ansprechen. Ich bin Vito.«

Der Dünne grinste und blies Rauch aus. »Ich bin Massimo, das da ist Rocco. Aber er hat keine Ahnung von Fußball.«

»Stronzo!«, rief der Dicke und boxte Massimo gegen den Arm. »Letztes Jahr hast du auf Milan als Meister getippt. Toller Experte!«

Massimo lachte. »Aber hast du am Dienstag Messi gesehen?« Er streckte die gefalteten Hände zum Himmel und rief theatralisch. »Il grande Messi! Zwei Tore zum Niederknien!«

Rocco fuchtelte mit der Hand vor Massimos Gesicht herum. »Ronaldo hat trotzdem noch zwei mehr! Wir streiten uns immer, Vito. Du musst entscheiden. Wer ist besser: Messi oder Ronaldo?«

Die beiden sahen ihn gespannt an. Grassi legte die Stirn in Falten. »Sagen wir so. Hätten die beiden jemals zusammen in einem Team gespielt, in einer Band sozusagen, dann wäre Ronaldo Paul McCartney, der unübertroffene Handwerker, und Messi John Lennon, das schlampige Genie.« Er sah die beiden erwartungsvoll an.

»Strawberry Fields«, sagte Massimo nickend und drückte bedeutungsvoll seine Zigarette aus. »Der größte Song aller Zeiten.«

»Strawberry Fields?«, rief Rocco. »Das kann doch keiner mitsingen. Hey Jude ist dagegen eine Hymne! Und die ist von Ronaldo!«

Grassi winkte lachend ab und trat in die Bar. Sein Hocker am

Treseneck war besetzt, also blieb er mit seinem Caffè in der Mitte des Raumes stehen und betrachtete die Fotowand. Es mussten Hunderte, wenn nicht Tausende von Fotos sein. Er war schlecht im Schätzen. Vergilbte Polaroids mit weißem Rahmen, Schnappschüsse auf billigem Fotopapier, die sich über die Jahre in der feuchten Umgebung gewellt hatten, aber auch Postkarten und Autogrammkarten. Sie überlappten sich zum Teil, waren übereinander gepinnt, hatten sich auf den Kopf gedreht oder nach vorn gebeugt, als würden sie jeden Moment auf den Boden fallen.

Piero hatte einen Caffè serviert und blieb neben ihm stehen. »Wie gefällt dir meine Wall of Fame?«

»Beeindruckend«, sagte Grassi. »Waren das alles Gäste von dir?«

»Die meisten, nicht alle. Hier in der Mitte hat es angefangen.« Er streckte den Finger aus. »Mit dem Bild von John F. Kennedy. Daneben hängt die Autogrammkarte von Gina Lollobrigida, die mein Vater mir mal geschenkt hat. Mit echter Unterschrift! Dann hab ich bei der Einweihung vor vielen Jahren die Gäste fotografiert, und so wurde die Idee geboren. Seither ist die Wand so gewachsen, dass ich fast keinen Platz mehr habe und sogar neue Bilder über alte hefte.« Er drehte sich um und packte Grassis Schultern. »He, irgendwo hier an der Wand ist auch Emilio verewigt, du musst nur lange genug suchen.«

»Ehrlich?« Grassi ließ lächelnd den Blick über Fotos wandern. »Mein Vater an deiner Wall of Fame? Welch eine Ehre. Das würde ich gern mal sehen.«

»Eh!« Piero legte die Fingerspitzen der rechten Hand zusammen und bewegte sie auf und ab. »Ist doch klar. Ich halte die Augen offen, Vito. Das findet sich schon.«

»Okay.« Grassi trank aus und stellte die Tasse auf die Bar.

»Zahl später, ich schreib's an«, sagte Piero. »Prendete i bastardi, Commissario. Schnappt euch die bösen Jungs.«

Grassi betrat um kurz vor halb neun den Konferenzraum im sechsten Stock der Questura und sah Ricci und Falcone gemeinsam über einen Laptop gebeugt am Kopfende des U-förmigen Tisches. Anscheinend legten sie letzte Hand an eine Präsentation für das Ermittlungsteam. Immer wieder warfen sie Kontrollblicke auf die Leinwand gegenüber.

Der Commissario war gereizt, weil er nach der Meldung vom Vorabend ahnte, was kommen würde.

»Buongiorno, Ispettore Ricci. Buongiorno, Agente Falcone.«

»Buongiorno, Commissario.«

»Klappt alles?«

»Wir möchten es größer haben, wissen aber nicht genau, wie.«

»Wechsel mal den Modus«, sagte Falcone.

»Wo mach ich das?«, fragte Ricci.

Die Kollegin legte die Finger auf die Tastatur.

»Ah, so. Jetzt stimmt's«, sagte Ricci. »Sehr gut, danke dir.«

Falcone lächelte und nahm sich einen Stuhl. Nach und nach füllte sich der Raum, bis ein Dutzend Beamte Grassi, der vor der Leinwand stand, erwartungsvoll anschauten.

»Guten Morgen zusammen«, begann Grassi mit Blick in die Runde. »Ich glaube, ich habe Ihnen allen zumindest schon mal die Hand geschüttelt. Bitte sehen Sie es mir nach, wenn ich noch nicht alle Namen parat habe. Ich erspare uns jetzt trotzdem eine Vorstellungsrunde. Es wird noch genug Gelegenheit geben, uns besser kennenzulernen.« Er machte eine kleine Pause. »Erst einmal will ich mich bei Ihnen bedanken für Ihren Einsatz.« Wertschätzung, dachte er. Darum ging es. Die musste spürbar sein. »Wir alle haben in den letzten Tagen viel zu verdauen gehabt, aber Sie haben die Ruhe bewahrt, Ihre Mitmenschen beruhigt und einander unterstützt. Das haben Sie sehr gut gemacht.« Er schaute in offene, ihm zugewandte Gesichter. »Ich gebe zu, dass ich mir meinen Start hier anders vorgestellt habe.« Vereinzeltes Glucksen und Murmeln. Humor, dachte Grassi, auch wichtig.

Aber jetzt wurde es ernst. »Es war klar, dass sich die Medien auf unsere Ermittlungen stürzen würden. Falschmeldungen, wie ich sie gestern leider lesen musste, erhöhen nur den Druck und kosten Zeit. Ich sage nicht, dass jemand hier im Raum schuld an dem Blödsinn ist. Aber ich erwarte von jedem, der Teil dieser Ermittlung ist, also von Ihnen allen, dass Sie den Mund halten. Egal, wer Sie löchert, ob Kollegen am Arbeitsplatz, die Familie beim Abendessen oder Freunde in der Bar: Sie sagen zu den laufenden Ermittlungen genau gar nichts zu niemandem. Wenn Journalisten sich bei Ihnen melden, verweisen Sie sie an mich oder an Ispettore Ricci. Was für die Öffentlichkeit bestimmt ist, entscheiden wir in Absprache mit Questore Feltrinelli. Wer plaudert, fliegt aus dem Team. Capito tutti?« Zögerliches Nicken in der Runde. Die gute Stimmung war dahin. »Ispettore Ricci wird jetzt den aktuellen Stand der Ermittlungen präsentieren. Das Redeverbot gilt nur nach außen. Wer hier einen Gedanken oder einen Geistesblitz hat, raus damit. Bene.« Er gab Ricci ein Zeichen und setzte sich auf einen freien Stuhl vorne rechts.

Ricci begann sachlich mit biografischen Angaben zu den beiden Opfern und zeigte vergrößerte aktuelle Passfotos von Luisa Amoretti und Rudolf Weber. Danach folgten Bilder der Tatorte. Dabei sorgten insbesondere die Nahaufnahmen der sterblichen Überreste Webers für Grimassen unter den Teilnehmern. Als Nächstes hatte Ricci die Obduktionsergebnisse auf je einer Folie pro Fall übersichtlich zusammengestellt. Todeszeitpunkt, Todesursache, Auffälligkeiten. Bei Weber hatte sich Penza auf den sechsten März als Todestag festgelegt. Geholfen hatte ihm dabei die mechanische Uhr mit Datumsanzeige am Arm des Opfers. Das Modell hatte eine Gangreserve von zweiundvierzig Stunden, erklärte Ricci, und wenn man annahm, dass der Besitzer sie routinemäßig morgens aufzog, dann bestätigte ihr Stehenbleiben am sechsten März den angenommenen Todeszeitpunkt. Sie klickte weiter.

»Was wissen wir über den Mann?«

»Bestätigt wird die Annahme der Gerichtsmedizin durch die Verkehrsüberwachung in Bozen. Sie zeigen Rudolf Weber in seinem Fahrzeug, einem dunkelroten Volvo V70 mit Münchner Kennzeichen, bei einer Geschwindigkeitsübertretung auf der Autobahn in Richtung Verona. Achtet auf das Datum oben im Bild. Demnach wäre Weber an seinem Todestag, Sonntag, sechster März, aus München angereist. Er wurde um zwölf Uhr achtundzwanzig geblitzt.«

Ein Kollege namens Martino ergänzte. »Weber hat die Maut in Carrodano mit Kreditkarte bezahlt, daher wissen wir, dass er um achtzehn Uhr siebzehn dort von der Autobahn abgefahren ist. Von der Abfahrt bis zu seinem Haus braucht man ungefähr zwanzig Minuten.«

»Fast sechs Stunden von Verona bis Levanto«, sagte Grassi. »Warum hat er so lange gebraucht?«

»Das wissen wir noch nicht. Er taucht in der Zwischenzeit an keiner Mautstation auf, muss also auf der Autostrada geblieben sein«, sagte Martino. »Wir checken die damalige Verkehrssituation und überprüfen alle Raststätten.«

»Der Mörder hat Weber bei dessen Rückkehr erwartet und angeschossen. Das Opfer konnte durch den Wald flüchten.« Falcone blendete den Detailausschnitt einer Mappa del Parco ein, der das Gelände zwischen Webers und Grassis Haus zeigte, und reichte dem Commissario den Laserpointer. »An dieser Stelle hier hat der Täter sein Opfer mit einem zweiten Schuss getötet.«

Ricci fuhr fort. »Weber hat den Mietvertrag für das Haus in Levanto am 15. Dezember letzten Jahres in München geschlossen. Der Besitzer ist ebenfalls Deutscher. Die deutschen Kollegen haben bereits mit dem Mann gesprochen. Weber hat das Haus offenbar unbesehen und sehr kurzfristig gemietet und die Miete sechs Monate im Voraus bezahlt.«

»Wie waren seine finanziellen Verhältnisse?«, fragte eine Kollegin.

»Die deutsche Polizei hat die Geschäfts- und Wohnräume von

Weber durchsucht. Er bewohnte allein ein großes Haus im Münchner Süden, das mit Hypotheken belastet war. Er war insgesamt hoch verschuldet. Als Inhaber einer deutschen GmbH haftete er mit seinem Privatvermögen. Und davon war nach zunächst erfolgreichen Geschäftsjahren nicht mehr viel übrig«, sagte Grassi. »Nicht nur die deutschen Finanzbehörden haben ihm zugesetzt, es gab auch Klagen von Gläubigern aus mehreren europäischen Ländern.«

»Vielleicht hat einer seiner Gläubiger die Geduld verloren?«, fragte Martino mit Blick in die Runde.

»Möglich.« Ricci nickte. »2Queens hatte auch italienische Lieferanten. Die Deutschen stellen gerade eine Liste zusammen.«

»War Weber im Privatleben erfolgreicher?«, fragte Grassi.

Falcone las aus ihren Notizen: »Dreimal verheiratet in den letzten zwanzig Jahren. Dreimal geschieden. Keine Kinder. Er hat einen Bruder in Hamburg, zu dem er seit Jahren keinen Kontakt mehr hatte. Der hat anscheinend das Erbe gleich ausgeschlagen aus Angst, in die Schuldenfalle seines Bruders zu tappen. Aber das hier ist noch interessant.« Alle Augen richteten sich auf Falcone. »Weber hatte wohl eine Stammkneipe, und der Wirt konnte sich an ihn erinnern. Nach dessen Aussage hatte Weber, wie es hier in seiner Aussage heißt, ›große Pläne‹.«

»Hat der Wirt auch gesagt, was das für große Pläne sein sollten?«

Falcone nickte. »War allerdings wohl recht vage: Weber habe auf die deutschen Behörden geschimpft, und dass es einem der Staat und die Gesetze unmöglich machen würden, seinen Geschäften nachzugehen, und dass er nach Italien gehen würde, um in das Tourismusgeschäft einzusteigen – und jetzt kommt's: mithilfe der *famiglia.*« Falcone blickte auf. »Der Barkeeper erinnert sich so genau, weil Weber dieses italienische Wort benutzt hat: *famiglia*. Soweit wir bisher feststellen konnten, hat Weber keinerlei Familie in Italien.«

Martino reagierte als Erster: »*Famiglia* ist ein Code für Mafia.«

»Also doch eine Verbindung zum organisierten Verbrechen?«, sagte Ricci und ließ die Frage im Raum stehen.

Alle Augen waren auf Grassi gerichtet. Hatte der Reporter womöglich recht gehabt mit seinem Schuss ins Blaue? Das fehlte ihm gerade noch. »Piano piano. Bisher ist das nichts als Spekulation. Bleiben Sie an der Spur dran, Falcone, doch das einmal ausgesprochene Wort ›famiglia‹ reicht wohl kaum, um die Direzione Nazionale Antimafia ins Spiel zu bringen.«

Eine Kollegin hob den Arm.

»Sie müssen nicht aufzeigen«, sagte der Commissario.

»Ich war gestern mit diesem Bild von Rudolf Weber in Levanto unterwegs und habe auf der Straße und in Geschäften nach Menschen gesucht, die ihn gekannt haben. Nur der Tankstellenpächter konnte sich an ihn erinnern, aber auch erst, nachdem ich ihm gesagt habe, was für einen Wagentyp Weber gefahren hat.«

»Ich finde das merkwürdig«, sagte Ricci. »Warum mietet sich jemand kurz entschlossen ein großes Haus in Levanto und zeigt sich dann nicht? Geht in keine Bar, in kein Restaurant, will niemanden kennenlernen?«

»Vielleicht reicht ihm die Aussicht aus dem Fenster aufs Meer? Vielleicht ist er schüchtern und will erst die Sprache lernen, bevor er Kontakt mit den Einheimischen aufnimmt? Vielleicht ist ihm Levanto völlig egal, und er brauchte nur einen Ort, wo er sich vor den Behörden verstecken konnte?«, sagte der Commissario. »Er hat das Haus erst ein paar Monate gemietet und war nicht durchgehend hier. Und selbst wenn er mal in einem Restaurant gegessen und im Supermarkt eingekauft hätte, würden sich die Menschen nicht unbedingt an ihn erinnern.«

»Übrigens haben wir weder bei der Leiche noch im Haus ein Handy gefunden«, sagte Ricci. »Ich habe die Kollegen schon gefragt, und mir wurde bestätigt, dass Webers Handydaten beim Provider beantragt worden sind. Aber es gibt wohl einige gesetzliche Hürden, wenn eine ausländische Polizei diese Daten einsehen will. Im Moment ist jedenfalls noch unklar, ob das klappt.«

»Bene«, schloss Grassi. »Was wir im Fall Weber brauchen, sind also vor allem Antworten auf folgende Fragen: Wann und wie lange hat er sich in Levanto aufgehalten? Und: Warum überhaupt Levanto? Was wollte er hier?«

Manche am Tische nickten mit verschränkten Armen, andere machten sich Notizen.

»Noch Fragen? Sonst kommen wir jetzt zum Fall der Toten im Tunnel.«

Ricci klickte sich zur nächsten Folie. »Wir suchen immer noch nach Zeugen, die Luisa Amoretti am Tag ihres Todes in Tunnelnähe gesehen haben. Ihr Mann gab an, sie habe das Haus nach einem Streit zwischen neun und halb zehn verlassen. Genauer konnte er es nicht sagen. Vom Haus des Opfers bis zum Strandparkplatz in Levanto braucht man mit dem Auto zehn Minuten. Luisa Amoretti taucht auf den Kameraaufnahmen am Tunneleingang um kurz vor zehn Uhr auf.«

Grassi mischte sich ein. »Wenn sie wirklich schon um oder vor neun zu Hause losgefahren wäre, hätten wir eine zeitliche Lücke von ungefähr einer halben Stunde zu erklären. Was hat sie gemacht? Hat sie noch jemanden in Levanto getroffen, bevor sie zum Tunnel gegangen ist? Alberto Amoretti hat mir gestern eine Liste von Luisas Freundinnen gegeben, um die ich mich heute kümmern werde. Luisa. Wir müssen wissen, wer Luisa zuletzt lebend gesehen oder gesprochen hat.«

»Was ist mit dem Ehemann?«, sagte Falcone. »Sie haben gestritten. Könnte der Streit eskaliert sein?«

»Alberto Amoretti hat kein sicheres Alibi. Er sagt, er habe allein zu Hause einen Film geschaut. Mir kam es nicht so vor, als hätte er sich das zurechtgelegt. Aber vielleicht kann jemand mal checken, ob am Sonntagabend auf irgendeinem Sender *La vita è bella* von Roberto Benigni gelaufen ist.«

»Dann kommen wir jetzt zur letzten Folie und einem wichtigen Punkt, Commissario.« Ricci klickte weiter, und auf der Leinwand erschien ein Standbild, das von einer der Überwachungskameras des Tunnels stammen musste. Grassi erkannte den Ausschnitt. Das Bild zeigte die Person mit Trekking-Rucksack hinter der Frau. Schräg von oben rechts aus ungefähr fünf Metern Entfernung aufgenommen. Ein unscharfer Torso ohne Gesicht. Das Bild war technisch optimiert worden, aber für die Erkennbarkeit der Person hatte das wenig gebracht. Da, wo ein Gesicht hätte sein müssen, war nur ein schwarzes Loch.

»Wir haben das Bild einem Spezialisten in Rom geschickt. Ich soll Ihnen von Sergio schöne Grüße ausrichten, Commissario«, sagte Ricci mit einem angedeuteten Lächeln, das sie gleich wieder einfing, als sie Grassis Miene sah. »Er hat es analysiert und kommt zu der Beschreibung unter dem Bild.« Ricci las vor: »Wahrscheinlich männlich, mindestens einen Meter fünfundsiebzig groß, mindestens achtzig Kilo schwer. Größe und Gewicht aufgrund des Aufnahmeausschnitts und der gebeugten Haltung des Mannes nicht näher zu bestimmen. Die Person trägt eine dunkelblaue oder schwarze Softshelljacke oder Daunenjacke. Die Marke des Rucksacks ist unbekannt. Bei der oben aufgeschnallten Rolle könnte es sich um einen Schlafsack handeln. Ich würde vorschlagen, hiermit die Fahndung nach der gesuchten Person auszulösen.« Ricci sah ihn hoffnungsvoll an.

Genau das hatte Grassi befürchtet. Er betrachtete das Foto auf der Leinwand. Sie hatte um Kopf und Schultern einen weißen Rand, zweifellos entstanden durch die technische Bearbeitung, aber er ließ die Figur geradezu mystisch wirken. Die Arme waren nicht vom Körper zu unterscheiden. Vielleicht hatte er die Hände in den Taschen vergraben. Die nach vorn gezogenen Schultern gaben der Gestalt etwas Lauerndes, und obwohl sie auf dem Bild als Teil einer Gruppe wirkte, war die ganze Erscheinung doch gänzlich von ihrer fröhlichen, lebendigen Umgebung abgetrennt.

»No«, sagte er schließlich, und ein leises Stöhnen ging durch den Raum.

»Aber es ist die einzige Spur, die wir haben«, sagte Ricci ungeduldig. »Wenn wir jetzt nichts damit machen, wird sie kalt.«

»Wahrscheinlich. Mindestens. Nicht näher zu bestimmen. Dunkelblau oder schwarz. Softshell oder Daunen. Vielleicht ein Schlafsack«, zitierte Grassi. »Tut mir leid, aber das ist alles viel zu vage. Und die Spur wird noch kälter, wenn wir einerseits mit einer Beschreibung an die Öffentlichkeit gehen, die so ungenau ist, dass jeder Tourist von hier bis Genua gemeint sein könnte. Und wir andererseits so viel Staub aufwirbeln, dass ein mutmaßlicher Mörder seinen Rucksack in die Ecke stellt und ab morgen stattdessen unerkannt mit einem Rollköfferchen durch die Gegend zieht.« Grassi spürte die Frustration bei Ricci und der ganzen Gruppe. »Wir können trotzdem damit arbeiten, aber nicht per öffentlicher Fahndung, sondern gezielt. Nehmt das Bild und geht in die Geschäfte, in die Bars, fragt die Menschen auf der Straße. So jemand fällt auf …«

»Ecco, Commissario!«, unterbrach ihn Ricci unwirsch. »Nun sagen Sie ja selbst, er fällt auf. Warum dann nicht nach ihm fahnden?«

»Weil wir dann zu viele wertlose Hinweise kriegen, Ispettore«, gab Grassi scharf zurück. Die anderen am Tisch wirkten irritiert ob des offenen Schlagabtauschs zwischen den leitenen Ermittlern. »Zeugen erinnern sich an persönliche Begegnungen. An der Kasse, am Tresen, auf dem Bahnsteig. Wir müssen vor Ort ermitteln und damit auch die Einwohner spüren lassen, dass wir uns um den Fall kümmern. Und vor allem müssen wir das Warum klären. Wer war Luisa Amoretti? Was hat sie in ihrem Leben gemacht? Wo ist sie gewesen? Was und wen hat sie geliebt und gehasst? Wir sitzen hier, weil Luisa, ohne es zu wollen, jemandem einen Grund gegeben hat, sie erst zu töten und ihr danach die Hände zum Gebet zu falten. Findet diesen Grund. Andiamo.« Er erhob sich als Zeichen, dass die Sitzung beendet war.

Während sich die Runde murmelnd auflöste, fuhr Ricci den Computer herunter, raffte ihre Unterlagen zusammen, tauschte ein paar Worte mit Falcone, Grassi würdigte sie keines Blickes aus ihren grünen Augen.

Grassi saß in seinem Büro, das so leer war wie am Tag seines Einzugs. Er hatte seither kaum eine zusammenhängende Stunde darin verbracht. Und auch als er jetzt auf seinem Stuhl saß, spürte er schon wieder Unruhe in sich aufsteigen. Aus ihm würde niemals ein Schreibtischmensch werden, niemand, der Präsentationen vorbereitete und Strategiepapiere schrieb. Denjenigen, die ein Talent für diese wichtigen Tätigkeiten hatten, war Grassi aufrichtig dankbar, und er hoffte, dass diese Wertschätzung auf Gegenseitigkeit beruhte. Was er als Nächstes zu tun gedachte, konnte er allerdings auch vom Schreibtisch aus mit einem Telefon erledigen. Vor ihm lag sein dunkelblaues Notizbuch mit den Namen von Luisas Freundinnen. Am Computer hatte er das Melderegister geöffnet. Schon bei der Nummernrecherche für den ersten Namen merkte er, dass Albertos Angaben nicht unbedingt zu trauen war. »Claudia Cenepa« hieß in Wirklichkeit »C*a*nepa«. Und »Maria Ferro« konnte nach Datenlage eigentlich nur »Manuela Ferro« sein. »Jessi« war natürlich nicht unter diesem Namen, sondern unter »Jessica« gemeldet. Waren die falschen Angaben Folge der verständlichen Verwirrung eines trauernden Witwers? Oder bewusste Irreführung?

Als Erste bekam Grassi Claudia Canepa an den Apparat und stellte sich vor. Die Arme brach in Tränen aus, als Grassi den Namen ihrer toten Freundin laut aussprach, und ihm wurde wieder einmal klar, warum man diese Art von Gespräch besser persönlich führte. Signora Canepa hatte Luisa zuletzt bei ihrem wöchentlichen Treffen am Samstag in der Pasticceria Bianchi im Zentrum von Levanto gesehen. Diesmal sei nur Manuela Ferro noch dabei gewesen. Carmella war krank, und Jessi hatte eine Tour nach Kopenhagen. Sie flog mit der ITA ab Genua.

»Eigentlich war alles wie immer. Wir hatten alle Caffè und teilten uns Torta di Pinoli. Luisa hat vielleicht ein bisschen weniger erzählt als sonst. Aber auf mich hat sie seit Längerem angespannt gewirkt.«

»Hat sie Ihnen gesagt, was los war?«

»Nein. Und es tut mir heute so leid, dass ich sie nicht gefragt habe.« Claudia Canepas Stimme brach. »Ich verstehe einfach nicht, wie irgendjemand Luisa töten konnte! Warum hat Gott das zugelassen? Wer ist so voller Hass, dass er …« Sie konnte nicht mehr weitersprechen. Grassi bedankte sich, und sie beendeten das Gespräch.

Manuela Ferro beantwortete Grassis Fragen am Telefon fast geschäftsmäßig sachlich. Sie hatte Luisa nach ihrem Treffen bei Bianchi nicht mehr gesehen oder gesprochen. Nein, sie wisse nichts von irgendwelchen privaten Problemen zwischen ihrer Freundin und deren Mann, außerdem verabscheue sie Tratsch.

»Wurde denn über die Amorettis im Ort getratscht?«

»Con rispetto, Commissario, solche Dinge interessieren mich nicht«, sagte Signora Ferro spitz, »und für Ihre Ermittlungen kann dummes Gerede von gehässigen Leuten wohl auch kaum von Belang sein.« Sie legte auf.

Jessi Briano war nicht erreichbar. Carmella Vassalo war der letzte Name auf Grassis Liste. Und als sie den Hörer abnahm, schien es, als habe sie nur auf Grassis Anruf gewartet.

»Luisa ging gern an den Strand in Levanto, wenn sie Zeit hatte, aber das kam nicht oft vor. Den Tunnel hat sie eher gemieden. Dass sie ausgerechnet in der Nacht da reingegangen ist, will mir nicht in den Kopf.«

»Was hatte sie gegen den Tunnel?«

»Nichts Spezielles, sie mochte einfach keine engen Räume. Darum ist sie auch nicht gern geflogen. Und als wir noch Kinder waren, hat sie beim Zelten im Sommer immer unter freiem Himmel geschlafen.«

»Dann kannten Sie Luisa schon lange.«

»Mein ganzes Leben. Wir klebten nicht ständig zusammen, und manchmal hatten wir eine ganze Zeit lang keinen Kontakt. Zum Beispiel, als ich als Au-pair in England und sie für ein Gastsemester in Deutschland gewesen war. Damals gab es ja noch keine Smartphones. Aber wir haben uns immer wiedergefunden und sind gute Freundinnen geblieben.«

»Was wissen Sie über Luisas Zeit in Deutschland?«

»Ach, das ist ja schon so lange her, und sie war ja auch nur ein Semester weg. Für Alberto war das keine einfache Zeit. Die beiden haben dann gleich nach ihrer Rückkehr geheiratet … das war ein schönes Fest.«

»Das kann ich mir vorstellen, Signora Vassalo. Sagen Sie, wann hatten Sie das letzte Mal Kontakt zu Luisa?«

»Am Sonntagabend«, sagte sie mit belegter Stimme und räusperte sich geräuschvoll.

Grassi setzte sich aufrecht. »Sie haben sie kurz vor ihrem Tod getroffen?«

»Nein, Commissario, es ist viel schlimmer. Ich habe erst am Montagmorgen gesehen, dass Luisa mir am Abend zuvor eine Textnachricht geschickt hat. Ich wollte sie anrufen, aber sie konnte ja nicht …« Signora Vassalos Stimme brach. Grassi hörte ein Schnäuzen und wartete geduldig. »Es war jedenfalls zu spät. Ist das nicht schrecklich? Wenn ich die Nachricht sofort gesehen hätte, wäre vielleicht alles anders gekommen. Vielleicht wäre sie noch am Leben.«

Nein, dachte Grassi, wäre sie wohl nicht. »Machen Sie sich keine Vorwürfe, Signora. Die einzige Person, die die Macht gehabt hätte, den Lauf der Dinge zu ändern, wäre der Mörder selbst gewesen. Sie trifft keinerlei Schuld.«

»Das weiß ich, Commissario, aber die Nachricht … sie klang so verzweifelt.«

Grassi spürte Erregung in sich aufsteigen. »Diese Textnachricht ist wahrscheinlich das letzte Lebenszeichen Ihrer Freundin. Würden Sie mir verraten, wie sie gelautet hat?«

»Ich habe Angst, alles kaputt zu machen.«

»Was meinen Sie?«

»Das war die Nachricht von Luisa. ›Ich habe Angst, alles kaputt zu machen.‹ Ich lese sie gerade von meinem Handy ab.«

»Wann genau ist die Nachricht bei Ihnen eingetroffen? Ich meine die Uhrzeit?«

»Hier steht: einundzwanzig Uhr zweiundfünfzig.«

Grassi schrieb sich die Zeit auf. »Signora Vassalo, was kann diese Nachricht bedeuten? Können Sie sich vorstellen, was Ihre Freundin damit gemeint hat?«

»Ich habe viel darüber nachgedacht, Commissario. Luisa war in den letzten Monaten sehr schwankend in ihren Stimmungen. An einem Tag euphorisch und kurz darauf wieder niedergeschlagen. Ich glaube, die Trennung von Zeno hat ihr mehr zugesetzt, als sie zugeben wollte.«

»Wissen Sie, warum er ausgezogen ist? Es gab wohl einen Streit?«

»Luisa hat nichts Genaues erzählt. Aber ich vermute, Zeno ist – je älter er wurde – darauf gekommen, dass die Familie vielleicht nicht ganz so glücklich gewesen ist, wie er dachte. Das geht vielen Kindern so, wenn sie groß werden, meinen Sie nicht? Alle Eltern bauen doch für ihre Kinder eine Art idyllisches Potemkinsches Familiendorf, solange sie klein sind. Sie sollen nichts mitbekommen von den Problemen der Eltern. Aber je älter die Kinder werden, desto mehr verstehen sie. Und dann kommen die Vorwürfe.«

»Dann hatte Luisa Angst, ihre Familie kaputt zu machen?«

»Ich kann das nur vermuten, Commissario. Der Agriturismo lief wohl nach Anlaufschwierigkeiten ganz gut, darum glaube ich nicht, dass sie finanzielle Probleme hatte. Luisa konnte mit Geld immer gut umgehen. Geld und Gefühle – sind das nicht die zwei Dinge, die uns am meisten verunsichern? Wenn es nicht das Geld war, bleiben die Gefühle. Aber über Luisas Ehe möchte ich wirklich nicht spekulieren. Dafür kenne ich Alberto auch zu wenig.«

»Ich habe zuvor mit Ihrer gemeinsamen Bekannten Claudia Canepa gesprochen. Sie sagt, in der Woche vor ihrem Tod hätte Luisa besonders nervös gewirkt.«

»Ja, ich weiß, dass Claudia das beschäftigt hat, gerade weil Luisa nicht darüber reden wollte. Sie hat gemeint, Luisa hätte vielleicht eine Affäre.«

»Und was denken Sie?«

»Na ja, Commissario, wir waren auch mal jung. Aber seither? Nein, ich glaube nicht an eine Affäre. Außerdem ging Ehebruch vollkommen gegen Luisas moralische Prinzipien.«

Grassi musste an die gefalteten Hände denken. »Weil sie gläubig war«, stellte er fest.

»Luisa hat ihren Glauben gelebt, ohne ihn anderen aufzudrängen. Aber sie ist zum Beispiel jeden Samstag zur Beichte gegangen.«

Grassi klemmte sich den Hörer ans Ohr und schlug sein Notizbuch auf. »Wissen Sie, wo Luisa gebeichtet hat? In welche Kirche sie ging?«

»Ja. Sie ist extra mit dem Auto zu der alten Wallfahrtskirche in die Cinque Terre gefahren. Nostra Signora di Soviore. Luisa hat diesen Ort geliebt.«

»Grazie, Signora. Noch eine letzte Frage: Sagt Ihnen der Name Rudolf Weber etwas?«

»Ist das nicht der Deutsche, den man tot im Wald gefunden hat? Noch so eine furchtbare Geschichte.«

»Richtig. Sind Sie ihm einmal begegnet? Oder wurde in Ihrer Gegenwart über ihn gesprochen?«

»Nein, bestimmt nicht, Commissario.«

Grassi verabschiedete sich und legte auf. Einen Augenblick später, so als hätte sie vor der Tür das Ende seines Gesprächs abgewartet, trat Ricci ein, ohne zu klopfen. Ihre schlechte Laune war wie weggeblasen.

»Wir haben ihn, Commissario.«

»Wen haben Sie?« Er würde sie irgendwann ermahnen müssen, bei ihm anzuklopfen. Ohne sie zu verärgern natürlich.

»Weber! Wir wissen, warum die Fahrt so lange gedauert hat. Ein Treffen. Auf einer Autobahnraststätte hinter Parma. Ich habe hier die Bilder der Überwachungskamera.« Sie winkte mit einem Stapel Fotos, trat zu ihm und legte ihn auf den Tisch.

Die Schwarz-Weiß-Bilder zeigten den Parkplatz vor dem Autogrill in Medesano kurz hinter Parma. Zwischen zwei parkenden Autos, von denen einer wie ein Volvo aussah, dessen Kennzeichen nicht zu erkennen war, standen sich zwei Männer gegenüber. »Ich kann kein Gesicht erkennen, woher wissen Sie, dass das Weber ist?«

Ricci zog das unterste Bild des Stapels hervor und hielt es ihm hin. »Weber hat sich im Autogrill eine Cola gekauft. Dieses Bild stammt von der Kasse und ist eindeutig.«

Sie hatte recht. Der Mann mit der hohen Stirn, der eckigen Brille und den dichten Augenbrauen, der gerade seine Karte auf den Kassensensor legte, war der Ermordete. Ricci schob die Nahaufnahme zurück unter den Stapel.

»Aber wer ist der andere?«

Grassi breitete die Bilder des Parkplatzes mit den beiden Männern auf seinem Schreibtisch aus. Auf jedem hatten sie eine andere Körperhaltung. Mal hatten sie die Hände in den Taschen, mal hielten sie sie von sich gestreckt. Mal standen sie einander unmittelbar gegenüber, mal drehten sie sich weg. Die Gesamtschau erweckte den Eindruck eines lebhaften Schattentheaters. Die Männer diskutierten, gestikulierten, winkten ab. Der andere trug einen dunklen Anzug, war korpulent und hatte auffallend kleine Füße. Grassi spürte ein bekanntes Ziehen hinter den Ohren. Er kannte diesen Mann.

»Wie lange hat das Treffen gedauert?«

»Etwas mehr als eine halbe Stunde.«

Auf einem der Bilder schaute Webers Gegenüber zum Himmel, so als erflehe er entnervt Einsicht von oben. Und man konnte deutlich erkennen, dass der Mann nicht in die Ärmel seines Jacketts geschlüpft war, sondern es nur etwas albern über seine Schultern gelegt hatte. Grassi wurde kalt.

»Sie haben vorhin von einer Liste von Gläubigern und Geschäftspartnern gesprochen, die die Deutschen schicken wollten. Haben wir die schon?«

Ricci stutzte. »Ja, die Kollegen haben sie vorhin gefaxt. Kein Witz. Ich habe sie drüben bei mir, soll ich sie holen?«

»Ja, bitte.«

Grassi hatte das Kinn auf die gefalteten Hände gestützt. Er wusste, woher er den Mann kannte, und die Erkenntnis schmeckte ihm ganz und gar nicht.

»Hier ist sie.« Seine Partnerin war schon wieder zurück.

Grassi drehte sich zu der direkt hinter ihr stehenden Ricci um. »Bitte nehmen Sie sich einen Stuhl, Sie machen mich ganz nervös.«

Die Liste bestand aus ungefähr dreißig alphabetisch geordneten Namen von Zulieferern, Produzenten, Logistikunternehmen, Immobilienfirmen, Banken und Privatleuten. Keiner der Namen sagte Grassi etwas, bis auf einen. Ziemlich in der Mitte der Liste fand er die PMT S. r.l., die Produzione per la Moda in Toscana.

Ricci hatte Grassi genau beobachtet. »Was ist? Sagen Sie schon, was Sie wissen.«

Grassi legte den Finger auf die Liste. »Diese Firma hier ist in den Gerichtsakten im Fall Fifi Caldarrosta aufgetaucht. Sie ist vermutlich eine Geldwaschanlage für die *famiglia*. Und dieser Mann hier«, er legte den Zeigefinger auf eines der Fotos, »gehörte zu Fifis Anwaltsteam. Er war nicht an jedem Verhandlungstag im Gerichtssaal, aber ich erinnere mich an ihn, weil er das Jackett immer so komisch getragen hat.«

»Dann hatte dieser Reporter also doch recht?«

Grassi drehte sich auf seinem Stuhl zu ihr um. »Keine voreiligen Schlüsse, Ispettore. Weber hatte also Schulden bei einem italienischen Produzenten. Und auf seinem Weg nach Levanto trifft er an einer Raststätte den Anwalt dieses Unternehmens, zu dessen Klienten rein zufällig auch der lebenslang im Gefängnis sitzende Boss einer Mafiafamilie gehört.«

Ricci ergänzte: »Der Boss einer Mafiafamilie, den rein zufällig die Aussage des Hauptbelastungszeugen Commissario Capo Vito Grassi hinter Gitter gebracht hat, neben dessen Grundstück der Mann ermordet aufgefunden wird, der bei einem von dieser Mafiafamilie kontrollierten Unternehmen Schulden hatte, die er nicht bezahlen konnte.«

Grassi schwirrte der Kopf. Das ergab keinen Sinn. Fifi hatte im Gerichtssaal Rache geschworen, aber was für eine idiotische Rache sollte das sein? Der nächste Gedanke verschaffte ihm etwas Klarheit. »Ich gebe zu, dass das Gedankenspiel seinen Reiz hat. Aber sagen Sie selbst: Hätte es dieses Treffen auf der Raststätte gegeben, wenn Fifi geplant hätte, Weber wenige Stunden später ermorden zu lassen?«

»Und was, wenn erst dieses Treffen hier zu der Entscheidung geführt hat, Weber umbringen zu lassen?« Sie deutete auf die verstreuten Fotos. »Die beiden wirken nicht gerade so, als wären sie ein Herz und eine Seele.«

Grassi raffte die Bilder zusammen. »Va bene. Wir unterrichten Feltrinelli über diese neuen Erkenntnisse und laden diesen Anwalt ohne großes Aufheben zu einem freundlichen Gespräch ein.« Er wechselte das Thema. »Was ist mit den Patronenhülsen?«

»Beide sind Kaliber 6,5 und stammen definitiv aus demselben Gewehr. Das Projektil, das Penza aus Webers Lunge geholt hat, ist stark deformiert. Er lässt es gerade in einem Speziallabor unter dem Rasterelektronenmikroskop untersuchen. Nützt uns aber alles nichts. Was wir brauchen, ist die Mordwaffe.«

Grassi lehnte sich mit verschränkten Armen an den Schreibtisch. »Auf welchem Weg geht der Mörder zu Webers Haus? Spaziert er einfach die Privatstraße hoch?«

»Er könnte den Wanderweg genommen haben, auf den wir gestern gestoßen sind. Der beginnt in Levanto. Niemand würde ihn sehen oder misstrauisch werden.«

»Das würde heißen, der Täter kennt sich in der Gegend gut aus. Jemand aus Levanto, oder zumindest aus der Region. Er ist bestens vertraut mit der Umgebung.«

»Genau wie der Tunnelmörder. Er wusste, wie man von der Galleria über den Strand um die Felsen herum zu den Booten gelangt.«

»Wenn es in beiden Fällen derselbe Täter ist, folgt er einem Plan: Er weiß jeweils schon vorher, wann und wo sein Opfer auftauchen wird, und er legt sich auf die Lauer.«

»Es wirkt fast so, als würde der Mörder seine Opfer kontrollieren.«

»Sie meinen, er lockt sie an?«

»Diabolico.«

»Andererseits«, sagte Grassi, »unterscheiden sich die Tathergänge stark, nachdem er seine Opfer erfolgreich angelockt hat. Weber wird erschossen, Luisa wird erschlagen. Warum?«

»Den Tod von Luisa Amoretti hatte er vielleicht nicht eingeplant«, dachte Ricci laut. »Der erste Mord war mit Vorsatz. Der zweite geschah im Affekt.«

»Affekthandlungen sind meist persönlich. Noch ein Indiz dafür, dass der Mörder Luisa gekannt hat. Dazu der Aufwand, zurück zur Leiche zu gehen und ihr die Hände zu falten. Der Mörder wusste offenbar, dass sie religiös war. Sollte das eine Botschaft sein? Ein letzter Dienst?«

»Was ist mit ihrem Mann? Die beiden haben sich an dem Abend gestritten, vielleicht lag in der Ehe doch einiges im Argen. Die beiden streiten sich, sie fährt mit dem Auto davon, er verfolgt sie mit dem Roller bis zum Strand, holt sie im Tunnel ein, der Streit eskaliert, und er erschlägt sie.«

»Sie vergessen, dass nur Luisa auf dem Video von Sonntagnacht zu sehen ist.«

»Er könnte es wie der Rucksackmann gemacht haben: einfach zwischen den Galerien in den Tunnel klettern.«

»Aber das hätte Planung erfordert. In Ihrem Szenario ist dafür keine Zeit.«

Ricci sah ihn konzentriert mit zusammengekniffenen grünen Augen an. »Dann gibt es ja noch einen Sohn.«

»Mit dem wir immer noch nicht geredet haben.«

»Ich habe seine Handynummer Martino gegeben, und der hat es den ganzen Morgen versucht, aber es heißt immer, der Teilnehmer sei nicht erreichbar.«

»Können Sie bitte noch mal die Bewegtbilder der Überwachungskamera aufrufen?«

Ricci holte das Video auf den Bildschirm und startete es. Lange Sekunden nichts, dann die Familiengruppe und für zwei Sekunden die Person mit dem Rucksack. »Noch mal«, sagte Grassi, und Ricci spulte zurück, ließ die Szene erneut laufen. »Mal abgesehen von Größe und Gewicht, die wir nicht exakt bestimmen können. Welchen Eindruck haben Sie von dem Typ?«

»Er sieht nicht so aus, als hätte er Mühe mit dem großen Rucksack. Der Mann wirkt kräftig. Und jung.«

»Das finde ich auch.« Grassi streckte sich. »Morgen knöpfen wir beide uns noch mal den Ehemann vor. Und Martino soll mit unseren IT-Leuten reden. Vielleicht ist es möglich, anhand der Nummer den Standort des Handys zu ermitteln.«

»Wenn er weiß, wie es geht, kann er die Ortung abschalten.«

»Aber welchen Grund sollte er dafür haben?«

Grassi fuhr über die Autostrada Richtung Genua nach Levanto zurück. Es hatte zu nieseln begonnen, und die Sicht war schlecht durch die schmierige Gischt, die sich im dichten Verkehr auf die Windschutzscheibe des Roadsters legte. Grassi musste daran denken, was Luisas Freundin Carmella gesagt hatte: Eltern bauten Potemkinsche Familiendörfer für ihre Kinder. Hatten seine Eltern Emilio und Giulia für ihr Kind auch eine heile Scheinwelt errichtet? Nein, Vito war sich sicher, dass die beiden miteinander glücklich gewesen waren. Er konnte sich zwar an dramatische Auseinandersetzungen zwischen seinen Eltern erinnern, aber die Versöhnungen, die Vito heimlich belauscht hatte, waren noch großartiger gewesen. Vitos eigene Kinder hatten dagegen die schleichende Entfremdung ihrer Eltern gespürt, dessen war er sich sicher. Als sein Sohn in die Pubertät gekommen war, hatte er sich angewöhnt, Vito und Chiara gleichzeitig fest zu umarmen und dadurch seine Eltern geradezu gewaltsam einander so nahezubringen, wie Kinder sich das wünschten. Vito hatte mitgespielt, doch die Verzweiflung, die in dieser Liebesforderung steckte, hatte ihn auch traurig gemacht. Vielleicht stimmte es, dass Eltern ihren Kindern etwas vorspielten. Aber Kinder hatten ein Recht auf dieses Schauspiel, selbst dann, wenn es nicht überzeugend war.

Auf halber Strecke brummte sein Handy. Grassi warf einen Blick auf die Nummer des Anrufers und fuhr in eine Nothaltebucht am Rand der Autostrada.

»Ich höre, dass Sie entschieden haben, den Fahndungsaufruf noch zurückzuhalten. Sicher haben Sie gute Gründe dafür.«

»So, wie er ist, wird er uns nicht weiterhelfen, Questore. Reine Zeitverschwendung.«

»Und was wird uns Ihrer Meinung nach weiterhelfen?« Ihre Ungeduld war nicht zu überhören.

»Beamte vor Ort, Hintergrundrecherche zu den Opfern, DNA-Analyse.«

»Haben Sie etwa verwertbares Genmaterial? Das ist mir neu.«

Grassi wurde von gleißenden Scheinwerfern im Rückspiegel geblendet. Die Druckwelle eines vorbeirauschenden Lastwagens erschütterte den Roadster.

»Die Spurensicherung hat Urinspuren mit DNA in dem Boot am Strand gefunden, in dem der mutmaßliche Mörder die Nacht verbracht und auf sein Opfer gewartet hat.«

»Was ist mit dem zweiten Tatort?«

Grassi seufzte. »Keine Genspuren. Aber wir wissen inzwischen, wie die Tat abgelaufen ist.«

»Dann brauchen Sie ja nur noch einen Verdächtigen, mit dessen DNA Sie das vorhandene Material aus dem Boot abgleichen könnten.«

Für drei Atemzüge herrschte angespannte Stille in der Leitung. »Ich werde morgen Gespräche mit Vater und Sohn Amoretti führen und denke, wir sollten von den beiden DNA-Proben verlangen.«

»Sie überraschen mich, Grassi. Gibt es Belastendes gegen die Mitglieder der Familie Amoretti? Wenn die beiden nicht mitspielen, brauchen Sie einen richterlichen Beschluss.«

»Nichts konkret Belastendes, nein. Aber komplexe Hintergründe in der Familie. Es ist nur eine mögliche Richtung. Könnten Sie mir bis morgen eine richterliche Anordnung beschaffen?«

Feltrinelli schnappte hörbar nach Luft. »Sie wollen die Familienmitglieder offiziell als Verdächtige einstufen? Bei diesem Ermittlungsstand? Machen Sie Witze? Liefern Sie mir etwas, mit dem ich mich beim Richter nicht lächerlich mache.«

»Das werde ich.«

»Außerdem wollen Sie Paolo Delli Carri zum Verhör einbestellen, seines Zeichens Rechtsanwalt in Mailand. Ich glaube, Sie beide hatten bereits das Vergnügen.« In ihrer Stimme wuchs der offenbar mühsam unterdrückte Ärger.

Grassi grunzte zustimmend.

»Paolo Delli Carri«, wiederholte sie ungläubig. »Sagen Sie mir bitte, dass das mehr ist als eine weitere Sackgasse.«

»Ich fürchte, nein.«

Jetzt wurde es gefährlich still auf der anderen Seite der Leitung. Grassi zuckte zusammen, als ein weiterer schwerer Lastwagen nur Zentimeter an der Fahrerseite vorbeiraste und Wagen und Fahrer durchrüttelte.

Grassi versuchte zu erklären: »Fifi Caldarrosta lässt nicht aus einer Stimmung oder Laune heraus morden, sondern nach eiskalter Überlegung von Kosten und Nutzen. Das Treffen von Delli Carri und Weber nur Stunden vor dessen Ermordung ist nicht Fifis Stil.«

»Vielleicht wusste Delli Carri nichts von den Anschlagsplänen und hat das Treffen mit Weber selbst arrangiert?«

»Es geht nicht nur um den Ablauf. Ich bin jahrelang in der Direzione Nazionale Antimafia in Rom ein und aus gegangen. Ich habe mich mit vielen Mafiamorden beschäftigt. Aber nie ist mir ein Auftragskiller der *famiglia* untergekommen, der seine Opfer mit einem Jagdgewehr Kaliber 6,5 erlegt hätte – und das auch erst im zweiten Versuch.«

»Commissario, ich muss Ihnen doch wohl nicht sagen, was das für Schlagzeilen macht, wenn die Presse davon Wind bekommt. Und Sie sagen mir, dass das sowieso nichts bringt?«

»Madonna, Questore!« Grassi verlor die Fassung. »Glauben Sie, ich vernehme den Kerl zum Vergnügen? Ich weiß, was für ein Fressen das für die Medien wäre, ich bin schließlich die Mahlzeit. Aber das wäre ich sowieso. Delli Carri war nach unseren Erkenntnissen der letzte Mensch, der Weber lebend gesehen hat. Können Sie sich unter diesen Umständen die Schlagzeilen vorstellen, wenn herauskäme, dass ich ausgerechnet diesen Mann *nicht* vernommen hätte?«

Durch das Telefon klang es für Grassi so, als würde Feltrinelli aus einer Flasche den Korken ziehen. Flüssigkeit gluckste in ein Glas. Grassi hätte auch einen Schluck vertragen können. Die Stimme seiner Vorgesetzten klang nun sanft, wie geölt. »Wenn ich Sie richtig verstehe, sind Sie also bereit, wissentlich einer falschen Fährte zu folgen, nur um Ihren Arsch zu retten?« Sie ließ ihre Worte wirken und nahm hörbar gleich noch einen Schluck. »Ein aussichtsloses Unterfangen, für das Sie großzügig Ihre Zeit und meine Zeit und überhaupt jedermanns Zeit opfern. Aber die Fotofahndung nach dem – wie Sie selbst sagen – mutmaßlichen Mörder halten Sie für Zeitverschwendung?«

Grassi schüttelte den Kopf halb aus Respekt, halb aus Resignation.

»Sie lesen die Zeitungen?«, fragte Feltrinelli.

»Ja«, sagte Grassi.

»Und verfolgen die sozialen Medien?«

»Weniger.«

»Dann lassen Sie sich gesagt sein, dass dort zu den beiden Fällen die Verschwörungstheorien nur so blühen, Serienmörderfantastereien und andere unschöne Geschichten.«

»Was für Geschichten?«

»Na, zum Beispiel genau die, die Sie nun befeuern wollen: Dass Ihr römischer Freund Fifi aus dem Gefängnis heraus den Auftrag zum Mord an Weber auf Ihrem Grundstück gegeben hat, um sich an Ihnen zu rächen.«

»Una stronzata totale! Das glauben Sie doch selbst nicht.«

»Ich will gar nichts glauben, sondern wissen. Deshalb wird es höchste Zeit, dass wir den Gerüchten Fakten entgegensetzen.«

»Und das machen wir am besten, indem wir einen überhasteten Fahndungsaufruf nach dem *Großen Schwarzen Kapuzenmann* in denselben schwachsinnigen sozialen Medien verbreiten?«

»Genau so. Und Delli Carri können Sie vergessen, denn dies ist die Faktenlage: Luisa Amorettis Leiche wurde am Montag entdeckt. Morgen ist Freitag, und soweit ich das sehe, haben wir keinen Verdächtigen, keine heiße Spur, niente. *Und keine Zeit.* Ich will Sie gar nicht damit belästigen, wer sich hier alles bei mir meldet. Aber ich hoffe, Ihnen ist klar, welche Dringlichkeit diese Fälle haben.«

Grassi hatte die Augen geschlossen und den Kopf an die Stütze gelehnt. »Absolut.«

»Dann geben Sie jetzt bitte bei Ricci die Fahndung frei. Und danach machen Sie sich noch einen schönen Abend.« Sie legte auf.

Grassi tippte fluchend eine kurze Nachricht an seine Partnerin und warf das Handy auf den Beifahrersitz. Immerhin hatte die Quästorin »Bitte« gesagt, dachte er. Keine Woche an der neuen Stelle, und schon hatte er das Gefühl, dass ihm die Dinge heillos über den Kopf wuchsen.

Sein Handy brummte. Ricci hatte mit einem »Subito« und Daumen hoch geantwortet.

Das Heulen des Verkehrs zehrte an Grassis Nerven. Tranquillo, sagte er sich und atmete tief durch. Schritt für Schritt. Aber welcher war der nächste?

Die Entscheidung wurde ihm abgenommen, als das Handy erneut brummte. Grassi tastete nach dem Gerät. »Ja, was ist denn?«, schnauzte er.

»Hallo?«

»Ja, hier Grassi, wer ist denn da?«

»Ich sollte Sie anrufen. Hier ist Zeno Amoretti.«

»Zeno!« Grassi rieb sich die Nasenwurzel so fest, dass es schmerzte. Das half bei der Konzentration. »Vielen Dank, dass Sie sich melden. Sind Sie jetzt zu Hause bei Ihrem Vater?«

»Zu Hause«, wiederholte Zeno in merkwürdigem Ton. »Ja, ich bin hier. Warum wollen Sie mich sprechen?«

»Warum? Na, weil Ihre Mutter ermordet wurde«, platzte es aus Grassi heraus. Gab es denn an diesem Tag überhaupt keine vernünftigen Gespräche?

»Ermordet, sagen Sie. Ich dachte, das sei noch nicht klar?«

»Jedenfalls war es kein Unfall. Das hat Ihnen Ihr Vater doch gesagt, oder?«

»Ja.« Pause. »Lebt Ihre Mutter noch?«

Grassi hatte das Gefühl, dringend frische Luft zu brauchen, und er war drauf und dran, die Tür zu öffnen, als der Dopplereffekt eines vorbeifahrenden Krankenwagens ihn rettete. Er zwang sich zur Ruhe. »Nein, Zeno. Meine Mutter ist schon seit vielen Jahren tot.«

»Wurden Sie damals nach dem Tod Ihrer Mutter von der Polizei verhört?«

»Natürlich nicht, Zeno. Ich will Sie doch auch gar nicht verhören. Aber wollen Sie uns denn nicht dabei helfen, herauszufinden, was Ihrer Mutter zugestoßen ist?«

»Würde das etwas ändern?«

Madonna, war der Kerl verstockt, dachte Grassi. Verstockt und verletzt. »Ja, Zeno, das würde es«, sagte er. Und weil er so geschafft war, klang seine Stimme endlich etwas freundlicher. »Wenn man in der Ungewissheit lebt und dann die Wahrheit erfährt, ändert das alles.«

»Na gut. Dann kommen Sie am besten erst so gegen Mittag. Ich wollte nämlich ausschlafen.«

»Grazie, Zeno«, sagte Grassi, aber der Junge hatte das Gespräch schon beendet, und der Commissario schaute fassungslos in den Tunnel roter Rücklichter hinter der Windschutzscheibe. Was war mit diesen Amorettis los? War das noch Verdrängung in der ersten Phase der Trauer? Aber warum kam es Grassi dann so vor, als wären Vater und Sohn schon übergangslos bei einer Akzeptanz angekommen, die keine Fragen mehr stellte?

Seine sehr leise Hoffnung, Toni könne wieder da sein, war zerstoben, als Grassi das Haus betreten hatte. Nur eine dieser dicken braunen Wanzen saß in der Mitte des Esstisches. Grassi sammelte sie mit einem Glas und einem Stück Papier ein, warf sie in die Nacht und stand dann unentschlossen im Zimmer. Er musste daran denken, dass Feltrinelli ihm ganz unironisch einen schönen Abend gewünscht hatte, und beschloss, tatsächlich das Beste daraus zu machen. Zunächst wusch er sich die Hände und legte dann eine Platte auf. Das Lied, das er hören wollte, war das zweite auf der Seite, aber er konnte es nicht ohne das erste haben, weil es diesen Übergang gab, der einfach dazugehörte. Er legte die Nadel auf Vinyl und wartete, bis das Turbinenrauschen des startenden Flugzeugs am Anfang von *Back In the* USSR dröhnend das Zimmer füllte. Kopfwippend ging er zum Kühlschrank und entnahm ihm den abgedeckten Teller mit dem Risottorest. Er suchte unter den Flaschen auf dem Brett über dem Herd das Passende, um das Gericht etwas sämiger zu machen, fand Vermouth, gab einen kräftigen Schuss dazu und erwärmte das Essen langsam auf kleiner Flamme. Mit der Kelle in der einen Hand, hielt er das Risotto in Bewegung, in der anderen Hand war ein Glas Wein. Dann landete das Flugzeug, das Rauschen verebbte und öffnete den Raum für eine sich langsam und traumhaft einschleichende, abfallende

Melodie, erst zart gezupft, dann majestätisch anschwellend und von einem quecksilbrigen Bass, einer schneidenden Stimme und einem schneidenden Eintonriff auf der Gitarre vorangetrieben. »Dear Prudence, won't you come out to play?«

Nach dem Essen blätterte Grassi im Pirandello-Novellenband. Er suchte nach einer Geschichte mit möglichst wenigen Seiten. Eine hieß »Die Wahrheit« und hatte kaum zehn. Dass ein Autor die Unverschämtheit hatte, etwas so Großes so klein zu halten, reizte Grassi, und er begann zu lesen.

TRICKS

Aus dem Niesel war Regen aus tief stehenden Wolken geworden, als Grassi am frühen Freitagmorgen den Roadster vor dem schmiedeeisernen Tor der Santuario Nostra Signora di Soviore zum Stehen brachte. Er suchte mit zusammengekniffenen Augen an den hin und her rasenden Scheibenwischern vorbei nach einem Zeichen von Leben hinter der Windschutzscheibe. Der Vorplatz zwischen den Klosterarkaden und einer Reihe von knorrigen uralten Steineichen lag verlassen. Bei gutem Wetter musste man von hier einen traumhaften Blick über Monterosso auf den Küstenstreifen haben, doch an diesem Tag gähnte hinter dem niedrigen Steinmäuerchen nichts als graue Leere.

Grassi stieg eilig aus und hielt sein Jackett mit der linken Hand hochgeschlossen, während er mit der rechten gegen das Tor drückte, das zu seiner Erleichterung nicht verschlossen war. Sich nah an der Mauer des lang gestreckten Baus haltend, sprintete er bis zu einer offenen Tür und betrat den Empfang des Gästehauses.

»Buongiorno, ist hier jemand?«, rief er probeweise in den unbeleuchteten nüchternen Raum. Links war ein Bartresen. Die große Kaffeemaschine dahinter schlief noch. Rechts war zwischen zwei Steinbögen ein Tisch mit Computerbildschirm platziert. Der Commissario stand kurz unentschlossen in der Tür, dann trat er wieder in den Regen und lief weiter an der Hauswand entlang, bis er den schützenden Arkadengang erreicht hatte, wo er sich wie ein Hund schüttelte. Da tauchte am Ende des Ganges von links die Gestalt einer gebeugten grauhaarigen Frau auf. Sie hatte Schaufel und Besen in der Hand und durchquerte mit langsamen, mechanischen Schritten die Arkaden, lief am Kirchturm vorbei und verschwand in der Wallfahrtskirche. Den Commissario hatte sie trotz seines Rufs »Ciao, Signora!« nicht beachtet. Grassi folgte ihr, zog die schwere geschnitzte Eichentür auf und betrat den Kirchenraum.

Fahles Licht fiel aus hohen Fenstern auf die verblassten Fresken an Decken und Wänden. Unter einem düsteren Gemälde, auf dem der leblose Körper Jesu Christi vom Kreuz genommen wurde, stand ein winziger Beichtstuhl mit blutrotem Vorhang. Von der hohen Decke hingen vier Kronleuchter, die man eher in einem Palast vermutet hätte als in einem so bescheidenen Gotteshaus. Grassis Blick wurde von dem einzigen warmen Licht angezogen, das von dem Marienheiligtum in der Krypta am anderen Ende des Raumes kam und neben das nun aus einer unsichtbaren Tür ein Schatten trat.

»Kann ich Ihnen helfen?« Ein Bariton, der bei der Santa Messa kein Mikrofon brauchte.

Grassi strich sich die feuchten grauen Haare zurück und zeigte seinen Ausweis vor. »Das hoffe ich, Padre. Ich bin Commissario Grassi aus La Spezia. Hätten Sie ein paar Minuten Zeit für mich?«

Der Pater war zwischen den zwei Bankreihen näher gekommen, zog die Hände aus den Ärmeln seiner braunen Kutte und streckte ihm eine davon mit einem fragenden Lächeln entgegen. Er hatte sehr weiße Zähne. »Ich bin Padre Mauro. Sie sind von der Staatspolizei? Dann geht es sicher um die arme Luisa.« Er bekreuzigte sich, betrat eine nahe Bankreihe und bedeutete dem Commissario, sich neben ihn zu setzen.

»Sie war ein Mitglied Ihrer Gemeinde?«

Padre Filippo nickte und schüttelte den Kopf gleichzeitig, sodass es aussah, als würde er Lockerungsübungen für Hals und Nacken machen. »Nun, eigentlich nicht, sie hat ja in Framura gewohnt.«

»Aber sie ist in Ihre Kirche gegangen. Wie haben Sie von Luisas Tod erfahren?«

»Regina vom Café im Gästehaus hatte in der Zeitung davon gelesen. Und dann habe ich selbst im Internet gesucht. Terribile!

Ich kann mir gar nicht vorstellen, dass irgendjemand Luisa nach dem Leben getrachtet haben könnte. Untersuchen Sie den Fall?«

»Ja. Luisa ist an dem Tag getötet worden, an dem ich in Levanto angekommen bin. Was für ein Zufall, oder? Seit Dienstag versuche ich nun herauszufinden, was ihr zugestoßen ist.«

»Gottes Segen für Ihre Ermittlungen, Commissario.«

»Danke, den kann ich gebrauchen. Aber vor Gericht reicht dieser Segen leider nicht.«

»Vor dem höchsten schon.«

Grassi zwang sich zu einem Lächeln. Noch immer, wenn er es im Zuge von Ermittlungen mit einem Kirchenmann zu tun hatte, kam irgendwann eine Variante des Spruches mit dem »höchsten Gericht«. Auf solche aufdringlich weisen Mahnungen zur Demut konnte er gut verzichten.

»Möglich, aber ehrlich gesagt erhoffe ich mir Hilfe hier auf Erden, denn ich fische etwas im Trüben. Jedenfalls, was konkrete Spuren angeht. Und die Hinterbliebenen sind auch nicht sehr hilfreich.«

Der Priester nickte wieder kreisend. »Zeno und Alberto.«

»Sie kennen die beiden?«

»Nicht persönlich. Aber natürlich hat Luisa über ihre Familie gesprochen.«

»Sehen Sie, darum bin ich hier. Nach allem, was ich bisher herausgefunden habe, war die Familie Amoretti bis vor gar nicht langer Zeit eine ganz normale Familie. Mit Höhen und Tiefen, mit Träumen und Enttäuschungen, aber insgesamt doch recht zufrieden. Manchmal sogar glücklich.«

»Mehr kann man wohl nicht vom Leben erwarten.«

»Das denke ich auch. Aber dann muss etwas passiert sein, das für die Amorettis alles veränderte. Und ich frage mich, was das gewesen sein könnte.«

Der Padre runzelte die Stirn. »Etwas, das mit dem Mord an ihr zu tun haben soll? Wie kommen Sie auf die Idee, dass ich etwas darüber wüsste?«

Grassi zog unschuldig die Augenbrauen hoch. »Hat nicht vor Kurzem ein Padre in Apulien nach der Beichte eines Diebes die von diesem gestohlenen Wertgegenstände zurückgebracht? Na ja, ich habe gehofft, Sie könnten mir auch bei der Aufklärung einer Straftat behilflich sein.«

»Das war etwas vollkommen anderes. In dem Fall, den Sie erwähnen, wurde das Beichtgeheimnis bewahrt.«

»Selbstverständlich«, Grassi hatte die Hände vor sich gefaltet und schaute auf den Boden, »das Beichtgeheimnis, claro. Nun ist Luisa aber tot, und Sie können sie nicht mehr schützen durch Ihr Schweigen. Andererseits, wenn Sie mit mir reden, findet Luisas Seele vielleicht Ruhe?«

Nun lächelte Padre Filippo wieder. Aber es war kein verständnisvolles Lächeln, sondern ein fast schon amüsiertes. »Netter Versuch, Commissario. Aber ich nehme an, Sie kennen die Regeln der katholischen Kirche. Nur Luisa könnte mich von der Schweigepflicht entbinden.«

»Und da beißt sich dann die katholische Katze in den Schwanz«, sagte Grassi seufzend.

»Vielleicht sollte ich Ihnen die Beichte abnehmen?« Der Padre stand auf.

»Danke, mir geht es gut«, erwiderte Grassi in seiner Frustration schroffer, als er beabsichtigt hatte. Auch er erhob sich. Das Jackett fühlte sich unangenehm klamm an. »Luisa Amoretti ist jeden Samstag bei Ihnen zur Beichte gewesen?«

»Pünktlich um drei.«

»Seit wann?«

»Das muss an einem trüben Tag im letzten Herbst gewesen sein, als sie eines Tages im Regen vor der Kirchentür stand. Ein begossener Pudel, so wie Sie heute. Wenn Sie mich jetzt entschuldigen wollen, ich habe viel zu tun.«

»Sie wissen, dass wir vorgestern noch eine zweite Leiche gefunden haben?«

Der Padre hielt inne, und die Farbe wich aus seinem Gesicht.

»Ich glaube, dass es einen Zusammenhang zwischen den Fällen gibt, aber ich kann es nicht beweisen«, fuhr Grassi fort. »Stellen Sie sich vor, es gäbe einen dritten Mord und Sie hätten ihn heute durch Ihr Sprechen verhindern können …«

»Sie müssen sehr verzweifelt sein, wenn Sie sich auf ein so hohes moralisches Ross setzen. Aber das Beichtgeheimnis bietet keine Schlupflöcher für billige Tricks. Es ist absolut unverletzlich.« Padre Filippo schob die Hände wieder in die Ärmel seiner braunen Kutte. »Arrivederci, Commissario.«

Als Grassi schon die Klinke der Kirchentür in der Hand hielt, hob hinter ihm noch einmal die Stimme des Padre an: »Kennen Sie Epheser 4,24?«

»Mi dispiace, no.«

»Darum legt die Lüge ab und redet die Wahrheit, ein jeglicher mit seinem Nächsten, weil wir untereinander Glieder sind.«

So war also die Laune des Commissario schon einigermaßen schlecht, als er kurz nach neun an dem leeren Schreibtisch seines Büros saß und sein Computer ihn aufforderte, einen Teams-Anruf anzunehmen. Überrascht drückte Grassi auf den grünen Button. »Pronto?«

Auf dem Bildschirm tauchte ein Büro auf. Im Vordergrund direkt vor dem Computer saß ein Mann mit dunkel gefärbten, zurückgegelten Haaren. Er trug ein strahlend weißes Hemd mit weit offenem Kragen unter einer dunklen Weste und hatte die kurzen Arme verschränkt.

»Commissario! Als ich von Ihrer Versetzung hörte, hatte ich schon die Hoffnung, nie mehr etwas mit Ihnen zu tun haben zu müssen!«

»Ging mir auch so, Avvocato Delli Carri. Es tut mir leid, aber was kann ich dafür, dass Sie überall da auftauchen, wo ich im Dreck wühle.«

Delli Carri lachte gackernd auf. »Herrlich, Grassi, wie leicht man Sie aus der Fassung bringen kann. Wie viele Ordnungsstrafen haben Sie im Gerichtssaal kassiert? Ich habe nicht mitgezählt.«

»Ich habe vielleicht Ordnungsstrafen kassiert, aber Ihr Mandant lebenslange Haft. Er wird mit Ihnen gar nicht zufrieden sein.«

»Lassen wir den Unsinn. Kommen Sie nicht auf den dummen Gedanken, dieses Gespräch aufzuzeichnen. Das hier ist *off the records* und ein reines Entgegenkommen meinerseits. Ich rufe Sie an, um Ihnen Arbeit zu ersparen. Ich weiß, Sie wissen, dass ich Rudolf Weber an seinem Todestag getroffen habe. Und ich hoffe, Sie sind vernünftig genug, keine falschen Schlüsse zu ziehen. Ich habe nichts mit Webers Ermordung zu tun und auch meine Mandantin nicht.«

»Sie meinen die PMT?«

»Wir wussten, dass die Deutschen ein Verfahren gegen Weber eröffnet haben. Als Gläubigerin hatte sich die PMT auf mein Anraten hin entschieden, Weber zu verklagen, und ich habe das Treffen auf der Raststätte mit Weber arrangiert, um ihm die Klageschrift persönlich zu überreichen. Er war ja in letzter Zeit schwer zu erreichen, und es ging um viel Geld.«

»Und das war alles? Weber hat Ihnen nicht erzählt, wohin er wollte und was er vorhatte?«

»Tja, Collega, der Mann war nach allem, was man weiß, geschäftlich am Ende. Und dafür nach meinem Eindruck erstaunlich gut gelaunt. Erzählte etwas von einem neuen Kapitel, das er in seinem Leben aufschlagen wolle. Die Deutschen sind immer so pathetisch.« Delli Calli warf einen Blick auf seine Armbanduhr. »Und jetzt muss ich zu meinem Termin beim Staatssekretär.«

Grassi schüttelte säuerlich lächelnd den Kopf angesichts dieser durchsichtigen Machtdemonstration. »Und Sie denken, jetzt haben Sie etwas gut bei mir, Avvocato?«

»Sagen wir so: Sollte Ihnen etwas zustoßen, sähe es sicher gut aus, wenn ich mich zuvor kooperativ gezeigt hätte, meinen Sie nicht? Schöne Grüße von Fifi.« Der Avvocato beugte sich selbstzufrieden grinsend so weit vor, dass die Kamera seinen runden Kopf grotesk verzerrte, dann wurde das Bild schwarz.

Grassi schloss das Programm und lehnte sich zurück. Egal, wie großspurig sich Delli Calli ihm gegenüber gegeben hatte, er hatte ihn aus Angst vorauseilend angerufen. Vielleicht hatte dafür sogar die Quästorin einige Fäden gezogen. Seine Chefin überraschte den Commissario immer wieder. »Ein neues Kapitel«, murmelte er zu sich selbst.

Ricci stieß, ohne anzuklopfen, die Tür auf und riss ihn aus seinen Gedanken.

»Bruzzone hat gerade angerufen. Seit gestern Abend das Bild des Gesuchten veröffentlicht worden ist, hatte er schon ein Dutzend Anrufe wegen Backpacker-Sichtungen. Die meisten haben nicht weitergeführt, aber …«

Grassi unterbrach. »Ich habe Ihnen ja gesagt, dass die Beschreibung nicht ausreicht. Außerdem sind Backpacker eine Landplage.«

»Sie halten Kreuzfahrtschiffe und Rentnerbusse wohl für sanften Tourismus? Jedenfalls hat er jetzt gerade eine interessante Zeugin bei sich in Levanto. Wir schalten uns gleich von meinem Büro aus zu. Beeilen Sie sich bitte, okay?«

Zwei Minuten später saß der Commissario auf einem Hocker neben Ricci vor deren Bildschirm, während sie sich in Teams einwählte.

»Ich kann das auch von meinem Büro aus machen, schließlich bin ich nicht von gestern, wissen Sie? Wir müssen hier nicht aufeinanderhocken wie Lupo Alberto und die Henne Marta.«

»Ist das Ihre charmante Art, mir zu sagen, dass Sie mich für ein junges Huhn halten?«, sagte Ricci mit gespielter Empörung. »Ich dachte nur, es wäre besser, die Befragung gemeinsam zu machen.«

Im nächsten Moment sahen sie den Konferenzraum in der Carabinieri-Station von Levanto vor sich. An der rechten Tischseite saß Capitano Bruzzone, ihm gegenüber eine Frau in hellem Pullover, die ihren Blick erwartungsvoll auf die Kamera und den Bildschirm gerichtet hatte. Bruzzone stellte die physisch und virtuell Anwesenden vor und sagte dann: »Signora Muller hat sich auf unseren Aufruf hin gemeldet. Sagen Sie uns bitte, was Sie beobachtet haben.«

Cristina Muller erzählte also von einem Familienausflug an den Strand von Levanto am vorigen Samstag mit ihrem Mann und ihren zwei Kindern und einer befreundeten Familie mit Zwillingen im gleichen Alter.

»Erinnern Sie sich an die Uhrzeit?«, fragte Grassi.

»Das war am späten Nachmittag. Ich schätze, wir sind kurz vor fünf von der Piazza Mazzini aus losgelaufen.«

»Und was ist dann passiert?«

»Kurz hinter der Promenade in Levanto ist mir aufgefallen, dass uns ein Mann gefolgt ist. Na ja, nicht direkt gefolgt vielleicht. Er ging halt in die gleiche Richtung wie wir, aber er hat immer weiter aufgeschlossen. Wissen Sie, normalerweise hält man ja einen natürlichen Abstand zu anderen Menschen, die man nicht kennt. Aber er ist immer näher gekommen.«

»Ist Ihnen an dem Mann etwas aufgefallen?«

»Ja, natürlich, darum bin ich ja zur Polizei gekommen, nachdem ich das Bild auf Facebook gesehen habe und ganz erschrocken bin. Das ist nämlich dieser Kerl, der uns nachgelaufen ist. Er hatte so einen riesigen Rucksack auf dem Rücken und die Kapuze ganz tief ins Gesicht gezogen. Es war ein bisschen unheimlich.«

Während Signora Muller erzählte, hatte Ricci das Fahndungsbild des Backpackers auf den Schreibtisch gelegt.

»Am Eingang zum Tunnel wurde es mir dann zu bunt. Aufdringlichkeit kann ich ja überhaupt nicht leiden, also habe ich mich zu ihm umgedreht und ihn gefragt, ob er uns so nah auf die Pelle rücken muss. Aber er hat gar nicht reagiert, sondern ist an uns vorbei und einfach weitergelaufen.«

»Haben Sie gesehen, wohin er gegangen ist?«

»Nein, ich habe dem weiter keine Beachtung geschenkt. Es gab ja keinen Streit oder so, und wenn nicht das Bild auf Facebook gewesen wäre, hätte ich die Sache sicher längst vergessen.«

»Aber Sie können den Mann beschreiben? Sie würden ihn wiedererkennen? Sie erinnern sich an sein Gesicht?«

»Ich habe ihn nur kurz richtig angeschaut, und er hatte die Kapuze wirklich tief ins Gesicht gezogen. Also die Haare konnte ich zum Beispiel nicht sehen. Aber er hatte keinen Vollbart oder so was.«

»Keinen Vollbart«, murmelte Grassi und wartete darauf, dass noch etwas kam. Aber da kam nichts mehr. Er sah Ricci an. Auch sie schien mit dem Verlauf des Gesprächs nicht zufrieden zu sein.

»Signora, wir wären darauf angewiesen, dass Sie uns nähere Angaben zum Aussehen dieser Person machen. Irgendetwas außer dem Rucksack und der Kapuze und der Tatsache, dass er keinen Vollbart hatte?«

Signora Muller schaute drüben in Levanto offenbar Bruzzone Hilfe suchend an. Dann wieder in die Kamera. »Er war größer als ich. Ungefähr so.« Sie hob die Hand ein Stück über den Kopf.

Das wussten wir schon vorher, dachte Grassi. »Könnten Sie den Mann bei einer Gegenüberstellung identifizieren?«

»Also wenn er einen Rucksack aufhätte und die Kapuze so bis hier …« Diesmal hielt sie sich die Hand vor die Augen.

»Danke, Signora, das war's. Sie haben uns wirklich sehr geholfen.« Grassi stieß sich vom Schreibtisch ab. Er sah Signora Mullers enttäuschte und verunsicherte Miene. Dann führte Bruzzone sie aus dem Bild und kehrte anschließend zurück.

»Tut mir leid«, sagte der Capitano. »Ich hatte mir mehr von der Zeugin erhofft.«

»Macht nichts«, entgegnete Grassi. »Was soll man machen bei so schlechtem Bildmaterial?« Er warf seiner Partnerin einen aufmunternden Blick zu. »Die Ispettore und ich nehmen uns jetzt Zeno Amoretti vor.«

Sie schwiegen fast während der ganzen Fahrt durch die wolkenverhangene und nass glänzende Landschaft. Obwohl es aufgehört hatte zu regnen, musste Grassi immer wieder den Scheibenwischer anstellen, um den feinen Nebel zu verteilen, der sich auf die Windschutzscheibe des Roadsters legte. In Carrodano bog er nicht von der SS 1 in Richtung Levanto ab, sondern folgte geradeaus der alten Römerstraße Via Aurelia. Die Straße wand sich die Berge hinauf, und nachdem sie den kleinen Ort Mattarana durchquert hatten, fragte Ricci: »Sind wir hier richtig?«

»Ich hoffe es.«

»Ein Elektroauto ohne Navi! Wo gibt's denn so was?«

Grassi grinste. »Im Handschuhfach müsste eine Karte sein.«

Ricci sah ihn an, als hätte er vorgeschlagen, einen Kompass zu benutzen. Sie nahm ihr Handy in die Hand. »Hier muss irgendwo links eine Straße nach Framura abgehen.«

»Da stand aber nichts.«

»Ich glaube, Sie hätten an der letzten Kreuzung links abfahren müssen.«

»Bene, dann wende ich bei der nächsten Gelegenheit.«

Nach ein paar Hundert Metern passierten sie das blaue Schild, das den Passo del Bracco bezeichnete. Grassi hatte stur nach vorn schauend die Straße nach einer Wendemöglichkeit abgesucht und sah nun links gegenüber einer scharfen Rechtskurve eine freie Kiesfläche. In dem Moment, als er stehen blieb, lichtete sich vor dem Roadster der Nebel, und ein grünes Monster starrte sie an. Es hatte die haarigen Arme ausgebreitet, die toten Augen waren tiefe schwarze Löcher, und Grassi musste kurz blinzeln, um zu erkennen, was er da sah. Ein Graffitikünstler hatte die ausgebrannten Fenster im ersten Stock eines verfallenen Hauses als Augenhöhlen geschickt in sein gruseliges Design miteingebunden.

»Ziemlich effektvoll«, sagte Ricci.

»Was ist das für ein Gebäude?«, fragte Grassi und stieg aus.

»Eine alte Raststätte. Die Besitzer haben sie in den Siebzigern aufgegeben, nachdem die Autostrada eröffnet wurde und sich das

Geschäft nicht mehr lohnte. Seither sind die Gebäude verfallen. Als ich noch ein Teenager war, haben wir uns manchmal hier getroffen. Sehen Sie, da links geht noch eine Treppe auf den Felsen hoch, von da hat man eine tolle Aussicht. Allerdings nicht heute.« Grassi hob den Blick zu der von Nebel umwaberten Felsspitze, die man über schmale, steile und grob in den Fels gehauene Stufen erreichen konnte. Rechts von ihm hob sich ein einsamer schiefer Strommast in den grauen Himmel, die durchhängenden Leitungen verschwanden im Dunst. Hinter ihm führte die leere Straße ins Nirgendwo. Selbst wenn man nicht romantisch veranlagt war, konnte einem bei diesem Wetter das Ensemble geisterhaft unwirklich vorkommen. »Man sollte das ganze Areal absperren«, murmelte er beim Blick auf das Haus. »Das Dach ist schon eingestürzt, und die Giebel sehen auch so aus, als würden sie jeden Augenblick zusammenbrechen.«

»Die Wände werden immerhin von dem Monster aus der grünen Lagune zusammengehalten«, scherzte Ricci. »Kommen Sie! Zeno wartet auf uns. Hoffentlich.«

Eine Viertelstunde später stiegen sie vor dem Agriturismo aus dem Wagen. Feucht glänzend und stoisch standen die Ziegen und der Esel hinter dem Zaun auf ihrer matschigen Wiese. Tische und Stühle auf dem Vorplatz waren zusammengeklappt und gegen die Hauswand gelehnt.

Grassi ging auf das Haus zu, doch Ricci hielt ihn zurück. »Commissario!«

»Was ist?«

»Ich wollte nur sagen, dass wir bei dem Sohn behutsam vorgehen sollten. Setzen Sie ihn nicht gleich zu sehr unter Druck.«

Grassi musste an das kurze Gespräch mit Zeno vom Vorabend denken. »Ich kann nichts versprechen. Warten wir mal ab, wie kooperativ er sich verhält, okay? Ich schlage vor, Sie bauen die Brücke, und wenn er nicht freiwillig drübergeht, schubse ich ein bisschen.«

Die Tür zum Haus stand offen. Sie blieben vor ihr stehen und riefen in den Flur: »Ciao! Jemand zu Hause?«

»Sono qui«, kam die knappe Antwort.

Sie traten in das Haus. Grassi warf einen Blick in die erste offene Tür zur Linken. Zeno Amoretti saß an einem der Tische in dem kleinen Frühstücksraum mit angeschlossener Küche. Er hatte vor sich eine Flasche Moretti und das Handy in der Hand. Der Vater war nicht zu sehen. Zeno blickte nur kurz auf, als die beiden Polizisten eintraten.

»Sì?«

»Hallo, Zeno. Ich bin Commissario Grassi. Wir haben gestern telefoniert.« Er hielt seinen Ausweis hoch. »Das ist meine Partnerin Ispettore Ricci.«

»Partnerin«, sagte Zeno. »Nennt man das so bei der Polizei? Ich finde nicht, dass Sie zusammenpassen.«

Grassi wollte etwas erwidern, doch Ricci stieß ihn in die Seite.

»Es tut mir sehr leid um deine Mutter«, sagte sie. »Mein herzliches Beileid.«

»Ja. Fuck! Das ist noch ziemlich frisch«, sagte Zeno, ließ endlich das Handy sinken und fuhr sich mit der Hand durch die dicken, glatten Haare, die ihm sofort wieder weit in die Stirn fielen. Grassi kam es vor, als würde es den Jungen einige Mühe kosten, den harten Mann zu spielen.

Er hatte die großen braunen Augen seiner Mutter. Sie verliehen Zenos Ausdruck etwas ständig Verdutztes, wenn nicht sogar etwas Begriffsstutziges. Doch Grassi ahnte, dass dieser Eindruck täuschte. Tatsächlich verbarg sich dahinter ein hellwacher, wenn auch jugendlich misstrauischer Verstand. Die scharfe, prominente Nase mit kleinem Höcker war von Hautunreinheiten gerötet.

»Wo ist Ihr Vater?«

»Musste was erledigen. Er kommt mit alldem nicht gut klar. Sind Sie beide für den Fall zuständig?«

Grassi nickte. »Schwere Gewalttaten fallen in die Zuständigkeit der Polizia di Stato, in dem Fall meine Leute und ich vom

Kommissariat.« Ricci und er setzten sich. »Wann und wie haben Sie vom Tod Ihrer Mutter erfahren?«

»Papa hat mich am Montagmorgen angerufen. Das war völlig bizarr.«

»Wo waren Sie denn?«

»Bei Freunden?« Er runzelte die Stirn und betonte seine Worte wie eine Frage.

»Bitte genauer, Zeno.«

Der Junge verschränkte die Arme und sah Ricci an. »Ich muss ihm das nicht sagen, oder?«

»Aber du hast ja keinen Grund, es nicht zu tun, nehme ich an.«

»Der behandelt mich ja wie einen Verdächtigen. Ich war in Pisa, zufrieden?«

Ricci rückte näher an den Tisch heran, als wollte sie signalisieren, dass sie jetzt besser mit der Befragung weitermachte. »Pisa ist schön. Was machst du da?«

»Geld verdienen. Ich kellnere hier und da und wohne, wo ein Sofa frei ist.«

Ricci nickte. »Und was hast du für Pläne?«

»Sobald ich genug Geld zusammenhabe, wandere ich nach Amerika aus. Dauert nicht mehr lange.« Zeno lächelte in sich hinein, als sähe er die Freiheitsstatue schon vor sich. »Und nach dem ganzen Mist hier drehe ich mich nie wieder um.«

»Klingt so, als hättest du einen guten Plan. Und ausgerechnet jetzt stirbt deine Mutter.«

»Das hält mich nicht ab. Im Gegenteil, jetzt gibt es gar keinen Grund mehr zu bleiben.«

Grassi übernahm. »Was ist mit Ihrem Vater? Ihrem Zuhause?«

Zeno lehnte sich zurück und verschränkte die Arme vor der Brust. »Zuhause, genau. Ich bin schon vor Monaten ausgezogen. Ist besser so.«

»Ihr Vater hat gesagt, Sie hätten sich mit Ihrer Mutter gestritten. Worum ist es bei diesem Streit gegangen?«

»Mein Vater hat das gesagt?« Zeno dehnte das Wort Vater. »Ich fand, sie hat sich scheiße verhalten, und das habe ich ihr gesagt. Mehr ist da nicht, und außerdem geht Sie das nichts an.«

Der Oberkörper des Jungen war ganz ruhig, aber unter dem Tisch hatte sein linkes Knie angefangen, schnell auf und ab zu wippen. Seine Augen gingen zwischen dem Commissario und seiner Partnerin hin und her und blieben bei Ricci hängen.

»Sie sehen gar nicht aus wie eine Polizistin mit den Haaren und dem da.« Er legt sich den Finger an die Stelle unter dem Auge, wo bei Ricci die tätowierte Träne war.

»Und wie sehen die aus?«

Zeno deutete auf Grassi. »Eher so wie der. Harter Typ oder Boomer halt. Sie sind weder noch.«

»Nenn mich Marta. Du trinkst schon Bier am Morgen? Ist das eine gute Idee?«

Für einen Moment fiel Zenos aggressive Haltung in sich zusammen, und er wirkte wie ein ertappter Schuljunge. Dann begann sein Knie umso stärker zu zucken, und er prostete Ricci mit trotzig gerecktem Kinn zu. »Es ist noch mehr im Kühlschrank. Bedient euch.«

»Danke, uns reicht ein Wasser.« Grassi erhob sich, ging in die angrenzende Küche, fand zwei Gläser im Schrank und füllte sie an der Spüle. Hinter sich hörte er Ricci den Jungen fragen: »Wie geht es dir denn jetzt?«

Zeno stöhnte auf. »Super natürlich.« Und dann kleinlaut, für Grassi nebenan kaum hörbar: »Nein, mir geht es beschissen.«

Grassi lehnte an der Anrichte, nippte an seinem Wasserglas und betrachtete den Jungen aus der Distanz. Er kannte den Ausdruck in dessen Augen. Diese Mischung aus Angst, Wut und Trotz hatte er selbst oft im Spiegel gesehen in der Zeit, in der seine Mutter mit dem Tod rang. In den Monaten ihrer Behandlung, an den Tagen, an denen sie tapfer lächelnd von der Bestrahlung gekommen war und sich gleich wieder zum Kochen in die Küche gestellt hatte, in den Nächten, in denen er sie durch die Wand hatte stöhnen hören, in dieser ganzen Zeit hatte niemand in seiner Familie über den Brustkrebs gesprochen. Bis zu dem Tag, an dem ihre Schmerzen so groß geworden waren, dass sie vom Notarzt ins Krankenhaus gebracht werden musste. Und selbst in dem Moment taten seine todkranke Mutter, sein Vater und er so, als wäre alles normal. Ein Küsschen zum Abschied. Nur kein Drama. Aber sie kam nie wieder. War einfach weg. Alle machten weiter, stürzten sich in die Arbeit – wie sein Vater – oder in wilde Partys – wie Vito.

Grassi fand den Jungen auf schmerzliche Weise sympathisch. Und provozierend.

»Zeno«, rief er hinüber, »was macht Ihnen Angst?«

Der Angesprochene hatte sich fast vertraulich zu Ricci vorgebeugt. Bei dem Wort »Angst« schien er sich zu erinnern, dass Grassi auch noch da war, und richtete seine Aufmerksamkeit auf ihn. Er brauchte einen Moment, um in die Pose des Rebellen zurückzufinden. Die Knie fingen wieder an zu wippen.

»Angst? Ich habe keine Angst.«

»Ach, komm schon. Jeder hat vor irgendwas Angst.«

»Klar, vor Krieg und Krankheit und so Sachen.«

»Oder Einsamkeit?«, mischte sich Ricci ein und erntete einen geradezu erschrockenen Blick von Zeno. »Deine Mutter ist tot, und dein Vater lässt dich mit uns allein?«

»Fanculo! Ich bin schon erwachsen.«

»Ich auch«, erwiderte Ricci, »meine Mutter brauch ich trotzdem.«

Zeno schluckte schwer und rutschte auf seinem Stuhl nach hinten.

»Ihre Mutter war eine gläubige Frau, oder?« Grassi kam an den Tisch zurück.

»Meine Großeltern waren sehr katholisch«, sagte Zeno. »Für Mutter war Gott eigentlich immer nur so eine Art Lebensversicherung: da, für den Fall, dass man sie braucht.«

»Aber in letzter Zeit ist sie wohl oft in die Kirche gegangen. Irgendeine Ahnung, was plötzlich anders für sie war?«

»Ist das nicht normal, dass man im Alter anfängt zu frömmeln? Sagen Sie's mir.«

Ricci schien die Spannung zwischen den beiden zu spüren, und gerade, als der Commissario Luft holte, um den frechen Kerl zurechtzustutzen, griff sie ein. »Also zurück zum Stand der Ermittlungen. Dein Vater hat dir sicher gesagt, dass es kein Unfall war, oder?«

Zeno nickte.

Ricci fasste kurz zusammen, was sie bisher über Luisa Amorettis Tod wussten. »Vielleicht tröstet es dich zu wissen, dass deine Mutter nicht leiden musste.«

Zeno hatte die Lippen zusammengepresst und schien nach Worten zu suchen. »Was ist mit dem Radfahrer, der sie angefahren hat?«

»Was soll mit dem sein? Wie wir jetzt wissen, trifft ihn keine Schuld«, sagte Ricci.

»Aber ist das nicht Leichenschändung oder so was, wenn man eine Tote überfährt?«

Was für eine seltsame Frage, dachte Grassi. »Das ist, ehrlich gesagt, nicht unsere Priorität.«

»Wenn dieser Radfahrer gleich nach dem … also nach dem Tod meiner Mutter in sie reingefahren ist, hat er den Täter dann gesehen?«

»Leider nein, Zeno, er war betrunken und kann sich an nichts erinnern. Wir haben allerdings einen möglichen Hinweis auf den Täter, den wir Ihnen gern zeigen würden.« Er nickte Ricci zu, und die zog das Fahndungsfoto mit dem Backpacker aus ihrer Mappe und legte es vor Zeno auf den Tisch.

Der Junge betrachtete das Bild sekundenlang, ohne zu blinzeln. Dann schaute er gen Himmel, nahm einen Schluck aus der Flasche und sagte fast beiläufig: »Der sieht ein bisschen aus wie ich.«

Das musste Grassi dem Jungen lassen, er konnte einem den Wind aus den Segeln nehmen. »Und? Sind Sie´s?«

»Na klar.« Zeno legte sein Handy auf den Tisch und wandte

sich an Ricci. »Was ist los mit dem? Glaubt er etwa, ich würde meine eigene Mutter ermorden?«

An diesem Punkt des Gesprächs wurde Grassi klar, dass er sich die Bitte um eine freiwillige DNA-Probe von Zeno sparen konnte.

»Regen Sie sich ab, Zeno. Sie werden ja nicht beschuldigt. Wir müssen nur allen Spuren nachgehen, und die Frage ist, ob Sie den Typen auf dem Bild schon mal gesehen haben.«

»Das könnte irgendein Tourist sein, man erkennt ihn ja gar nicht richtig.«

Ricci packte das Bild wieder ein. »Tja, das ist Pech.«

»Pech ist nur ein Wort für Leute, die zu faul sind zum Denken.«

Grassis Geduldsfaden war schon ziemlich angespannt. »Okay, filosofo. Dann denken Sie doch jetzt bitte schnell mal nach, wo das Handy Ihrer Mutter sein könnte.«

Zeno schob das Telefon, das er eben auf den Tisch gelegt hatte, mit herausfordernder Geste auf Grassis Tischseite.

»Ich meine das Handy Ihrer Mutter.«

»Das war das Handy meiner Mutter. Jetzt benutze ich es. Ist neuer als mein altes.«

»Wir brauchen es.«

Ricci versuchte zu vermitteln. »Hast du was dagegen, wenn wir es mitnehmen? Möglicherweise sind darauf Nachrichten oder Chatverläufe, die uns bei den Ermittlungen helfen. Du bekommst es natürlich zurück.«

Zeno wippte mit verschränkten Armen auf seinem Stuhl nach hinten und sagte nur: »Dann nehmt es halt. Ich hab's allerdings gerade plattgemacht.«

»Sie haben was?«, fragte Grassi fassungslos.

»Ich habe es auf die Werkeinstellung zurückgesetzt.« Er sagte das im Ton eines Enkels, der seinem Opa das Internet erklärt. »Sonst könnte ich es ja kaum wieder neu einrichten, oder? Und jetzt muss ich pinkeln.« Damit erhob er sich abrupt und ließ die beiden überraschten Polizisten links liegen.

»Sie setzen ihm zu hart zu, Commissario. Sie wollten es doch locker angehen? Mein Gott, der Junge ist noch keine achtzehn, und seine Mutter ist gerade umgebracht worden.«

»Aber wie man ganz locker Beweismittel vernichtet, das weiß er schon«, sagte Grassi trocken. »Kann man das Handy wiederherstellen?« Er nahm das Gerät vom Tisch.

»Ja, über die Cloud, wenn Luisa die genutzt hat. Ich bin aber nicht sicher, wie das mit Chatverläufen ist.«

»Merda!«

»Und das Passwort für die Cloud würden wir natürlich brauchen, aber das müsste Zeno kennen, wenn er das Handy zurücksetzen konnte.«

Sie hörten die Klospülung. »Ich muss auch mal«, sagte Grassi und sprang auf. »Bringen Sie bitte Ihren jungen Freund dazu, Ihnen das Passwort zu sagen.«

Im Flur kam ihm Zeno entgegen. Ohne ihn eines Blickes zu würdigen, betrat Grassi den kleinen, fensterlosen Abort und schloss hinter sich ab. Er fand die Schüssel so vor, wie er gehofft hatte: mit hochgeklappter Brille. Grassi entnahm seiner Gesäßtasche eine durchsichtige Plastiktüte und ein Paar Latexhandschuhe, die er sich überstreifte. Dann riss er zwei Blätter Klopapier ab, faltete sie und wischte damit einmal sorgfältig rundherum die Schüssel ab. Danach schob er das Papier vorsichtig in die Tüte, versiegelte diese und steckte sie in die Innentasche seines Jacketts. Die Handschuhe drehte er auf links und schob sie sich wieder in die Gesäßtasche. Er betätigte die Spülung und wusch sich die Hände.

Ricci und Zeno standen an der offenen Haustür. Der junge Mann hatte eine Hand in der Hosentasche und eine brennende Zigarette in der anderen Hand. Er drehte sich zu Grassi um. »Wann kriege ich das Handy wieder? Ich brauch das für alles: Insta, Twitter, WhatsApp.«

Grassi ging an ihm vorbei aus dem Haus. »Wenn wir es nicht mehr brauchen.« Er drehte sich noch einmal um. »Sie erzählen mir was von Instagram, während wir versuchen, den Mörder Ihrer Mutter zu finden. Kommt Ihnen das nicht … wie soll ich sagen … ziemlich egoistisch vor?«

Zeno wurde knallrot und wollte auf Grassi losgehen,

Ricci konnte ihn nur mit Mühe zurückhalten. »Hey, Zeno, mach keinen Blödsinn! Beruhige dich!«

»Das Arschloch hat ja keine Ahnung!«, schrie der Junge, und Tränen rannen ihm über die Wangen. »Ich muss mir das nicht gefallen lassen von dem! Ihr Alten kommt euch so überlegen vor, aber Sie sind auch nur so ein Scheißheuchler! Als ob meine Mutter oder meine Familie Sie interessieren würde! Fanculo!« Er riss sich von Ricci los und schlug die Haustür hinter sich zu.

Ricci hieb kurz darauf so hart mit der flachen Hand auf das Armaturenbrett, dass Grassi zusammenschrak. »Ganz toll, Commissario! Wenn das Ihre Art ist, andere zur Kooperation zu bewegen, wozu brauchen Sie mich dann eigentlich? Halten Sie Zeno doch einfach eine Pistole an den Kopf!«

»Mal langsam, Ispettore! Er hat das Handy seiner Mutter manipuliert, nachdem sein Vater ihm gesagt hat, dass wir es brauchen. Er war von Anfang an mir gegenüber latent aggressiv.«

»So wie Sie.«

»Und er war überrascht von dem Foto.«

»Dafür hat er aber cool reagiert.«

»Stimmt. Trotzdem weiß er mehr, als er uns sagt. Und man muss kein Psychologe sein, um zu erkennen, dass er Schuldgefühle hat. Hat er Ihnen das Passwort gegeben?«

Ricci seufzte. »Ja. Ich werde es gleich zusammen mit dem Handy unserem Spezialisten zukommen lassen. Bin gespannt, was wir finden. Wenn sich jetzt noch aus der Fahndung ein paar gute Hinweise ergeben, bin ich ganz optimistisch. Die Kollegen haben übrigens mit dem Bild von Weber ganz Levanto abgeklappert, aber keinen einzigen Zeugen gefunden, der sich an ihn erinnert. Wie ist das möglich?«

Grassi antwortete nicht. Er musste an zwei weitere Zeugen

denken, die ganz am Anfang des Weber-Falles gestanden hatten und die er bisher sträflich vernachlässigt hatte. Wo die eine Zeugin war, Toni, wusste er nicht. Der andere Zeuge, Francesco, wohnte im Nachbarort Fontona. Der Commissario überlegte kurz, seine Partnerin in seine Überlegungen miteinzubeziehen, aber dann hätte er zugeben müssen, dass nicht er die Leiche von Weber gefunden hatte …

Die Straße von Bonassola endete nach drei schwungvollen Serpentinen an der Corsa Roma im Zentrum Levantos. Grassi passierte die Carabinieri-Station und die Bar Levanto und bog links auf den Parkplatz der Bahnstation.

»Was machen wir hier?«

»Darf ich Sie hier absetzen? Ich habe noch etwas in Levanto zu erledigen. Sie fahren mit dem Zug zurück nach La Spezia und kümmern sich um die Auswertung der Handydaten, okay?«

»Was haben Sie vor?«

»Das sage ich Ihnen später. Haben Sie ein Foto von Weber auf Ihrem Handy?«

»Ja. Wieso? Wofür brauchen Sie es?«

Statt zu antworten, sagte Grassi nur: »Bitte schicken Sie es mir.«

Mit einem beleidigten Achselzucken leitete sie das Bild an ihn weiter, und Grassi registrierte das leise »Ping«.

»Ich habe hier noch etwas.« Der Commissario griff in die Innentasche seines Jacketts, zog die Beweistüte mit dem Klopapier heraus und hielt sie Ricci hin. Die nahm sie stirnrunzelnd mit spitzen Fingern entgegen. »Was ist das?«

»Hoffentlich brauchbares Genmaterial. Penza soll es mit der DNA vom Boot abgleichen.«

Sie brauchte ein paar Sekunden, dann ging ihr ein Licht auf. »Sind Sie wahnsinnig geworden? Wenn das rauskommt, gefährdet das die gesamten Ermittlungen! Von vernichtender Presse gar nicht zu reden! Sind das Ihre römischen Methoden?«

Die Heftigkeit von Riccis Reaktion erwischte ihn kalt, und er versuchte sie zu beruhigen. »Außer Ihnen, Penza und mir muss nie jemand etwas davon erfahren. Ich will nur wissen, ob wir auf der richtigen Fährte sind, das ist alles. Und für den Notfall haben wir ein Ass im Ärmel.«

»Das fühlt sich eher an wie eine Zyankalikapsel im Backenzahn.«

»Okay.« Grassi hob beschwichtigend die Hände. »Ich rufe Penza selbst an. Er soll die Analyse in aller Stille vornehmen und den Mund halten. Ich bitte Sie nur, ihm die Probe sofort zu übergeben, wenn Sie in der Questura sind. Und danach vergessen Sie, dass wir je darüber gesprochen haben.«

Ricci lächelte ihn an wie einen hoffnungslosen Fall. Dass sie sauer sein würde, wenn sie von seiner Aktion erfuhr, damit hatte Grassi gerechnet. Überraschend schmerzhaft für ihn war jedoch die stumme Enttäuschung in Riccis Blick, kurz bevor sie sich einen Ruck gab, ausstieg und die Roadster-Tür schwungvoller als nötig zuwarf.

LUPO

»Completamente stupido!«, lästerte Penza. »Wischt eine Klobrille ab und denkt, er hat Beweismaterial! Dabei enthält Urin sowieso schon grundsätzlich wenig Genmaterial, es sei denn, Ihr Verdächtiger ist krank oder hat sich gerade einen runtergeholt. Und dann noch auf Klopapier! Wahrscheinlich vierlagig und mit Balsam für besonders empfindliche Hinterteile. Okay, Bad Cop. Da die ganze Sache also sowieso aussichtslos ist, kann Ricci mir die Probe bringen. Doch wenn die Ergebnisse nicht absolut eindeutig sind, dann schmeißen wir die Probe weg und erwähnen sie nie wieder, d'accordo?«

Erleichtert bedankte sich Grassi und versuchte am Ende dem angespannten Gespräch eine scherzhafte Note zu geben: »Sie pfeifen ja gar nicht, Dottore?«

»Und ob ich pfeife. Und zwar auf Sie, wenn das rauskommt. Sollte es wegen Ihrer Wildwestmethoden irgendwann Ärger geben, werde ich unter Eid beschwören, dass Sie mich mit vorgehaltener Waffe zu dieser schwachsinnigen Analyse gezwungen haben!«

Als Nächstes rief Grassi die Quästorin an und informierte sie darüber, dass Ricci mit Luisas Handy auf dem Weg nach La Spezia war, was seine Chefin mit einem »ecco, qua« quittierte. »Geht es endlich voran.«

»Und dann brauche ich noch Ihre Unterstützung, Signora. Die Amorettis sind nicht sehr auskunftsfreudig. Wir müssen aber mehr über Luisas persönliche Hintergründe erfahren, und dazu sollten wir Unterlagen und Computer aus dem Haus sichten können. Es ist so: Wir haben Zeno Amoretti das Standbild der Überwachungskamera gezeigt.«

»Wie hat er reagiert?«

»Hochraffiniert oder entwaffnend naiv, ich bin mir nicht sicher. Er sagte: ›Der sieht ein bisschen aus wie ich.‹ Begründet das nach Ihrer Einschätzung schon einen Anfangsverdacht? Glauben Sie, ein Richter würde auf dieser Basis einer Durchsuchung und DNA-Probe zustimmen?«

Die Quästorin hatte aufmerksam zugehört. »Hat er zugegeben, dass er die Person auf dem Bild ist?«

»Nein, das kann man so nicht sagen. Er hat in gewisser Weise mit dieser Möglichkeit kokettiert, wenn man so will.«

»Aber Sie halten ihn aufgrund dieser Koketterie für tatverdächtig, Commissario? Oder haben Sie weitere belastende Indizien?«

»Er hatte nach eigener Aussage und den Aussagen des Vaters und einer Freundin des Opfers einen heftigen Streit mit seiner Mutter, der dazu führte, dass er letzten Herbst ausgezogen ist. Er entspricht der groben Beschreibung des Backpackers, wie er selbst zugibt. Er hat mit dem Zurücksetzen des Handys seiner Mutter Beweismittel manipuliert. Mir geht es weniger um den Jungen, aber ich brauche einen Anlass, ins Haus zu kommen, um mögliche Motive für die Tat finden zu können. Luisa hatte sich mit ihrem Mörder verabredet. Sie war nicht einfach zum falschen Zeitpunkt am falschen Ort. Wir haben Indizien für eine Beziehungstat. Und wenn die Familie nicht kooperiert, dann müssen wir sie zwingen.«

»Allora, Sie klingen überzeugt. Ich sehe, was ich beim Richter erreichen kann.«

Um zu Francescos Haus zu gelangen, musste Grassi von der Strada Provinciale, die sich das Tal hinauf in Richtung Monterosso schlängelte, rechts abbiegen und einer schmalen Straße bergauf bis zu ihrem Ende auf einem kleinen Platz folgen. Fontona war eine Sackgasse. Er stellte den Roadster vor dem Haus mit der Nummer 1 ab, stieg aus und sah sich um. Die Tür des großen alten Hauses öffnete sich, und in einem langen, dunklen Gang stand ein vielleicht zehnjähriger Junge, der Grassis orangefarbenen Flitzer mit großen Augen anstarrte.

»Hallo!«, rief der Commissario. »Du kennst dich bestimmt hier aus. Weißt du, wo das Haus Nummer 92 ist?«

Hinter den Jungen trat eine Frau, legte ihm die Hand auf die Schulter und zog ihn an sich. »Was suchen Sie?«

Grassi wies sich aus und wiederholte die Adresse.

»Gut, dass die Polizei da mal nachschaut«, sagte die Frau und zeigte mit der rechten Hand auf einen Weg, der links am Haus über die Hügelkuppe zu führen schien. »Auf der anderen Seite müssen Sie vor der Treppe links den Hang nach unten.« Grassi sah den Jungen noch zaghaft winken, bevor seine Mutter die Tür schloss.

Er brauchte kaum eine Minute, um den winzigen Ort zu durchqueren. Auf seiner Südseite fielen Terrassen steil in eine grüne Schlucht ab. Grassi fand die Steintreppe und den Pfad, der unterhalb einer meterhohen Trockenmauer vom Ort weg ins Tal führte. Zunächst erstreckte sich ein gepflegter Olivenhain über mehrere Terrassen unterhalb des Pfades. Doch je weiter er dem kleinen Weg folgte, desto verwahrloster wirkten die schmalen Anbauflächen, und die sie stützenden Trockenmauern waren zum Teil eingestürzt. Hier kümmerte sich niemand mehr um die wertvolle Kulturlandschaft. Stattdessen zeugte verstreuter Müll und Schutt davon, dass der abgelegene Ort von manchen als illegale Halde missbraucht wurde. Der Commissario blieb stehen. Erst konnte er weit und breit kein Haus entdecken. Doch ein blauer Farbklecks zwischen verwucherten Büschen erregte seine Aufmerksamkeit. Er trat an den Rand der Terrasse. Unterhalb von ihm, direkt an eine der prekären Steinmauern geduckt, stand eine Hütte mit Wellblechdach, umstellt von rostigen landwirtschaftlichen Gerätschaften, gestapelten Plastikeimern, Backsteinen, Zaunteilen und anderem Baumaterial. Sie hatte eine Satellitenschüssel auf dem Dach. Etwas, das aussah wie ein kleiner Traktor, ragte halb aus dem Boden wie ein Artefakt aus dem Pleistozän. Eine ausgetretene Rampe führte zu einem hohen Gittertor hinab. Auf dem einen Pfosten stand ein kleines Plastikreh mit großen Augen, auf dem anderen war eine Überwachungskamera montiert, die von einem ausgeschnittenen blauen Plastikkanister vor Wind und Wetter geschützt wurde. Grassi bemerkte eine Handvoll brauner Hühner zwischen dem Schutt umherirren. Am Tor hing ein verwittertes Warnschild: Attenti al Cane. Er blieb vor dem Tor stehen, sah sich um, aber ein Hund ließ sich nicht blicken.

Da öffnete sich die seitliche Tür der Hütte, zuerst nur einen Spalt, dann trat Francesco ins Freie. Es war das erste Mal, dass der Commissario ihn ohne seine nächtliche Uniform sah, und er hätte ihn im grauen Trainingsanzug und mit Truckerkappe kaum wiedererkannt.

»Commissario?«

»Hallo, Francesco. Ich würde mich gern mit dir unterhalten, wenn du Zeit hast.«

»Ich habe niemandem etwas gesagt, das schwör ich.« Er blieb ungefähr drei Meter vor dem Tor stehen.

»Schon gut, Francesco. Lässt du mich rein?«

Er zögerte. »Sie sind Polizist, und wenn ich Sie reinlasse, dann könnten Sie mich verhaften.«

»Warum sollte ich dich verhaften? Hast du was angestellt?«

»Ich habe niemandem etwas von der Leiche erzählt, das schwöre ich.«

Grassi wurde ungeduldig. »Ich weiß, das hast du schon gesagt. Ich bin nicht hier, um dich zu verhaften. Dann wäre ich mit einem SWAT-Team gekommen. Das kennst du doch aus Hollywood-Filmen, oder?«

Francesco nickte. Er deutete auf die Satellitenschüssel auf seinem Dach . »Ich kriege fünfhundert Sender.«

»Und? Siehst du hier bei mir ein SWAT-Team?«

Francesco suchte tatsächlich mit den Augen die Umgebung hinter Grassi ab. »Nein.«

»Dann kannst du mich auch reinlassen, oder?«

»Ja.« Francesco zog einen großen Schlüsselbund aus der Hosentasche und schloss das alte Vorhängeschloss auf.

»So ein Maschendrahtzaun ist schnell zerschnitten.«

»Darum will ich ja auch eine Mauer bauen.« Francesco zeigte auf den Haufen grauer Backsteine, die unter einer Plane neben der Hütte lagerten. »Am besten gehen wir rein, da hört uns niemand.«

Francesco ging voraus. Die Hütte bestand aus einem einzigen länglichen Raum und hatte nur ein Fenster. Im Sommer musste die Luft darin unerträglich heiß sein, aber jetzt im März fühlte sie sich feucht und klamm an. Im Wohnbereich rechts von der Eingangstür stellten wild gemusterte Polstermöbel an den Wänden den Raum fast vollständig zu. Sie waren wie in einer guten Stube zur Schonung mit durchsichtiger Plastikfolie abgedeckt. Das ordentlich gemachte Bett zur Linken markierte den Schlafbereich. Auf einem Regalbrett über der winzigen Küchenzeile stand ein Fernseher, der ohne Ton lief. In der Mitte des Raumes baumelte eine Lampe mit gelbem, gehäkeltem Schirm von der Decke. An einem Haken über dem Sofa hing ein eselsohriger, speckiger Pirelli-Kalender, der dem feucht glänzenden Supermodel nach zu urteilen, das sinnlich auf Grassi schaute, aus der Mitte der Neunzigerjahre des letzten Jahrtausends stammen musste.

Grassi ließ sich zögernd auf der knirschenden Folie eines Sessels nieder, der so durchgesessen war, dass er sich fragte, wie er später wieder hochkommen sollte. Francesco blieb im Raum stehen und kratzte sich linkisch am Kopf. Offenbar überlegte er, wie man sich verhielt, wenn man unerwartet Besuch bekam.

»Setz dich einfach, und wir unterhalten uns ein bisschen.«

Francesco ließ sich mit einem Ächzen aufs Sofa fallen. Er schaute Grassi nicht an.

»Ich brauche deine Hilfe.«

»Okay.«

»Und deshalb muss ich mit dir noch mal über neulich Nacht reden – als du die Leiche gefunden hast.«

»Oh, no no no! Toni hat gesagt, sie hat ihn gefunden.« Francesco hob abwehrend die großen Hände, seine Augen flitzten umher.

»Und wir beide wissen, dass das nicht stimmt, oder?«

»Sie hat ihn gefunden. Sie hat ihn gefunden.«

»›Ihn‹, Francesco? Du hast den Toten erkannt?«

»No no no, der hat ja unter ganz vielen Blättern und Zweigen gelegen.«

»Also warst du doch bei der Leiche. Du hast wie üblich nach dem Rechten gesehen und auf deiner Runde um mein Haus hinter dem Olivenhain die Leiche gefunden. Dann hast du Toni geweckt und sie ihr gezeigt. War es nicht so?«

»Toni ist in Ordnung. Kriegt Toni Ärger?«

Grassi wog den Kopf. »Ein bisschen. Weil sie auch ein bisschen gelogen hat. Immerhin hat sie die Leiche auch gefunden, nur eben nicht als Erste. So wie du.« Grassi hatte auf seinem Handy Webers Bild aufgerufen und hielt es ihm hin.

»Das ist der Mann.«

Francesco krümmte sich, als hätte er einen Schlag in die Magengrube bekommen. »Das ist Rudi.«

»Du bist ihm also schon einmal begegnet?«

»Wir waren zusammen auf der Jagd.«

»Du meinst, ihr habt gewildert.«

»Bekomme ich jetzt Ärger, Commissario?«, jammerte er.

»Ich bin nicht von der staatlichen Forstpolizei. Tote Wildschweine interessieren mich nur auf dem Teller. Ich will herausfinden, wer Rudolf Weber ermordet hat.«

»Ich war es nicht.«

»Aber du warst mit ihm jagen. Wann war das?«

»Nur ein Mal. Und ich war nur als Scout dabei.« Stolz lag in dem Wort »Scout«.

»Ich habe dich gefragt, wann ihr auf der Jagd wart. Genau, bitte.«

Francesco runzelte die Augenbrauen, drückte sich dann vom

Sofa hoch und trat zu dem zerfledderten Kalender. »Das war im Claudia-Schiffer-Monat, am Ende. Also im Januar. Den Tag weiß ich nicht mehr.«

»Du solltest diesen Rudi also herumführen? Oder ihm zeigen, wo die Wildschweine sind? So in der Art?«

Francesco nickte. »Ich kenne das Tal wie meine Westentasche.«

»Wie hast du Weber kennengelernt?«

»Ein Freund von Emilio hat ihm gesagt, dass ich ein guter Scout bin. Rudi und er wollten auf Wildschweine gehen, und da habe ich ihnen gezeigt, wo die sind. Rudi hat mir sogar ein Trinkgeld gegeben, weil er so zufrieden mit mir war.«

»Moment mal. Emilio? Mein Vater hat dich bei Rudolf Weber empfohlen?«

Francesco schüttelte ungeduldig den Kopf. »Nein, Sie bringen ja alles durcheinander, das war ein Freund von Emilio.«

»Und dieser Freund meines Vaters war ein Bekannter von Rudolf Weber, richtig? Und hatte dieser Bekannte auch einen Namen?«

»Erst nicht, aber später, als er mir etwas von dem Wildschwein gebracht hat.«

Grassi wurde unwirsch. »Madonna, ich habe keine Lust, dir alles aus der Nase zu ziehen, Francesco! Mach den Mund auf und sag mir, was ich wissen will, sonst riskierst du tatsächlich Ärger, verstanden? Wie heißt dieser Bekannte meines Vaters?«

»Lupo«, nuschelte Francesco trotzig.

»Lupo? Was soll das für ein Name sein?«

»Er hat gesagt, dass er so heißt. Und er hat mir was von dem Wildschwein abgegeben. Weil ich ein guter Scout bin.«

»Okay. Also ›Lupo‹. Wie hat er ausgesehen? Kannst du ihn beschreiben?«

Francesco kratzte sich am Kopf.

»Ist er groß oder klein, dick oder dünn, hat er einen blonden Pferdeschwanz oder eine Glatze, trägt er gelbe Gummistiefel oder einen Cowboyhut?«

»Nee, keinen Cowboyhut, Commissario, aber so eine dunkle Wollmütze. Ansonsten sah er ganz normal aus.«

»Madonna«, stöhnte Grassi, dessen bisher mühsam aufrechterhaltene geduldige Fassade allmählich fadenscheinig wurde. Er drückte sich aus dem durchhängenden Polster auf die Sesselkante und stand unter Verrenkungen auf, bis er mit Francesco auf Augenhöhe war. Der Kerl wusste etwas, ohne es selbst zu wissen. Und Grassi musste den Druck erhöhen, um es herauszufinden.

»Kapierst du denn gar nicht, in welcher Lage du bist? Drei Männer gehen bewaffnet in den Wald. Rudolf Weber, dieser angebliche Lupo und du. Aber bisher ist nur einer wieder rausgekommen. Und das bist du, Francesco.«

Der ballte die großen Hände zu Fäusten und begann damit sanft und rhythmisch neben sich an die dünne Wand zu hämmern, sodass Cindy Crawford leise vibrierte.

»Du warst mit Lupo und dem Deutschen in dieser Nacht auch in der Nähe unseres Olivenhains?«

»Nur weil ich wusste, dass sich da häufig Wildschweine herumtreiben.« Er trommelte fester gegen die Wand.

Der Commissario war auf der Hut. In die Enge getrieben konnte auch ein Riesenbaby gefährlich werden. »Hast du Toni deshalb an die Stelle geführt? Weil du wusstest, wo die Leiche liegt?«

Francesco hörte auf zu trommeln. Für einige Augenblicke sah er Grassi verständnislos an. Dann riss er die Augen auf, hob die Fäuste wie ein Mann bei einer Siegerehrung, spannte den ganzen Körper an und brüllte so laut, dass es Grassi durch Mark und Bein ging: »Ich hab keinen umgebracht! Ich hab keinen umgebracht! Ich hab keinen umgebracht!«

Der Commissario war so weit zurückgewichen, wie es in der Hütte möglich war. »Calma, Francesco, calma. Ich glaube dir ja.«

Der junge Mann ließ langsam die Fäuste sinken. »Lupo wollte mich als Scout für Rudi, und wir waren im Januar nachts zusammen jagen. Zwei Wildschweine haben wir auch erlegt. Ich habe davon aber keines getötet. Ich war nur der Führer, ehrlich! Und dann ist Lupo ein paar Tage danach noch mal zu mir gekommen. Er hat mir Fleisch von den Wildschweinen gebracht und wollte mein Gewehr sehen. Mehr weiß ich nicht.«

»Warum wollte er dein Gewehr sehen?«

»Weil er das gleiche hat. Es ist ein altes, aber sehr gutes Gewehr. Ich hab's von meinem Vater und immer gut behandelt.«

»Hast du eine Berechtigung für das Gewehr?«

»Eine Berechtigung? Ich weiß nicht, was Sie meinen …«

»Einen Waffenbesitzschein, Francesco. Eine Waffe muss in Italien gemeldet sein.«

»Aber ich habe das Gewehr schon immer!«

»Wo ist es?«

»In dem Schrank neben dem Bett.«

»Zeig es mir.«

»Aber ich habe doch nichts Verbotenes getan! Im Fernsehen haben sie gesagt, dass Hobbyjäger wegen der Plage das ganze Jahr über Wildschweine schießen dürfen. Bitte, nehmen Sie mir das Gewehr nicht weg, Commissario. Das stammt noch von Großvater, und ich habe es von meinem Vater.«

»Zeig es mir jetzt einfach.«

Francesco führte Grassi in die andere Ecke der Hütte. Neben dem ordentlich mit einem Stricküberwurf bedeckten Bett stand ein klappriger Kleiderschrank. Francesco zog seinen Schlüsselbund aus der Hosentasche.

»Nimm den Schrankschlüssel vom Bund ab.«

Der junge Mann bekam den einfachen kleinen Schlüssel erst kaum vom Bund und dann kaum ins Schlüsselloch, so sehr zitterten seine großen Hände.

»Nichts anfassen, Francesco. Und lass den Schrankschlüssel stecken.«

»Oh, jetzt verhaften Sie mich bestimmt!«

Als Grassi die Schranktür öffnete, hörte er hinter sich die Hüttentür zuschlagen.

Die Festnahme war überraschend einfach gewesen. Francesco war auf dem Pfad in Richtung Fontona gerannt und hatte den Fehler begangen, sich einmal kurz nach Grassi umzudrehen. Dabei blieb er an einer herumliegenden zerborstenen Palette hängen und stürzte. Der Commissario hatte schon mit einem Gerangel gerechnet, aber kaum hatte er den Flüchtigen eingeholt, sank der zu einem Häufchen Elend in sich zusammen.

Das lange Verhör nach der kurzen Flucht fand in dem kargen und blitzsauberen Raum im Untergeschoss der Questura statt und dauerte bis zum späten Nachmittag. Die ganze Zeit war Francesco den Tränen nahe und beteuerte seine Unschuld. Er habe niemals auf Weber geschossen, wo der ihm doch nach der Jagd so ein großzügiges Trinkgeld gegeben habe. Und Lupo sei doch dabei gewesen und könne das bezeugen. Nur war ihm zu diesem Lupo absolut nichts eingefallen, was der Polizei geholfen hätte, den mysteriösen Jagdkumpan zu identifizieren.

Grassi und die Quästorin trafen sich am späten Nachmittag im Büro des Commissario. Kurz darauf kam auch Ricci von den IT-Spezialisten zurück. Sie hatte erkennbar schlechte Laune. Wasser und Gläser standen auf dem Tisch, dazu eine Packung Cantuccini, die Grassi als Ersatz für ein ausgefallenes Mittagessen betrachtete. Ricci zischte Grassi ein »Lassen Sie uns auch noch was übrig« zu, als der nach einer halben Minute am Tisch schon drei Kekse aus der Tüte gegessen hatte.

Die Waffenexperten der Polizia Scientifica hatten erstaunlich schnell gearbeitet. Die Untersuchung des bei dem Verdächtigen Francesco de Cesare sichergestellten Carcano-Karabiners hatte zweifelsfrei ergeben, dass die beiden gefundenen Patronenhülsen vom Weber-Mord aus diesem Gewehr stammten.

»Ist Francesco der Mörder von Rudolf Weber?«, fragte Lilia Feltrinelli gleich zu Beginn ohne Umschweife. Man sah ihr einerseits den Stress der letzten Tage an, aber auch eine Erleichterung darüber, dass die Ermittlungen endlich Fahrt aufnahmen.

Grassi blickte auf seine Partnerin. Ricci hatte den größten Teil des Verhörs mit Francesco geführt. Sie antwortete: »Er bestreitet, Rudolf Weber erschossen zu haben, aber die Indizienlage macht ihn dringend tatverdächtig: Sowohl die Kugel, die Weber getötet hat, als auch die Hülse, die wir bei seinem Haus gefunden haben, stammen aus derselben Waffe. Diese Waffe haben wir im Besitz von Francesco de Cesare gefunden, und er sagt, dass sie ihm gehört. Er besitzt keinen gültigen Waffenpass. Und er wusste, wo die Leiche im Wald zu finden war. Wir haben Francescos Fingerabdrücke auf dem Gewehr gefunden sowie die Abdrücke von zwei weiteren Personen.« Sie warf Grassi einen bösen Blick zu.

»Eigentlich gute Arbeit, Commissario«, sagte Feltrinelli etwas übertrieben freundlich. »Allerdings müssen Sie zugeben, dass Sie einen Wissensvorsprung hatten.«

Der in dem Lob verpackte Vorwurf war nicht zu überhören. Der Commissario konnte ihn auch in dem Blick lesen, den Ricci ihm zuwarf. Und sie hatten recht. Es war ein Fehler gewesen, Francesco aus den Ermittlungen herauszuhalten. Er hatte Toni vertraut, und das fiel ihm jetzt auf die Füße.

»Es gibt auch entlastende Indizien«, sagte Grassi. »Penza hat den Mord an Weber auf den sechsten März datiert, also lange nach der Jagd. Wir wissen, dass der Mörder vor Webers Haus gewartet hat.«

»Er hat im Verhör gestanden, zu wissen, wo Webers Haus ist«, sagte Ricci unnachgiebig.

»Klar, weil er auf irgendeinem seiner Streifzüge dort vorbeigekommen ist. Wie an jedem anderen Haus hier. Aber Francesco hatte bis auf die eine Jagd im Januar keinerlei Berührungspunkte mit Weber. Es gibt kein erkennbares Motiv.«

»Die Mordwaffe lässt sich nicht wegdiskutieren«, sagte Ricci. »Wie wir inzwischen ebenfalls wissen, ist de Cesare zweimal vorbestraft: 2015 wegen Ladendiebstahls und 2017 wegen Drogenbesitzes. Dazu noch der Fluchtversuch heute! Und wollen Sie bestreiten, dass der Verdächtige nicht ganz klar im Kopf ist?«

Grassi musste zugeben, dass das Verhör diesen Eindruck noch mal verstärkt hatte: Francesco schwadronierte ständig von »seinem Revier« und meinte damit offenbar das ganze Tal zwischen Levanto und dem Nationalpark Cinque Terre. Er machte die Gegend unsicher. Jagte seinen Nachbarn Angst ein. Er war ein Kind in Kaki mit Kaliber 6,5, und eigentlich kam es einem Wunder gleich, dass bisher niemand zu Schaden gekommen war. Vielleicht war seine Rangerfantasie entstanden, als er für kurze Zeit als Security-Mitarbeiter an Spieltagen des örtlichen Fußballvereins gearbeitet hatte. Der hatte ihn allerdings entlassen, nachdem Francesco darauf bestanden hatte, den Klubpräsidenten nach illegalem Feuerwerk zu durchsuchen. Offiziell war er seit Jahren arbeitslos. Er lebte allein und sicherte sein Grundstück mit selbst gebastelten Alarmanlagenattrappen. Er hatte seit dem Tod der Eltern keine Angehörigen und kaum Freunde. Grassi selbst hatte nach seiner ersten gruseligen Begegnung mit Francesco zu Toni gesagt, dass niemand, der mit einem Gewehr im Dunkeln herumschleicht, »harmlos« sei. Doch trotz allem hatte Grassi Zweifel daran, dass dieser Mann auch nur einer Fliege etwas zuleide tun konnte.

»Ich gebe zu, dass die Indizien gegen ihn sprechen. Aber diese Morde sind nicht begangen worden, weil einer ›nicht mehr klar im Kopf ist‹.« Er sah Ricci an. »Der gesunde Menschenverstand sagt einem, dass der arme Kerl da im Verhörraum zu einer Menschenjagd, wie Sie es selbst genannt haben, gar nicht fähig ist. Und dass ihm auch noch jegliches Motiv fehlt.«

Ricci hatte die Arme verschränkt. »Und diesen gesunden Menschenverstand haben Sie wohl exklusiv, was? Wenn es kein rationales Motiv gibt, dann vielleicht ein irrationales. Es wäre nicht das erste Mal, dass die Kombination aus illegalem Waffenbesitz und Verfolgungswahn mit einem Mord endet.«

Die Quästorin sah den Commissario an. »Sie meinen, es war doch die Großmutter?«

»Was?« Ricci schüttelte genervt den Kopf. »Oder vielleicht der große böse Wolf.«

Ja, das glaubte Grassi. Es war die von Francesco behauptete vage Verbindung zu Grassis Vater Emilio, die ihn glauben ließ, dass dieser Lupo wirklich existierte. Die Kollegen hatten pflichtschuldig Datenbanken durchsucht, aber wenig überraschend unter den knapp fünftausendfünfhundert Einwohnern Levantos keinen »Lupo« finden können. Grassi ging davon aus, dass es sich um einen Spitznamen handelte. Francescos Beschreibung von Lupo war erwartungsgemäß wenig hilfreich gewesen. Er blieb dabei, dass Lupo »normal« ausgesehen habe. Grassi wusste, wen er jetzt gern zu Francesco und »Lupo« befragt hätte, aber mit seinem Vater Emilio konnte er leider nicht mehr reden.

Grassi nickte. »Ich halte es für möglich und denke, wir sollten keine voreiligen Schlüsse ziehen. Ob Francesco wirklich unter Verfolgungswahn leidet und sich Figuren wie Lupo nur ausdenkt, sollte ein Psychologe beurteilen. Lassen wir ihn untersuchen.«

»Also gut. Francesco de Cesare bleibt in Gewahrsam, und wir lassen ihn psychologisch begutachten. Von dieser Beurteilung hängt ab, ob wir weiter nach diesem Lupo suchen. Morgen geben wir die Meldung von der Festnahme eines Verdächtigen im Fall Weber heraus. Ohne weitere Details.«

Ricci und Grassi beäugten einander misstrauisch.

»Ihre Freundin Toni hat eine Falschaussage gemacht. Das ist keine Kleinigkeit.«

»Sie ist nicht …«

»Wie schwer diese Falschaussage wiegt, wird davon abhängen, ob sie damit einen Mörder geschützt hat oder einen Unschuldigen. Bringen Sie sie jedenfalls morgen aufs Revier.« Feltrinelli schenkte sich Wasser nach und fuhr fort. »Und nun zum Fall Amoretti: Dem Richter reichen die vorliegenden Indizien nicht für einen Anfangsverdacht. Zumal der Sohn kooperiert und Ihnen, Ricci, das Passwort für den Account seiner Mutter gegeben hat.«

»Von wegen.« Ricci ließ die flache Hand auf den Tisch knallen.

Feltrinelli zuckte zusammen. »Aber Sie, Commissario, haben mir doch gesagt …«

»Das Passwort, das Zeno uns gegeben hat, ist für einen älteren Account. Das letzte Back-up wurde im Dezember 2019 gemacht. Wir haben das Handy damit wiederherstellen können, aber die Daten haben für den Zeitraum der Ermittlungen keinerlei Relevanz. Chatverläufe auf WhatsApp wurden offenbar vor dem Zurücksetzen gelöscht.«

»Quel piccolo bastardo!«, entfuhr es Grassi.

»Da sind wir mal einer Meinung«, fauchte Ricci. »Wenn wir Glück haben, liegen einige Daten noch bei WhatsApp respektive Facebook.«

»Lohnt es sich, diese Daten bei den Internetfirmen anzufordern?«, fragte die Quästorin gequält.

»Unmöglich zu sagen. Versuchen sollten wir es. Das kann aber dauern. Fest steht«, Ricci lachte empört auf, »dass Zeno uns verarscht hat. Entschuldigen Sie die Wortwahl, aber ich bin stinksauer.«

»Tja, von einer Kooperation kann wirklich keine Rede mehr sein. Ich nenne das ›Behinderung der Justiz‹. Was meinen Sie, Questore, ob der Richter jetzt seine Meinung ändert?«

Ricci und Grassi stapften stumm in den fünften Stock, und jeder verschwand in seinem Büro. Keine drei Minuten später riss Ricci, wie gewohnt, ohne anzuklopfen und sichtlich aufgebracht, Grassis Bürotür auf.

»Ich kapiere es nicht, Commissario.« Sie zählte an ihren Fingern ab: »Erst behalten Sie einen wichtigen Zeugen für sich, dann verzögern Sie die Fahndung, dann sammeln Sie illegal DNA-Proben ein, und jetzt verteidigen Sie einen dringend tatverdächtigen Mann?! Was soll das? Ich habe das Gefühl, dass Sie mir ständig in den Rücken fallen!«

»Ich falle nur den Richtigen in den Rücken, Ispettore. Sie gehören sicher nicht dazu.«

»Dann erklären Sie mir bitte Ihr Vorgehen, erleuchten Sie eine kleine dumme Polizistin.«

»Meiner Erfahrung nach können Umwege zum Ziel führen, Irrwege aber nie.«

Ricci zog eine Grimasse und hob ratlos die Hände. »Häh? Was erzählen Sie denn da für einen gönnerhaften Mist? Ich habe echt keine Lust mehr, nach Ihrer Pfeife zu tanzen.«

»Wollen Sie denn nicht verstehen: Francesco hat Weber nicht umgebracht. Der Mörder ist kein latent paranoider Irrer, der wahllos um sich schießt. Ich dachte, das hätten wir längst geklärt! Nicht Francesco als Person ist interessant, sondern nur, dass er uns zu diesem Lupo führen kann.«

»Ein Hirngespinst!«

»Das es immerhin fast geschafft hätte, Sie glauben zu machen, Francesco wäre Webers Mörder.«

Seine Partnerin starrte ihn an.

»Ich verstehe ja, dass Sie zwischen den Stühlen sitzen. Ich weiß, dass Feltrinelli Ihnen im Nacken sitzt und Sie über mich ausfragt. Und ich nehme Ihnen das nicht übel. Sie kennen mich nicht, Feltrinelli kennt mich nicht, und es sieht so aus, als würden die Ermittlungen in zwei Mordfällen, die landesweit für Schlagzeilen sorgen, unter meiner Leitung nicht entscheidend vorankommen. Ich habe Sie mir nicht als Partnerin ausgesucht, aber ich glaube längst, dass wir ein ganz ordentliches Team sein können – wenn Sie sich auch *für* dieses Team entscheiden, vielleicht sogar ein gutes.«

»Un momento«, hob sie an, »ich habe der Questore nur einmal …«

»Geschenkt. Das ist mir ganz egal. Bitte hören Sie mir zu: Wir waren uns einig, dass die Fälle Parallelen aufweisen, die auf einen Zusammenhang zwischen ihnen schließen lassen. *Sie* waren es, die im Restaurant das erste Mal von einer Beziehungstat gesprochen haben. Ich glaube, dass Sie auf der richtigen Spur sind. Gemeinsam haben wir außerdem Zeno dazu gebracht, mindestens einen Fehler zu begehen. Und deshalb bekommen wir jetzt hoffentlich einen Haftbefehl. Wie passt jetzt da Francesco als Webers Mörder rein?«

Die rein rhetorische Frage des Commissario stand für einige Sekunden im Raum.

»Vielleicht hat Francesco für jemanden die Drecksarbeit übernommen.«

»Und wieder sind Sie auf der richtigen Spur.«

Ricci hatte sich gesetzt und ihren Pferdeschwanz gelöst. Sie stützte beide Ellbogen auf die Knie und fuhr sich mit den Händen kräftig durchs Haar, als würde das Gedankenknoten lösen. »Sie machen es einem nicht leicht, mit Ihnen zusammenzuarbeiten.« Als sie wieder aufblickte, fielen weiße und schwarze Strähnen wie bei einer Zebramähne durcheinander. »Ich habe Feltrinelli nichts von dem DNA-Klau erzählt, ehrlich. Aber bevor ich zu Ihnen gekommen bin, habe ich noch mal mit Penza gesprochen.«

»Und?«

»Erst hat er mich über die natürliche Sterilität von Urin, das Deckgewebe von Harnröhren und die Gefahr von Aloe vera in Toilettenpapier aufgeklärt. – Warum müssen Männer eigentlich immer Vorträge halten? – Aber er hat tatsächlich etwas gefunden.«

»Ein Match mit dem Urin aus Althaus' Boot?«

Ricci nickte. »Wenn ich das richtig verstanden habe, konnte er DNA aus Hautzellen im Urin und aus körpereigenen Proteinen von der Toilette extrahieren und vergleichen. Er glaubt, sie stammen von derselben Person. Das Match ist aber nicht komplett, deshalb besteht er darauf, dass Sie das nicht verwenden. Das sei so abgemacht.«

»Gibt es Penzas Analyse schriftlich?«

»Natürlich nicht! Was denken Sie!«

Grassi grübelte eine halbe Minute nach, klopfte sich dann mit beiden Handflächen auf die Oberschenkel und erhob sich vom Schreibtisch. »Sie suchen sich sechs Leute zusammen und halten sich bereit. Ich gehe zu Feltrinelli. Wir müssen Zeno Amoretti noch heute Abend in Gewahrsam nehmen.«

»Aber ich habe Penza zugesagt, dass wir nicht …«

»Ich nehme das auf meine Kappe.«

Vorgesetzte mögen es nicht, wenn man ihnen das Messer auf die Brust setzt. Doch genau das hatte Grassi bei der Quästorin gerade getan, als er ihr mit rasendem Puls und schweißnassen Händen in den Hosentaschen von den übereinstimmenden Genproben berichtet hatte. Für einen Augenblick hatte er nach seinem Geständnis befürchtet, unter ihrem Blick tot umzufallen. Doch dann hatte sie ihn überraschend nicht zur Schnecke gemacht. Vielleicht hatte Feltrinelli kurz zuvor einen weiteren Brandanruf aus dem Innenministerium erhalten, wann denn endlich mit einer Verhaftung zu rechnen sei? Vielleicht erinnerte sie sich auch daran, dass sie von Grassi Beweise gefordert hatte? Ecco qui, er hatte geliefert. Wenn auch wieder mal nicht nach Lehrbuch. Manchmal ging es eben nicht anders, und man musste sich die Hände etwas schmutzig machen.

Es war schon kurz vor fünf an diesem nicht enden wollenden Tag. Vor dem möglichen Höhepunkt brauchte Grassi dringend noch einen Caffè. Also verließ er die Questura und lief am Park entlang die Viale Italia hinunter bis zur Hemingway Bar. Er war so angespannt, dass er kurz überlegte, die nette Bedienung um eine Zigarette anzuschnorren, rief sich dann aber zur Ordnung. Stattdessen rief er Bruzzone an.

»Wir haben leider noch keine weiteren Zeugen gefunden, Commissario, tut mir leid.«

»Darum rufe ich nicht an. Sie haben vor ein paar Tagen die Verhaftung meines Vaters wegen Wilderei erwähnt, und Sie haben außerdem gesagt, mein Vater sei bei der Verhaftung mit einem Freund zusammen gewesen. Wissen Sie noch, wer dieser Freund war? Oder wie er geheißen hat?«

»Nein, tut mir leid, das weiß ich nicht mehr. Ist das wichtig?«

»Bitte versuchen Sie sich zu erinnern. Kam Ihnen der Name vielleicht irgendwie komisch vor? Ridiculo?«

»Ein alberner Name? Jetzt, wo Sie es sagen … Ich glaube, er war irgendwie comichaft. Goofy, Mickey …«

»Lupo?«

»Kann sein.«

»Aber erkennungsdienstlich behandelt wurde dieser Lupo nicht.«

»Wenn er überhaupt so hieß. Ich bin mir wirklich nicht sicher. Wir haben ihn laufen lassen. Die Wildschweine lagen im Kofferraum Ihres Vaters. Das Gewehr auf dem Rücksitz war das Ihres Vaters. Der andere war nur Beifahrer.«

»Danke, Capitano. Ich muss Schluss machen, jemand klopft an.« Grassi zögerte. Seine Nackenmuskeln schmerzten. Dies war ein entscheidender Moment für die Ermittlungen und für ihn persönlich.

»Questore? Ich …«

»Grassi? Sie haben Ihren Haftbefehl«, sagte sie mit einer Stimme, die aus dem Eisschrank kam. »Ich habe den Richter mit dem Argument der drohenden Fluchtgefahr überzeugen können. Nur dass Sie es wissen: Ich missbillige Ihre Methoden ausdrücklich. Und sollten diese Methoden im Zuge der Ermittlungen oder – schlimmer noch – irgendwann vor Gericht nach hinten losgehen, dann sorge ich dafür, dass Sie schneller wieder in Rom sind, als Sie ›Wildschwein‹ sagen können.«

MONACO

Grassi schaute immer wieder in den Rückspiegel. Nach jeder Kurve schien er die beiden Fiat Puntos abgehängt zu haben und musste den vorpreschenden Roadster wieder zügeln. »Kommt schon, Leute«, murmelte er. »Più veloce, Madonna!« Als Grassi von einem Lieferwagen aufgehalten wurde, den er locker hätte überholen können, tat er es nicht, sodass die Streifenwagen aufholen konnten. Bis sie in der hereinbrechenden Dunkelheit den Agriturismo Oliveto di Montaretto endlich erreichten, hatte Grassi auf seiner alten Mixed-CD schon viermal Gin Wigmores »Kill of the night« durchgehört und am Ende lautstark mitgesungen:

»I'm gonna catch ya / I'm gonna get ya / I wanna taste the way that you bleed!« Textlich vielleicht ein bisschen martialisch, aber ansonsten als Antreiber für eine bevorstehende Festnahme immer wieder hervorragend geeignet, wie er fand.

Schlitternd kam der Roadster vor dem Haus zum Stehen. Grassi sprang heraus und winkte Ricci und ihre Begleiter gleich zu sich. Er bemerkte das Zusammenzucken der Kollegen, als ganz aus der Nähe ein aufgeregtes schweinisches Grunzen zu vernehmen war. »Hängebauchschweine«, sagte Grassi, und Martino blickte ungläubig. Mit wenigen Worten verteilte der Commissario die Beamten auf Positionen um das Haus. Als alle auf ihrem Posten waren, traten Ricci und Grassi an die Tür und klopften.

»Zeno! Zeno? Hier spricht Commissario Grassi. Machen Sie auf!«

Im Esszimmer ging das Licht an. Ricci trat einen Schritt zurück und blickte durch das Fenster. »Es kommt jemand.«

Die Tür öffnete sich. Im Schein der Flurlampe stand Alberto Amoretti. Vollständig angezogen mit Schnürschuhen und Windjacke.

»Äh, buona sera. Ich wollte gerade in die Bar. Was machen Sie denn hier?«

Ricci hielt zwei Dokumente in der Hand, die sie nacheinander präsentierte. »Wir haben hier einen Durchsuchungsbefehl für Ihr Haus und Grundstück. Außerdem einen Haftbefehl gegen Ihren Sohn.«

»Sie wollen Zeno verhaften? Das muss ein Irrtum sein.«

»Wo ist er?«, fragte Grassi und winkte Martino an ihnen vorbei ins Haus. Amoretti trat widerstandslos zur Seite.

»Ich verstehe nicht. Weshalb …?«

»Das besprechen wir mit Ihrem Sohn. Wo ist Zeno, Signor Amoretti?«

»Er ist nicht da.«

Grassi rollte mit den Augen. »Madonna! Sagen Sie uns, wo er ist. Je schneller wir mit ihm reden können, desto besser für ihn.«

»Ich weiß nicht, wo Zeno ist. Als ich vorhin nach Hause kam, hatte er schon seine Sachen gepackt und gesagt, er würde zurück nach Pisa fahren.«

»Er hat uns an der Nase herumgeführt«, fluchte Ricci. »Und ich Idiot habe noch versucht, sein Vertrauen zu gewinnen.«

»Er hat gesagt, das Gespräch mit Ihnen sei sehr gut gewesen.«

»Hören Sie auf mit dem Unsinn! Wie ist er unterwegs? Zu Fuß? Mit dem Auto? Hat er ein Taxi gerufen? Hat ihn jemand abgeholt?«

»Zu Fuß.«

»Und das haben Sie einfach so akzeptiert?«, sagte Ricci. »In ein paar Tagen ist die Beerdigung Ihrer Frau, seiner Mutter, und Sie lassen ihn einfach so gehen?«

»Es ist, wie es ist, soll ich ihn etwa mit Gewalt aufhalten? Aber weshalb wollen Sie ihn überhaupt verhaften? Was soll er denn getan haben?«

Grassi überging die Frage. »Haben Sie ein Gewehr im Haus?«

»Was? Nein!«

Martino kam die Treppe herunter, er hielt etwas in der Hand.

»Commissario, sehen Sie. Das stand auf dem Regal in Zenos Zimmer.«

Grassi ging ihm zwei Stufen entgegen und nahm das an den Ecken geknickte Foto in die Hand, an dem ein Rest Klebestreifen hing. Es zeigte eine Gruppe junger Menschen, zwei Mädchen, vier Jungs, aufgenommen von schräg oben links auf den Stufen des Trocadero in Paris stehend, im Hintergrund der Eiffelturm. Sie streckten die Daumen hoch, grinsten, hatten die Arme umeinander gelegt. In ihrer Mitte stand Zeno. Auf dem Rücken einen riesigen olivfarbenen Rucksack mit Rolle obendrauf.

Er hielt Amoretti das Bild unter die Nase. »Hatte er diesen Rucksack bei sich, als er gegangen ist?«

»Den hat er immer dabei, wenn er unterwegs ist.«

Ricci war zu ihnen getreten und blickte auf das Foto. »Mit dem Rucksack und aus der Perspektive … er sieht wirklich aus wie der Backpacker vom Tunnel.«

»Sie können sich gern hier umsehen, ich habe überhaupt nichts zu verbergen«, sagte Amoretti etwas zu leutselig für Grassis Empfinden. »Aber wenn Sie mich für die Durchsuchung nicht brauchen und sonst nichts gegen mich vorliegt, dann gehe ich jetzt was trinken, wenn Sie nichts dagegen haben. Ziehen Sie bitte nachher einfach die Tür hinter sich zu.«

Für einen Moment war Grassi tatsächlich sprachlos. So viel Kaltschnäuzigkeit hätte er Amoretti nicht zugetraut. Als Grassi nichts erwiderte, wandte der sich ab, sagte »allora« und ging auf seine Vespa zu.

Ricci sagte leise: »Der ist ja völlig durch den Wind. Sollten wir ihn nicht festhalten?«

»Grundlos? Ich habe schon genug Ärger«, erwiderte Grassi.

Als Amoretti den Helm halb über die Ohren gezogen hatte, rief Grassi ihm zu: »Ich kann Sie gut verstehen.«

»Come?«

»Ich meine, ich kann gut verstehen, dass Sie was trinken müssen. Alkohol hilft bei Verlust. Jedenfalls ein bisschen.«

Amoretti schien nicht zu wissen, was er dazu sagen sollte. Vielleicht roch er auch die Falle, die Grassi ihm stellte.

»Na ja, stimmt schon. Ich trinke aber nicht so viel.«

»Als kürzlich mein Vater gestorben ist, habe ich fast jeden Abend eine Flasche Wein getrunken.«

Amoretti schloss den Helmriemen unter dem Kinn. »Ja, richtig, ich habe davon gehört. Mein herzliches Beileid.«

»Grazie, Signore. Haben Sie sich damals eigentlich bei Emilio bedankt?«

»Was? Ich verstehe nicht.«

»Dafür, dass er Sie nicht verpfiffen hat, als Sie beide von der Polizei beim Wildern erwischt wurden? Mein Vater musste ein saftiges Bußgeld zahlen.«

»Beim Wildern? Also, ich weiß nicht mehr … Das ist ja schon lange her …« Er stieg auf die Vespa, ließ den Motor an.

»Aber es stimmt, dass Francesco damals nicht dabei war, oder?«

»Ja. Also, ich meine, nein, den kenne ich gar nicht. Ich muss jetzt los.«

»Buona sera, Signore. Ich komme wieder!«

»Wonach genau suchen wir?«, fragte Martino wenig später. Er steckte den Kopf durch die Tür zu dem Büro am Ende des Flurs, in dem Ricci und Grassi sich gerade umsahen.

»Zeno war in der Nacht von Luisas Tod am Tunnel. Er hat höchstwahrscheinlich Korrespondenz auf dem Handy seiner Mutter vernichtet. Er hat nach einem Streit die Familie verlassen. Mit anderen Worten: Wir suchen nach Hinweisen auf ein Motiv, nach Gründen für den Streit. Nach Briefen, Tagebüchern, Aufzeichnungen, Dokumenten. Stellt diesen Computer hier sicher und auch jeden anderen Datenträger, den ihr finden könnt. Schickt die Fahndung nach Zeno raus. Nehmt das Foto aus Paris dafür. Die Bahnhöfe bis einschließlich La Spezia müssen überwacht werden. Fragt die Taxidienste nach Fahrgästen mit Rucksack. Andiamo!«

»Wenn er zu Fuß gegangen ist und mit dem Zug nach La Spezia will, liegt der Bahnhof von Framura am nächsten. Von da fährt einer zu jeder vollen Stunde.«

»Ja, aber wenn er sich durch die Wälder schlägt, hat er in seinem Rucksack alles, was er zum Überleben braucht, und wir finden ihn nie.«

Ricci hatte das Familienbild aus dem Regal genommen und betrachtete die drei lachenden Amorettis. »Was passiert hier, Commissario?«

»Ein Sohn, der seine Mutter tötet? Ein Vater, der den Sohn deckt? Ich weiß es noch nicht, aber es ist ein Drama, Ricci. Eine Tragödie.«

Sie hatten jeden Winkel in Zenos Zimmer durchsucht. Mehr als alte Schulhefte, eine Sammlung von Fidget-Spinnern und andere verstaubte Gadgets mit einer Halbwertszeit von drei Monaten, einer Airsoft-Pistole und einer vollständigen Tim-und-Struppi-Heft-Sammlung hatte die Suche nichts zutage gefördert. Der Computer auf Zenos kleinem Schreibtisch war so veraltet, dass Grassi entschieden hatte, ihn dazulassen. Inzwischen war klar geworden, dass Zeno wusste, wie er Datenspuren beseitigte. Dagegen hatten sie mit dem Computer, verschiedenen Ordnern und Papieren aus Luisas Büro gleich drei Kisten gefüllt und eingeladen. Ricci und die Kollegen waren auf dem Weg zurück nach La Spezia. Sie würden bis in die Nacht hinein das Material sichten.

Grassi stand allein im Hauseingang. Im Schein der Außenbeleuchtung glommen die Augen der Ziegen neongrün. Der Schatten des Zaunes fiel im Licht des abnehmenden Mondes bis vor Grassis Füße. Einen halben Kilometer unter ihm lag die Bucht von Framura. Klar und plastisch, wie einzelne Haarstoppel auf dem kahlen Schädel eines alten Mannes, hoben sich die Bäume auf dem Kamm im Westen gegen den Himmel ab.

Zeno musste klar gewesen sein, was passieren würde, wenn die Polizei versuchte, auf den Account zuzugreifen. Er hatte sich auf dem Bild der Überwachungskamera erkannt und gewusst, dass früher oder später nach ihm gesucht wurde. Und er hatte natürlich Grassis Misstrauen gespürt. Der Junge würde planvoll vorgehen und nicht Hals über Kopf den nächsten Zug nach La Spezia nehmen, um sich von der Polizei erwischen zu lassen. Nein, er versteckte sich irgendwo, davon war Grassi überzeugt. Eine Nadel im Heuhaufen. Vor Grassi lag das mondbeschienene Meer, rechts von ihm erhoben sich die bewaldeten Hänge des Monte Grumo, der fast siebenhundert Meter steil aus dem Meer aufstieg. Zeno konnte überall sein. Vielleicht sogar ganz in der Nähe. Der Commissario musste an Weber denken, und ihm wurde klar, dass er in der erleuchteten Tür wie auf einem Präsentierteller stand. Mit einem Kribbeln auf der Kopfhaut löschte er das Licht im Flur, zog die Tür hinter sich zu und stieg ins Auto.

Er blieb im Roadster sitzen, nachdem er vor dem Haus ausgerollt war. In der Küche brannte Licht. Grassi schwankte für einen Moment zwischen Alarm und Freude. Jemand war im Haus. Und dieser Jemand konnte eigentlich nur Toni sein. Er betrat das Haus über die Terrasse.

Toni stapelte Holz im Kamin und drehte sich zu ihm um. Ein Lächeln huschte so kurz über ihr Gesicht wie der Schatten eines Flugzeugs über eine Straße an einem Sommertag.

»Ist Carlo nicht gekommen, um den Schnitt zu holen? Das Zeug liegt ja immer noch da.«

»Was? Ich weiß nicht. Hallo, Toni. Schön, dass du da bist.« Er spürte selbst, dass die Floskel von Herzen kam. Am liebsten hätte er Toni umarmt, so erleichtert und froh war er.

»Finde ich auch.«

»Du warst ganz plötzlich verschwunden.«

»Verschwunden? Ich habe dir doch eine Karte geschrieben.« Sie lächelte verschmitzt.

»Ja. Ich erinnere mich an das Wort ›Idiot‹. Aber wann du zurückkommen würdest, stand nicht drauf.«

»Heute.«

»Und? Was hast du so gemacht?«

»Familie.«

»Du hast Familie in der Gegend?«

»Nicht direkt.«

»Nicht direkt Familie oder nicht direkt in der Gegend?«

»Ich war bei Mamma.«

»Ihr geht's hoffentlich gut.«

»Erzähl mal von deinem Fall.«

Grassi gab die Befragung fürs Erste auf. »Wird dir nicht gefallen. Wir mussten Francesco verhaften.«

Jetzt hatte er ihre volle Aufmerksamkeit. »Francesco? Weswegen?«

»Weil wir gelogen haben, Toni. Weil du Francesco schützen wolltest und ich dich. Und jetzt stellt sich heraus, dass sein Gewehr die Mordwaffe ist.« Ihm kam ein Gedanke, und er stöhnte auf. »Du und ich hatten das Gewehr in dieser Nacht doch ebenfalls in der Hand, also sind auch unsere Fingerabdrücke auf der Mordwaffe!«

Sie lächelte verächtlich. »Stehen wir jetzt etwa auch unter Mordverdacht? Toni und Vito? Wie Bonnie und Clyde?«

»Blödsinn, aber wir fahren morgen zusammen in die Questura, und du machst reinen Tisch. Das ist eine ernste Sache, Toni. Reite dich nicht noch tiefer rein.«

»Madonna, Vito! Wieso hast du Francesco da überhaupt mit hineingezogen? Er hat nur einen Blick auf die grässliche Hand geworfen und ist sofort in Panik geraten. Er war in dieser Nacht weiter weg von der Leiche als ich. Sein Gewehr war nicht geladen, ich habe das überprüft. Wenn du nicht gestochert hättest, wäre die Polizei nie auf ihn gekommen!«

Grassi musste grinsen. »Du meinst, wie in dieser Geschichte von Luigi Pirandello?«

Toni legte den Kopf schief. »Du hast wirklich gelesen?«

Er nickte ein bisschen stolz.

»Ja, genau«, sagte Toni lächelnd. »Wie in *La verità.* Schuld ist derjenige, der ein Geheimnis nicht für sich behalten kann und stattdessen die Wahrheit spricht.«

»So verteidigt sich der Mörder. Er hätte ja nie etwas sehen oder hören wollen. Und er hätte seine Frau nicht erschlagen müssen, wenn er von ihrer Untreue nie erfahren hätte. Am Ende muss er trotzdem ins Gefängnis.«

»Ja, weil er arm und dumm ist. So wie Francesco.«

»O nein, das ist keine Klassenfrage, Toni. Der Mörder in Pirandellos Geschichte muss ins Gefängnis, weil Unwissen kein Menschenrecht ist und jeder für seine Taten verantwortlich ist. Außerdem ist Francesco ja kein Mörder.«

»Trotzdem sitzt er im Knast.«

»Hast du dich deshalb vor Francesco gestellt? Um ihn vor dem Gefängnis zu schützen?«

»Ich mag ihn einfach. Emilio hat ihm manchmal Eier abgekauft und ihm kleine Jobs gegeben. Er hat keine Familie, kaum Feunde, niemand nimmt ihn ernst. Du hast ihn doch erlebt in dieser Nacht. Francesco war völlig außer sich vor Schrecken. Ihn einzusperren ist, wie ein Kind einzusperren! Und du sagst doch selbst, dass er niemanden umgebracht hat.«

»Hast du mir nicht zugehört, Toni? Weber ist nachweislich mit dem Gewehr erschossen worden, das wir bei Francesco gefunden haben. Das heißt, dass die Spur zum Mörder über Francesco führt.«

Toni musterte ihn. Anscheinend beunruhigte sie ihre eigene Lage nicht im Geringsten. »Und Francesco hat dir diese Spur gezeigt.«

Er nickte. »Ich glaube, ja. Hat mein Vater dir gegenüber mal einen gewissen Lupo erwähnt?«

Toni musste überlegen. »Könnte sein, dass einer seiner Bekannten diesen Spitznamen hatte, aber ich bin ihm nie begegnet.«

»Francesco behauptet, mein Vater hätte diesem Lupo von ihm erzählt. Daraufhin hätte Lupo ihn als Führer für eine Wildschweinjagd mit Weber engagiert.«

»Du glaubst, Lupo ist der Schlüssel?«

»Ich glaube, jemand, der Lupo sein könnte, hat Francesco zum Sündenbock gemacht. Und du und ich haben Francesco durch unser Schweigen in Schwierigkeiten gebracht. Warum hast du den Leichenfund nicht selbst zugegeben, statt ihn mir in die Schuhe zu schieben?«

Toni verzog schelmisch das Gesicht. »Warum soll man sich selbst um eine Leiche im Garten kümmern, wenn ein Commissario im Hause wohnt?«

»Jetzt bleib mal ernst. Du hast damit Ermittlungen behindert. Und du hast dich der Falschaussage schuldig gemacht.«

Sie verschränkte die Arme. »Und wenn schon. Ich traue Polizisten eben nicht.«

»Aber Toni. Nur wegen dieser Geschichte vor über zwanzig Jahren?«

Sie schüttelte ungläubig den Kopf. »Diese Geschichte? Nur? Du lieferst mir doch die besten Argumente für mein Misstrauen, Vito. Du kannst das nur wissen, weil du wieder hinter mir hergeschnüffelt hast. Wirklich großartige Vorstellung, dass jeder Uniformträger einfach per Mausklick alles über dich herausfinden kann.«

Merda, dachte Grassi niedergeschlagen, ihr Wiedersehen hatte so gut begonnen. Und jetzt schienen sie wieder ganz am Anfang zu stehen. »Du hast mir nichts von dir erzählt, und ich wollte nur …«

Toni war aufgestanden und um den Esstisch herumgelaufen. Jetzt drehte sie sich abrupt um, stützte sich mit beiden Armen auf die Platte und fixierte ihn. »Man hat mich gefoltert, Vito.«

Er starrte sie an. »Toni, das kann doch nicht …«

»Wie würdest du ein Verhör über sechzehn Stunden denn bezeichnen? Ohne Schlaf, ohne Essen, ohne Kontakt zur Familie. Drei deiner Kollegen ergehen sich in Beleidigungen und Erniedrigungen und genüsslich zusammenfantasierten sexuellen Gewaltfantasien. Hast du eine Ahnung, wie oft sie im Vorbeigehen auf dem Weg zum Klo – vermutlich, um sich einen runterzuholen – rein zufällig mit dem Ellbogen gegen meinen Kopf geschlagen haben? Natürlich nie, ohne sich danach zu entschuldigen?«

»Madonna, diese Schweine. Das tut mir so leid«, sagte er tonlos.

»Lange her, ja, Vito. Aber es steckt da drin«, sie tippte sich an den Kopf, »das kannst du mir glauben.« Leise schob sie den Satz nach: »Du weißt doch, wie schwer man Schläge vergisst, Vito.«

Grassi fühlte sich bei dieser Bemerkung so schutzlos, als hätte sie ihm mit einem Ruck alle Kleider vom Leib gerissen. »Das hat er dir erzählt?«, stammelte er.

Toni nickte. »Ich hatte das Gefühl, dass Emilio das loswerden musste. Dass es ihm auf der Seele gelegen hat.«

»Wir haben nie darüber gesprochen«, sagte er tonlos. »Als wäre es nie passiert. Dabei habe ich ihm nie verziehen, wenn ich ehrlich bin. Und er mir auch nicht, glaube ich.«

»Er hat mir gegenüber vielleicht nicht sein Herz ausgeschüttet, Vito, aber ich hatte schon das Gefühl, dass es ihm leidtat.«

Grassi sah sie an und schluckte hart. Es war ein Frühlingstag im Mai vor etwas mehr als zwanzig Jahren gewesen. Ein Mittwoch. Er erinnerte sich an das satte Grün der Platanen entlang des Tiber auf der Fahrt zum Krankenhaus. Emilio hatte ihn im Morgengrauen angerufen, um ihm zu sagen, dass seine Mutter gestorben war. Seit über einem Jahr hatte Vito auf diese Nachricht gewartet. So lange hatte er im Grunde schon um seine Mutter getrauert, dass die Endgültigkeit ihn fast erleichterte. Er vermisste sie schrecklich. Aber er vermisste es noch mehr, an sie denken zu können, ohne dass sich in seinen Gedanken die Vorstellung ihres blassen, haarlosen Kopfes mit den tiefen Augen über die Bilder glücklicherer Erinnerungen schob. Ihre Krankheit hatte wie Mehltau über all dem Schönen gelegen, was in dieser Zeit passiert war. Seine Hochzeit mit Chiara. Ihre erste Schwangerschaft mit Lucy. Und in der Woche vor ihrem Tod war er zum Ispettore befördert worden. Grassi war in einem merkwürdigen

Gemütszustand, niedergeschlagen und aufgekratzt zugleich, im Krankenhaus angekommen. Emilio saß klein und wund an Giulias Totenbett. Er schien sein Eintreten gar nicht bemerkt zu haben. Vito warf einen Blick auf sie und dachte, dass sie aufgehört hatte, wie seine Mutter auszusehen. Und dann hatte Vitos Telefon geklingelt. Er hätte nicht rangehen sollen, aber er tat es. Ein ahnungsloser Freund begrüßte ihn mit einem dummen Witz, einer lachhaften Belanglosigkeit, die Vito gleich darauf wieder vergaß. Aber er hatte überdreht gelacht. Er hatte nicht anders gekonnt. Es war befreiend.

Zwischen dem Geräusch seines Lachens und dem Klatschen der Hand in seinem Gesicht hatte nur ein Wimpernschlag gelegen. Der eben noch kraftlos auf dem Bettrand sitzende Emilio musste wie von der Tarantel gestochen aufgesprungen sein. Seine Hand traf Vito so heftig und unvorbereitet, dass er das Gleichgewicht verlor, gegen den Türrahmen stolperte und auf die Knie ging. Sein Vater hatte sich wieder zu Giulia gesetzt und ihm den Rücken zugekehrt. Vito kam es vor, als hätte er für Stunden auf dem Boden des Totenzimmers gekniet, dabei konnte es höchstens ein paar Sekunden gedauert haben, ehe er sich hochrappelte und sein Handy einsammelte. Niemand sagte etwas. Vito hatte hinter Emilio gestanden und den Impuls gespürt, zurückzuschlagen.

Madonna, er war ein erwachsener Mann, ein Polizist ohne Angst vor gewaltbereiten Typen, die doppelt so groß waren wie er. Und er musste sich von seinem Vater auf diese Art demütigen lassen? Von diesem selbstgerechten Mistkerl, der glaubte, alles müsse sich um seine Angst vor dem Alleinsehen drehen? Der Vito nie einen Funken Anerkennung für seine Karriere zollen konnte, weil sie nicht seinen hochtrabenden Idealen entsprach?

Grassi hatte in den Jahren seither fast jeden Tag an diese Szene denken müssen, und die Gefühle von damals – Scham, Wut, Verwirrung, Einsamkeit – waren immer schwächer geworden, aber nie ganz verschwunden. Er hätte sich niemals getraut, seinen Vater zu Lebzeiten darauf anzusprechen. Dabei hatte Emilio offenbar nur darauf gewartet. Gewartet, statt es selbst zu tun. Und so war die Stille zwischen ihnen weiter gewachsen, und sie hatten sich voneinander entfernt, nicht nur geografisch. Was für ein Gefühlsschlamassel.

Im Leben war nichts mehr zu ändern. Aber zu wissen, dass sein Vater und er mit derselben Geschichte auf gleiche Weise doch nicht mit sich im Reinen gewesen waren, tröstete ihn. Und konnte ihn vielleicht sogar im Laufe der Zeit versöhnen.

Toni, die ihm gegenüber die ganze Zeit am Küchentisch gesessen hatte, reichte ihm ein Taschentuch und deutete auf ihre rechte Wange. Grassi wischte sich spiegelbildlich über die Stelle. »Nein, auf der anderen Seite.« Er hatte nicht bemerkt, dass ihm die Tränen gekommen waren.

»Wollen wir was essen gehen?«, fragte er, nachdem er sich die Nase geputzt hatte.

»Ich gehe nicht gern in Restaurants.«

»Dann gehen wir in die Bar Levanto. Aperitivo, Focaccia, ein paar Oliven, dazu ein Bier oder ein Spritz. Was meinst du?«

»Ich wollte eigentlich nur unter die Dusche und dann ins Bett.«

»Komm schon, Toni.«

Sie rang mit sich. Schließlich brachte sie ein »allora, okay« heraus.

Grassi klatschte in die Hände. »Bellissima!« Er war selbst überrascht, wie sehr er sich auf einen gemeinsamen Abend freute. Dass zur gleichen Zeit die Kollegen in La Spezia mit den Asservaten der Durchsuchung beschäftigt waren, machte ihm kein schlechtes Gewissen. Er sprang auf und ging ins Schlafzimmer. Dort öffnete er den Kleiderschrank und suchte das dunkelblaue Leinenjackett seines Vaters und das schokobraune Hemd heraus. Beides nahm er mit ins Bad, zog es an und betrachtete sich im Spiegel. Wofür machte er sich gerade schick? Für ein Date mit Toni? Nein, gestand er sich ein. Es fühlte sich eher an wie eine Familienfeier im kleinsten Kreis. »Ich bin hier noch nicht zu

Hause, Papa, aber ich arbeite daran«, murmelte er. Er zupfte sich noch mal am Kragen, wischte über die Aufschläge und war recht zufrieden.

»Gut so?«, fragte er Toni.

»Äh, claro. Wieso nicht?« Sie hatte sich nicht umgezogen, trug immer noch Jeans und T-Shirt. Aber wenn sich Grassi nicht täuschte, hatte sie die Haare straffer hochgesteckt, und auch ihre hellblauen Wildleder-Trekking-Schuhe kamen ihm vor wie frisch gebürstet. Und als sie neben ihm im Roadster saß, meinte er, von einem feinen blumigen Duft angeweht zu werden. Er freute sich, dass sie diesem Abend anscheinend ebenfalls eine gewisse Bedeutung beimaß. So beschwingt nahm er die erste Kurve nach der steilen Rampe, dass der Roadster ins Rutschen kam und rechts an ein paar Ästen entlangschlitterte, die sich stabiler anfühlten als der orangfarbene Lack.

»Autsch«, sagte Toni. »Weißt du, Emilio wollte die Straße letztes Jahr ausbessern lassen, aber die Nachbarn fanden das unnötig, und allein konnte er das nicht bezahlen.«

»Ich werde die Nachbarn auf unterlassene Hilfeleistung verklagen.«

Die Bar war gut besucht, doch Vito fand noch einen Tisch an der Fotowand. Er entschied sich gegen ein Bier und bestellte wie Toni einen Aperol Spritz. Eine Minute später waren die Drinks zwar noch nicht da, aber dafür hatte Gabriele, der Cameriere, den Tisch bereits mit kleinen Leckereien aller Art vollgestellt. Kleine, frisch gebackene Pizzen, Oliven, eine Schale Chips und einen großen Teller mit belegter Focaccia. Dann kamen die beiden Aperol Spritz. Sie hatten die richtige Farbe, die richtige Menge Eis, und die Orangenscheibe hatte genau die richtige Dicke.

Toni schien sich in der trubeligen Bar nicht ganz wohlzufühlen. Ihr Blick irrte im Raum umher, als sei sie auf der Suche nach jemandem. Tatsächlich fühlte auch Grassi sich beobachtet, aber er hätte nicht zu sagen vermocht, ob die Blicke, die ihnen zugeworfen wurden, eher Toni oder ihm galten. Er hob sein Glas.

»Salute.«

Sie sah ihn an, als hätte sie ihn eben erst entdeckt. Dann nahm sie ihr Glas in die Hand, stieß es gegen seines und stellte es noch einmal kurz ab, bevor sie den ersten Schluck trank.

Grassi nahm einen kräftigen Schluck. Es war ein Fehler, Spritz gegen den Durst zu trinken, aber als er daran dachte, war es schon zu spät und das Glas halb leer. Als Piero in seine Richtung schaute, gab er ihm das Zeichen, einen weiteren zu bringen.

»Mörderjagd macht durstig, was?«, sagte Piero, als er den frischen Drink abstellte. »Hallo, Toni, lange nicht gesehen.«

Toni schien überrascht von der freundlichen Begrüßung. Und erleichtert. »Hallo, Piero. Stimmt. Das letzte Mal war ich mit Emilio hier.«

»Emilio«, wiederholte Piero. »Riposa in pace.« Er bekreuzigte sich. »Habt ihr denn schon eine heiße Spur? Die Leute reden ja so einiges.«

»Was reden sie denn?«

»Luisa wäre von ihrem Liebhaber umgebracht worden, und radikale Globalisierungsgegner hätten diesen Deutschen hingerichtet, um Touristen abzuschrecken. Buon appetito.« Und damit war er wieder hinter der Bar verschwunden.

Grassi betrachtete Toni. Sie wirkte entspannt, während sie sich in der Bar umsah. »Was ist?«, fragte sie, als sie bemerkte, dass er sie beobachtete.

»Nichts. Ich freue mich nur, dass wir zusammen hier sind. Salute!« Er hob sein Glas.

»Salute.«

»Wie oft gehst du deine Mutter besuchen?«

»Wenn's geht einmal die Woche. Meistens Mittwoch. Manchmal auch am Wochenende.«

»Geht es ihr gut?«

»Seit mein Stiefvater gestorben ist, lebt sie allein, und es wird schlimmer mit der Vergesslichkeit. Aber wenn wir *scopa* spielen, habe ich trotzdem keine Chance.« Sie lächelte. »Und sie strickt viel. Also wenn du Socken brauchst …«

Grassis Telefon klingelte und brummte. Im Stimmengewirr der Bar bemerkte er es erst nach einigen langen Sekunden. Ausgerechnet, als er mit Toni über Privates ins Gespräch kam. Er erkannte Riccis Nummer. »Ciao, Ispettore, was gibt es?«

»Hallo, Commissario. Ich wollte gerade auflegen. Was ist denn da bei Ihnen los? Feiern Sie eine Einstandsparty und haben mich nicht eingeladen?«

»Nein, ich bin nur … an der Tankstelle, und da läuft Musik.«

»Ich wollte Ihnen von einem interessanten Fund berichten, Commissario. Luisa hatte einen Ordner mit Schulunterlagen, Abschlusszeugnissen, Arbeitsverträgen und Zertifikaten. Schön chronologisch geordnet. Und raten Sie mal, was da drin war.«

»Kann ich dabei was gewinnen? Oder warum machen Sie's so spannend?«

»Ein Arbeitszeugnis von 2003 für einen Job als Verkäuferin in der Filiale von 2Queens auf der Sendlinger Straße in München.«

Grassi pfiff durch die Zähne.

»Unterschrieben vom Geschäftsführer Rudolf Weber.«

»Madonna!«

»Und das ist noch nicht alles, Commissario. Erinnern Sie sich an das Bild, das in Luisas Büro im Regal gestanden hat?«

»Das Familienbild? Ja. Was ist damit?«

»Es hat mir keine Ruhe gelassen, und da habe ich ein bisschen recherchiert.«

»Amoretti nannte es ein ›Bild aus besseren Zeiten‹.«

»Mir geht es weniger um die Familie, sondern um das Riesenrad im Hintergrund. Ich glaube, ich weiß, wo das aufgenommen worden ist. Und auch wann.«

Grassi stand auf und warf Toni einen entschuldigenden Blick zu, aber die war mit einem Stück Farinata beschäftigt. »Und weiter?«

»Es hat diese Kabinen, die wie Lebkuchenhäuschen aussehen

und mit roten Herzchen bemalt sind. Ich habe es im Netz gefunden. Dieses Riesenrad steht seit über vierzig Jahren auf dem Oktoberfest in München.«

Grassi war auf die Straße getreten. »In München, sagen Sie?« Sein Hirn arbeitete auf Hochtouren: »Das Bild ist noch nicht alt, höchstens vom letzten Jahr. Die Amorettis machen also im Oktober …«

»… oder September, das Oktoberfest endet nur im Oktober …«

»… machen also im Herbst einen fröhlichen gemeinsamen Ausflug zum Oktoberfest nach München. Trinken, lachen, fahren Riesenrad. Und kurz darauf knallt es zwischen Mutter und Sohn dermaßen, dass er seine Sachen packt und nie wieder ein Wort mit ihr spricht. In München könnte etwas passiert sein.«

»Da haben wir doch die Verbindung, nach der wir gesucht haben, Commissario!«

»Wenn Luisa Weber gekannt hat, könnte das der Auslöser der Katastrophe gewesen sein. Spielen wir's mal durch.«

»Luisa trifft Rudolf zufällig nach Jahrzehnten in München wieder und beginnt eine Affäre mit ihm. Zeno kommt irgendwie dahinter, konfrontiert seine Mutter.«

»Es kommt zum Streit, und Zeno zieht aus. Er findet heraus, dass Weber seiner Mutter nachstellt und ein Haus in Levanto mietet, sieht rot und schmiedet Rachepläne. Erst erschießt er Weber, und dann tötet er seine Mutter. So ungefähr, Ispettore?«

»Ich gebe zu, das klingt ziemlich radikal. Aber die Kette der Indizien schließt sich so langsam: seine DNA in der Nähe des ersten Tatorts, sein Versuch, Beweise verschwinden zu lassen, seine Flucht. Und jetzt auch ein mögliches Motiv.«

»Ein Motiv für den Mord an der Mutter. Mit dem Mord an Weber können wir Zeno nicht in Verbindung bringen. Die Frage ist, was sein Vater mit all dem zu tun hat? Saß der in München ahnungslos in einem Bierzelt und hat von der Affäre nichts mitgekriegt?«

»Das wäre ja nichts Neues. Männer sind immer die Letzten, die kapieren, dass in der Beziehung etwas nicht mehr stimmt.«

»Da bin ich mir nicht so sicher.«

»Sie denken an diesen Lupo?«

»Ja. Alberto kannte meinen Vater, das hat er vorhin am Haus zugegeben. Und wenn Francesco die Wahrheit sagt, kannte mein Vater diesen Lupo. Aber mir fehlen die verdammten Beweise.«

Als Grassi wieder an seinen Tisch trat, hatte sich Piero auf dem Stuhl gegenüber von Toni platziert. Beide blickten ihm mit freudiger Erregung entgegen. »Ich habe das Bild gefunden«, sagte Piero.

»Was für ein Bild?«

»Das von Emilio an der Wall of Fame.« Er drehte sich um und berührte sachte ein Foto, das zum Teil halb verdeckt von einer Stecknadel an der Wand festgehalten wurde.

Grassi bekam feuchte Hände. »Kannst du es abnehmen und mir geben?«

»Lieber nicht, sonst fällt mir das ganze Puzzle auseinander«, sagte Piero und erhob sich. »Wenn du dich hinsetzt, ist es genau auf Augenhöhe.«

Grassi setzte sich langsam und ging mit dem Gesicht ganz nahe an das Bild heran, auf das Piero gezeigt hatte. Es war ein billiger Abzug im Format neun mal dreizehn. Mit Blitz im Innenraum aufgenommen, sodass die Gesichter darauf bleich aussahen. Die Oberfläche des Bildes war schmierig von Küchendämpfen, Menschenausdünstungen und Nikotin. Aber Emilios Gesicht war unverkennbar: das schiefe Grinsen mit dem einen Mundwinkel nach oben, das runde freundliche Gesicht, die dichten Augenbrauen über den kleinen Augen, die halb geschlossen waren in Erwartung des grellen Blitzlichts. ›Ciao, Papa‹, dachte Grassi, und dass so ein entspannter Mann unter Freunden aussah.

»Das muss vor ungefähr fünf Jahren gewesen sein bei einer kleinen Wiedersehensfeier«, hörte er Piero hinter sich sagen.

Grassi spürte Tonis Gesicht neben dem seinen, auch sie hatte sich vorgebeugt, um das Bild näher zu betrachten. Er warf ihr einen kurzen Blick zu. Sie wirkte so überrascht wie er selbst, hatte den Kopf verträumt zur Seite geneigt, und in ihren Augen konnte er eine tiefe Zuneigung zu dem Mann auf dem Foto lesen.

Emilio hatte den rechten Arm um die Schultern seines Nebenmanns gelegt, der gerade ein halb volles Glas Bier ansetzte. Die linke Hälfte des Bildes wurde von einem anderen Foto überdeckt. Grassi schob den Zeigefinger unter das Nachbarbild, hob die Ecke an, um Emilios Bild in Gänze zu sehen, und ein Schauer lief ihm über Kopfhaut und Nacken. Er drehte sich abrupt zu Piero um. »Das ist Alberto Amoretti da neben meinem Vater, oder?«

Piero ging näher heran, runzelte die Stirn und schlug sich dann fassungslos an die Stirn. »Tatsächlich, was für ein unglaublicher Zufall, oder? Ich musste jetzt erst nach Luisas Tod wieder an ihn denken. Wir haben uns lange nicht getroffen. Ich glaube wir waren das letzte Mal alle zusammen, als dieses Foto gemacht worden ist.«

Grassi hatte die Geräusche der Bar um sich herum inzwischen vollkommen ausgeblendet, der sentimentale Anflug beim Betrachten seines Vaters war vorüber und jeder Gedanke messerscharf auf die Ermittlungen gerichtet. Dieses Bild war der Missing Link. »Du, Emilio und Alberto, ihr seid Freunde gewesen?«

»Na ja, Jugendfreunde würde ich sagen. Wir haben zusammen Fußball gespielt und hingen of zusammen rum. Ich bin hiergeblieben, Emilio ist nach Rom gegangen, und Lupo hat in Genua studiert …«

»Hast du Lupo gesagt?«

»Ja. So haben wir Alberto genannt, weil er diese Comics geliebt hat. Die kennst du bestimmt. Lupo Alberto der Wolf und die Henne Marta.«

»Madonna!«, fluchte Grassi, rupfte die Nadel aus dem Bild und nahm es von der Wand, was die Fotos darum herum sofort ins Rutschen brachte.

»He«, sagte Piero, »ich dachte, du würdest dich freuen. Was machst du denn da?«

»Ich muss mir das Bild ausleihen, Piero, du kriegst es wieder.« Grassi wollte vom Tisch aufspringen, prallte aber gegen einen großen jungen Mann, der sich leicht schwankend hinter ihm aufgebaut hatte.

»Sie sind doch der Commissario, der in den beiden Mordfällen ermittelt?«

»Scusa, ich habe jetzt wirklich keine Zeit.«

Piero mischte sich ein: »Lass meine Gäste in Ruhe, Fabio.«

Der junge Mann ließ sich nicht beirren und stach mit dem Zeigefinger in die Luft. »Das ist eine ganz üble Geschichte!« Er schüttelte bedeutungsschwanger den Kopf. »Ganz übel!«

»Da haben Sie recht. Und sollten Sie sachdienliche Hinweise haben, die zur Klärung beitragen könnten, dann wenden Sie sich doch bitte vertrauensvoll an die örtlichen Carabinieri.« Grassi hatte jetzt keine Nerven für den Typ.

»Die habe ich allerdings, die habe ich.« Fabio beugte sich verschwörerisch zu Grassi vor. »Ich kenne nämlich den *figlio* der verblichenen Signora. Zeno.« Fabio verzog den Mund. »Wir beide sind so!« Er hielt Grassi zwei gekreuzte Finger vor die Nase. »Siamo come fratelli!«

»Tatsächlich? Wann haben Sie ihn denn zum letzten Mal gesehen?«

Fabio runzelte die Stirn, als müsse er angestrengt nachdenken. »Lange her, sehr lange her. Damals sind wir noch zusammen Rennrad gefahren.«

»Und was für einen Hinweis haben Sie für mich, Fabio?« Grassi trat von einem Fuß auf den anderen auf der Suche nach einer Lücke, um sich an dem breiten Typ vorbeizudrücken.

Fabio schien Grassis Frage nicht gehört zu haben. Toni war aufgestanden, warf dem Commissario einen alarmierten Blick zu und schob sich an dem Nachbartisch vorbei in Richtung Ausgang. »Ich hab auch seine Mutter gekannt, wissen Sie«, redete Fabio ungerührt weiter. »Das war eine sehr nette Frau. Sie hat uns immer Bananen mitgegeben als Proviant. Von Montaretto bis zum Passo del Bracco, das war unsere Trainingsstrecke.«

Der Commissario hatte es geschafft, den schwankenden Kerl ein wenig zur Seite zu manövrieren und aus der Tischecke zu entkommen. Nach dessen letzten Worten drehte sich Grassi noch einmal zu Fabio um und legte ihm einen Finger an die Brust. »Zum Passo del Bracco, sagen Sie? Zu der Ruine?«

Fabio nickte schwerfällig und schien inzwischen nur noch laut mit sich selbst zu reden. »Schlusssprint zum Bracco und dann noch im Spurt den Felsen hoch … wir waren Tiere! Tiere!«

Vor der Tür der Bar blieb Grassi stehen und nahm Toni fest am Arm. Sie musste seine Erregung spüren, denn sie wehrte sich nicht gegen seinen Griff und sah ihn nur mit großen Augen an. »Scusi, dass ich unseren Abend so plötzlich beenden musste, aber was ich in den letzten fünf Minuten erfahren habe, könnte entscheidend für die Lösung von gleich zwei Mordfällen sein. Ich darf keine Zeit verlieren, Toni. Hast du Lust auf einen kleinen Ausflug?«

RAUCH

Außer ihnen war niemand auf der SS 332 in Richtung Bracco unterwegs, und Grassi gab dem Roadster die Sporen. Fast lautlos glitten sie durch die dunkle Landschaft, nur ein Quietschen der Reifen, gefolgt von Tonis Seufzen, war immer dann zu hören, wenn Grassi aus einer der vielen engen Kurven turbinenartig herausbeschleunigte. Toni hatte gegen die überraschende Spritztour nicht viel Widerstand geleistet. Sie musste gespürt haben, dass der Commissario seinem Instinkt folgend die Jagd aufgenommen hatte. Er hatte nicht gesagt, wonach er jagte, und sie hatte nicht gefragt.

Auf der Geraden vor der Kreuzung mit der Via Aurelia erreichte er hundertfünfzig.

»Das macht dir Spaß, oder?«

»Was?«

»Schnell fahren.«

»Wenn es sein muss. Dir auch?«

Sie nickte. »Ist okay«, sagte Toni cool, aber in ihren Augen funkelte freudige Erregung.

Grassi nahm die Via Aurelia Richtung Norden, schaute nach ein paar Hundert Metern in den Rückspiegel und stellte die Scheinwerfer aus. Statt auf die erleuchtete Straße blickten sie mit einem Mal auf eine undurchdringliche schwarze Mauer, und Toni schnappte hörbar nach Luft. Doch die Augen brauchten nur Sekunden, um sich an die Dunkelheit zu gewöhnen und ein scharfes Bild aus unendlich vielen Grautönen zusammenzusetzen: Sie wurden eingesogen von einem Tunnel aus Bäumen, Felsen und endlosem Himmel. »Magisch«, flüsterte sie.

Sie glitten weiter, bis die Steigung sie immer langsamer werden ließ, Grassi den Roadster in eine Bucht auf der linken Straßenseite lenkte und sie auf leise knirschendem Kies zum Stehen kamen. Wenige Meter vor ihnen teilte wie ein riesiger Faustkeil ein Felsen die alte abgesperrte Passstraße von der neuen.

»Warum halten wir?«

Grassi gab keine Antwort, stattdessen checkte er sein Handy. Grassi hatte Ricci vor der Abfahrt in Levanto eine Nachricht geschickt: »Passo del Bracco, brauche Verstärkung. Subito.« Sie hatte ihm nur eine Minute später mit »sind unterwegs« geantwortet.

»Ich will dich in nichts reinziehen, Toni. Hier sind die Autoschlüssel. Fahr bitte auf dem Rückweg die ersten paar Kurven noch ohne Licht, bis du sicher bist, vom Passo del Bracco aus nicht mehr gesehen werden zu können.«

»Ich dachte mir schon, dass du mir nicht nur dein tolles Auto vorführen wolltest, Vito, aber ganz ohne Erklärung fahre ich nicht. Also: Was ist hier los, und was hast du vor?«

Grassi spürte sein Handy in der Jacketttasche brummen. »Ispettore Ricci! Ich bin schon am Pass. – Nein, ich bin mir ziemlich sicher, dass Zeno sich hier versteckt. Ein Jugendfreund von Zeno hat mich darauf gebracht. Außerdem habe ich den Beweis für die Existenz von Lupo. Das erzähle ich Ihnen alles später. – Hören Sie, Zeno ist zu Fuß und kommt nicht weit. Ja, er könnte sich irgendwo im Wald verstecken, aber ich glaube das nicht. Am Tunnel hat er sein Lager auch nicht am Strand aufgeschlagen, sondern unter der Plane eines privaten Bootes. – Wie lange brauchen Sie? – Gut. – Und: Ispettore! Die Kollegen sollen bitte nicht mit Blaulicht und Sirenen anrücken, sodass er schon eine halbe Stunde vorher seine Sachen packen kann.«

»Okay, ich glaube, so langsam kapiere ich«, sagte Toni. »Aber wieso schickst du mich zurück, wenn du sowieso auf deine Kollegen wartest, um deinen Mörder zu verhaften?«

»Bis die kommen, dauert es mindestens eine Dreiviertelstunde. So lange kann ich hier nicht rumsitzen. Außerdem habe ich ein ungutes Gefühl. In irgendeiner dunklen Ecke dieser ganzen vertrackten Geschichte lauert immer noch dieser Lupo.« Grassi nahm die Beretta aus dem Holster unter seinem Jackett, prüfte das Magazin, sicherte und steckte die Waffe wieder ein.

»Vielleicht irrst du dich, und hier oben ist überhaupt niemand. Dann könntest du die Verstärkung abblasen.«

Möglich wäre es, dachte Grassi, aber seine Intuition sagte ihm etwas anderes: Er war sich sicher, dass Zeno nicht den Plan hatte, so schnell wie möglich und so weit wie möglich vor der Polizei zu flüchten. Nein, der Junge suchte einen Ort, an dem er in Ruhe über das nachdenken konnte, was passiert war, und um seine nächsten Schritte zu überlegen. Die Passruine war dieser Ort.

Für den Commissario bestand kein Zweifel daran, dass Zeno am Tod seiner Mutter beteiligt gewesen war. Ein feiner Unterschied zu Mord. So fein wie der Unterschied zwischen Schuld und Verantwortung. Grassi hatte am eigenen Leib zu spüren bekommen, dass der Junge aggressiv reagieren konnte. Zeno hatte sich von ihm provozieren lassen. Wichtiger als der Schubser war für Grassi der Satz gewesen, den Zeno ihm bei seiner Attacke ins Gesicht geschrien hatte: »Du hast ja keine Ahnung!« Zeno hatte recht, aber Grassi war entschlossen, das zu ändern.

»In dem Fall wäre es doch besser, ich würde hier warten. Sonst müsstest du in der Ruine übernachten?«

Der Commissario überlegte. »Es gibt nur zwei Möglichkeiten. Entweder ich habe mich geirrt, und da oben ist nichts, in dem Fall bin ich spätestens in einer Viertelstunde wieder hier. Oder Zeno hält sich wirklich auf dem Pass versteckt, und dann will ich nicht, dass du dich einer Gefahr aussetzt. Ich habe erlebt, dass er gewalttätig werden kann, wenn er sich in die Enge gedrängt fühlt. Also fährst du auf jeden Fall zurück. Nach spätestens fünfzehn Minuten. Und solltest du Schüsse hören, brichst du sofort auf. Ist das klar, Toni?« Er sah sie streng an, aber das hätte er sich sparen können. Was Toni täte, wenn sie Schüsse hörte oder er nicht rechtzeitig zurückkam, bestimmte sie selbst.

»In bocca al lupo. Viel Glück«, sagte Toni.

Er öffnete die Tür nur einen Spalt, für den Bruchteil einer Sekunde ging die automatische Innenbeleuchtung an, bevor Grassi sie per Knopf sofort löschte. Erst dann schwang er die Tür ganz auf, stieg aus, drückte die Tür hinter sich sanft ins Schloss und winkte Toni noch einmal zu.

Der faustkeilartige Felsen trennte die neue Passstraße von der abgesperrten alten, die links zwischen Felsen und Berghang kaum noch zu erkennen war. Grassi stieg über die Leitplanke und tastete sich vorsichtig über den rissigen, wild überwucherten Untergrund vor. Als nach sechzig Metern die alte Straße wieder auf die neue traf, blieb er stehen und spähte zu den Ruinen der Raststätte hinüber. Von seiner Position aus war kein Licht, keine Bewegung, kein Leben zu erkennen. Den nächsten Beobachtungsposten bezog er einhundert Meter weiter bei dem alten blauen Schild, das die Passhöhe markierte. Während er sich auf verdächtige Geräusche oder Bewegungen konzentrierte, fuhr er mit den Fingern der rechten Hand die erhabenen rauen Buchstaben entlang. Hunderte von Menschen hatten im Laufe der Jahrzehnte Aufkleber und Botschaften auf dem Schild hinterlassen, und im Mondlicht war die eigentliche Aufschrift »Compartimento di Genova Passo Del Bracco Alt. 615 s/m« fast nicht mehr erkennbar. Direkt vor Grassis Nase prangte ein Aufkleber mit der motivierenden Botschaft »Run For Your Life«.

Im Weitergehen duckte er sich zwischen Leitplanke und Gestrüpp. Quer über die ehemalige Zufahrt zur Raststätte war eine Betonmauer mit Durchgang gebaut worden. Ein kurzer, federnder Sprint auf den letzten Metern bis zur Mauer, dann blieb er mit dem Rücken daran gelehnt stehen und atmete durch. Ein Blick auf die Leuchtzeiger seiner Uhr sagte ihm, dass genau neun Minuten vergangen waren, seit er aus dem Auto gestiegen war. Toni würde sehr bald eine Entscheidung treffen müssen. Grassi sah vorsichtig um die Ecke. Die Ruine war noch gut zwanzig Meter entfernt. Der Mond leuchtete durch das leere Giebelfenster auf den verwahrlosten alten Parkplatz zwischen Hausruine und Aussichtsfelsen. Zerborstene Bierflaschen und leere Spraydosen glänzten im Mondlicht. Ein weißer Wäschekorb lag da wie ein bleiches Gerippe. Zur Talseite waren die Überreste des Hauses komplett von Flechten, Bäumen und Gestrüpp zugewuchert. Es gab nur einen Zugang von vorn durch den ehemaligen Eingang des Restaurants. Grassi zog den Kopf zurück und schätzte die Lage ein. Sich an der Mauer vorbei der Ruine von der Seite zu nähern, war riskant. Geblendet vom Mond könnte er auf Glas oder Blech treten und sich dadurch verraten. Ein Stück weiter die Passstraße hochzulaufen und direkt von vorn zu kommen, bot aber noch weniger Schutz vor Entdeckung.

Der Commissario schlüpfte durch die Mauer und hielt sich rechts am Felsen. Schritt für Schritt, immer auf seine Füße achtend, näherte er sich der Ruine. Als er ein Geräusch hörte, kauerte er sich hin. Er hatte keine Deckung und verhielt sich mucksmäuschenstill. Er hörte ein Rauschen und konnte jetzt auch einen Schimmer aus dem Inneren ausmachen. Jemand hatte in der Ruine einen Campingkocher entzündet. Ein schwaches bläuliches Licht erhellte eine leere Fensterhöhle. Dann näherten sich von innen knirschende Schritte dem Eingang. Eine männliche Gestalt trat in das Loch, das eine Tür gewesen war. Zeno.

Der Junge hob das Gesicht zum Himmel, während er den Rauch einer Zigarette ausblies. Es hörte sich so an, als murmelte er etwas vor sich hin. Zeno schaute nach links auf einen verfallenen Schuppen am Rand der Passstraße und dann nach rechts – genau auf Grassi. Zeno schien zu erstarren, und der Commissario hielt die Luft an.

Totale Stille hüllte die Szene ein. Kein Auto auf der Passstraße, kein Flugzeug am Himmel, kein Vogel im Wald, kein Hund von einem nahen Hof übertönte das pulsierende Rauschen in Grassis Ohren, während er fieberhaft überlegte, ob dies der richtige Moment war, aufzuspringen und Zeno mit vorgehaltener Waffe zu verhaften. Plötzlich erleuchtete das Zigarettenglühen wieder Zenos Gesicht, und Grassi konnte erkennen, dass dieser den Blick abgewendet hatte.

Grassi war unentdeckt geblieben. Ganz flach atmete er aus und nahm dann ebenso lautlos einen großen Schluck Sauerstoff.

Zeno blickte hinter sich ins Innere der Ruine. Grassi spannte alle Muskeln. Der Junge nahm noch einen kurzen Zug, warf die Zigarette weg und machte Anstalten, wieder hineinzugehen. Grassi wartete wie ein Sprinter vor dem Start: das linke Bein angewinkelt, die linke Hand aufgestützt, in der rechten die Beretta mit dem Finger am Abzug und dem Daumen an der Sicherung. In dem Augenblick, in dem Zeno aus seinem Sichtfeld ins Haus verschwunden war, sprang Grassi auf.

Fünf schnelle Schritte und zwei Sekunden brauchte er bis zum Eingang und zu der Erkenntnis, dass er gerade eine große Dummheit beging.

Zeno war im dunklen Inneren verschwunden, und Grassi blieb zur Orientierung genau die Sekunde zu lange stehen, die ein von der Passhöhe kommendes Auto brauchte, um Grassi mit dem Fernlicht so klar in die Szene zu stanzen wie einen Tänzer auf der Bühne des chinesischen Staatszirkus. Verwirrt drehte er sich um, wurde prompt geblendet und dann aus dem Nichts von hinten so brutal gerammt, dass er mit dem Kopf hart gegen den Türrahmen aus Beton geschleudert wurde und zu Boden ging. Für Sekunden sah er nichts als tausend explodierende Sterne auf der Netzhaut. »Zeno …«, war alles, was er stöhnend hervorbrachte. Er hatte die Orientierung verloren: Wo war sein Angreifer hergekommen? Wo war er jetzt? Und vor allem: Wo war seine Pistole? Jemand rannte an ihm vorbei aus der Ruine und trat ihm auf die Hand. Knochen knirschten. Grassi schrie auf: »Merda! Verdammter Mistkerl!« Er riss blind die Augen auf und wischte mit den Händen wild über den dreckigen, rissigen Boden, ohne die Beretta ertasten zu können. Dafür bekam er ein kurzes, rostiges Armierungseisen zu fassen. Besser als keine Waffe, dachte er. Grassi schüttelte sich und zog sich am Türrahmen hoch. Er trat auf etwas Scharfes und merkte, dass er einen Schuh verloren hatte. Schwindel erfasste ihn. Stöhnend legte er den Kopf in den Nacken. Die Sterne in seinem Kopf lösten sich auf. An ihre Stelle traten die echten Sterne des klaren ligurischen Nachthimmels.

Näherten sich da Scheinwerfer von Süden her der Passhöhe? War das schon Ricci mit der Verstärkung? In den Kurven verschwanden die Lichter, auf den Geraden tauchten sie wieder auf, näherten sich weiter und blieben schließlich nahe dem Schuppen stehen. Türen schwangen auf, und die fröhlichen Stimmen junger Leute quollen heraus. »Habe ich zu viel versprochen? Ist doch geil hier für eine Party – wow!, creepy! –, wir bringen die Sachen alle auf den Felsen hoch, da ist es noch besser! He, schaut euch den da an!«

Sie hatten den Commissario im Eingang der Ruine entdeckt: einen wild und vermutlich verwirrt aussehenden Mann, halb barfuß, mit schmutzigen Klamotten, blutüberströmtem Gesicht und einer Eisenstange in der Hand.

Grassi stolperte der Gruppe junger Leute ein paar Schritte entgegen und rief: »Fanculo! Macht, dass ihr wegkommt! Verschwindet!«

»Das ist ein Irrer, Leute, los, los! Nichts wie weg!« Sie sprangen zurück ins Auto, wendeten mit durchdrehenden Reifen und rasten mit Vollgas den Pass hinunter.

Wieder allein in der Dunkelheit, blickte sich Grassi hektisch um. Er vernahm Atemgeräusche, das Knirschen von Kieseln, bemerkte eine Bewegung vor sich. Grassi hob die Stange. Dann plötzlich das hektische Rasseln und Zurückschnappen eines Kickstarters, das kurze Aufheulen und wieder Ersterben eines Motors. Das kam aus dem Schuppen! Woher hatte Zeno einen Roller? Er musste ihn aufhalten! Wo war seine Pistole? Grassi drehte sich suchend um und erschrak bis ins Mark, als er die Mündung seiner Beretta auf sich gerichtet sah. Ungläubig lächelnd schüttelte der Commissario den Kopf. Natürlich, ging es ihm auf: Der ganze Fall, beide Morde, waren eine Familienangelegenheit. Bis zum bitteren Ende.

Zeno stand am Eingang der Hausruine mit der schwarz glänzenden Beretta des Commissario in der Hand.

Grassi streckte die Hand aus. »Gib mir die Pistole, Zeno. Noch ist es nicht zu spät!« Von hinten vernahm er den zweiten vergeblichen Versuch, die Vespa zu starten.

»Nicht zu spät? Sind Sie dumm?!«, schrie der Junge jammernd. »Es ist alles zu spät. Und jetzt wollen Sie meinem Vater auch noch den Mord an Rudolf anhängen.« Er kam Grassi einen Schritt entgegen. Die Mündung der Pistole war auf Grassis Bauch gerichtet. Zenos Hand zitterte.

»Hat Alberto dir das eingetrichtert? Lass dich von ihm nicht mit reinziehen, sonst wird alles nur noch schlimmer.«

»Noch schlimmer?«

»Ja, Zeno. Es geht immer noch schlimmer, glaube mir.« Grassi machte einen Schritt auf ihn zu, die Hand nach wie vor ausgestreckt. Er versuchte sich zu erinnern, ob er die Waffe entsichert hatte, bevor er in die Ruine gestürmt war. »Dein Vater muss für seine Taten selbst geradestehen, Junge. Die Pistole, bitte«, sagte er so ruhig wie möglich.

Zeno rieb sich einmal heftig übers Gesicht und ließ die Pistole etwas sinken, als verließe ihn die Kraft. »Er wusste doch gar nichts von … Es war ein Unfall!« Der letzte Satz klang wie eine Beschwörung.

In diesem Moment rollte die Vespa hochtourig jaulend aus dem Schuppen. Grassi wandte sich um. Alberto Amoretti hielt halb auf der Straße, ein Gewehr auf dem Rücken, und rief: »Gut gemacht, Zeno! Steig auf! Wir verschwinden!« Da sprach nicht mehr das trauernde Opfer, sondern ein kühl kalkulierender Täter.

Grassi sprach gerade so laut, dass der Junge es hören konnte: »Wir reden über alles, Junge, und wir klären alles auf. Aber du willst nicht vor der Polizei auf der Flucht sein. Und vor dir selbst auch nicht. Beides ist aussichtslos, glaube mir. Also gib mir endlich die Scheißpistole.«

Wie versteinert schaute Zeno zwischen Vater und Polizist hin und her.

»Letzte Warnung. Du bedrohst einen Polizisten mit seiner geladenen Dienstwaffe. Wenn du sie mir nicht freiwillig gibst, hole ich sie mir mit Gewalt.« Er schielte zur Passstraße hinüber, aber von der Verstärkung war nichts zu sehen.

Amoretti nahm das Gewehr von der Schulter. »Halten Sie den Mund, Commissario. Mein Sohn hört nicht auf Sie. Los, Zeno, avanti! Steig auf, wir müssen weg hier!«

Zeno hatte sich entschieden. Die Pistole weiter auf den Commissario gerichtet, machte er erste zögerliche Schritte um ihn herum.

»Ich glaube nicht, dass du deine Mutter ermorden wolltest, Zeno, aber was zählt das noch, wenn du einem Mörder zur Flucht verhilfst.«

Das Gesicht des Jungen verzerrte sich, er hob ruckartig die Waffe und zielte mit gestrecktem Arm auf Grassis Gesicht.

Auf dem Roller sitzend, legte Amoretti das Gewehr auf Grassi an. Er brüllte: »Verdammt noch mal, Zeno, wenn du jetzt nicht kommst, war alles umsonst!«

Der Junge fuhr zu seinem Vater herum. »Ach, und wenn wir abhauen, war es das wert, Papa! Wegen dir habe ich Mamma getötet, hast du denn gar nichts verstanden?!«

Grassi sprang Zeno mit gesenktem Kopf an. Er bekam seinen rechten Arm mit beiden Händen zu fassen, drehte die Schulter ein und schleuderte den Jungen so hart zurück, dass der mit einem dumpfen Schlag auf den Rücken fiel, sofort erschlaffte und ihm die Pistole aus der Hand glitt. Im Liegen griff Grassi danach.

Zeno rührte sich nicht mehr.

»Sie haben ihn umgebracht!«, schrie Amoretti. Und drückte ab.

Grassi spürte, wie die Kugel hinter ihm Splitter aus der Hauswand riss. Er rollte herum, als Amoretti repetierte, um im nächsten Augenblick einen zweiten Schuss auf ihn abzufeuern. Der schlug in den Boden zwischen ihm und dem leblosen Zeno ein.

Grassi war in seiner Laufbahn nur selten in Schießereien geraten. Mit Fäusten, Messern oder Baseballschlägern konnte er umgehen, aber unsichtbare Kugeln jagten ihm eine Heidenangst ein. Er lag auf dem Rücken mit dem Kopf zu seinem Angreifer, fühlte sich nackt und ungeschützt, lud hektisch die Beretta durch, entsicherte, rollte auf den Bauch, visierte den Gegner an, atmete aus und drückte ab.

In der Sekunde schoss von rechts lautlos ein flacher, glänzender Schatten hinter dem Felsen hervor, und der Knall von Grassis Waffe wurde eins mit dem Knall des Zusammenpralls von Schatten und Vespa. Amoretti wurde nach links durch die Luft über ein niedriges Mäuerchen ins Nichts geschleudert, und der Roadster schlitterte mit quietschenden Reifen quer über die Straße, die Vespa mit einem hässlich knirschenden Geräusch mitschleifend.

Die folgenden Sekunden der Stille wurden nur durch den leer und hochdrehenden Motor der Vespa durchdrungen, die sich wie ein verwundetes Tier gegen die gewaltsame Umklammerung von Mäuerchen und Wagen zu wehren schien.

Grassi rappelte sich hoch und rannte zum Straßenrand. Er spähte über die Mauer, konnte aber an dem dahinter steil abfallenden bewaldeten Hang niemanden entdecken. Mit Glück war Amoretti ziemlich weich gelandet und weitergerollt. Er konnte bewusstlos nur ein paar Meter außerhalb von Grassis Sichtfeld liegen oder schon weiter den Berg hinunter geflüchtet sein. So oder so, sie würden ihn kriegen.

Hinter ihm wurde die Tür des Roadsters geöffnet. Toni stieg aus, hielt sich einen Moment am Türrahmen fest. Dann sah sie Zeno liegen und ging auf ihn zu: »Was ist mit ihm?«

»Ich weiß es nicht, aber ich rufe besser einen Krankenwagen.« Grassis Herz raste. Er wählte die 112 und gab seinen Standort durch. Nachdem er aufgelegt hatte, trat er zu Toni. »Atmet er?«

Toni war neben Zeno in die Knie gegangen, legte ihr Ohr an seinen Mund und sagte: »Ja, er atmet.« Dann brachte sie ihn mit ruhigen und sicheren Griffen in eine stabile Seitenlage. Zeno stöhnte. Toni fasst ihm an den Kopf. »Ganz ruhig, Hilfe ist unterwegs.«

»Toni, was ist in dich gefahren? Bist du jetzt James Bond?«

»Komm mir nicht so, Vito! Er hat auf dich geschossen, also habe ich versucht, ihn aufzuhalten. Ich kenne mich halt mit deinem komischen Auto nicht aus! Das Ding hat ganz plötzlich beschleunigt.«

»Du hättest dich beinahe selbst umgebracht.«

»Ich lebe, oder?«

»Zum Glück.« Grassi verspürte den Impuls, Toni hochzuziehen und zu umarmen, beließ es dann aber dabei, ihr die Hand auf die Schulter zu legen.

»Tut mir leid um dein Auto.«

Grassi blickte auf den Roadster zurück. »Ich glaube, das ist nur Blechschaden«, sagte er. Aber kaum hatte er die Worte ausgesprochen, beobachtete er eine feine Rauchfahne, die sich vom Wagenboden am hinteren Kotflügel emporschlängelte. Da war auch ein Loch ungefähr zehn Zentimeter neben der Tür. Ein Loch, das vorher nicht im Auto gewesen war. Es konnte nur aus seiner Beretta stammen.

Toni hatte den Rauch auch bemerkt.

»Vielleicht doch nicht nur Blech?«

Jetzt erblühte ein orangefarbener Schimmer unter dem Wagenboden wie bei einem dieser aufgemotzten amerikanischen Lowrider, die beim Fahren eine Lichtspur auf der Straße hinterließen. Mit einem Knall platzte das Bild, und in Sekundenschnelle wurde das Schimmern zu Flammen, die vom Unterboden nach den Türen leckten und wie lebende leuchtende Blütenblätter den Roadster umfingen.

Eine Reihe Einsatzfahrzeuge mit Blaulicht und Sirenen näherte sich unüberhörbar dem Passo.

»Idioten«, murmelte Grassi.

Dann musste er sich auf den Boden setzen.

TRAUER

Grassi hatte den Zug um sechs Uhr neunundfünfzig ab Levanto verpasst und fast eine volle Stunde auf den nächsten warten müssen. Während er auf dem sich füllenden Bahnsteig stand, musste er an den orangefarbenen Roadster denken und daran, wo und mit wem er damit in den letzten zwölf Jahren überall gewesen war. Er dachte an die »Jungstage« mit Alessandro, die sie bis vor ein paar Jahren jeden Sommer unternommen hatten. Nur Vater und Sohn, ohne Plan und Ziel, an jeder Kreuzung neu entscheidend, wo es langgehen sollte. Sie hatten über die Zukunft geredet und Musik gehört. Meistens Alessandros Musik, der seinem Papa all das um die Ohren haute, was er mochte: meistens Old School Rap. Alessandro hatte gottlob seinen eigenen Kopf. Grassi dachte daran, wie oft er seine Tochter Lucy mit dem Wagen morgens zur Schule gefahren hatte, nur um Zeit mit ihr zu verbringen und sie besser verstehen zu können. Wie viele Tränen sie anfangs in diesem Auto vergossen hatte aus Angst vor Lehrern und fiesen Klassenkameraden. Und wie er durch die Seitenscheibe beobachtete, dass ihr Gang zur Schule über die Zeit immer aufrechter und selbstbewusster geworden war. Bis sie ihm eines schönen und traurigen Tages zugleich gesagt hatte, dass er sie nicht mehr zu fahren brauche, weil sie zusammen mit ihren Freunden zur Schule ging. Lucy war an diesen schwierigen Jahren gewachsen. Er erinnerte sich an die Wochenendfahrten mit offenem Verdeck zu ihrem Lieblingsrestaurant am Strand von Anzio. Chiara damals noch mit Zigarettenspitze und dieser typischen Handbewegung, mit der sie beim Anfahren die hochgesteckte Sonnenbrille aus dem Haar nahm, aufsetzte und ihm dann die Hand auf den Oberschenkel legte. Vito war sicher, dass Chiara und er in diesen Momenten dasselbe gefühlt hatten.

Nicht nur der Verlust des Roadsters machte ihn an diesem Morgen wehmütig.

Im vollen Pendlerzug nach La Spezia hatte Vito Grassi so traurig in sich hineingehorcht, dass eine ältere Dame sich zu ihm hinunterbeugte und »Tutto va bene« flüsterte, bevor sie in Riomaggiore ausstieg.

Und jetzt? Stand das vollkommen ausgebrannte Gerippe eines seltenen elektrischen Sportwagens der ersten Stunde wie ein gruseliges Requisit aus einem Achtzigerjahre-Hollywood-Horrorfilm auf der Ladefläche eines Abschleppwagens in der Tiefgarage der Questura von La Spezia.

Grassi brauchte frische Luft und trat vor die Questura, überquerte die Straße und spazierte unter den Bäumen der Viale Italia langsam hin und her, während er am Handy darauf wartete, dass Chiara sich meldete.

»Der Held der Stunde!«, rief sie ohne Begrüßung. »Wie man hört, stehst du kurz vor der Lösung des Falls.«

»Danke, Chiara. Es stimmt, dass es Festnahmen gab, aber der Deckel ist noch nicht drauf. Wie geht es dir?«

»Okay. Ich habe so viel zu tun, dass ich kaum Zeit habe, dich zu vermissen.«

Grassi schluckte. »Bei mir war's die letzten Tage auch so. Wie geht es Lucy?«

»Könntest du alles im Chat nachlesen, aber ich sag's dir auch so: Lucy kann mit Krücken gehen, das Fahrrad, das sie stehen gelassen hat, ist nicht mehr da, und sie hat einen neuen Freund.«

Grassi schmunzelte. »Den Cavaliere?«

»Scheint so.«

»Dann braucht sie wohl ein neues Fahrrad.«

»Nach dem Unfall? No. Ich bin dagegen. Mir ist lieber, sie fährt in absehbarer Zeit mit Bus und Bahn.«

»Tja«, begann Grassi und druckste herum. »Ich brauche wohl auch einen neuen fahrbaren Untersatz.«

»Was meinst du, Vito? Willst du etwa unseren schönen Roadster verkaufen? Der ist sicher inzwischen viel wert, aber so was kriegst du nie wieder.«

»Ich weiß. Das macht es umso trauriger.« Und Grassi erzählte ihr in dürren Sätzen, dass das unwiederbringliche Auto bei einer Schießerei getroffen worden und abgebrannt war. Dass Toni dabei im Roadster gesessen hatte und er den »tödlichen« Schuss abgegeben hatte, ließ er unerwähnt.

»O nein, Madonna!«, rief Chiara ins Telefon. »Das gibt es doch gar nicht! Wie konntest du das zulassen? Das war unser Roadster! Ich habe unsere Touren damit geliebt!«

»Ich auch«, sagte Grassi kleinlaut.

Für einige Augenblicke herrschte Stille in der Leitung.

Dann hatte Chiara sich schon wieder gefasst. »Nur gut, dass dir nichts passiert ist. Und am Ende war es ja doch nur ein Auto. Zwar ein besonders schönes Auto, aber eben auch nicht mehr, oder?«

In den meisten Situationen des Alltags war Chiaras Pragmatismus Gold wert. Es war einfach nicht ihre Art, sich lange mit Dingen aufzuhalten, die nicht mehr zu ändern waren. Doch in Momenten wie diesem wünschte sich Grassi, dass sie nicht so schnell umschaltete. Weil es nicht nur der Wagen war, sondern eben vor allem die damit verbundenen Erinnerungen. Auch die konnte man nicht mehr ändern, aber er hätte sich gern mit Chiara noch bei ihnen aufgehalten.

»Stimmt schon«, sagte er stattdessen. »Weißt du was? Wenn du mich hier besuchst, leihen wir uns irgendwo ein Cabrio, und ich zeige dir die Gegend.«

»Gute Idee. Ich weiß allerdings noch nicht, wann ich komme. Im Moment kann ich das Geschäft nicht allein lassen.«

»Wir finden schon eine Gelegenheit.« Er atmete tief ein und aus. »Ich muss jetzt rein.«

»Baci, caro.«

»Baci.«

Sie trafen sich im Nebenraum des Verhörzimmers. Durch den Einwegspiegel betrachteten Ricci und Grassi den jungen Mann, der sichtlich mitgenommen, aber äußerlich ruhig auf sie wartete. Ricci hielt ein Blatt Papier in der Hand.

»Was ist das?«, fragte er.

»Etwas sehr Interessantes. Verbindungsdaten für Webers Handy, die unsere deutschen Kollegen von dem Mobilfunkanbieter erhalten haben.« Sie legte die Papiere auf einen Tisch, und sie beugten sich im Stehen darüber. »Aktivität bis zum Sechsten, Anrufe, SMS. Luisas Nummer taucht in dem Monat mehrfach auf, hier zum Beispiel noch am Dreizehnten. Dann, ab dem Tag von Webers Ermordung fast eine Woche lang nichts mehr. Bis auf eine einzige Textnachricht, die von seinem Handy wiederum an Luisa geht. Und zwar am Dreizehnten, also einen Tag vor Luisas Tod.«

»Von wem kam sie?«

»Nicht von ihm.« Sie deutete auf Zeno hinter der Scheibe.

»Woher wissen Sie das?«

»Weil wir auch die Bewegungsdaten haben. Und Webers Handy in der Woche nach dessen Ermordung Framura nie verlassen hat.«

»Lupo hat sie in die Falle gelockt.«

Ricci sah ihn an. »Sie hatten recht, Commissario.«

Grassi streckt sich. »Kommen Sie. Ich glaube, da will jemand sich aussprechen. Er weiß es nur noch nicht.«

»Was ist mit meinem Vater?«, war das Erste, was Zeno sagte, als die beiden Polizisten eintraten. Sie setzten sich an den funktionalen Tisch mit weißer Platte auf Stahlrohrrahmen. Ricci nahm neben Zeno Platz, Grassi ihm direkt gegenüber.

Grassi ignorierte die Frage und legte stattdessen ein Aufnahmegerät auf den Tisch. »Fang bitte damit an, dass du deutlich deinen Namen sagst und dass du mit der Aufnahme unseres Gesprächs einverstanden bist.« Er hatte beschlossen, beim Du zu bleiben.

»Zeno Amoretti. Ich bin einverstanden.«

»Wie fühlst du dich, Zeno? Du hast gestern eine leichte Gehirnerschütterung erlitten, also wenn es dir im Laufe der Befragung nicht gut geht, können wir jederzeit abbrechen.«

Zeno war etwas blass, und seine Augen wirkten gerötet, trotzdem machte er einen konzentrierten und kämpferischen Eindruck. »Was ist mit meinem Vater?«, fragte er wieder.

»Er konnte flüchten, also lebt er. Wir müssen ihn nur noch finden«, sagte Grassi.

»Und wenn Sie ihn haben? Klagen Sie ihn dann wegen Mordes an?«

»Er wird sich verantworten müssen für das, was er getan hat.«

»Ich werde nicht gegen ihn aussagen.«

»Du glaubst nicht, dass dein Vater dazu fähig wäre, jemanden umzubringen?«

Zeno schüttelte den Kopf. »Nicht Papa.«

»Du hast gestern Abend am Bracco eine Pistole auf mich gerichtet.« Grassi sah Zeno scharf an. Der hielt seinem Blick stand. »Hättest du auch abgedrückt?«

»Nein. Niemals! Ich wollte nur weg.«

»Siehst du. Man muss es wollen, um es zu tun. Du warst schon außer Gefecht gesetzt, aber dein Vater hat gestern ebenfalls eine Waffe auf mich gerichtet. Und er hat abgedrückt. Zweimal.«

Zeno schloss die Augen.

»Also gut, fangen wir an. Wir haben so viel Zeit, wie wir brauchen, Zeno.« Wie mit Grassi abgestimmt, legte Ricci das Bild der lächelnden Familie Amoretti mit Riesenrad im Hintergrund auf den Tisch. Zenos Miene hellte sich kurz auf, als er das Foto sah.

»Das war am Tag, bevor wir ihn getroffen haben.«

»In München.«

»Sì.«

»Bevor ihr wen getroffen habt?«, fragte Grassi. »Sag den Namen laut.«

»Rudolf Weber. Mamma, Papa und ich waren in einem dieser

Bierzelte. Mamma hatte die Idee, zum Oktoberfest nach München zu fahren. Sie wollte einfach mal wieder Spaß haben. Und wir hatten wirklich Spaß. Wir sind Achterbahn gefahren, haben mit Luftgewehren geschossen und uns sogar diese ekeligen roten Zuckeräpfel gekauft. Und im Bierzelt saß er dann mit ein paar Bekannten am Nebentisch. Rudolf hat Mamma gleich erkannt.«

»Und deine Mutter?«

»Hat erst so getan, als hätte sie Mühe, sich an ihn zu erinnern, aber man konnte spüren, dass das nicht stimmte. Als sie ihn gesehen hat, war sie … irgendwie schockiert.«

»Hatte sie Angst vor ihm?«, fragte Ricci.

»Nein, nein! Sie hatte keine Angst. Sie schien nur wahnsinnig überrascht. Und danach ziemlich durcheinander.«

»Wie hat dein Vater reagiert?«

»Na ja, ganz normal. Wir haben uns unterhalten, die Stimmung war gut, Rudolf hat alle eingeladen. Ich glaube, Papa war sogar ein bisschen stolz darauf, dass Mamma jemanden in München kannte. Und Rudolf hat angeboten, uns die Stadt zu zeigen. Da war noch alles gut.«

»Aber so ist es nicht geblieben.«

Zeno schüttelte den Kopf. »Nein. Papa ist misstrauisch geworden. Er wollte natürlich irgendwann wissen, woher Mamma diesen Rudolf kannte. Und sie hat gesagt, sie hätten sich vor vielen Jahren während ihres Gastsemesters in München getroffen. Sie hätte in einem seiner Läden gejobbt, um ein bisschen Geld zu verdienen. Eigentlich würde sie ihn gar nicht richtig kennen. Sie hat es abgetan, aber das hat nicht zu ihrem Verhalten gepasst.«

»Warum? Was war anders?«

»Die ersten Tage in München war Mamma seit Langem mal wieder richtig entspannt. Sehen Sie sich das Foto nur mal an.« Zeno nahm das Bild in die Hand. »Das war seit Ewigkeiten der erste Urlaub. Davor war es ständig um den Agriturismo gegangen. Kommen genug Gäste? Wie stellt man sie zufrieden? Wie können wir günstig Werbung schalten? Vor allen Dingen Mamma hat alles gemacht: gekocht, gewaschen, geputzt, repariert, die Leute vom Bahnhof abgeholt und zum Strand gefahren. Es ist immer nur ums Geschäft gegangen. Ich glaube nicht, dass das Mammas Traum war, aber irgendwann lief es ganz gut. Alle waren mit den Nerven am Ende, doch wir konnten uns immerhin die Reise zum Oktoberfest nach München leisten. Dann ist Rudolf aufgetaucht. Drei Tage lang war er immer dabei. Rudolf würde uns zu irgendeinem Schloss fahren, er könnte ihr noch dies zeigen und noch das. Erst sind Papa und ich noch mitgegangen, aber dann hatten wir keine Lust mehr, und am letzten Tag war Mamma allein mit Rudolf unterwegs.«

»Hat dein Vater gedacht, dass sie eine Affäre mit Rudolf anfängt? War er eifersüchtig oder wütend?«, fragte Ricci.

Zeno runzelte die Stirn. »Eine Affäre? Meine Mamma? Non è possibile. Das wäre auch viel zu offensichtlich gewesen. Außerdem ist Papa nicht doof. Dass Mamma und der Typ damals in München mal was miteinander hatten, war ihm inzwischen auch klar. Er hat nur nicht verstanden, warum Mamma plötzlich so nervös geworden ist.«

»Was hast du gemacht?«

»Mir war das zu blöd, und ich habe mich rausgehalten. Eben noch haben wir uns Hand in Hand auf einer Riesenrutsche halb totgelacht, und einen Tag später tut Mamma so, als wären Papa und ich gar nicht da. Wer soll das verstehen?«

»Was hat Rudolf auf dich für einen Eindruck gemacht?«

»Ganz okay. Hat keinen Scheiß geredet, war freundlich. Vielleicht ein bisschen zu freundlich. Er wollte viel von mir wissen. Hobbys, Reisen, Berufsvorstellung, sonstige Interessen. Er wollte sich mit mir über Politik und Sport unterhalten. Hat gar nicht lockergelassen.«

»Aber du hast ihm nicht getraut.«

»Ich habe der Situation nicht getraut.«

»Und nach einer Woche seid ihr wieder nach Hause gefahren. Wie ging es da weiter?«, fragte Grassi.

Zeno verschränkte die Arme hinter dem Kopf und atmete tief ein. »Kann ich was zu trinken haben?«

Ricci stand auf. »Moment. Ich hole dir was.«

Grassi und Zeno saßen schweigend im Raum.

»Ist das da so eine Scheibe, durch die man reingucken kann, ohne dass wir was mitkriegen?«

Grassi nickte. »Wärst du gestern zu ihm auf den Roller gestiegen?«

Zeno zuckte mit den Achseln. »Vielleicht. Wenn ich daran denke, was dann passiert ist, wäre das vielleicht keine so gute Idee gewesen.«

»So oder so nicht.«

Ricci kam mit einer Flasche Wasser und Plastikbechern zurück. Einen Becher füllte sie und stellte ihn Zeno hin.

»Danke«, sagte der und lächelte sie an.

»Ist es bei diesem Streit zwischen deiner Mutter und dir auch um Rudolf gegangen?«

Der Junge öffnete die Augen weit und holte tief Luft. »Ja. Aber eigentlich ging es um mich.«

Ricci nickte ihm ermutigend zu.

»Wir sind zurückgekommen, und ich glaube, alle waren ein bisschen erleichtert. Ich jedenfalls. Aber dann hat Mamma angefangen, immer um mich herumzuschleichen. Irgendwann waren wir mal alleine, und sie hat mir lang und breit aus ihrer Vergangenheit erzählt. Wie Papa und sie sich kennengelernt haben, wie jung sie beide noch gewesen waren und dass sie sich heimlich treffen mussten. Dass Papa sich gleich mit ihr verloben wollte, aber ihr das alles zu schnell gegangen ist. Wie schwierig es für sie war im Studium, wenn sie Zeit mit anderen Studenten und neuen Freunden verbracht hat und Papa immer wissen wollte, mit wem sie zusammen gewesen war und ob sie sich auf vielen Partys rumtreiben würde, und lauter solche Sachen. Und wie sehr sie sich deshalb darüber gefreut hätte, ein halbes Jahr in München verbringen zu können. Papa hatte kein Geld, sie zu besuchen, und telefonieren war teuer, also war das die große Freiheit für sie, sagte Mamma. Und ich hab nur gesagt: Warum erzählst du mir das alles?«

Zenos Blick ging ins Leere. »Und sie hat gesagt: Damit du verstehst, wie ich Rudolf kennengelernt habe. Weil er dein Vater ist und nicht Papa.«

»Erzähl weiter.« Ricci hatte die Hand auf Zenos Arm gelegt.

»Sie hat angefangen zu weinen. Ich glaube, aus Erleichterung, weil es endlich raus war. Und ich habe dann auch geheult.«

»Du warst schockiert.«

»Natürlich! Aber geheult hab ich aus Wut. Ich habe Mamma angeschrien: Warum hast du es mir gesagt? – Sie hat gar nicht kapiert, was ich damit meinte. Ich hätte doch das Recht, die Wahrheit zu erfahren.« Sein Tonfall war höhnisch geworden. »Die Wahrheit! Erwachsenenscheiße! Um das eigene schlechte Gewissen zu beruhigen, stürzt man andere ins Unglück? Niemand hat mich gefragt, ob ich diese Wahrheit wissen wollte. Eben noch war ich okay gewesen, und dann entscheidet Mamma selbstherrlich, mich vor einen Abgrund zu stellen, der sich nie mehr schließt.«

»Sie wollte dich nicht weiter belügen.«

»Aber wir haben gut mit der Lüge gelebt! Jeder tut das doch irgendwie. Geht es nicht darum? Nur weil ein Gespenst aus der Vergangenheit auftaucht, ändert sich doch nichts!«

»Hat es dein Vater da schon gewusst?«, fragte Grassi.

»Oh, nein! Das wollte Mamma auf keinen Fall. Der hatte kein ›Recht auf die Wahrheit‹, der sollte dumm und zufrieden bleiben. Mamma hat mich angefleht, ihm auf keinen Fall irgendetwas zu erzählen.«

»Warum? Hatte sie Angst davor, was er tun würde, wenn er es erfährt?«

»Sie hat versprochen, dass sich zwischen Papa und ihr nichts ändert, wenn ich den Mund halte. Dass wir eine Familie bleiben.« Zeno stützte die Ellbogen auf die Knie und schüttelte ungläubig den Kopf. »Sie bittet mich um Vergebung für eine Lüge, und gleichzeitig sollte ich weiter für sie lügen. Für uns alle lügen. Das war einfach nicht fair. Ich habe ihr trotzdem versprochen, Papa nichts zu sagen. Aber Mamma hatte ich ab da auch nichts mehr zu sagen. Alles, was blieb, war Schweigen.« Er lachte verbittert auf. »Das war nicht auszuhalten. Also bin ich weg.«

»Du hast deinen Rucksack gepackt.«

Zeno nickte.

»Und dein Vater?«

Er zuckte erschöpft mit den Achseln. »Hat es hingenommen. Fand es normal. Kinder nabeln sich ab und so. Er hat zumindest so getan, als würde er nichts merken.«

»Wann war das alles?«

»Letzten Herbst. Ein paar Wochen nachdem wir aus München zurückgekommen waren.«

Grassi gab Ricci einen Wink, und sie sagte: »Gut, machen wir mal einen Sprung: Wann bist du nach Levanto zurückgekommen?«

»Vor genau einer Woche. Am Samstag.«

»Warum?«

»Papa hat mich angerufen, weil inzwischen auch ihm klar geworden war, dass was nicht stimmte. Von wegen Familie. Mamma hätte sich so verändert. Sie würde dauernd zur Beichte rennen und sich ansonsten nur mit ihm streiten. Er und Mamma wären kurz davor, sich zu trennen. Was immer da zwischen mir und ihr sei, könne man doch klären, ob ich sie nicht treffen könnte, um sie ›zur Vernunft zu bringen‹. Das waren seine Worte.« Zenos Stimme wurde rau, und er trank seinen Becher Wasser in einem Zug.

»Ich wollte erst nicht.« Er hob hilflos beide Hände. »Aber dann habe ich gedacht: Was soll's.«

»Warum am Tunnel?«

»Na, zu Hause konnte ich ja wohl schlecht über die ›Wahrheit‹ sprechen, und ich wollte auch kein öffentliches Drama in irgendeiner Bar. Papa hat dann gesagt, Mamma würde an den Bänken bei der Spiaggia auf mich warten.«

Ricci kniff die Augen zusammen. »Dein Vater hat das Treffen arrangiert?«

Zeno nickte.

»Ort und Uhrzeit hast du von ihm erfahren?«

»Ja.«

Grassi, der Zeno gegenüber am Tisch saß, beugte sich vor und fixierte den Jungen. »Warum das Versteckspiel? Die Anreise einen Tag vor dem Treffen. Das geheime Nachtlager im Boot. Das Umgehen der Tunnelkameras. Was hattest du wirklich vor, Zeno?«

»Was ich vorhatte? Mit ihr reden, sonst nichts. Nach Hause wollte ich nicht, und Geld für ein Hotel hatte ich schließlich auch nicht. Außerdem habe ich früher schon unter Bootsplanen geschlafen.«

»Dann hast du also zwei Nächte in dem Boot kampiert. Von Samstag bis Montag. Am Donnerstag hast du mich von Montaretto aus angerufen. Wo warst du in der Zwischenzeit?«

»Na, zu Hause.«

»Du warst die ganze Zeit da? Auch während ich am Mittwoch mit deinem Vater gesprochen habe?«

»Sì. Nicht in meinem Zimmer, so blöd bin ich auch nicht. Ich habe mich im Wald hinter dem Stall versteckt.«

Grassi lachte auf. »Die Bierflasche auf dem Tisch im Esszimmer war von dir?«

Zeno nickte ertappt.

Grassi lehnte sich auf seinem Stuhl zurück und ließ eine kurze Gesprächspause entstehen. Der Junge machte bis hierher einen ehrlichen Eindruck auf ihn. Aber er war auch raffiniert genug, um mit diesem Eindruck von Ehrlichkeit Sympathien zu sammeln. Und um das Wesentliche zu verschweigen.

»Zeno, liebst du deinen Vater Alberto?«

»Er ist der einzige echte Vater, den ich je hatte.«

»Und du würdest alles für ihn tun?«

Zeno zuckte mit den Achseln und nickte.

»Weißt du, mir kommt das seltsam vor: Erst findet dein Vater es ganz normal, dass du ausziehst, dann glaubt er plötzlich, dass das der Grund für seine Ehekrise ist, die ausgerechnet du bei einem nächtlichen Treffen reparieren kannst?«

Zeno wich seinem Blick aus. »Klar, ist schon irgendwie komisch.«

»Wann hat dein Vater dir eigentlich gesagt, dass Rudolf Weber tot ist?«

»Wann? Ich … ich wusste das ja gar nicht.«

»Nicht gleich, aber am Telefon hat er dir von Rudolfs tragischem Unfall erzählt, richtig? Und du hast deinem Vater natürlich geglaubt. Und sogar eine Chance darin gesehen.« Grassi warf Ricci einen amüsierten Blick zu. »Madonna, ist das verkorkst.«

»Es war ein Jagdunfall!«, rief Zeno trotzig. »In den vergangenen zehn Jahren sind über zweihundert Menschen bei Jagdunfällen getötet worden. Ich habe das recherchiert!«

Grassi sah Zeno mitleidig an. Der Junge weigerte sich verständlicherweise zu glauben, dass sein Vater ein Mörder sein könnte.

»Überleg mal, wie deine Mutter sich gefühlt haben muss, Zeno. Jahrelang schmeißt sie den Laden, tut alles, um die Familie glücklich zu machen. Plötzlich kommen durch die zufällige Begegnung mit Rudolf die ganzen quälenden alten Schuldgefühle wieder hoch. Dann, als alles Beten und Beichten nicht hilft, nimmt sie all ihren Mut zusammen, macht reinen Tisch mit ihrem geliebten Sohn, und der verlässt sie als Dank dafür, weil er Liebe nicht von unangenehmen Wahrheiten unterscheiden kann!«

»Wenn Mamma nichts gesagt hätte …«, setzte der Junge an.

Es war wie bei Pirandello, dachte Grassi. »Dann ist deine Mutter schuld an dem ganzen Chaos? An Webers Tod? An ihrem eigenen?«

Zeno saß zusammengesunken am Tisch. Der Commissario schob seinen Stuhl zurück. »Verstehst du denn nicht, dass dein Vater dich geschickt hat, weil er selbst zu feige war? Du solltest deiner Mutter sagen, dass Rudolf Weber weg war. Vom Erdboden verschwunden. Das Übel durch eine kuriose Fügung getilgt, als wäre nichts gewesen. Das war dein Auftrag. Sie sollte sich ins Schicksal fügen und so tun, als wäre nie etwas gewesen. Alles sollte wieder sein wie vorher. Ging euer Wunsch nach seligem Selbstbetrug so weit, dass ihr wirklich geglaubt habt, deine Mamma würde da mitspielen?«

Zeno schüttelte kaum merklich den Kopf. Er saß seitlich verkrümmt auf dem Stuhl, und sein rechtes Knie hatte begonnen, nervös zu wippen.

»Sie hat nicht mitgespielt. Und du musstest es ihr gar nicht sagen, oder?«

Zeno hob den Kopf und sah ihn verständnislos an.

»Ach, Zeno. Die Nachricht, die deine Mutter in den Tunnel gelockt hat, kam von Rudolfs Handy. Sie dachte, sie würde ihn endlich treffen, nachdem er seit über einer Woche nicht auf ihre Nachrichten reagiert hatte. Sie hat sich sicher Sorgen um ihn gemacht, Zeno. Und sie wollte ihm nach seiner Ankunft in Levanto etwas Wichtiges sagen. Vielleicht, dass er sich keine Hoffnungen machen soll und sie bei ihrer Familie bleibt? Aber in dem Augenblick, als sie dich nachts bei den Bänken gesehen hat, wurde ihr klar, dass Rudolf nicht mehr am Leben war.«

»Also noch mal«, klinkte sich Ricci wieder in das Verhör ein. »Warum das Versteckspiel?«

Für Sekunden sah es so aus, als würde Zeno aufspringen wollen. Schließlich löste sich die Spannung in Resignation, er ließ die hochgezogenen Schultern sinken und fiel in die Lehne des Plastikstuhls mit den gekreuzten Händen schlaff im Schoß.

»Weil mir klar war, dass die Polizei irgendwann nach Rudolf Weber suchen würde und mein Vater ja bei dem … also dabei gewesen ist, als Rudolf gestorben ist. Weil ich nicht wusste, wie

Mamma auf die Nachricht reagieren würde.« Dann leiser: »Und weil ich nicht wusste, was ich tun würde.«

»Was hast du getan?«

Zeno sog die Luft scharf ein wie einer, der unter der Dusche steht und das heiße Wasser schlagartig kalt stellt. Dann sagte er tonlos. »Ich habe sie getötet.«

»Beschreib uns, was passiert ist.«

»Sie hat schon gewartet, als ich zum Treffpunkt bei den Bänken gekommen bin.«

»Wie hat deine Mutter reagiert, als sie dich gesehen hat?«

»Erregt. Total überrascht. Ich dachte erst, sie freut sich, aber sie ist gleich völlig ausgeflippt.«

»Als du ihr gesagt hast, dass Rudolf tot ist.«

»Dazu bin ich gar nicht gekommen. Sie war außer sich und hat geschrien: ›Wo ist er? Was habt ihr getan?‹ Und ich habe gesagt: ›Wovon redest du überhaupt?‹ Und: ›Papa hat dich doch lieb.‹ Und: ›Wir sind doch eine Familie – blablabla‹.« Er ließ den Kopf sinken.

Ricci und Grassi tauschten Blicke.

»Weiter, Zeno.«

Tränen liefen ihm über die Wangen. Da war keine Wut mehr, keine Rebellion, nur Trauer. Endlich Trauer, dachte Grassi.

»Sie hat mich in den Arm genommen und mich geküsst und gesagt: ›Nein, wir sind keine Familie mehr.‹«

Sein Blick war nach innen gerichtet, seine Pupillen folgten den Bildern in seinem Kopf. Er sprach zu sich selbst. »Hat sich einfach umgedreht und ist in den Tunnel gelaufen.«

»Was hast du getan?«

»Ich war erst wie … wie erfroren. Bin hinterher, hab sie eingeholt und festgehalten. ›Geh weg, lass mich!‹ Sie wollte sich losreißen. ›Ich bin eine Lügnerin, und dein Vater ist ein Mörder!‹ ›Mörder‹, hat sie geschrien, immer wieder, wollte gar nicht mehr aufhören, bis sie gestolpert ist oder ich sie umgestoßen habe, ich weiß es nicht mehr. Aber sie sollte damit aufhören, ›Mörder‹ zu schreien. Der ganze Tunnel dröhnte von dem Wort, es war nicht auszuhalten.« Er wischte sich mit der Hand übers Gesicht. »Dieses Geräusch, als ich ihren Kopf auf den Asphalt geschlagen habe. Und ihr Gesicht. So überrascht und hilflos. Wie jemand, der in einem Film vom Rand eines Daches fällt und weiß, dass er nichts mehr tun kann.«

»Wie oft hast du ihren Kopf auf den Boden geschlagen?«

»Ich kann mich nicht erinnern. Danach war es so still im Tunnel.«

Ricci schnappte nach Luft. »Hast du versucht, einen Krankenwagen zu rufen?«

»Nein. Ich wusste gleich, dass Mamma tot ist. Ich wollte sie hochheben und zurück zu den Bänken tragen. Aber sie war so schlaff, ich konnte sie gar nicht halten.«

»Wann hast du den Radfahrer bemerkt?«

»Ich habe ihn erst gehört. Er hat gesungen … we are the champions … immer wieder … es war grotesk! Darf ich hier drinnen rauchen?«

»Ich habe gerade nichts da«, sagte Ricci. »Aber wenn wir das hier hinter uns haben, besorgen wir dir eine Zigarette, versprochen. Vielleicht rauche ich sogar eine mit. Du hast es gleich geschafft.«

»Warum hast du den Radfahrer nicht um Hilfe gebeten?«, warf Grassi ein.

Zeno sah Grassi ratlos an. »Ist mir gar nicht in den Sinn gekommen. Alles, was ich denken konnte, war, dass meine Mamma recht gehabt hatte. Ich war ja jetzt ein Mörder. Ich bin einfach weggerannt. Hab mich noch gewundert, dass der Radfahrer mich nicht eingeholt hat. Stundenlang habe ich vom Boot aus den Tunneleingang beobachtet, aber es ist nichts passiert. Niemand ist gekommen. Gegen Morgen bin ich noch mal vom Strand in die Galleria zurückgeklettert.«

»Die Hände«, sagte Grassi.

»Ja. Ich wusste jetzt, warum Mamma immer zur Beichte gegangen ist. Und für wen sie gebetet hat. Ich glaube, das mit den Händen war meine Beichte. Ich wollte, dass sie mir vergibt.«

Grassis Kopf schwirrte. In dieser Geschichte war so viel Schreckliches wegen ungesagter Dinge geschehen. Und vieles davon bliebe für immer ungesagt.

»Du hättest gestern nicht weglaufen sollen«, sagte Ricci.

»Ich hatte Angst, Sie würden mich verhaften.«

»Das hätten wir, aber deine Geschichte wäre dieselbe. Nur die Schießerei und die Folgen hätten wir uns erspart.«

Und der Roadster wäre noch am Leben, dachte Grassi.

»Woher hattest du eigentlich das Gewehr?«

»Das hat Papa mir mitgegeben. Er meinte, ich müsse mich verteidigen können.«

Ricci schnaubte. »Was für ein Blödsinn! Er wollte das Ding einfach aus dem Haus schaffen, bevor die Polizei es findet.«

»Ist Rudolf mit diesem Gewehr ermordet worden?«

Ricci rutschte ein »Nein, aber …« heraus, bevor Grassi sie stoppen konnte.

Zeno wich zurück und riss die Augen auf. »Aber dann ist Papa ja gar kein Mörder!«

Grassi nahm das Aufnahmegerät vom Tisch. »Wir machen jetzt Schluss«, sagte er schroff und erhob sich.

»Das war völlig unnötig«, fuhr er Ricci danach im Nebenraum an.

»Unnötig?« Ricci stemmte die Hände in die Hüften. »Wir haben erst einen Mord aufgeklärt, Commissario. Zeno hat völlig recht, ob Ihnen das passt oder nicht: Das Foto aus der Bar und Pieros Aussage beweisen zwar, dass Alberto Lupo ist. Aber wir können Lupo nicht mit der Mordwaffe in Verbindung bringen. Francesco und seine Waffentauschgeschichte wird Ihnen nicht helfen. Der Gutachter meinte schon nach einem ersten kurzen Test, dass er dem armen Kerl wahrscheinlich eine frühkindliche Schädigung mit Minderbegabung bescheinigen wird. IQ von achtzig. Möglicherweise ist er eine Gefahr für sich und andere. Seine Aussage allein hätte vor Gericht ohne zusätzliche Beweise keinen Wert.«

Es machte Grassi wütend, dass Francesco den Kopf hinhalten sollte für den Mord an Weber.

Sie hatten gehofft, die Überwachungsanlage Marke Eigenbau hätte womöglich doch Bilder von Lupos Besuch in Fontona aufgezeichnet. Aber die Kamera am Tor hatte sich als genauso funktionslos erwiesen wie der verstaubte VHS-Videorekorder, mit dem sie über ein langes, offen liegendes Kabel verbunden war.

Grassi musste daran denken, dass Francesco sich immer nur als Wachmann oder Scout bezeichnet hatte, nie jedoch als Jäger. Er fragte sich, ob der junge Mann überhaupt schießen konnte.

»Wir müssen noch mal mit Francesco sprechen.«

»Glauben Sie wirklich, aus dem ist noch was Sinnvolles rauszuholen?«

Er kratzte sich am Kinn: »Die Waffe, mit der Weber ermordet wurde, und das Gewehr, mit dem Amoretti am Passo auf mich geschossen hat, sind das gleiche alte Nachkriegsmodell. Bis auf die Seriennummern nicht zu unterscheiden. Von diesen alten Carcano-Gewehren gibt es noch Tausende in Italien. Sie verstauben im Schrank oder werden im Internet und auf Flohmärkten gehandelt. Sie sind sehr leicht zu beschaffen. Meine Theorie ist: Bei der gemeinsamen Jagd hat Amoretti Francesco kennengelernt, sein Gewehr gesehen und den Mordplan geschmiedet. Es war kein Problem für Amoretti, ein identisches Gewehr auf dem Schwarzmarkt zu besorgen. Er erschießt Weber und schafft es tatsächlich, dem beschränkten Scout danach die Mordwaffe unterzujubeln. Sein Plan war, den Verdacht auf Francesco lenken zu können, wenn es nötig geworden wäre. Aber dann kam alles viel besser, denn nach dem Mordanschlag lag die Leiche nicht vor Webers Haus, sondern irgendwo in der Wildnis, wo sie wahrscheinlich niemals jemand finden würde. Dachte Amoretti. Und wurde unvorsichtig. Sein Fehler war, dass er Francescos Gewehr nicht gleich hat verschwinden lassen. Was ich also denke, ist Folgendes: Wenn es uns nicht gelingt, Amoretti mit der Mordwaffe in Verbindung zu bringen, dann vielleicht Francesco mit der Tauschwaffe. Also mit seiner eigenen.«

»Das Gewehr, mit dem Amoretti am Pass auf Sie geschossen hat«, beendete Ricci seinen Gedankengang, und ihre grünen Augen blitzten angriffslustig.

Francesco war glücklich über den Besuch in der Untersuchungshaft, und er gab bereitwillig Auskunft über seine Fähigkeiten als Schütze.

»Ich kann sehr gut schießen. Eine Konservenbüchse treffe ich auf fast zehn Meter Entfernung fast immer.«

»Wo hast du denn das Schießen geübt?«

»Im Tal hinter meinem Haus. Ich habe immer darauf geachtet, dass niemand in der Nähe war. Schießen ist gefährlich.«

»Und was hast du mit den Patronenhülsen gemacht?«

Hinter Francescos Stirn arbeitete es. »Oje, die habe ich liegen lassen. Das ist Umweltverschmutzung, oder? Das hätte ich nicht tun dürfen. Bekomme ich jetzt Ärger?«

»Im Gegenteil«, sagte Ricci, »das hast du gut gemacht. Und du kommst bald hier raus, das können wir dir versprechen.«

VÄTER UND SÖHNE

Fast zwei Tage lang hatte die Polizei sechs Quadratkilometer unwegsames Gelände zwischen dem Passo del Bracco und Framura durchkämmt. Am späten Sonntagnachmittag fanden sie Alberto Amoretti keine zweihundert Meter von der Ruine entfernt unter dem von Regen ausgewaschenen Wurzelwerk eines Baumes. Er war stark dehydriert und geschwächt und konnte sich nicht aus eigener Kraft bewegen. Seine Bergung in dem steilen Gelände dauerte weitere zwei Stunden. Im Krankenhaus wurden eine Luxation der Hüfte, eine Rippenfraktur und ein Milzriss festgestellt. Der Arzt sagte, es grenze an ein Wunder, dass der Mann mit den Verletzungen überhaupt so weit gekommen war. Am Dienstag erklärten die Ärzte den Verdächtigen Alberto Amoretti für vernehmungsfähig.

Der Tag hatte für Grassi nicht gut angefangen, weil er sich schon beim ersten Caffè in der Bar Levanto mit Massimo und Rocco über die erneute Niederlage seiner Roma gegen Neapel auseinandersetzen musste. »Zwei Tore von il piccolo Mertens. Der Kerl ist unglaublich!«, sagte Rocco. »Sein hundertstes in der Liga!«

»Dafür trifft Džeko nicht mehr«, sagte Grassi missmutig.

»Dann kannst du ja froh sein, wenn die Gerüchte stimmen und er in der nächsten Saison zu Inter wechselt.«

»Immerhin stehen wir im Halbfinale der Europa League.«

Massimo schnaubte verächtlich. »Europa League! Die interessiert doch niemanden. Wann hat denn die Roma das letzte Mal die Serie A gewonnen, hä? Vor zwanzig Jahren!«

»Ach«, mischte sich Rocco ein, »und was ist mit den Rossoblù? Ihr seid doch in eurer ganzen Geschichte nie über das Halbfinale hinausgekommen.«

»Weil das genau nicht so ein versnobter Reichenverein ist. Uns fehlen einfach die Mittel«, verteidigte sich Massimo. »Geld kauft Titel, das ist doch klar!«

Grassi ließ die beiden sich streiten, bezahlte bei Piero seinen Caffè und fuhr mit dem Zug nach La Spezia. Auf seinem Schreibtisch fand er Schlüssel und Papiere für seinen neuen Dienstwagen vor. »Seat Arona Automatik in Dunkelblau«, las er sich selbst vor. »Arona? Ist das ein Schreibfehler?«

War es nicht, wie Ricci und er in der Tiefgarage feststellten, als sie sich auf den Weg ins Krankenhaus machten. Der Commissario fand den Wagen deprimierend, obwohl Ricci zu Recht darauf hinwies, dass er viel besser ausgestattet war als sein verflossener Roadster und sogar eine Freisprechanlage hatte, die sie ihm innerhalb von Minuten einrichtete. Das hätte sie besser nicht getan, dachte Grassi, als kurz darauf die hohe, pedantische Stimme eines Herrn von der Azienda Nazionale Autonoma delle Strada den kleinen Wagen schmerzhaft laut erfüllte.

Guter Service habe oberste Priorität bei der A.N.A.S., begann der Anrufer. Weshalb er Vito Grassi unverzüglich und sogar vorab darüber informieren wolle, dass er die Kosten für die notwendigen Straßeninstandsetzungsarbeiten am Passo del Bracco zu tragen habe. Das brennende Wrack seines Roadsters habe eine solche Hitze entwickelt, dass der Asphalt unter ihm geschmolzen war. Grassis empörter Hinweis auf den Schusswechsel beim Versuch einer Festnahme in einem Mordfall verfing nicht. Es habe sich nicht um ein Polizei-, sondern um ein Privatfahrzeug gehandelt. Außerdem habe er laut Polizeibericht als Besitzer dieses Fahrzeugs durch Fahrlässigkeit im Umgang mit der Dienstwaffe den Brand selbst verschuldet. Ein Kostenvoranschlag folge schriftlich. Selbstverständlich stehe es ihm frei, innerhalb der vorgeschriebenen Frist Einspruch gegen die Forderung einzulegen. »Darauf können Sie Gift nehmen«, schimpfte Grassi und legte auf. »Ist das zu fassen?«

Ricci hatte die Hand vor den Mund geschlagen. »Cazzo di

merda!«, entfuhr es ihr. »Wollen Sie vielleicht lieber noch einen Caffè trinken, bevor wir Amoretti verhören?«

»Nicht nötig. Ich bin jetzt gerade in der richtigen Stimmung.«

Vor der Station im dritten Stock saß ein Carabiniere und verlangte nach den Ausweisen, bevor er sie vorbeiließ.

Amoretti hatte die Augen geschlossen und öffnete sie auch nicht, als Grassi geräuschvoll zwei Stühle über den Linoleumboden zum Bett schleifte. Der Mann unter den weißen Laken sah eingefallen und blass aus.

»So sieht man sich wieder, Signore. Ispettore Ricci kennen Sie ja bereits.«

Keine Regung bei dem Mann auf dem Krankenbett.

»Das Spiel kenne ich von früher. Meine Kinder haben es auch gespielt, aber es klappt nicht: Nur weil Sie nicht gucken, sind wir trotzdem da.«

Ricci seufzte, vermutlich, weil ihr bewusst wurde, wie die Rollen in ihrem Good-Cop-Bad-Cop-Stück wieder verteilt waren.

»Allora, ich fange mal an. Vielleicht schaffe ich es ja, Sie zu wecken: Zeno hat gestanden, seine Mutter getötet zu haben.« Grassi rückte seinen Stuhl näher an das Bett heran. Er sah Amorettis Augäpfel unter den geschlossenen Lidern hin und her flitzen. »Was haben Sie eigentlich gedacht, als Luisa in der Nacht nicht nach Hause gekommen ist? Haben Sie versucht, Zeno zu erreichen?«

Amorettis Atem wurde schneller, aber er hielt die Augen fest geschlossen und sagte keinen Ton.

Seine Partnerin nahm den Faden nahtlos auf: »Sie hatten gehofft, dass Zeno Ihre Frau – wie nannte er das doch gleich – zur Vernunft bringen könne. Wie sind Sie bloß auf die Idee gekommen, dass das mit der Nachricht von Rudolfs Verschwinden gelingt?«

Amoretti krallte die Finger in das Laken.

»Hat Ihr Sohn Ihnen erzählt, wie es zur Eskalation kam? Wie

schockiert Ihre Frau war, als nicht wie erwartet Rudolf vor ihr stand? Welche Schlüsse sie aus der Täuschung gezogen hat? Als was Luisa Sie bezeichnet hat? Als Mörder. Sie hatte sich zuvor Riesensorgen um Rudolf gemacht, denn sie wusste ja, dass er am sechsten März wieder in Levanto sein wollte. Aber seither hatte sie nichts von ihm gehört. Sie hatte ihm geschrieben und bekam einfach keine Antwort. Dann endlich die ersehnte Textnachricht: ›Treffen uns bei den Bänken heute Nacht. Viele Küsse, Dein Rudolf‹. Haben Sie etwas in der Art geschrieben, Amoretti?«

»Hören Sie auf.«

»Dann wachen *Sie* endlich auf! Rudolf Weber konnte Ihrer Frau keine Textnachricht mehr schreiben, weil er schon tot war. Wir wissen, dass Sie das waren. Und es gibt nur eine Möglichkeit, wie Sie an Webers Handy kommen konnten.«

»Oh, Gott!«

Grassi hatte oft erlebt, dass Täter einem natürlichen Drang zum Geständnis nachgaben, wenn man sie bis zu einem gewissen Punkt brachte. Jedes Geständnis war auch der Versuch, verlorene Kontrolle zurückzugewinnen, und sei es die Kontrolle über die eigene Tat, das eigene Scheitern, die eigene Geschichte. Es brauchte nur noch ein oder zwei Schubser.

»Wir wissen inzwischen auch, woher Ihr Spitzname stammt.«

»Mein … Was für ein Spitzname?«

»Lupo. Mein Vater hat Sie doch so genannt. Und Piero aus der Bar Levanto. Sehen Sie, in der Bar hing immer noch dieses Bild von Lupo und meinem Vater.« Er hielt Amoretti das Foto hin. Der warf einen Blick darauf und wandte den Kopf ab.

»Ihr Spitzname stammt von einer Comicfigur. Da wäre ich nie drauf gekommen. Alberto? Lupo Alberto, der Wolf? Manchmal steht man echt auf dem Schlauch.«

»Niemand nennt mich so.«

»Nur Sie haben sich so genannt. Gegenüber Francesco. Als er Sie und Weber im Januar bei der Jagd begleitet hat.«

Amoretti schüttelte den Kopf.

Ricci hatte ruhig zugehört, die Beine übereinandergeschlagen, die Hände darauf gefaltet. Jetzt griff sie ins Gespräch ein, und der Wechsel von Stimme und Tonlage riss weitere Brocken aus Amorettis Barrikade. Ricci klang sanft, fast verständnisvoll. »Die Begegnung in München hatte Sie nur beunruhigt, aber als Sie erfahren haben, dass er ein Haus in Levanto gemietet hatte, waren Sie entsetzt.«

»Ja, natürlich war ich entsetzt! Dass der Kerl plötzlich hier auftaucht, das war … als ob einem ein Arzt sagt, dass man Krebs hat. Ich konnte es nicht ertragen.«

»Und da haben Sie sich überlegt, wie Sie das Geschwür entfernen können?«

»Nein. Ich habe mir nichts anmerken lassen, mich sogar mit ihm getroffen. Ich habe die Zähne zusammengebissen, um Luisa nicht noch mehr zu verärgern. Aber das alles konnte kein Zufall sein. Ich wollte wissen, was er vorhat. Darum habe ich mich auf die Jagd mit ihm eingelassen.«

»Und bei der Gelegenheit haben Sie Francesco getroffen und gedacht: Der Trottel kann mir nützlich sein.«

»Ich kenne keinen Francesco.«

»Haben Sie auf der Jagd den Entschluss gefasst, Ihren Nebenbuhler zu ermorden?«

»Reden Sie keinen Unsinn!«, schrie Amoretti und richtete sich ruckartig im Bett auf, ehe er mit schmerzverzerrtem Gesicht zurück aufs Kissen fiel.

Grassi war erschrocken zurückgewichen.

»Weber war kein Nebenbuhler! Luisa wollte nichts von ihm. Der Kerl war ein gemeiner Erpresser! Er hatte kein Recht, sich einfach in unser Leben zu mischen! Luisa in den Wahnsinn zu treiben. Meinen Sohn zu verletzen!«

»Sie haben gewusst, dass Rudolf Zenos Vater war?«, sagte Ricci.

Amoretti drehte den Kopf weg. »Erst als ich kurz vor der Jagd die Nachricht auf Luisas Handy gelesen habe.« Er klang erschöpft, aber noch nicht geschlagen.

»Wie konnten Sie ihre Nachrichten lesen?«

»Ich habe tausendmal gesehen, wie sie ihr Handy entsperrt hat. Ich kannte den Code. Nach München hatte ich angefangen, die Chats zu lesen, wenn Luisa morgens im Bad war.«

»Und was waren das für Nachrichten?«

»Der Kerl hat Luisa mit verrückten Ideen gefüttert. Dass man unseren Agriturismo in dieser Lage zu einem Hotel ausbauen könnte mit Pool und Wellness und so weiter. Dass er Kontakt zu Investoren hätte. Sie beide, Luisa und Rudolf, würden das ganz groß aufziehen. Ich kam in seinen großen Plänen gar nicht vor.«

»Hat Luisa angebissen?«

Amoretti schnaubte. »Luisa war Geschäftsfrau, die konnte Schaumschlägerei von einer guten Idee unterscheiden, da bin ich sicher. Sie war zurückhaltend, hat ihm aber auch nicht gleich eine Absage erteilt. Ich weiß, dass sie sich getroffen und über die Pläne gesprochen haben. Und dann, einige Zeit bevor er Anfang März wieder nach Levanto kommen wollte, hat er den Druck auf Luisa erhöht.« Er schwieg, und seine Gedanken schienen abzuschweifen.

»Er hat die Vaterschaft ins Spiel gebracht«, sagte Ricci.

Amoretti kniff die Augen zusammen. »Ich kenne die Nachricht auswendig: ›Du weißt, dass er mein Sohn ist. Er mag mich. Er soll es von mir erfahren.‹ Und Luisa hat geantwortet: ›Das wird nicht passieren.‹ Verstehen Sie?«

»Ja«, sagte Ricci, »ich verstehe. Ihr Sohn sollte es nie erfahren. Und deshalb dachten Sie auch, dass Luisa sich freuen würde über die Nachricht, die Zeno im Tunnel überbringen sollte: Weber ist weg und kommt nie wieder.« Sie verzog den Mund zu einem bitteren Lächeln.

»Sie wussten also von den ausspionierten Textnachrichten, dass Weber am sechsten März zurückkommen würde, und lagen schon auf der Lauer, als er bei seinem Haus eingetroffen ist. Haben Sie ihn erst zur Rede gestellt, oder haben Sie sofort geschossen?«

»Sie verdrehen alles! Ich wollte ihn nur bedrohen. Ihn vertreiben. Ich habe einmal in die Luft geschossen, er ist weggerannt, und ich bin nach Hause gegangen, weil ich mein Ziel erreicht hatte.«

Grassi schüttelte den Kopf. »Sie lügen. Das war kein Warnschuss. Sie wollten ihn aus der Dunkelheit feige abknallen. Aber sie haben es versaut, und es gab kein Zurück mehr. Sie sind durch den Wald gerannt und waren wahrscheinlich genauso panisch wie Ihr Opfer. Rudolf durfte Ihnen nicht entkommen! Und dann konnten Sie ihn gerade noch rechtzeitig zur Strecke bringen, bevor er mein Haus erreichte.« Ein beängstigender Gedanke schoss Grassi durch den Kopf: Was wäre geschehen, wenn Rudolf es bis zum Haus, bis zu Toni geschafft hätte? Hätte Amoretti sie als unerwünschte Zeugin auch umgebracht? Nein, lächelte er in sich hinein, Toni hätte ihm das Gewehr aus der Hand gerissen und über den Schädel gezogen.

»Madonna, müssen Sie erleichtert gewesen sein, als es vorbei war. Und auf einmal ist Ihnen klar geworden, dass die anstrengende Verfolgungsjagd eigentlich sehr praktisch für Sie war. Da, wo die Leiche am Ende lag, konnten Sie sie einfach liegen lassen, und den Rest würden Tiere und Natur erledigen. Der perfekte Mord. Die Leiche wäre wahrscheinlich wirklich nie entdeckt worden – wenn nicht ausgerechnet der von Ihnen als Sündenbock auserkorene Francesco unter Schlafstörungen leiden würde.« Er sah Ricci an. »Eigentlich verdanken wir die Aufklärung des Falles nur ihm. Sie, Amoretti, sind nach dem Mord wie geplant mit der Mordwaffe zu ihm gefahren und haben eine Gelegenheit genutzt, die Gewehre zu vertauschen.«

Amoretti stand der Schweiß auf der Stirn. »Ich habe doch gesagt, ich kenne diesen Idioten Francesco nicht. Bin ihm nie begegnet. Beweisen Sie mir das Gegenteil.«

Grassi lehnte sich zurück. »Gern, Signore. Wollen Sie, Ispettore Ricci?«

Sie schüttelte mit den Fingerspitzen der rechten Hand ihren

schwarzen Pony zurecht, bevor sie Amoretti fixierte. »Der Tausch wäre nur dann erfolgreich gewesen, wenn Sie Francescos Gewehr anschließend hätten verschwinden lassen. Stattdessen haben Sie es erst Ihrem Sohn gegeben und anschließend am Bracco damit auf den Commissario geschossen. Lupos Plan war, die Tatwaffe durch eine saubere Waffe zu ersetzen. Und dann macht Lupo selbst die saubere Waffe wieder zu einer Tatwaffe, die wir eindeutig Francesco zuordnen können. Wenn Sie ihm nie begegnet sind, woher hatten Sie dann sein Gewehr?«

Amoretti lag mit geschlossenen Augen unter seiner Decke wie ein Toter. Nur das Beben seiner Lippen zeigte, dass er noch lebte.

Grassi erhob sich und schaute aus dem Fenster des Krankenhauses. Am Ende der Via San Cipriano verstellte ein gigantisches Kreuzfahrtschiff den Blick auf den Golfo dei Poeti, als wäre es inmitten der Häuser auf Grund gelaufen. Warum assoziierte man solche hässlichen Ungetüme mit Träumen?

»Ich dachte, wenn Weber weg ist, kann es wieder so werden, wie es vorher war. Wenn er bleibt, verlieren wir alles.«

»Jetzt ist er weg, und Sie haben trotzdem alles verloren.«

WAHRHEITEN

Sie standen am Fenster in ihrem Büro, jeder mit einer Tasse Caffè in der Hand.

»Was meinen Sie, Ricci, hätte Luisa Amoretti wirklich ihre Familie für einen Mann verlassen, mit dem sie vor fast zwanzig Jahren mal eine Affäre hatte?«

»Mit dem zusammen sie immerhin einen Sohn hatte.«

»Was Luisa die ganze Zeit gewusst haben musste.«

»Es gibt Gewissheiten, die einen erst anspringen, wenn jemand sie laut ausspricht. Und einmal ausgesprochen, gehen sie nicht wieder weg.«

»Kann man nicht versuchen, damit zu leben?«

»Es wird zumindest schwieriger, je mehr Zeit vergangen ist.«

Ricci ging vom Fenster an ihren Schreibtisch, öffnete die Fallakte und blätterte bis zu dem Bild, das die fröhliche Familie in München zeigte. Nach einer Weile sagte sie: »Wissen Sie, was ich glaube, Grassi? Ich glaube, wenn Weber in dieser Nacht wirklich Luisa im Tunnel getroffen hätte, hätte sie ihm gesagt, er soll sich zum Teufel scheren.«

»Was macht Sie so sicher?«

»Weil dieser Rudolf Weber am Ende war. Seine Firma pleite und er selbst ein Verfahren am Hals. Auch im Privatleben gescheitert. Der konnte doch sein Glück kaum fassen, als er Luisa im Bierzelt getroffen hat. Die kleine Italienerin, mit der er mal Spaß hatte. Und wen hat sie denn da bei sich? Hat der junge Mann nicht irgendwie meine Nase? Wie alt bist du denn, Zeno? Und zack: Da ist das neue Leben, der sichere Hafen, in das sich das Wrack retten konnte.«

»Sie hat aber erst mitgespielt.«

»Weil sie sich wirklich gefreut hat, ihn wiederzusehen. Ganz ohne Hintergedanken. Ist das für Männer so schwer, sich das vorzustellen? Und dann haben natürlich schnell der Zweifel und das schlechte Gewissen wegen Zeno an ihr genagt. Nein, ich bin sicher, sie hätte sich für Rudolf nicht von Alberto getrennt.« Sie schlug die Akte zu. »Schon komisch. Wenn es um Männer geht, ertragen wir Frauen die Machos und die ewigen Kinder, die Angsthasen, die Wichtigtuer und die unberechenbaren Stänkerer.« Sie sah ihn schräg an.

»Ich bin nicht …«

»Aber die verzweifelten Verlierer, die ertragen wir einfach nicht.«

Es klopfte an Riccis Bürotür, und Toni trat ein. Sie hatte bei Falcone ihre Aussage zum Leichenfund richtiggestellt und ihre Version der Ereignisse am Bracco zu Protokoll gegeben. »Ich bin fertig und fahre jetzt nach Hause. Kommst du mit, Vito?«

Grassi sah auf die Uhr, aber Ricci kam seiner Antwort zuvor: »Gehen Sie ruhig. Ich bin auch keine Freundin von Papierkram, aber wenn ich keine Lust mehr habe, lasse ich Ihnen für morgen noch was übrig.«

Grassi ließ den Seat in der Questura. Er wollte sich daran gewöhnen, an Bürotagen den Regionalzug nach La Spezia zu nehmen.

Als sie in Riomaggiore aus dem langen Tunnel kamen und das erste Mal auf der Fahrt den Blick auf das Meer und die Küste genießen konnten, schloss Grassi die Augen und ließ die Sonnenstrahlen lebendige goldene Muster auf das Innere seiner Lider malen.

»Wie ist die Küste bei Rom?«

»Flach. Verbaut. Kein Vergleich.«

»Noch ein Grund für dich, zu bleiben.«

Der Zug hielt im Bahnhof. Grassi dachte über ihren Satz nach. Er wollte gerade etwas sagen, da spürte er sein Handy in der Hosentasche brummen, nahm es heraus und erkannte Feltrinellis Nummer. Seit ihrer Drohung, ihn nach Rom zurückzuschicken, hatten sie keinen persönlichen Kontakt mehr gehabt. Grassis Puls beschleunigte sich. »Momento, da muss ich ran.«

»Commissario«, sagte Feltrinelli ohne Umschweife, »ich rufe Sie an wegen der DNA-Probe, die Sie widerrechtlich bei den Amorettis von der Klobrille gewischt haben.«

Grassis schluckte. Er hatte so was schon befürchtet, versuchte aber, cool zu bleiben. »Das trifft sich gut. Ich denke gerade laut darüber nach, ob Ligurien wirklich das Richtige für mich ist. Wenn Sie mir die Entscheidung jetzt abnehmen, sage ich ›Wildschwein‹ und fahre nach Rom zurück.«

Toni warf Vito einen alarmierten Blick zu.

»Auf das Angebot komme ich vielleicht später noch einmal zurück, aber im Moment wollte ich Ihnen etwas anderes sagen. Ich habe Dottore Penza am Wochenende gebeten, eine weitere Analyse vorzunehmen. Er war nicht besonders erfreut und hat Sie für die Sonntagsarbeit verantwortlich gemacht. Ich soll Ihnen übrigens von ihm ausrichten, dass er zurzeit besonders gern ›Mack the Knife‹ pfeift. Was immer das auch heißen mag. Jedenfalls hat der Dottore bei genauerer Untersuchung festgestellt, dass das Material die DNA von zwei Individuen enthält. Zwei Individuen, die eindeutig miteinander verwandt sind.«

Grassi lachte auf. »Rudolf Weber war gar nicht Zenos Vater?«

»Nein.«

»Weiß Zeno es schon?«

»Ich finde, das sollten Sie ihm sagen.«

»Was glauben Sie, wie er es aufnimmt?«

»Wenn sich herausstellt, dass sein Leben doch keine einzige Lüge war? Dass sein richtiger Vater noch lebt und er nicht allein ist auf der Welt? Vielleicht wird es ihm helfen, mit allem fertigzuwerden.«

»Danke, Questore.«

»Wir sehen uns morgen im Büro.«

»Gute Nachrichten?«, fragte Toni.

»Eher tragisch.«

»Was wird mit dem Jungen passieren?«

»Zeno ist noch keine achtzehn, für ihn gilt das Jugendstrafrecht. Und dann kommt es ganz darauf an, wie der Richter den Fall bewertet. Totschlag im Affekt? Fahrlässige Tötung? Körperverletzung mit Todesfolge? Alles ist möglich, und es gibt nur Zenos Aussage. Und wenn man bedenkt, dass der Junge eigentlich schon gestraft genug ist …«

»Was ist mit Francesco?«

»Der darf nach Hause, aber ab sofort nur noch mit Wasserpistolen spielen.«

Der Zug setzte sich in Bewegung, sie wurden vom nächsten Tunnel verschluckt und kaum eine Minute später in Manarola schon wieder ausgespuckt. Touristen tauschten die Plätze. Ein junges Pärchen mit großen Rucksäcken ließ sich geschafft in die Sitze gegenüber fallen. Um diese Jahreszeit musste noch niemand stehen.

»Direkt über uns ist jetzt Volastra«, sagte Toni in die Dunkelheit des nächsten Tunnels hinein. »Das ist hier die älteste und beste Weinlage.« Sie sah Grassi für einen Augenblick nachdenklich an, dann sprang sie plötzlich auf. »Komm mit, wir steigen hier aus.«

»Warum?« Er verdrehte die Augen, folgte ihr aber. Als er auf den Bahnsteig von Corniglia trat, war sie schon an der Treppe zur Straße. Er sah sich um. Der Bahnhof schien zwischen Wasser und Bergen im Nirgendwo zu stehen. »Warte, Toni, wo willst du hin?«

Es ging bergauf. Erst erträglich, doch am Ende der Straße begann eine nicht enden wollende Treppe aus unebenen roten Ziegelsteinen, die sich steil den Hang hochwand. Grassi ließ Toni ziehen, sie würde schon warten. Immer wieder blieb er stehen, ließ sich von anderen überholen und tat so, als sauge er das Panorama in sich auf, das mit jeder Windung der Treppe großartiger wurde. In Wirklichkeit musste er sich ausruhen. Er schwitzte, obwohl die Lufttemperatur angenehm war. Grassi hasste es zu schwitzen.

Am Ende der Treppe wartete Toni. Aber nur so lange, bis sie Blickkontakt aufgenommen hatten, und schon setzte sie sich wieder in Bewegung. Er sah sie über die schmale Straße dem Ort zustreben und an einem kleinen Platz links zwischen den Häusern verschwinden. Am Ende der engen Gasse stand sie unter einer Platane auf einer kleinen Piazza umgeben von bunten hohen Häusern und einer alten Kirche.

»Und was machen wir hier?«

»Ich habe mich entschlossen, deine Neugierde zu stillen. Aber bilde dir ja keine Schwachheiten ein, verstanden?«

Sie mussten noch eine steile Treppe hinabsteigen und einer schattigen Gasse folgen, bis Toni vor einem Haus stehen blieb, ihn auf ihre typische strenge Weise ansah und die Tür öffnete.

»Santo cielo, che ci fai qui Toni? Es ist doch gar nicht Donnerstag! Ist etwas passiert?« Aus dem Schatten des langen kühlen Ganges trat eine alte Frau. Krumme Beine lugten unter ihrer grünen Kittelschürze hervor. Sie war so klein und gebeugt, dass sie den Kopf zur Seite drehen musste, um Grassi durch die dicken, großen Gläser ihrer unmodischen Brille mit ebenso grauen frechen Augen anschauen zu können. Ihre langen grauen Haare waren zu einem losen Zopf gebunden.

»Das ist Emilios Sohn, Mamma. Du erinnerst dich doch an Emilio.«

»Emilio, ja.« Sie lächelte Vito an und nahm fest seine Hände in ihre. Sie fühlten sich trocken, glatt und weich an.

»Vito ist Commissario.«

Sie ließ ihn los. »Ein Polizist? Wollen Sie meine Tochter endlich verhaften?«

Vito hob abwehrend beide Hände. »Oh, keine Angst, Signora, ich käme nicht im Traum darauf!«

Fine

DANK

an Uli den Paten, der von Anfang an dabei war, und an Anja, die die ersten Späne an den Ideenfunken gehalten hat. An meine kritischen Erstleser Bernd, Gabi, Andreas und Mutti. An meinen Agenten Marcel Hartges fürs Starkmachen und Auf-den-Teppich-Holen. An meine Lektorin Regine Weisbrod fürs wohlwollend-gnadenlose Bessermachen. An Doris Janhsen, Steffen Haselbach, Andrea Hartmann und Katharina Ilgen vom Droemer Verlag, die Grassi, Toni und die anderen mit Überzeugung und Ideen Wirklichkeit werden ließen. An Gang, Helmut, Hanno und Linda for *tea & sympathy.*

FRAGEN AN ANDREA BONETTO

1. Die zentrale Figur ist Vito Grassi, ein Kommissar aus Rom. Wie viel Andrea Bonetto steckt in Vito Grassi?

Gemeine Frage! Man steckt ja nur in sich selbst drin. Sich in eine erfundene Figur hineinzudenken ist nicht dasselbe, wie ihre Welt zu erleben. In Grassi steckt also zweifellos viel von mir. Sogar in den Charaktereigenschaften, die ich ihm bewusst gegeben habe, weil sie ihn interessanter machen sollen als seinen Erfinder. Ich bin bei Weitem nicht so direkt wie er. Und hoffentlich nie so grob, wie Grassi es zum Beispiel bei seiner ersten Begegnung mit seiner Partnerin Marta Ricci ist. Aber diese ständig bohrende Ungeduld kommt mir bekannt vor. Auch die Kopfschmerzen, die mit einem Ziehen hinter den Ohren beginnen. Und natürlich teilen er und ich die Liebe zur Musik.

2. Wie kommt es, dass ein fähiger Commissario aus der brodelnden Metropole Rom sich entschließt, in die verschlafene Provinz zu wechseln?

Krise und Gelegenheit. Die Kinder sind aus dem Haus, die Ehe ist flau und dann stirbt auch noch der Vater, zu dem Grassi zuletzt nur noch sporadischen Kontakt hatte. Er bedauert zu viel, kann nichts gutmachen, aber immerhin die Nähe zu seinem Vater suchen, indem er in dessen Haus nahe der Cinque Terre zieht, statt es zu verkaufen. Er verlässt seine emotionale und eine räumliche Komfortzone. Noch ungemütlicher wird es natürlich, als ihm in seiner ersten Woche gleich zwei Mordfälle vor die Füße fallen. Aber er ist ja zum Glück nicht ganz auf sich selbst gestellt.

3. Denkt man an Italien, denkt man an la dolce vita, gutes Essen und …?

Gastfreundschaft, ohne die das Leben nicht dolce ist und das gute Essen weniger schmeckt. Eine erste Vorstellung davon habe ich von den Erzählungen aus der Jugend meines Vaters. Als Student in den Fünfzigern ist er mit seinem Freund Theo kreuz und quer durch Italien gereist. Er sagte immer: »Wir hatten eine Mark fünfzig, als wir loszogen, und noch eine Mark, als wir sechs Wochen später wieder nach Hause kamen.« Sie wurden überall eingeladen. Andere Zeiten und lange her, aber bei mir ist das hängen geblieben. Und ich habe diese Gastfreundschaft selbst immer wieder erleben dürfen. Mir ist sehr bewusst, dass dieses Privileg in Italien wie überall längst nicht alle genießen dürfen.

4. Ohne Amore geht in Italien nichts. Wie wird es denn mit Vito Grassi und Toni weitergehen? Bahnt sich da etwas an für die Folgebände?

Ich glaube ja, dass Grassi im Grunde seines Herzens ein Romantiker ist. Er hat seine Frau Chiara wirklich gern, aber die Beziehung ist irgendwie auf Grund gelaufen, wie es so oft passiert. Er hält sich deshalb an vergangenen Momenten voller Amore mit ihr fest. Gleichzeitig ist er unbewusst empfänglich für neue romantische Gefühle. Und da steht plötzlich die ganz und gar nicht romantisch veranlagte und auf zupackende und rätselhafte Art attraktive Toni in seinem Leben. Und sie weiß von seinem Vater auch noch Dinge über ihn, die er lange verdrängt hat. Wenn sie nicht da ist, vermisst er sie. Andererseits würde er ihr wohl nie sagen, dass er sie mag. Was Grassi noch nicht ahnen kann – ich aber schon weiß –, ist, dass Chiara und Toni sich im zweiten Band in Corniglia sozusagen über einer Leiche begegnen werden. Was für Grassi sehr unangenehm wird, weil er die beiden eigentlich streng auseinanderhalten wollte.

5. Mit den Cinque Terre haben Sie eine der malerischsten Gegenden Italiens gewählt. Gibt es einen persönlichen Bezug?
Leider nicht in Form eines geerbten Rustico. Ich bin einfach völlig fasziniert von der dramatischen Landschaft, den ständig wechselnden Farben des Meeres und der Beharrlichkeit der Menschen, die über Jahrhunderte diese Kulturlandschaft gegen alle Widerstände geschaffen hat. Die einzigartige Schönheit der Cinque Terre ist ja nur zum Teil ein Geschenk der Natur. Auf einer Motorradtour im letzten Jahrhundert habe ich mich erstmals in diesen Landstrich verliebt. Ich erinnere mich an eine Irrfahrt, die in einem endlosen pechschwarzen schmalen Tunnel endete. Ich konnte zwar das Licht am Ende sehen, aber hatte keine Ahnung, wie nah ich den Wänden kam, und rechnete jede Sekunde mit einem Crash. Ich will bis heute glauben, dass das der damals schon stillgelegte Eisenbahntunnel war, in dem die erste Leiche im Roman gefunden wird. Tatsächlich muss das aber auf der Küstenstraße östlich von Sestri Levante gewesen sein. Seither verbinden mich speziell mit der Gegend um die Cinque Terre häufige Reisen und Freundschaften. Ich liebe besonders die Ostküste Liguriens. Mit jedem Aufenthalt dort entdecke ich immer noch Neues. Ich würde zwar nicht sagen, dass ich die Riviera di Levante wie meine Westentasche kenne, aber vielleicht wie Frauen ihre Handtasche. Man weiß ziemlich genau, was drin ist, entdeckt aber trotzdem immer noch was Neues.

6. Wie ist *Abschied auf Italienisch* entstanden, wie haben Sie recherchiert?
Ich war auf dem Weg von Rom nach Zürich und besuchte noch ein paar Tage einen Freund in Ligurien. Wir unternahmen eine ausgedehnte Radtour und fuhren auch durch den Tunnel von Framura nach Levanto. Ich erlebte eine Schrecksekunde mit einem entgegenkommenden Rennradfahrer und hatte dieses Déjà-vu. In der Nacht konnte ich nicht schlafen und wälzte sinnlos die Frage hin und her, wie man eigentlich ein Unfallopfer aus die-

ser engen Röhre bergen würde. Müsste ein Rettungswagen über Kilometer rückwärtsfahren? Bescheuerte Überlegungen, aber fruchtbar. Am Morgen war aus dem Unfallopfer ein Mordopfer geworden. Und beim ersten Caffè habe ich meinem Freund schon von Vito Grassi erzählt. Der sagte mir, ich solle dranbleiben. Und dann ging's los. Es gibt unterschiedliche Arten der Recherche. Die eine dient der Inspiration, um eine Geschichte erzählen zu können. Dafür muss ich vor Ort sein, Menschen begegnen, mir meine Figuren an den Plätzen vorstellen können. Dann gibt es den Faktencheck, und dafür ist das Internet ein Segen. Das Fahrrad ist ein sehr gutes Verkehrsmittel für die Recherche vor Ort. Besser noch ein E-Bike, denn die Straßen in den Cinque Terre sind oft wirklich brutal steil. Da ist der Akku schnell mal leer. Mit einer Vespa ist man etwas entspannter unterwegs, aber selbst die schafft es von Vernazza kaum den Berg hoch, wenn man noch ein paar Flaschen Wein unterm Sitz hat. Und das Auto kann man auf den engen Straßen eh vergessen.

7. Wie wird es mit Vito Grassi weitergehen – planen Sie eine Fortsetzung?

Natürlich geht es mit Grassi weiter. Und ich bin ihm gegenüber im Vorteil, weil ich schon weiß, wo was passieren wird. Der erste Roman spielt ja vor allem direkt an der Grenze zum Nationalpark Cinque Terre, im zweiten geht es ins Herz.

8. Es heißt, Sie leben in der nördlichsten Stadt Italiens – d.h. nördlicher als Cinque Terre und südlicher als …?

Rom (bei Morsbach in Nordrhein-Westfalen)

9. Weißbier oder Vino rosso?

Warum oder? Erst das Weißbier, dann den Rosso. Dazu köstliche Testaroli mit Pesto, die so typisch sind für die Cinque Terre. Und natürlich gute Gespräche mit Freunden. Schon ist der Abend gerettet.

Orkanwarnung auf Langeoog: der gefährlichste Fall für Hauptkommissar Tjark Wolf!

SVEN KOCH

DÜNENSTURM

EIN NORDSEEKRIMI

Eigentlich hatte Tjark Wolf den Dienst quittiert, doch Kommissarin Femke Folkmers und seine Kollegen von der Sonderkommission für Schwerverbrechen überreden ihn wegen eines Entführungsfalls zur Rückkehr: Die Entführte ist die Tochter des Gangsters Attaman, der seit einem fehlgeschlagenen Raubüberfall untergetaucht ist. Er scheint etwas zu wissen, das nicht nur das LKA Niedersachsen brennend interessiert. Wenn jemand eine Chance hat, Attaman zu finden, dann Tjark, der den Mann einst als engen Freund betrachtet hat. Doch die Entführer sind zu allem bereit, um den Flüchtigen als Erste in die Finger zu bekommen. Die Abgründe, in die Tjark und sein Team plötzlich blicken, sind tief und lebensgefährlich, und dann braut sich über Langeoog auch noch ein gewaltiger Orkan zusammen …